UMA BREVE
HISTÓRIA
da
LITERATURA

Leia na série
UMA BREVE HISTÓRIA

Uma breve história da ciência – William Bynum
Uma breve história da economia – Niall Kishtainy
Uma breve história da filosofia – Nigel Warburton
Uma breve história da literatura – John Sutherland
Uma breve história da religião – Richard Holloway
Uma breve história dos Estados Unidos – James West Davidson

JOHN SUTHERLAND

UMA BREVE HISTÓRIA *da* LITERATURA

Tradução de Rodrigo Breunig

2ª EDIÇÃO

Texto de acordo com a nova ortografia.
Título original: *A Little History of Literature*
Primeira edição: outubro de 2017
2ª edição: maio de 2019

Tradução: Rodrigo Breunig
Ilustrações da capa e miolo: Sarah Young
Preparação: Marianne Scholze
Revisão: Patrícia Yurgel

CIP-Brasil. Catalogação na publicação
Sindicato Nacional dos Editores de Livros, RJ.

S967b

Sutherland, John, 1938-
    Uma breve história da literatura / John Sutherland; tradução Rodrigo Breunig. – 2. ed. – Porto Alegre, RS: L&PM, 2019.
    312 p. : il. ; 21 cm.

    Tradução de: *A Little History of Literature*
    ISBN: 978-85-254-3660-3

    1. Livros e literatura - História. I. Breunig, Rodrigo. II. Título.

17-40964   CDD: 028.9
                    CDU: 028

© John Sutherland, 2013
Originally published by Yale University Press

Todos os direitos desta edição reservados a L&PM Editores
Rua Comendador Coruja, 314, loja 9 – Floresta – 90220-180
Porto Alegre – RS – Brasil / Fone: 51.3225.5777

Pedidos & Depto. Comercial: vendas@lpm.com.br
Fale conosco: info@lpm.com.br
www.lpm.com.br

Impresso no Brasil
Outono de 2019

Sumário

Capítulo 1 | O que é literatura?..9

Capítulo 2 | Fabulosos primórdios
MITO...15

Capítulo 3 | Escrevendo por nações
ÉPICA..22

Capítulo 4 | Sendo humanos
TRAGÉDIA..30

Capítulo 5 | Contos ingleses
CHAUCER...37

Capítulo 6 | Teatro na rua
AS PEÇAS DE MISTÉRIO..45

Capítulo 7 | O bardo
SHAKESPEARE..52

Capítulo 8 | O livro dos livros
A BÍBLIA DO REI JAIME...60

Capítulo 9 | Mentes desacorrentadas
OS METAFÍSICOS...67

Capítulo 10 | Nações ascendem
MILTON E SPENSER..75

Capítulo 11 | Quem é o "dono" da literatura?
IMPRESSÃO, EDIÇÃO E DIREITOS AUTORAIS................83

Capítulo 12 | A casa da ficção 91

Capítulo 13 | Lorotas de viajantes
DEFOE, SWIFT E A ASCENSÃO DO ROMANCE 98

Capítulo 14 | Como ler
DR. JOHNSON 105

Capítulo 15 | Revolucionários românticos 112

Capítulo 16 | A mente mais afiada
JANE AUSTEN 120

Capítulo 17 | Livros para você
O PÚBLICO LEITOR EM TRANSFORMAÇÃO 128

Capítulo 18 | O gigante
DICKENS 134

Capítulo 19 | Vida na literatura
AS BRONTË 142

Capítulo 20 | Embaixo das cobertas
LITERATURA E CRIANÇAS 149

Capítulo 21 | Flores da decadência
WILDE, BAUDELAIRE, PROUST E WHITMAN 155

Capítulo 22 | Poetas laureados
TENNYSON 163

Capítulo 23 | Terras novas
A AMÉRICA E A VOZ AMERICANA 170

Capítulo 24 | O grande pessimista
HARDY 178

Capítulo 25 | Livros perigosos
A LITERATURA E O CENSOR 185

Capítulo 26 | Império
KIPLING, CONRAD E FORSTER 193

Capítulo 27 | Hinos condenados
OS POETAS DA GUERRA 200

Capítulo 28 | O ano que mudou tudo
1922 E OS MODERNISTAS 208

Capítulo 29 | Uma literatura toda dela
WOOLF 215

Capítulo 30 | Admiráveis mundos novos
UTOPIAS E DISTOPIAS 222

Capítulo 31 | Caixas de truques
NARRATIVAS COMPLEXAS 229

Capítulo 32 | Fora da página
A LITERATURA NO CINEMA, NA TV E NO PALCO 236

Capítulo 33 | Existências absurdas
KAFKA, CAMUS, BECKETT E PINTER 243

Capítulo 34 | A poesia do colapso
LOWELL, PLATH, LARKIN E HUGHES 251

Capítulo 35 | Culturas coloridas
LITERATURA E RAÇA 258

Capítulo 36 | Realismos mágicos
BORGES, GRASS, RUSHDIE E MÁRQUEZ 266

Capítulo 37 | República das letras
LITERATURA SEM FRONTEIRAS 273

Capítulo 38 | Prazeres culpados
BEST-SELLERS E LIVROS CAÇA-NÍQUEIS 281

Capítulo 39 | Quem é o melhor?
PRÊMIOS, FESTIVAIS E GRUPOS DE LEITURA..............288

Capítulo 40 | A literatura enquanto você viver... e além.......295

Índice remissivo 303

Capítulo 1

O que é literatura?

Imagine que, como Robinson Crusoé, você está isolado pelo resto dos seus dias numa ilha deserta. Que livro você mais desejaria ter consigo? Essa é uma pergunta feita em um dos programas de rádio mais longevos e amados da BBC, *Desert Island Discs*. Transmitido também pelo BBC's World Service, ele é ouvido no mundo todo.

A pergunta é uma das duas que são apresentadas ao convidado da semana, depois de termos escutado trechos das oito obras musicais que seriam levadas à ilha. O náufrago tem direito a um luxo – qual será? As respostas costumam ser muito engenhosas: pelo menos um par de convidados já escolheu pílulas de cianureto, por exemplo, e outro escolheu o Metropolitan Museum of Art de Nova York. Então perguntam à pessoa que livro ela gostaria de ter, além da Bíblia (ou qualquer volume religioso equivalente) e das obras de Shakespeare, que já se encontram na ilha – presumivelmente deixadas pelo ocupante anterior, que optou pela pílula.

Sou ouvinte do programa há cinquenta anos (está no ar desde 1942) e, na grande maioria das vezes, o convidado escolhe um clássico da literatura para lhe fazer companhia pelo resto de sua vida solitária. Nos últimos anos, é interessante notar, Jane

Austen tem sido a autora mais popular (mais sobre ela, e sobre Robinson Crusoé, adiante). E em praticamente cada um dos milhares de programas realizados o livro escolhido é uma obra literária que o náufrago já leu.

Isso assinala certas verdades importantes a respeito da literatura. Primeiro, é óbvio, que nós a consideramos uma das coisas mais importantes em nossas vidas. Em segundo lugar, que, embora sejamos definidos como "consumidores" de literatura, ao contrário da comida em nosso prato de jantar ela não deixa de existir quando terminamos de consumi-la. E, na maioria dos casos, é tão apetitosa como foi da primeira vez. Minha própria escolha, quando participei do programa alguns anos atrás, foi um romance, *A feira das vaidades*, de Thackeray, que (como eu havia passado anos editando esse livro e escrevendo sobre ele) devo ter lido cem vezes. Mesmo assim, a exemplo das minhas músicas favoritas, ele me dá prazer sempre que o revisito.

A releitura é um dos grandes prazeres que a literatura nos oferece. As grandes obras literárias são inesgotáveis – essa é uma das coisas que as engrandecem. Por mais que você volte a elas com frequência, elas sempre terão algo novo a oferecer.

O que você tem em mãos é, como diz o título, uma "breve história", mas a literatura não é uma coisa breve. Ela é imensamente maior do que a soma que qualquer um de nós conseguirá ler ao longo da vida. Na melhor das hipóteses, o que podemos obter é uma amostra inteligente, e a decisão mais importante a tomar é como montar nossa seleção. Esta breve história não é um manual ("Leia isto!"), mas dá conselhos mais ou menos assim: "Você poderá considerar isto valioso, porque muitos outros o consideraram, mas, no fim das contas, precisa decidir por si mesmo".

Para a maioria das pessoas perspicazes, a literatura desempenhará um grande papel em suas vidas. Aprendemos inúmeras coisas em casa, na escola, com amigos e com lições de pessoas mais sábias e mais espertas do que nós. Mas muitas das coisas mais valiosas que sabemos vieram da literatura que lemos. Quem lê bem se vê num relacionamento de troca de ideias com as mentes mais criativas de nosso tempo e do passado. O tempo empregado na leitura de literatura é sempre um tempo bem empregado. Não aceite que alguém lhe diga o contrário.

O que, então, é literatura? Essa é uma pergunta complicada. Encontramos a resposta mais satisfatória examinando a própria literatura – para nossa conveniência, as primeiríssimas obras impressas com as quais entramos em contato no decorrer de nossas vidas: "Literatura infantil" (escritas, vale salientar, *para* crianças, e não *por* elas). Quase todos nós damos os primeiros passos vacilantes pelo mundo da leitura no quarto de dormir. (Aprendemos a escrever, quase todos nós, na sala de aula.) Alguém que amamos lê para nós, ou lê conosco, na cama. Assim começa a viagem de vida inteira por todas as páginas que nos esperam.

Enquanto vamos crescendo, a prática da leitura pelo prazer – o que normalmente significa ler literatura – permanece conosco. Muitos de nós atravessamos a vida levando um romance para a cama conosco. (Ou podemos ouvir *Book at Bedtime*, outro longevo programa de rádio da BBC.) Quantos de nós, em nossa tenra idade, malcriados em nossos pijamas, teremos continuado a leitura sob a luz da lanterna embaixo das cobertas? A roupa (ou "armadura", em certo sentido) que vestimos para enfrentar o mundo exterior – o "mundo real" – na maioria das vezes está dobrada dentro de um armário, no outro lado do quarto.

Graças às numerosas adaptações do livro para TV, cinema e teatro, muitas crianças e adultos conhecem a história dos quatro jovens irmãos Pevensie, que são evacuados para uma casa no campo. É tempo de guerra na Grã-Bretanha dos anos 1940. Sob os cuidados do amável professor Kirke (a palavra "kirk" significa "igreja" na língua escocesa: a literatura nos dá a todo momento esses pequenos elementos simbólicos), eles ficam a salvo dos bombardeios noturnos da Blitz de Londres. O mundo real se tornou bastante perigoso para crianças; aeronaves misteriosas, por razões não de todo compreendidas, estão tentando matar as pessoas. Explicar para crianças pequenas a política, ou a história, ou o sentido de tudo aquilo seria difícil. A literatura, com sua habilidade de se comunicar com todas as idades, pode ajudar.

Na narrativa, enquanto exploram a mansão Kirke num dia chuvoso, as crianças descobrem um quarto no andar superior com um grande guarda-roupa. A mais nova, Lúcia, aventura-se por sua própria conta pelo interior do guarda-roupa. Todo mundo sabe, eu desconfio, o que ela encontra no lado de dentro, não importando de qual versão venha a recordação de *O leão, a feiticeira e o guarda-roupa*. Lúcia se vê no que poderíamos chamar de "universo alternativo" – um mundo da imaginação, mas tão real, em essência, como a Londres que ela deixou para trás. E não menos violenta do que a cidade em chamas. Nárnia não é um lugar seguro, assim como leões ou feiticeiras tampouco costumam ser seguros no convívio com seres humanos.

No modo como a história é narrada, Nárnia não é um *sonho* de Lúcia, algo que se passa em sua cabeça, uma "fantasia"; está de fato *ali*, algo tão desvinculado de seu eu desperto como o guarda-roupa de madeira, ou o espelho através do qual Alice entra no País das Maravilhas na história infantil de Lewis Carroll, publicada 85 anos antes. Para entender como Nárnia pode ser ao mesmo tempo real e imaginária, porém, precisamos saber como se processa o complexo mecanismo da literatura. (As crianças absorvem o conhecimento tão rápida e intuitivamente quanto, em seus primeiros anos, absorvem o complexo mecanismo da linguagem.)

O leão, a feiticeira e o guarda-roupa é uma "alegoria" – ou seja, representa algo em termos de outra coisa; retrata algo muito real em termos de algo totalmente irreal. Mesmo que o universo se expanda para sempre, como os astrônomos nos dizem hoje em dia que poderá se expandir, nele nunca irá existir uma Nárnia. Esse mundo é uma ficção; e seus habitantes (inclusive Lúcia) são meros engendros (isto é, invenções ficcionais) da imaginação criativa do autor C.S. Lewis. Mas mesmo assim sentimos (e por certo era intenção de Lewis que seu leitor sentisse) que as evidentes inverdades de Nárnia contêm um sólido núcleo de verdade.

Em última análise, então, poderíamos dizer que o propósito de *O leão, a feiticeira e o guarda-roupa* é teológico, uma questão de religião. (Lewis foi, na verdade, um teólogo, bem como um contador de histórias.) A história dá sentido à condição humana em termos daquilo que, segundo sugere o autor, são verdades maiores. Toda obra de literatura, por mais humilde que seja, em algum nível está perguntando: "Qual é o sentido disso tudo? Por que estamos aqui?". Filósofos e ministros da religião e cientistas respondem a essas perguntas a seu próprio modo. Na literatura, é a "imaginação" que encara essas perguntas básicas.

Essa precoce leitura na hora de dormir de *O leão, a feiticeira e o guarda-roupa* nos transporta, através do guarda-roupa (e da página impressa), para uma noção mais ampla de onde estamos e daquilo que somos. Ajuda a dar sentido às situações infinitamente desconcertantes nas quais nos vemos como seres humanos. E, como bônus adicional, faz tudo isso de maneiras que nos agradam e nos fazem querer ler mais. Assim como as histórias de Nárnia nos ajudaram a compreender o mundo em nossa infância, as leituras adultas também nos conectam a outras vidas adultas. Relendo *Emma* ou um romance de Dickens na meia-idade, ficamos surpresos e deleitados por encontrar neles bem mais do que quando os líamos na escola. Uma grande obra de literatura nunca deixa de nos dar algo, qualquer que seja o momento de sua vida em que você a leia, e seja lá de que fonte ela venha. Nos capítulos seguintes, veremos repetidas vezes o quanto somos privilegiados por viver numa era de ouro na qual, graças aos modernos serviços de tradução, não apenas a "literatura", mas a "literatura mundial" está disponível para nossa leitura. Muitos dos grandes escritores que aparecem nas páginas seguintes morreriam de inveja da abundância e da disponibilidade de que desfrutamos hoje. Assim, embora observemos a literatura de longe, em visão panorâmica, o caleidoscópio que você encontrará neste livro tem uma coisa em comum: agora você tem condições de ler tudo em sua língua materna (e um dia, espero, você terá feito isso).

Do antigo filósofo grego Platão em diante, houve quem acreditasse que os encantos da literatura e de suas formas derivadas (teatro, épica e lírica na época de Platão) são perigosos – em particular para os jovens. A literatura nos distrai da tarefa real de viver. Ela trafica falsidades – falsidades lindas, é verdade, mas tanto mais perigosas por esse motivo. As emoções inspiradas pela grande literatura, se você concordar com Platão, obscurecem o pensamento lúcido. Como você vai conseguir pensar com seriedade sobre os problemas da educação infantil se os seus olhos estiverem turvos de lágrimas após a leitura do trecho em que Dickens descreve a morte da angélica Pequena Nell? E sem o pensamento lúcido, Platão acreditava, a sociedade fica em perigo. Dê à criança, para servir de leitura noturna na cama, os *Elementos de geometria* de Euclides, não a fábula animal de Esopo sobre Andrócles e o Leão. Porém, é claro, nem a vida nem os seres humanos são assim. As fábulas de Esopo já vinham ensinando importantes lições aos contemporâneos de Platão – e de quebra os deleitando – ao longo de duzentos anos e, dois milênios e meio depois, fazem hoje o mesmo por nós.

Qual é, então, a melhor definição de literatura? Em seu nível básico, é uma coleção de combinações únicas de 26 pequenas marcas pretas numa superfície branca – "letras", em outras palavras, já que a palavra "literatura" significa coisas feitas de letras. Essas combinações são mais mágicas do que qualquer prodígio tirado da cartola de um prestidigitador. Mas uma resposta melhor seria que a literatura é a mente humana no auge de seu talento para expressar e interpretar o mundo ao nosso redor. A literatura, em sua melhor forma, não simplifica, mas expande nossas mentes e sensibilidades numa medida pela qual podemos lidar melhor com a complexidade – mesmo que, como acontece muitas vezes, não concordemos inteiramente com aquilo que estamos lendo. Por que ler literatura? Porque ela enriquece a vida de maneiras que não encontramos em nada mais. Ela nos torna mais humanos. E quanto melhor aprendermos a lê-la, tanto melhor ela fará isso.

Capítulo 2

Fabulosos primórdios
Mito

Muito antes de começarmos a pensar em literatura como algo escrito e impresso, existia algo que – pela premissa "Se caminha como um pato e grasna como um pato, é um pato" – já poderíamos chamar de literatura. Os antropólogos, que estudam a humanidade do passado antigo aos dias atuais, chamam-no de "mito". Ele se origina nas sociedades que "contam" sua literatura, em vez de escrevê-la. A esquisita e contraditória expressão "literatura oral" (isto é, "literatura falada") é usada com frequência. Não temos uma expressão melhor.

O primeiro ponto a ser salientado sobre o mito é que não se trata de algo "primitivo". Na verdade, é algo bastante complexo. O segundo ponto é que, na visão mais ampla, as literaturas escrita e impressa são adventos relativamente recentes – mas o mito esteve conosco desde sempre. Faz sentido a suposição de que, enquanto espécie, somos de alguma maneira programados, em nosso íntimo, para pensar miticamente, do mesmo modo como somos programados geneticamente, segundo afirmam os linguistas hoje em dia, para desenvolver a linguagem. (De que outra maneira nós poderíamos, ainda de fraldas, aprender algo tão complexo como a língua que estamos ouvindo?) Criar mitos faz parte da nossa natureza. Diz respeito a quem somos enquanto seres humanos.

O que isso significa na prática é que, por instinto, criamos formas e padrões mentais de tudo que se passa ao nosso redor. Bebês recém-nascidos, nós nos vemos, disse um filósofo, dentro de uma "grande confusão exuberante, fervilhante". Chegar a um acordo com essa confusão assustadora é um dos maiores empreendimentos da humanidade. Os mitos ajudaram as pessoas como um meio de dar sentido ao mundo. Quando começamos a escrever, a literatura faria o mesmo.

Eis aqui uma elegante brincadeira mental, armada pelo crítico Frank Kermode, que demonstra o que estou tentando assinalar sobre sermos "programados" para pensar miticamente. Aproximando do seu ouvido um relógio de pulso, você escutará tique-TAQUE, tique-TAQUE, tique-TAQUE. O "taque" terá mais ênfase do que o "tique". Nossas mentes, recebendo o sinal de nosso ouvido, "modelam" o tique-tique num tique-TAQUE – ou seja, num minúsculo começo com um minúsculo final. Isso, em essência, é o que o mito faz. Ele cria um padrão onde nenhum existia, porque encontrar um padrão nos ajuda a dar sentido às coisas. (Também nos ajuda a recordá-las.) E o mais interessante nesse pequeno exemplo do "tique-TAQUE" é que ninguém ensina você a ouvir esse formato narrativo. É natural fazer isso.

Um modo, então, de pensar sobre o mito é que ele extrai um sentido da falta de sentido na qual, enquanto seres humanos, nós todos nos encontramos. Por que estamos aqui, e estamos aqui "para" quê? Normalmente, o mito fornece uma explicação através de histórias (a espinha dorsal da literatura) e símbolos (a essência da poesia). Experimentemos uma brincadeira mental. Vamos supor que você seja uma das primeiras pessoas tentando cultivar a terra, dez mil anos atrás. Você sabe que há períodos nos quais nada cresce. A natureza morre. Então, depois de um tempo, o solo volta à vida. Por quê? Que explicação lhe ocorre para isso? Não há cientista algum por perto para explicá-lo. Mas você precisa, de alguma maneira, "dar sentido" ao fenômeno.

O ritmo sazonal é vital para comunidades agrícolas – "um tempo para plantar e um tempo para colher o que se plantou", como diz a Bíblia. Qualquer agricultor que não conhecer esses "tempos" irá passar fome. O misterioso ciclo anual de morte e renascimento da terra inspira "mitos de fertilidade". Esses mitos, com frequência, são dramatizados em termos de reis ou governantes que morrem apenas para que possam ressuscitar. Isso cria uma sensação tranquilizadora de que, embora as coisas mudem, de um modo mais amplo elas continuam iguais.

Um dos mais antigos (e mais belos) poemas da literatura inglesa, *Sir Gawain e o Cavaleiro Verde*, tem seu vívido início em meio às festividades natalinas na corte do rei Arthur. É a época mais morta do ano. Um forasteiro, adornado de verde dos pés à cabeça, irrompe a cavalo, impõe certos testes aos presentes e lhes dá a entender que coisas ruins acontecerão se as coisas certas não forem feitas. Ele é uma versão do Homem Verde, o deus pagão da vegetação: portando um ramo de azevinho, representa os rebentos verdes que (se Deus quiser) brotarão na primavera. Isto é, se a humanidade ficar atenta.

Exploremos os minúsculos começo e final do padrão tique-TAQUE, desta vez num exemplo mais literário: o familiar e tão recontado mito de Hércules. Versões primordiais da história são encontradas em vasos gregos decorados, datados de algum momento do século VI a.C. Uma versão recente pode ser encontrada nos filmes do Homem de Ferro. O lendário homem forte do mito se depara com um gigante, Anteu, mais forte até mesmo do que ele, com o qual é obrigado a lutar. Hércules derruba o gigante no chão. Toda vez que Anteu entra em contato com a terra, porém, ele fica mais forte. Hércules vence, afinal, abraçando seu oponente e o erguendo no ar. Desenraizado, Anteu definha e morre.

O aspecto significativo é que a história transcorre do começo ao fim de um modo muito satisfatório (como transcorrem todos os "trabalhos" de Hércules). Ela tem um enredo: há uma situação inicial (o herói, Hércules, depara-se com um gigante, Anteu), uma complicação (Hércules, lutando com Anteu, está perdendo) e uma resolução (Hércules descobre como derrotar seu oponente e vence). A luta na qual o herói precisa ganhar por astúcia de seu oponente bem mais forte, como Hércules ganha de Anteu, será familiar para qualquer fã dos filmes de James Bond. O mito, como todos os filmes de Bond, tem um "final feliz". De maneiras simples e complicadas, encontramos esse tipo de "trama" por todos os lados na literatura narrativa.

Há outro elemento em relação ao mito. O mito sempre contém uma verdade, que entendemos antes de conseguir explicá-la ou vê-la com clareza. Para comprovar melhor esse ponto, observemos a mais antiga – e a mais nobre, muitos diriam – obra de literatura que temos, os poemas conhecidos como a *Ilíada* e a *Odisseia*. Segundo a tradição, foram criados por um autor grego antigo, conhecido apenas como "Homero", provavelmente cerca de três mil anos atrás.

Os poemas falam de uma longa guerra entre duas grandes potências, Grécia (tal como viria a ser) e Troia. Essa guerra existiu – por comprovação arqueológica. Devido à época na qual criou a obra, Homero nunca se afastou demais do "mito" nu e cru. O herói dos poemas, Odisseu (também conhecido por seu posterior nome latino, Ulisses), vive diversas aventuras em seu caminho de volta da guerra (uma viagem que lhe toma dez anos). Numa delas, ele e seus companheiros de bordo são capturados e aprisionados numa caverna por um gigante de um olho só chamado Polifemo. Esse monstro tem seu olho único no meio da testa. Quando sente fome, come um dos prisioneiros em sua caverna – geralmente como café da manhã. Odisseu, o mais astuto dos heróis, embebeda Polifemo e fura seu olho, cegando-o, de modo que consegue escapar com sua tripulação.

Que "verdade" podemos ver enterrada nesse mito? Ela reside nesse olho único. Você provavelmente já passou pela experiência de discutir com alguém que não consegue ou recusa-se a ver "os dois lados da questão" – alguém que simplesmente se agarra a um único ponto de vista. Não há jeito. Você nunca vai fazer a pessoa mudar de opinião. Tudo o que se pode fazer é descobrir algum meio de escapar – e, de preferência, com menos violência do que o herói de Homero.

Você poderá estar pensando que tudo isso parece um tanto primitivo ("o pensamento dos selvagens", como alguns o depreciam). Mas o mito sempre contém em si a semente de uma verdade que é tão relevante para nós agora como era para o tempo no qual foi escrito. E o pensamento mítico sobrevive, até mesmo prospera, muito tempo depois do momento em que a ciência e a sociedade modernas já deveriam ter deixado suas explicações irremediavelmente para trás, como você poderia pensar. Ele está, se você olhar com atenção, entremeado no tecido da literatura contemporânea, mesmo que o olhar não o veja de imediato.

Eis aqui um exemplo razoavelmente recente das maneiras pelas quais o mito está entremeado em nossa cultura. No período entre o oscarizado filme *Titanic*, de James Cameron, lançado em 1997, e o centenário do lançamento do grandioso transatlântico, em 12 de abril de 2012, houve na Grã-Bretanha e nos Estados Unidos uma enorme fascinação com tudo que se relacionasse ao naufrágio. Essa fascinação parecia ser, à primeira vista, um pouco estranha. Em torno de 1,5 mil pessoas morreram quando o navio afundou. Foi um acontecimento horrível. Mas o número de vítimas é ínfimo em comparação com os milhões de mortos e feridos causados pela Primeira Guerra Mundial poucos anos depois. Por que razão as pessoas jamais esqueceram o naufrágio? A resposta pode muito bem estar no nome da embarcação: *Titanic*.

No mito antigo, os titãs eram uma tribo de deuses gigantes. Seus pais eram a terra e o céu, e eles foram a primeira raça a ter forma humana na Terra. Depois de um longo tempo desfrutando de sua posição como a espécie mais poderosa da Terra, os titãs se viram presos a uma guerra de dez anos com deuses de uma nova raça que haviam alcançado um estágio de evolução ainda mais elevado do que o deles. Embora os titãs fossem gigantes dotados de imensa força, isso era basicamente tudo que tinham: força bruta. Essa nova raça, os olimpianos, tinha muito mais: inteligência, beleza e perícia. Eles eram, em essência, mais semelhantes a humanos (como nós, poderíamos pensar) do que as forças da natureza.

Apesar de sua tremenda força, os titãs, de acordo com o mito, sucumbiram. Sua derrota é o tema de um dos maiores poemas narrativos da língua inglesa, o *Hyperion*, de John Keats, escrito por volta de 1818. No poema, o titã Oceano contempla seu vitorioso sucessor, que o substituiu como deus do mar, e constata que:

> é lei eterna
> Que o primeiro em beleza seja o primeiro em poder.*

Para os não belos titãs, seu tempo acabou. Mas Oceano profetiza:

> Sim, por essa lei, outra raça poderá levar
> Nossos conquistadores ao pranto que nos dói agora.**

A embarcação da White Star Line que foi parar no fundo do oceano em abril de 1912 ganhou o nome de *Titanic* – acompanhado pela ritual garrafa de champanhe quebrada no casco da proa, em si um ato mítico chamado de "libação" – porque era uma das embarcações mais grandiosas, rápidas e poderosas já destinadas a cruzar o Atlântico. Era considerada "inafundável". Mas as pessoas que a batizaram devem ter sentido certa inquietação. Não seria uma provocação ao destino batizar um navio de *Titanic*, tendo em mente o que acontecera com os titãs?

Uma razão pela qual somos tão fascinados pelo desastre vem da nossa suspeita, irracional, de que o naufrágio do *Titanic* contém uma mensagem para nós. (Milhões de dólares foram gastos na exploração do navio embaixo d'água, e sempre houve um interesse por "trazê-lo à tona".) O acontecimento está nos dizendo alguma coisa, advertindo-nos a respeito de algo que realmente deveríamos tentar entender. Não sejam confiantes demais, parece ser a mensagem embutida naquilo que virou um mito para os nossos tempos. Os gregos nos deram um nome para essa confiança excessiva: *húbris*. Ela ecoa na frase "O orgulho vem antes da queda", e é um tema comum na literatura como um todo.

Após o desastre do *Titanic*, as comissões de inquérito jogaram a culpa, com a devida racionalidade, na regulamentação

---

* 'tis the eternal law / That first in beauty should be first in might. (N.T.)
** Yea, by that law, another race may drive / Our conquerors to mourn as we do now. (N.T.)

frouxa, no inadequado monitoramento de icebergs, na construção malfeita e na criminosa falta de espaço nos botes salva-vidas. Tudo isso era verdade. Mas em seu famoso poema "The Convergence of the Twain (Lines on the loss of the 'Titanic')"*, Thomas Hardy, um dos nossos maiores, porém mais pessimistas escritores (cuja poesia observaremos em detalhe no Capítulo 24), viu forças míticas mais profundas e mais cósmicas em ação. (A "criatura" em seus versos é o navio.)

> Bem: enquanto era construída
> Tal criatura pelas águas temida
> A Vontade Imanente que agita tudo e impele a vida
>
> Preparava sinistra companhia
> Para ela – e para sua galhardia –
> Uma Forma de Gelo, ainda isolada, na distância fria.**

O almirantado chegou a um veredicto com base na ciência náutica. O poeta chegou a outro veredicto com base num entendimento mítico do mundo. No próximo capítulo, consideraremos de que maneira o mito – o alicerce da literatura – evolui para o épico.

---

* "A convergência do par (*Versos sobre a perda do 'Titanic'*)". (N.T.)
** *Well: while was fashioning / This creature of cleaving wing, / The Immanent Will that stirs and urges everything // Prepared a sinister mate / For her – so gaily great – / A Shape of Ice, for the time far and dissociate*. (N.T.)

Capítulo 3

Escrevendo por nações
Épica

A palavra "épico" é usada hoje em dia para tudo, mas com bastante indefinição. No jornal que acabei de deixar de lado, por exemplo, constato que uma partida de futebol (uma das pouquíssimas disputas, ai de nós, nas quais um time inglês ganhou um campeonato importante) é descrita como uma "batalha épica". Em termos de literatura, porém, a "épica", quando utilizada de modo apropriado, tem um significado que não é nem um pouco indefinido. Ela descreve um conjunto de textos muito seleto, muito antigo, que carrega valores cujo tom é "heroico" ("heroico" sendo outra palavra que tendemos a usar com indefinição excessiva). Ela mostra o gênero humano, podemos dizer, em seu aspecto mais másculo. (O preconceito de gênero é, infelizmente, apropriado: uma "heroína épica" é quase sempre uma contradição em termos.)

Quando pensamos a sério sobre epopeias, somos defrontados por uma pergunta intrigante. Se essa é uma literatura tão fantástica, por que hoje não a escrevemos mais? Por que não a escrevemos (com êxito, pelo menos) há vários séculos? A palavra ainda está conosco; a literatura, por algum motivo, não está.

A mais venerável epopeia que sobreviveu através dos tempos é *Gilgamesh*, cujas origens remontam a 2000 a.c. A narrativa se originou no atual Iraque (antes chamado de Mesopotâmia), o berço da civilização ocidental. Esse "crescente fértil" foi também a região onde o trigo foi cultivado pela primeira vez, possibilitando à humanidade o grande salto do modo de vida caçador-coletor para o agrícola. Este, por sua vez, tornou viáveis as cidades – tornou viáveis todos nós, podemos dizer.

A exemplo de outros poemas épicos, o texto sobrevivente de *Gilgamesh* é incompleto, dependente que era de tabuletas de argila, das quais nem todas resistiram à passagem de milhares de anos. Encontramos o herói pela primeira vez como rei de Uruk. Ele é meio deus, meio homem e construiu, para glorificar a si mesmo, uma cidade magnífica que ele tiraniza com brutalidade. É um governante mau, despótico. Os deuses, para corrigir seu comportamento, criam um "homem selvagem", Enkidu, tão forte quanto Gilgamesh, mas de caráter mais nobre. Os dois lutam, e Gilgamesh vence. Então se tornam camaradas e embarcam juntos numa série de buscas, aventuras e provações.

Os deuses, sempre imprevisíveis, infectam Enkidu com uma doença fatal. Gilgamesh fica perturbado com a morte de seu mais caro amigo. Agora temendo a morte, ele viaja pelo mundo para descobrir o segredo da imortalidade. Uma divindade que pode conceder seu desejo lhe propõe um teste: se ele deseja ter uma vida eterna, então irá conseguir, sem dúvida, ficar acordado por uma semana. Gilgamesh tenta, mas fracassa, aceita o fato de que é mortal e retorna para Uruk como um governante melhor e mais sábio. E, com o decorrer do tempo, morrerá.

Os temas dessa história vetusta – o desenvolvimento da civilização por meio do heroísmo e da domesticação do legado selvagem na nossa natureza humana – são comuns a todas as obras literárias que merecem o título de "épicas".

Historicamente, o épico evolui do mito. Geralmente conseguimos ver com bastante clareza os elos entre as duas formas narrativas. No grande poema épico britânico, *Beowulf*, por exemplo, o herói – um guerreiro "moderno" (isto é, moderno do século VIII) – aparece trucidando "monstros": Grendel e sua mãe, que vivem nas profundezas de um lago negro e emergem à noite para trucidar quaisquer humanos que encontrarem. O próprio Beowulf será morto depois por um dragão. Os dragões, a exemplo de monstros como os Grendels, são míticos. Guerreiros, como Beowulf e seus camaradas, são históricos. Seus armamentos e armaduras podem ser encontrados, exatamente como descritos no poema épico, nos barcos funerários nos quais heróis e reis como Beowulf eram enviados a seu descanso final. O mais famoso desses barcos funerários, desenterrado em Sutton Hoo, em Suffolk, está em exibição no Museu Britânico. Você não vai encontrar ossos de dragão enterrados com capacetes, espadas, cotas de malha de ferro e escudos.

A literatura britânica tem sua fundação nesse poema anglo-saxão de 3.182 versos. Foi composto provavelmente no século VIII, inspirado em fábulas antigas que recuavam ainda mais nas brumas do tempo. Foi trazido à Inglaterra em alguma forma anterior por invasores europeus e passou a ser recitado oralmente durante séculos, com incontáveis variações, antes de ser transcrito por um monge desconhecido (que teve o tato de fazer certas inserções cristãs) no século X. Os monastérios eram instituições que arquivavam os primeiros escritos da nação e cultivavam o aprendizado e a alfabetização. *Beowulf*, como nos chegou o texto, posiciona-se num ponto de junção entre paganismo e cristianismo, entre selvageria e civilização, entre a literatura oral e a escrita. É complicado de ler, mas é importante saber o que ele significa historicamente.

As epopeias, em sua mais antiga forma oral, costumam aparecer justamente nesses momentos de transição da história. Ou seja: quando a "sociedade" tal como as pessoas a conhecem ganha seus primeiros contornos "modernos" – transformando-se, de maneira reconhecível, no mundo em que elas vivem agora. As epopeias celebram, em narrativa heroica, certos ideais fundamentais. E marcam, mais especificamente, o "nascimento das nações".

Retornemos a *Beowulf* e seus versos de abertura, primeiro no inglês antigo original e depois na tradução para o inglês moderno:

> Hwæt. We Gardena   in gear-dagum,
> þeodcyninga,   þrym gefrunon,
> hu ða æþelingas   ellen fremedon.

> Lo! we have learned of the glory of the kings
> who ruled the Spear-Danes in the olden time, how
> those princes wrought mighty deeds.*

Embora seu idioma seja o "inglês antigo" e ele tenha circulado na Inglaterra por séculos, o poema se passa em "Daneland"**, o que é outro modo de dizer "uma terra muito, muito distante". Mas o que fica claro é que esse grande poema começa levantando metaforicamente uma bandeira nacional: a bandeira do reino Spear-Dane. No poema, Beowulf, um herói-príncipe de "Geatland" (hoje Suécia), vem salvar uma civilização embrionária de ser destruída pelos Grendels. Se ele não tivesse obtido êxito – num heroísmo extraordinário e abnegado –, o mundo moderno dos anglo-saxões e todas as outras nações europeias nunca teriam existido. Teriam sido mortos no nascimento por horríveis monstros antigos. A civilização, segundo nos contam as epopeias, precisou enfrentar uma luta mortal para vir a existir.

Um importante ponto adicional precisa ser acrescentado aqui. As epopeias literárias – isto é, aquelas que ainda são lidas séculos (milênios, em alguns casos) depois de sua composição – registram não o nascimento de "qualquer" nação, mas de nações que um dia virão a ser grandes impérios, engolindo nações menores. Em sua maturidade posterior, os impérios estimam "suas" epopeias como testemunhas dessa grandeza. As epopeias atestam-na. Os linguistas adoram a seguinte charada: "*Pergunta*: Qual é a diferença entre um dialeto e uma língua? *Resposta*: Uma língua é um dialeto com um exército por trás". Qual é, então,

---

* "Ouvimos falar dos dinamarqueses-de- / lança dos tempos de outrora – das glórias / que tiveram os reis de seu povo e de / seus intrépidos líderes, dos portentos / poderosos." Tradução de Ary Gonzalez Galvão. *Beowulf.* São Paulo: Hucitec, 1992. (N.T.)

** A terra dos dinamarqueses. (N.T.)

a diferença entre um poema longo sobre as lutas iniciais de um povo primitivo e uma epopeia? Uma epopeia é um poema longo com uma grande nação por trás – ou, mais precisamente, à frente.

Considere os mais famosos de todos: os poemas épicos nascidos na região que hoje conhecemos como a Grécia, a *Ilíada* e a *Odisseia* de Homero. Nada sabemos sobre a vida de Homero, e nunca saberemos. De acordo com a lenda, ele era cego. Alguns sugeriram que era uma mulher. Desde tempos remotos, porém, seu nome é atribuído a esses que são os maiores entre os poemas. Do que tratam os dois? Na *Ilíada*, uma linda mulher grega, Helena, torna-se amante de um belo e jovem príncipe estrangeiro, Páris. O amor entre eles é complicado pelo detalhe inconveniente de que Helena é casada. Os dois fogem para a pátria dele, Troia (localizada onde fica hoje a Turquia). É um tema romântico, você dirá – uma história de amor. Numa análise objetiva, contudo, o tema é o choque de duas cidades-Estados emergentes: Grécia (como virá a ser) e Troia; duas nações de comércio marítimo num mundo que não é grande o bastante para ambas. Na Guerra de Troia, uma nação precisa ser incendiada. Serão incendiadas as "torres imensas de Ílion" (como escreveu o dramaturgo elisabetano Christopher Marlowe): Troia é consumida pelas chamas para que a Grécia possa, de suas cinzas, ascender à grandeza. Tivesse acontecido o contrário, a história mundial teria sido muito diferente. Não teríamos tido a tragédia grega – tampouco, alguns diriam, a democracia (uma palavra grega). Nossa "filosofia de vida" como um todo teria sido diferente.

A continuação de Homero para a *Ilíada*, a *Odisseia*, é mais mítica do que a história épica precedente. Como vimos no Capítulo 2, ao longo de dez movimentados anos o herói grego Odisseu retorna da Guerra de Troia para seu pequeno reino, Ítaca. Em sua jornada, tendo escapado de Polifemo, o gigante de um olho só, ele e sua tripulação ficam encalhados numa ilha onde a bela feiticeira Circe tenta enfeitiçá-los e são ameaçados pelos monstros marinhos Cila e Caríbdis. Por fim, Odisseu dá um jeito de voltar a Ítaca e salvar seu próprio casamento com a sempre fiel Penélope. A estabilidade (depois de muita matança) é restaurada. A civilização pode prosperar. Os impérios podem ascender. Esse é um tema dominante nos dois épicos de Homero. A *Ilíada* e a *Odisseia* continuam sendo as mais legíveis (e filmáveis) das histórias. Em seu âmago, porém, essas narrativas épicas observam como a Grécia antiga – que gostamos de definir como berço da democracia moderna, nosso mundo – veio a existir. As epopeias são o fruto das "nobres e pujantes [poderosas] nações", como as chamou o poeta John Milton. (Milton é o autor daquele que é, na visão de muitos, o último grande épico da literatura britânica, *Paraíso perdido*, escrito em meados do século XVII, quando a própria Grã-Bretanha estava se tornando "pujante" – uma potência mundial. Ver Capítulo 10.)

Poderiam Luxemburgo ou o Principado de Mônaco, por mais talentosos que fossem seus autores, sediar uma epopeia? Poderia a multinacional União Europeia ter uma? Esses estados podem criar literatura, inclusive grande literatura. Mas não podem criar uma literatura épica. Quando o romancista Saul Bellow, ganhador do Prêmio Nobel, lançou sua pergunta provocativa "Onde está o Tolstói zulu, onde está o Proust papua?", ele estava, em essência, salientando que só as grandes civilizações têm grande literatura. E só as maiores dessas grandes nações têm epopeias. Uma grande potência mundial está em seu âmago.

O que se segue é uma lista de algumas das epopeias mais famosas do mundo, e dos grandes impérios ou nações dos quais elas derivaram.

Gilgamesh (Mesopotâmia)
Odisseia (Grécia antiga)
Mahabharata (Índia)
Eneida (Roma antiga)
Beowulf (Inglaterra)
La Chanson de Roland (França)
El Cantar de Mio Cid (Espanha)
Nibelungenlied (Alemanha)
La Divina Commedia (Itália)
Os Lusíadas (Portugal)

A nação do próprio Saul Bellow, os Estados Unidos, não consta da lista. Deveria ser incluída? Nenhuma nação foi mais poderosa. Historicamente falando, porém, os Estados Unidos são um país novo – juvenil, em comparação com a Grécia ou com a Grã-Bretanha (que outrora foi dona de uma considerável parte do território americano). Suas lutas fronteiriças, enquanto a moderna civilização americana progredia para o Oeste, podem ser entendidas como tendo inspirado certas versões do gênero épico, sob a forma dos filmes de D.W. Griffith (*O nascimento de uma nação*, 1915) e dos westerns (John Wayne e Clint Eastwood são, inegavelmente, heróis "épicos"). Segundo já defenderam alguns, o romance de Herman Melville *Moby Dick* (1851), que relata a fatídica busca do capitão Ahab pela (mítica?) baleia branca, é não apenas "o Grande Romance Americano", mas "a Epopeia Americana". Em enquetes modernas, a série de filmes *Star Wars*, de George Lucas, é votada com frequência como a grande epopeia moderna. Mas o que vemos aqui, mais do que efetivas epopeias modernas, é a dolorida sensação de que os Estados Unidos podem ter chegado tarde demais na cena mundial para que pudessem ter uma. Isto é, uma epopeia verdadeira. Eles ainda tentam.

Por tradição, o épico literário tem quatro elementos: ele é longo, heroico, nacionalista e – em sua mais pura forma literária – poético. Panegíricos (extensos hinos de louvor) e elegias (canções de tristeza) são ingredientes fundamentais. A primeira metade de *Beowulf* é uma extensa celebração da proeza do jovial herói em derrotar Grendel e sua mãe. A segunda parte lamenta a morte de Beowulf, em idade avançada, tendo sido submetido a ferimentos fatais ao derrotar o dragão que aterroriza seu reino. Ele assegurou o futuro de seu país com sua vida. A morte do herói é, com grande frequência, o clímax das narrativas épicas.

Normalmente, podemos dizer, o poema épico é ambientado numa grande era que já passou, que as eras posteriores recordam nostalgicamente, com a triste sensação de que a grandeza épica – o heroísmo e a honra – é algo do passado, mas sem ela não estaríamos onde estamos. É o tipo de sentimento complexo a que a literatura muitas vezes induz.

As grandes epopeias ainda são uma leitura extremamente prazerosa, embora quase todos nós sejamos obrigados a lê-las com um grau de separação, em tradução. Em muitos sentidos, os poemas épicos são dinossauros literários. Outrora foram dominantes, por força de seu mero tamanho, mas agora pertencem ao museu da literatura. Ainda podemos admirá-los, como admiramos os demais prodígios de nossos ancestrais nacionais, mas, para nossa tristeza, aparentemente já não somos capazes de criá-los.

CAPÍTULO 4

Sendo humanos

TRAGÉDIA

A tragédia, em sua plena forma literária, representa um novo ponto alto (o maior jamais alcançado, defenderiam alguns) na longa evolução da literatura: a imposição da forma sobre os materiais brutos do mito, da lenda e da épica. Por que ainda lemos e assistimos a dramas que foram escritos dois mil anos atrás, numa língua que poucos de nós entendem, para uma sociedade que poderia muito bem estar em outro planeta, tamanhas suas dessemelhanças em relação a nossa? A resposta é simples: ninguém jamais fez tragédia melhor do que a fizeram, em seu tempo, Ésquilo, Sófocles, Eurípides e outros dramaturgos gregos antigos.

O que de fato significam, porém, os termos "tragédia" e "trágico"? Um enorme avião cai do céu. Acontece raras vezes, mas, ai de nós, acontece. Centenas de passageiros morrem no desastre, que ganha todas as manchetes nos jornais do país. O *The New York Times* diz em sua primeira página "Acidente trágico: 385 mortos". O *The New York Daily News* opta pela chamada mais sensacionalista "Horror nas alturas: queda trucida centenas!". Nenhuma das duas manchetes pareceria incomum aos leitores de ambos os jornais.

Mas pergunte a si mesmo: um acontecimento *horrível* é a mesma coisa que um acontecimento *trágico*? Essa pergunta recebeu um tratamento requintadamente preciso numa peça escrita cerca de dois milênios e meio atrás. A peça foi composta por Sófocles, que escrevia para uma plateia ateniense. Devia ser representada ao ar livre, à luz do dia, num anfiteatro – um "teatro de arena", feito de pedra maciça, com assentos em declive –, por atores usando máscaras (chamadas de "personas") e calçados de sola alta (chamados de "coturnos"). A persona pode ter servido como um megafone, e os coturnos deixavam os atores visíveis até mesmo aos espectadores dos últimos assentos. (A acústica dos teatros em que eles atuavam era melhor do que aquela que você encontrará na Broadway ou no West End de Londres. Se você visitar o mais bem preservado dos teatros antigos, em Epidauro, um guia o sentará na mais longínqua fileira de assentos de pedra, irá para o centro da área de atuação e acenderá um fósforo. Você vai conseguir ouvir o som com facilidade.)

A obra-prima de Sófocles, *Édipo Rei*, conta a seguinte história, baseada num antigo mito grego. Coisas que aconteceram no passado estão agora "chegando ao ponto culminante". É pressagiado por uma sacerdotisa de Delfos – famosa por seu poder de prever o que há de vir, mas igualmente famosa pela natureza enigmática de suas profecias – que um filho, nascido do rei e da rainha de Tebas, Laio e Jocasta, matará seu pai e se casará com sua mãe. O destino do infante é ser um monstro. Tebas ficará melhor sem ele – muito embora o menino seja filho único do casal e sua morte vá criar problemas complicados quanto a quem será o próximo rei. O bebê Édipo é abandonado na encosta de um monte para perecer. Mas não morre. É resgatado por um pastor e, graças a uma série de acidentes, com a verdade sobre seu nascimento totalmente desconhecida, acaba sendo adotado por outro casal real, o rei e a rainha de Corinto. Os deuses parecem se interessar por ele.

Já adulto, o próprio Édipo consulta o oráculo, pois está preocupado com os comentários do povo de que ele não é filho de seu pai. O oráculo o adverte de que ele está fadado a matar o próprio pai e se casar incestuosamente com a própria mãe. Supondo que o oráculo se refere a seus pais adotivos, Édipo foge de Corinto e ruma para Tebas. Numa encruzilhada, topa com uma carruagem que segue no sentido contrário. O cocheiro o empurra para fora da estrada. Édipo agride o cocheiro, e o outro condutor, por sua vez, golpeia Édipo com força na cabeça. Segue-se uma luta furiosa, e um Édipo enraivecido mata o outro homem sem saber que ele é seu pai, Laio. É uma briga de trânsito, algo cometido no calor do momento.

Édipo continua sua jornada para Tebas, sem imaginar o que o espera. Primeiro se depara com a Esfinge, um monstro que vive numa montanha e vem aterrorizando a cidade. A Esfinge apresenta um enigma a todos os viajantes que chegam a Tebas. Quem não consegue dar a resposta certa morre. O enigma é: "Que criatura anda de quatro pela manhã, com dois pés à tarde e com três à noite?". Édipo é a primeira pessoa a responder corretamente: trata-se do "homem". O bebê engatinha de quatro. O adulto caminha com as duas pernas. O velho caminha com uma bengala. A Esfinge se mata. Uma Tebas agradecida elege Édipo como seu novo rei. Uma vez coroado, Édipo consolida seu domínio sobre o trono casando-se com a rainha Jocasta, misteriosamente enviuvada. Nenhum dos dois desconfia do que aconteceu com Laio e da coisa medonha que estão fazendo.

Édipo se revela um bom rei, um bom marido e um bom pai para os filhos que tem com Jocasta. Anos depois, porém, uma peste terrível e misteriosa assola Tebas. Milhares morrem. Colheitas são perdidas. As mulheres não conseguem gerar filhos. Esse é o ponto no qual a peça de Sófocles começa. Existe, claramente, outra maldição sobre a cidade. Por quê? Um adivinho cego, Tirésias, revela a medonha verdade. Os deuses estão punindo a cidade pelos crimes de parricídio (matar o pai) e incesto (casar-se com a mãe) cometidos por Édipo. Os horríveis detalhes vêm finalmente à tona. Jocasta se enforca. Édipo se cega com os broches da esposa. Ele passa o que resta de sua vida como mendigo, o mais reles dos reles em Tebas, cuidado em sua desgraça pela fiel filha Antígona.

Para voltar à pergunta com a qual começamos, o que faz de *Édipo Rei* algo trágico, em oposição a algo meramente horrível? Por que razão a morte e o sofrimento de todos aqueles tebanos anônimos não são mais trágicos do que a história de um único homem que sobrevive, ainda que inválido e alquebrado no espírito?

Essas questões foram abordadas por um dos maiores críticos literários de todos os tempos, Aristóteles, outro grego antigo. Seu estudo da tragédia – em específico, de *Édipo Rei* – se chama *Poética*. O título não significa que Aristóteles se interesse exclusivamente pela poesia (embora *Édipo Rei* e várias de suas traduções sejam escritas em verso), mas por aquilo que poderíamos chamar de mecânica da literatura: como ela funciona. Aristóteles se propõe a responder essa pergunta usando *Édipo Rei* como um de seus principais exemplos.

Aristóteles começa com um paradoxo esclarecedor. Imagine, por exemplo, o seguinte. Você encontra um amigo que acabou de sair de um teatro no qual está em cartaz *Rei Lear*, de Shakespeare (uma peça que tem forte semelhança com *Édipo Rei*). "Gostou?", você pergunta. "Sim", ele diz, "nunca me diverti tanto com uma peça em toda a minha vida." "Seu desalmado!", você retruca. "Se divertindo com o espetáculo de um velho sendo torturado até a morte por suas filhas diabólicas, outro velho sendo cegado no palco. Você quer me dizer que se *divertiu* com isso? Talvez você devesse ir ver uma tourada da próxima vez."

Isso é um disparate, claro. Aristóteles salienta que não é *aquilo* que é retratado na tragédia (a história) o que nos afeta e nos proporciona prazer estético, mas *como* é feito esse retrato (o enredo). O que nos diverte (e é bastante correto usar essa palavra) em *Rei Lear* não é a crueldade, mas a arte, a "representação" (Aristóteles a chama de "imitação", *mímesis*).

Aristóteles nos ajuda a entender o que faz uma peça como *Édipo Rei* funcionar como tragédia. Pegue a palavra "acidente". Na tragédia, somos levados a entender enquanto a peça progride, não há acidentes. Está tudo previsto – e é por isso que os oráculos e adivinhos são elementos tão centrais na ação. Nada fica ao acaso, tudo se encaixa. Pode ser que não vejamos isso no momento, mas veremos depois. Como define Aristóteles, quando vemos uma tragédia sendo representada, os acontecimentos deveriam nos passar a impressão de que são "necessários e prováveis" enquanto se desenrolam. O que acontece na tragédia *precisa* acontecer. Mas enxergar, de fato, o que se esconde por trás do desenrolar do predestinado decurso dos acontecimentos é, normalmente, difícil demais de suportar para uma pessoa de carne e osso. Quando vê como se saíram as coisas, porque, como agora entende, elas *precisavam* se sair daquela maneira, Édipo efetiva outra das alegações do adivinho – de que ele é (metaforicamente) cego – literalmente se cegando. A humanidade não consegue suportar uma dose muito grande de realidade.

Com o auxílio de Aristóteles, conseguimos desmontar a tragédia perfeitamente construída de Sófocles como um mecânico poderia desmantelar o motor de um automóvel. A tragédia, ele decreta, deve abordar as histórias pessoais de homens nobres que de fato existiram. A realeza é um tema ideal (existiu de fato, em tempos mais remotos, um rei chamado Édipo). A ideia de um escravo ou uma mulher no lugar de um herói trágico é, diz Aristóteles, absurda. A peça trágica, Aristóteles insiste, deve concentrar nossa atenção no "processo" – não pode haver distrações. Qualquer violência deve ocorrer fora do palco, e o procedimento ideal é que a tragédia – assim como em *Édipo Rei* – narre a fase final do processo trágico. A tragédia é indiferente àquilo que, no xadrez, é chamado de "fim de jogo": as consequências.

O dramaturgo francês moderno Jean Anouilh (1910-1987), discutindo sua adaptação de outra das peças de Sófocles (sobre a filha de Édipo, Antígona), descreveu o enredo trágico como uma "máquina", na qual todas as partes componentes colaboram entre si para produzir o efeito final, como no "movimento" de um relógio suíço. O que coloca o maquinismo em movimento? Aristóteles afirma que é preciso haver um gatilho e que o herói trágico precisa puxá-lo. Ele chama o gatilho de *hamartía*, termo que costuma ser traduzido, de maneira desajeitada, como um "erro de avaliação". Édipo puxa o gatilho da tragédia que acabará por destruí-lo ao perder a cabeça e matar aquele exasperante estranho na encruzilhada. Ele é um cabeça quente (a exemplo de Laio, seu pai – é um traço de família). Essa é a *hamartía*, ou erro de avaliação, que aciona a máquina, do mesmo modo como uma chave aciona o motor de um carro – um carro que sai da estrada e sofre uma batida fatal. É aterrorizante porque todos nós somos culpados de tais erros em nossas vidas cotidianas.

Aristóteles é particularmente astuto sobre como a plateia colabora, se a peça estiver funcionando como deveria, na plena experiência do desempenho trágico. Ele nota o quanto a tragédia pode ser emocionalmente poderosa – há notícia de mulheres grávidas que deram à luz prematuramente, afirma, enquanto assistiam a uma tragédia, de tão esmagador que era o efeito trágico. As emoções específicas que a tragédia provoca, diz ele, são "pena e medo". Isto é, pena pelo sofrimento do herói trágico e medo porque, se aquilo acontece com o herói trágico, pode acontecer com qualquer um – até mesmo conosco.

O mais controverso dos argumentos de Aristóteles é a teoria da *kátharsis*. A "catarse" é mais bem entendida como uma "moderação das emoções". Voltemos a nossa plateia saindo do teatro depois de assistir a uma tragédia como *Rei Lear* ou *Édipo Rei*, bem desempenhada. O estado de espírito será sóbrio, reflexivo – as pessoas estarão, em certo sentido, exauridas por aquilo que viram no palco. Mas também estranhamente elevadas, como se tivessem passado por algo semelhante a uma experiência religiosa.

Não precisamos tomar como evangelho crítico tudo o que Aristóteles diz – digamos que ele nos dá uma caixa de ferramentas. Mas por que *Édipo Rei* ainda funciona para nós, separados como estamos por todos esses séculos? Não concordamos nem por um segundo, por exemplo, com as opiniões sociais de Aristóteles sobre escravos e mulheres, ou com sua visão política de que apenas reis, rainhas e a nobreza importam na história das nações.

Há duas respostas plausíveis. Uma é o fato de a peça ser tão maravilhosamente bem construída. É um fenômeno de beleza estética – como o Partenon, o Taj Mahal ou uma pintura de Da Vinci. Em segundo lugar, embora o arquivo do conhecimento humano tenha se expandido imensamente, a vida e a condição humana continuam sendo muito misteriosas para quem pensa. A tragédia confronta esse mistério, examina as grandes questões: qual é o propósito da vida? O que nos torna humanos? Em seus objetivos, a tragédia é o mais ambicioso dos gêneros literários. Aristóteles não tem qualquer dúvida de que é, como ele nos diz, o "mais nobre".

Capítulo 5

Contos ingleses
Chaucer

A literatura inglesa – como a conhecemos – começa com Geoffrey Chaucer (*c.* 1344-1400), setecentos anos atrás. Mas vou reformular essa frase. Não a "literatura inglesa", mas a "literatura em inglês" começa com Chaucer. Passou-se um longo tempo até que a Inglaterra ganhasse uma língua que unificasse a prática da escrita e a fala da população como um todo – e Chaucer assinala o ponto no qual podemos ver isso acontecendo, por volta do século XIV.

Compare as duas citações seguintes. Elas são os versos iniciais de dois grandes poemas escritos quase ao mesmo tempo, mais para o fim do século XIV, naquilo que hoje é a Inglaterra::

> *Forþi an aunter in erde I attle to schawe,*
> *Þat a selly in siȝt summe men hit holden* ...*

---

* "Por isso quero vos narrar uma verdadeira maravilha, que o povo conta como um milagre manifesto". *Sir Gawain e o Cavaleiro Verde*. Tradução de Marta de Senna: Rio de Janeiro: Móbile, 2011. (N.T.)

When that Aprilis, with his showers swoot,
The drought of March hath pierced to the root ...*

A primeira citação é de alguém conhecido apenas como o "Poeta Gawain", e é o início de *Sir Gawain e o Cavaleiro Verde*, uma história semimítica ambientada no reinado do rei Arthur (discutida no Capítulo 2). A segunda é de Chaucer, e é o dístico que abre os *Contos da Cantuária*.

A maioria dos leitores – sem familiaridade com a dicção poética anglo-saxã, seus ritmos de dois acentos tônicos, versos quebrados e vocabulário por vezes tão alienígena quanto klingon – verá um bicho de sete cabeças no exemplo de *Gawain*. Poucas palavras insinuam que se trata de uma espécie de inglês. O segundo extrato (com a informação de que "swoot" quer dizer "sweet" [doce]) é, para o leitor moderno, amplamente compreensível – como o é o poema todo, suas rimas e seus ritmos. Com poucas palavras traduzidas para nós, podemos quase todos dar conta do poema nas diversas formas primitivas nas quais ele foi transcrito. E é mais aprazível no original. Como costumamos dizer, ele fala conosco.

Por mais que *Gawain* seja um belo poema, sua retenção da linguagem e do estilo do inglês antigo representa um beco sem saída literário. As pessoas a quem o poema outrora falou desapareceram há muito. Não havia futuro para uma escrita como essa – por mais magnífico que o poema seja para quem, hoje, dá-se o trabalho de aprender o dialeto no qual está escrito. O "novo" inglês de Chaucer está no limiar de séculos vindouros de grande literatura. Ele foi saudado como "Dan" Chaucer por seu seguidor, o grande poeta elisabetano Edmund Spenser – "Dan" é abreviatura de Dominus, "Mestre". O líder da matilha. Chaucer foi, disse Spenser, "a fonte imaculada do inglês". Ele deu à literatura inglesa sua língua. E ele mesmo foi o primeiro a

---

* "Quando o chuvoso abril em doce aragem / Desfez março e a secura da estiagem ..." Tradução de José Francisco Botelho. *Contos da Cantuária*. São Paulo: Penguin Classics Companhia das Letras, 2013. (N.T.)

fazer com ela grandes coisas, abrindo o caminho para que outros fizessem grandes coisas.

É significativo que saibamos quem Chaucer realmente foi e possamos vê-lo, em nossa leitura, com os olhos da imaginação. A literatura, depois dele, tem "autores". Não sabemos quem compôs *Beowulf*. Foi provavelmente obra de várias mãos e mentes anônimas. Tampouco sabemos quem foi o "Poeta Gawain". Pode ter sido mais de uma pessoa. Quem poderá saber?

Muito havia mudado nos reinados e feudos (estados controlados por lordes) regionais da Grã-Bretanha durante o meio milênio que separa *Beowulf* dos *Contos da Cantuária*. Não era só o "inglês" que acontecera, mas a própria "Inglaterra". As Ilhas Britânicas foram conquistadas por Guilherme, duque da Normandia, em 1066. "O Conquistador", como ele é chamado, trouxe consigo o aparato daquilo que reconhecemos como o Estado moderno. Os normandos continuaram a unificação da terra que haviam invadido, instaurando uma língua oficial, um sistema de direito comum, cunhagem, um sistema de classes, Parlamento, Londres como a capital e outras instituições, muitas das quais se mantiveram até o nosso tempo atual. Chaucer foi o autor pioneiro dessa nova Inglaterra, e seu inglês era o dialeto de Londres. Ainda é possível ouvir os velhos ritmos e vocabulários da literatura anglo-saxã, até mesmo em seu verso, mas é algo subterrâneo, como uma batida de tambor que nos alcança pelas vibrações no chão.

Quem foi esse homem, então? Ele nasceu Geoffrey de Chaucer, seu nome de família derivado do francês *chausseur*, ou "sapateiro". Ao longo dos séculos, a família ascendera bem acima do nível da sapataria e de suas origens normando-francesas. Na época de Geoffrey, tinha relações com a corte, da qual recebia favores. Por sorte, sob Eduardo III, o país estava mais ou menos em paz – embora fossem feitas incursões ocasionais à França, agora um adversário com o qual a Inglaterra viveria em conflito por quinhentos anos. O pai de Geoffrey atuava na importação/exportação de vinho. Essa linha de trabalho significava contato íntimo com a

Europa continental, de cujas literaturas (bem à frente da inglesa na época) Geoffrey se valeria em grande medida mais adiante.

Chaucer pode ter frequentado, de maneira oficial ou não, uma das grandes universidades, ou pode ter recebido sua impressionante educação de tutores domésticos. Não sabemos. O que resta claro é que ele chegou à idade adulta com extraordinária erudição e fluente em diversas línguas. Na juventude, ansiando por aventura, embarcou numa carreira militar. (Um de seus dois grandes poemas, *Troilo e Créssida*, é ambientado no segundo plano da maior de todas as guerras na literatura – a guerra entre gregos e troianos.) Na França, o jovem soldado foi aprisionado e resgatado. Mais tarde na vida, seu pensador favorito passou a ser o poeta romano Boécio, que escreveu seu grande tratado, *A consolação da filosofia*, na prisão. Chaucer o traduziu para o inglês do latim original, em parte através de uma versão francesa, e absorveu seu pensamento, particularmente quanto à incerteza da "fortuna" – os altos e baixos da vida.

Tendo retornado das guerras, casou-se e se acomodou. Sua esposa, Philippa, era de berço nobre e lhe trouxe dinheiro, bem como status. Sua vida privada é matéria de persistente debate. Da frequente sacanagem de seus escritos, entretanto, podemos deduzir que Geoffrey Chaucer não era puritano por natureza. O termo "chauceriano" se tornou proverbial para designar quem aproveita ao máximo a vida.

Sua carreira foi amparada, de início, por amigos da corte. Era por meio do patronato que alguém se dava bem naquele tempo. Em 1367, o rei lhe fixou uma generosa pensão vitalícia de vinte marcos por seus serviços como "nosso amado Valete" (cortesão). Hoje, chamaríamos Chaucer de funcionário público. No início dos anos 1370, ele foi empregado no exterior a serviço do rei. Pode muito bem ter conhecido os grandes escritores italianos, Petrarca e Boccaccio, na Itália – então capital literária do mundo moderno. Ambos viriam a ser enormes influências em sua própria escrita.

Em meados dos anos 1370, Chaucer foi nomeado controlador de Alfândega no porto de Londres. Esse foi o ponto alto de sua vida profissional. Tivesse ele continuado a ascender no mundo, é pouco provável que chegássemos a ter os *Contos da Cantuária*. Na década de 1380, porém, sua fortuna declinou. Seus amigos e patrocinadores já não podiam ajudá-lo. Agora viúvo e sem o amparo da corte, retirou-se para Kent, onde escreveu os *Contos da Cantuária*, seu grande poema do condado. A essa altura, aparentemente nada lhe restava fazer senão aproveitar a vida da melhor maneira possível em seu retiro provinciano.

Contos da Cantuária e *Troilo e Créssida* são dois poemas de suprema grandeza. Ambos são momentosamente inovadores. Mudaram a literatura. *Troilo* pega a grande epopeia de Homero, a *Ilíada*, que Chaucer colhera de fontes italianas, e transforma a história de guerra numa história de amor – um desabrochado romance. Enquanto a grande batalha ruge fora das muralhas de Troia, um dos príncipes troianos, Troilo, apaixona-se perdidamente por uma viúva, Créssida. O relacionamento – como exige o código do "amor cortês" – precisa ser mantido em segredo perante o mundo, em parte para preservar sua pureza. Entretanto, ela o trai. Isso destrói Troilo. Os assuntos do coração, insinua o poema, podem ofuscar até mesmo grandes guerras. Quantos poemas, peças e romances futuros podemos ver antecipados nesse enredo?

Contos da Cantuária segue sendo, para leitores modernos, o melhor ponto de entrada em Chaucer. Seu formato, segundo todas as probabilidades, foi tirado de uma fonte mais moderna do que a de Troilo, o *Decameron*, de Boccaccio, no qual dez refugiados de uma Florença devastada pela peste contam histórias uns para os outros (nada menos que cem delas) para passar o tempo nos enfadonhos dias de sua quarentena. O *Decameron* é escrito em prosa. *Contos da Cantuária*, embora seja escrito em sua maioria num verso que corre macio, pode, a exemplo do livro de Boccaccio, ser lido agora como uma espécie de romance primitivo – ou feixe de pequenos romances. (Ver Capítulo 12 para mais sobre as primeiras obras romanceadas na literatura.)

Cada um dos contos de Chaucer é absorvente a seu próprio modo, e juntos eles compõem um pequeno mundo, ou "microcosmo". O poeta do século XVIII John Dryden (o primeiro laureado da Inglaterra – ver Capítulo 22) disse que a obra continha a "Abundância de Deus". A vida toda está ali, das aflições de sublime amor cortês do "Conto do Cavaleiro", passando pela farra obscena das histórias dos peregrinos de classe baixa até o ortodoxo aconselhamento religioso dado pelo Pároco. Infelizmente, o poema não está presente por inteiro no texto que temos agora. Chaucer escreveu sua obra um século antes da invenção das prensas de impressão. Temos o poema em forma imperfeita, tal como ele sobreviveu em várias transcrições manuscritas, nenhuma feita pelo próprio Chaucer.

A narrativa se inicia em abril de 1387. Vinte e nove peregrinos (incluindo Chaucer, que permanece totalmente à margem das coisas) se reúnem na Estalagem do Tabardo, na beira sul do Tâmisa, em Londres. Eles pretendem fazer a "peregrinação" de quatro dias e cerca de 160 quilômetros a cavalo, em grupo, até a sepultura do mártir Thomas Becket, na Catedral da Cantuária. O anfitrião na estalagem, Harry Bailey, nomeia-se guia do grupo na jornada e – para promover união e harmonia – decreta que cada um dos peregrinos deverá contar duas histórias no caminho para Kent e duas no caminho de volta. Isso daria em torno de 116 contos. Esse projeto nunca foi completado, e talvez nunca tivesse sido pretendido que fosse, ou, mais provavelmente, Chaucer morreu antes de ter a oportunidade. O que nos chegou são 24 contos, alguns deles fragmentários. É atormentador, mas mais do que o bastante para transmitir uma noção do gigantesco feito.

Os peregrinos de Chaucer formam um espelho da sociedade naquela época – notavelmente parecida, em muitas de suas feições, com a nossa própria sociedade. Não é um poema "cristão", apesar de ser centrado num ato de devoção. O ponto salientado por Chaucer é que o cristianismo é um credo flexível, que pode conter todos os tipos de pessoas numa moldura social via de regra secular. Você pode ser ao mesmo tempo "mundano" e "religioso". Nem todos os dias da semana são domingo. Na época em que Chaucer escreveu, isso provavelmente parecia ser uma ideia nova.

Entre os peregrinos há um conjunto de eclesiásticos (gente da igreja), homens e mulheres: um Frade, um Monge, uma

Prioresa, um Beleguim, um Vendedor de Indulgências (particularmente desprezado por Chaucer porque "vende" o perdão dos pecados) e um Pároco (a quem Chaucer reverencia). Esses homens e mulheres da igreja, de um modo geral, não gostam muito uns dos outros. O leitor tampouco é levado a gostar de todos eles.

Na base da pirâmide social estão um Cozinheiro, um Feitor (administrador de terras), um Moleiro e um Navegador (um marinheiro comum). Um degrau acima deles encontram-se um Mercador e um Fazendeiro – membros da emergente classe burguesa. Ambos são ricos. Possivelmente ainda mais rica (abastada o suficiente para ter feito três viagens a Jerusalém) é a "Mulher de Bath". Bem-sucedida por esforço próprio, ela prosperou com fabricação de tecido (*toile de Nîmes* – brim). Viúva veterana de cinco casamentos, ao mesmo tempo maltratada e educada por seus maridos, ela é a personificação do ânimo feminino. Intrépida, compra brigas com seus companheiros de peregrinação (em especial com o celibatário Erudito) no assunto do casamento. Ela tem mais conhecimento do que a maioria sobre essa específica instituição – precisamente, cinco vezes mais do que o Erudito.

Acima dessa "classe média" mercantil estão membros do que chamaríamos, hoje, de profissões: um doutor (o Médico), um advogado (o Magistrado) e um acadêmico (o Erudito – alguém que ganha a vida com suas habilidades de leitura e escrita). Cada um dos peregrinos é caracterizado de forma exagerada no "Prólogo geral" e em prólogos mais curtos para cada conto. Eles se mostram com grande vividez na imaginação do leitor. Na estrutura global dos contos, emerge um conjunto de debates: sobre o casamento (uma esposa deveria ser submissa ou assertiva?), sobre o destino (como esse conceito pagão pode ser combinado com o cristianismo?) e sobre o amor (por acaso – como afirma o lema da Prioresa – ele "conquista tudo?").

O peregrino do mais alto "grau" (classe social) e, por esse motivo, primeiro contador de histórias é o Cavaleiro. Seu conto, ambientado na Grécia antiga, saturado das normas do amor cortês e das ideias de Boécio sobre suportar com paciência todos os infortúnios, é apropriadamente "cavalheiresco" – ou seja, dotado da nobreza dos cavaleiros. Segue-se, quase de imediato, um *fabliau*, ou história de sacanagem, contado pelo Moleiro. O amor que ele narra, sobre um velho carpinteiro, sua jovem esposa e certos rapazes maliciosos, é tudo, menos cortês. Textos dos *Contos da Cantuária* foram rotineiramente censurados para leitores jovens até o século XX adentro (incluindo a minha própria edição escolar, como ainda recordo com certo ressentimento).

Várias alterações ressoam em descompasso ao longo das duas dúzias de contos, terminando, de modo apropriado, com um sermão magnânimo e fervoroso do Pároco, depois do qual o leitor pode partir em paz, tendo se divertido tremendamente. Dryden tinha razão. A vida toda está ali. A nossa vida também.

CAPÍTULO 6

Teatro na rua
AS PEÇAS DE MISTÉRIO

No fim do século XV e início do século XVI, o mundo da literatura viu surgirem, juntos, a impressão e o teatro moderno. Esses dois grandes maquinismos, a página e o palco, seriam os lugares nos quais a literatura aconteceria pelos quatro séculos seguintes. Neste capítulo, observaremos as primeiras agitações do drama na Inglaterra. Não no palco, mas nas ruas das mais vibrantes cidades da Inglaterra.

Onde o teatro *realmente* começa? Se você perguntasse a Aristóteles, ele responderia: olhe para seus filhos. Ele se origina na configuração, ou programação, dos próprios seres humanos. É uma das coisas que nos tornam humanos. No terceiro capítulo de seu grande tratado crítico, sua *Poética* (ver Capítulo 4), ele escreve:

> O imitar é congênito no homem (e nisso difere dos outros viventes, pois, de todos, é ele o mais imitador, e, por imitação, aprende as primeiras noções), e os homens se comprazem no imitado.*

---

* Tradução de Eudoro de Sousa. *Poética*. Porto Alegre: Globo, 1966. (N.T.)

Com "imitação" (*mímesis*) ele quer dizer "representação". Quando um ator entra no palco no papel de, digamos, Ricardo III, ele está fingindo ser esse personagem. Ele não é o rei cujo corpo foi exumado num estacionamento em Leicester em 2013. E esse fingimento, ou "imitação", está no cerne do drama. Assinala um dos aspectos mais estranhos da experiência teatral – para os que se encontram de ambos os lados da ribalta.

É claro que sabemos, se pensarmos nisso, que Ian McKellen ou Al Pacino (ambos os quais interpretaram Ricardo III com enorme aclamação) são quem são enquanto são (a palavra "são" fica escorregadia nessa altura) o Ricardo III que estão "interpretando". Sabemos que o ator é McKellen ou Pacino, e ele também. Enquanto assistimos à peça, porém, por acaso somos nós, a plateia, "arrebatados"? Por acaso, como definiu numa frase maravilhosa o poeta, crítico e filósofo Samuel Taylor Coleridge, "suspendemos a descrença" – optamos por ser enganados? Deliberadamente "não sabemos" o que sabemos? Ou permanecemos cientes do fato de que estamos sentados num cinema ou teatro, com outras pessoas, olhando para alguém que, com maquiagem no rosto, recita palavras escritas por outra pessoa? Depende da peça que você está vendo. Mas o ponto a ser assinalado é que a nossa experiência do drama também exige certas habilidades de nós, a plateia, quanto a como responder, apreciar e julgar o desempenho. Quanto mais você vai ao teatro, tanto melhor fica essa sua capacidade.

Os teatros começaram muito antes da construção das grandes estruturas de madeira na margem sul de Londres na época de Shakespeare, com seus nomes grandiosos como Globe e Rose. Esses novos teatros junto ao Tâmisa eram capazes de receber até 1,5 mil – a maioria de pé. Mas o teatro que os precedeu e as peças que eram apresentadas tinham plateias de dezenas de milhares, e divertiam nas ruas populações inteiras, que ficavam paradas ou passavam caminhando.

Peças representando histórias bíblicas saíram às ruas em diversos países europeus na Idade Média. Na Inglaterra, eram chamadas de peças de "mistério". A palavra francesa era *mystère*, mas, na Inglaterra, *mystery* também podia significar ofício ou profissão, a partir da palavra francesa *métier*. As peças evoluíram de rituais religiosos popularizados, particularmente do que acontecia na Páscoa, quando, por tradição, congregações tinham liberdade para "encenar" grande parte da cerimônia. Sua popularidade chegou ao auge no período que antecedeu a entrada em cena de Shakespeare e seus colegas dramaturgos.

Eram as guildas (as primeiras organizações sindicais) que patrocinavam as peças de mistério e atuavam nelas. Elas brotaram nas prósperas vilas e cidades de uma Inglaterra cada vez mais urbanizada – numa época em que todos os países emergentes da Europa estavam se tornando mais urbanos –, mas fora da capital vastamente urbanizada. Eram "provincianas", não "metropolitanas". Essa tensão na literatura entre o que é produzido por Londres (o "mundo" literário e teatral da Inglaterra, como a capital gosta de se julgar) e lugares fora da capital ("o mato", como alguns londrinos gostam de chamá-los) ficou conosco até os dias atuais. As peças de mistério eram muito "fora de Londres". E se orgulhavam disso.

Nas grandes cidades da Inglaterra, as guildas cultivavam as habilidades (e os truques) de seus ofícios. A filiação tinha um controle rigoroso. Os membros tendiam a ser alfabetizados, bem como habilidosos. O grosso da população, na época, não era (ou era, na melhor das hipóteses, mal) alfabetizado. As guildas transmitiam suas habilidades através de um sistema mestre-aprendiz que sobrevive até os tempos atuais. Também exerciam um monopólio sobre os ofícios – você não podia, por exemplo, trabalhar como construtor ("pedreiro") ou carpinteiro a menos que pertencesse à guilda certa e pagasse as suas "taxas". De modo que ficaram ricas e poderosas, mas mantinham um forte senso de dever cívico em relação às comunidades que as tinham tornado ricas e poderosas.

No período medieval, o livro mais importante era a Bíblia. Sem ela, para as pessoas da época, a existência não tinha sentido. Mas grande parte da população não sabia ler sua própria língua, muito menos o latim da Bíblia comum. Os livros ainda eram caríssimos, mesmo após a invenção da impressão no fim do século XV. As guildas tomavam para si a tarefa de evangelizar –

espalhar a boa palavra – por meio do entretenimento de rua. O drama servia perfeitamente a esse propósito.

Uma vez por ano, em algum específico dia santo do calendário cristão (geralmente, a festividade de Corpus Christi), "ciclos" dramáticos (isto é, a narrativa bíblica como um todo) eram encenados. Cada guilda patrocinava um carroção, ou *float*.* Normalmente, escolhiam um episódio da Bíblia que condizia com sua profissão. Os pineiros (fabricantes de pregos), por exemplo, contavam a história da crucificação, ao passo que os barqueiros poderiam contar a história de Noé e o Dilúvio. A Igreja oficial costumava tolerar tudo isso. Alguns clérigos, de fato, que por certo seriam de longe os mais letrados membros de suas comunidades, provavelmente ajudavam a escrever as peças. A guilda armazenava profusos figurinos, acessórios e roteiros para uso repetido. Roteiros de encenação para diversos dos ciclos baseados em cidades sobreviveram, notavelmente os de York, Chester e Wakefield.

As peças de mistério eram imensamente populares em seu tempo – e foi um tempo, em termos históricos, razoavelmente longo: dois séculos de duração. É inquestionável que o jovem Shakespeare as viu durante sua infância em Stratford, gostou delas e foi influenciado por elas pelo resto da vida. Ele ocasionalmente lhes faz referência em suas peças, como algo que também seria familiar a suas plateias.

Um exemplo particularmente bom do gênero da peça de mistério é a *Segunda peça dos pastores*, do ciclo de Wakefield. O título não é cativante, mas se trata de ótimo drama, por mais primitivo que seja. A peça foi composta provavelmente por volta de 1475 e encenada, com elaborações e adaptações tópicas, por várias décadas a partir de então, todos os anos, na festividade de Corpus Christi, em maio ou junho. A cidade de Wakefield, em Yorkshire, foi enriquecida na Idade Média pelo comércio de lã e couro. Ovelhas e gado pastavam nas colinas relvadas em volta da cidade, que tinha boa comunicação com o resto do país e conseguia despachar suas mercadorias para os mercados das grandes cidades. Wakefield também tinha uma reputação de se divertir

---

* "Flutuador" ou "carro-plataforma". (N.T.)

para valer em feiras e outros eventos públicos, sendo apelidada de "Alegre Wakefield". Os cidadãos gostavam de uma boa risada, e a *Segunda peça dos pastores* a fornecia.

O ciclo de mistério de Wakefield engloba, no total, trinta peças, começando com a Criação, no Gênesis, e terminando com o enforcamento de Judas nos evangelhos do Novo Testamento. Existem duas peças dos pastores, celebrando o produto (lã) que era a principal fonte de prosperidade da cidade. A segunda peça se inicia com três pastores nas colinas de Belém (colinas que eram definitivamente mais de Yorkshire do que da Palestina), vigiando suas ovelhas à noite.

Dezembro é um mês de frio extremo para quem fica cuidando de ovelhas ao ar livre. O primeiro pastor se lamuria pelo clima com raiva e então segue ralhando contra as opressões, incluindo impostos, que gente pobre como ele precisa suportar ao passo que os ricos ficam aconchegados, bem alimentados e aquecidos em suas camas. (Os impostos eram aplicados não só pelas autoridades da cidade, mas também pelas guildas. É uma pequena piada interna.)

> Somos tão sobretaxados,
> Banidos, emasculados,
> Na mão dos homens empoderados
> Passamos mau bocado.
> Assim nos roubam a paz, que se desgracem, eu peço!
> Tais homens deixam a terra em recesso,
> Quando dizem o que é melhor, constatamos o inverso –
> Assim lavradores são oprimidos, a ponto do insucesso,
> Na vida,
> Assim nos dominam
> E o conforto retiram.*

---

* *We're so burdened and banned, / Over-taxed and unmanned, / We're made tame to the hand / Of these gentry men. / Thus they rob us of our rest, may ill-luck them harry! / These men, they make the plough tarry, / What men say is for the best, we find the contrary – / Thus are husbandmen oppressed, in point to miscarry, / In life, / Thus hold they us under / And from comfort sunder.* (N.T.)

É um desabafo extraordinário. E fala conosco com uma força e uma objetividade que atravessam os séculos e ecoam nos dias atuais. Converse com cidadãos na fila do centro de empregos em Wakefield hoje: eles poderão reclamar bem da mesma maneira como reclama seu distante predecessor, o primeiro pastor. E certamente com o mesmo sotaque acentuado de Yorkshire.

A peça, entretanto, não continua nessa veia raivosa. Segue-se um episódio de hilariante comicidade. Mak, outro pastor, roubou um dos cordeiros que seus três camaradas ficaram a noite toda resguardando, congelados até os ossos. Mak leva sua pilhagem para casa e a esconde num berço, disfarçando-a como um bebê recém-nascido.

Os outros pastores vão até o chalé de Mak (como os três reis da história bíblica) para dar ao bebê uma moeda de prata – um valor bastante considerável para eles. Depois de muitas trapalhadas cômicas, descobrem o que é, exatamente, o "recém-nascido" no berço. O roubo de ovelhas era crime capital, punível com morte (daí o provérbio "Tanto faz ser enforcado por ovelha ou cordeiro"). Mas é Natal, tempo de perdoar os pecados. Foi por essa misericórdia, sugere a peça, que Cristo morreu. Os pastores meramente enrolam Mak num cobertor.

A peça então reverte para a familiar doutrina religiosa. O Anjo do Senhor aparece e instrui os três bons pastores a venerar o verdadeiro recém-nascido, que repousa entre dois animais numa manjedoura de Belém.

A *Segunda peça dos pastores* é um ponto alto dessa forma pioneira de teatro de rua. Mas a mesma mescla de energia, vivacidade e "voz do povo" anima todos os ciclos. Eles se extinguiram, como parte vital do cotidiano na cidade, no final dos anos 1500, e há certa incerteza quanto ao motivo. Uma razão pode ser o fato de que os reformistas nunca gostaram deles. Será que evoluíram para algo muito maior do que eram, o teatro londrino do século XVII, dominado como seria por Shakespeare? Ou definharam sob as pressões da urbanização, dos deslocamentos em massa de populações, da decadência do sistema de guildas, da construção de teatros permanentes ("fora da lama") nas cidades e do acesso mais fácil à Bíblia em seu formato impresso? A Bíblia encontrou outras maneiras de chegar até as pessoas ao longo dos séculos seguintes. As peças de mistério já não eram necessárias.

Qualquer que seja a resposta, há uma conclusão importante a ser tirada do florescimento de dois séculos desse teatro de rua. A saber, o fato de que o modo como reagimos à literatura no palco – seja esse palco uma procissão rodante de carroças ou o tablado de um teatro moderno – é muito diferente do modo como reagimos à literatura impressa na página.

Você pode pegar um livro a qualquer momento e largá-lo quando quiser. No teatro é diferente: a cortina sobe num instante preciso e desce a intervalos especificamente cronometrados. A plateia não se levanta dos assentos enquanto assiste à peça. Mesmo no século XXI, as pessoas tendem a se vestir "bem" para ir ao teatro. Elas não costumam, como fazem quando olham TV, comer refeições ou conversar durante a apresentação; se você mal farfalhar uma embalagem de doce, ou se, pior ainda, seu celular tocar, você receberá olhares furiosos. A plateia tende a cair na risada sempre ao mesmo momento, e aplaude no fim.

Não quero forçar a ideia, mas tudo isso nos lembra de que estamos numa espécie de igreja. Congregação, plateia – qual é a diferença? Ler – "com o nariz enfiado num livro" – é uma das nossas atividades mais íntimas, mas, em um teatro, consumimos a literatura em público: como comunidade. Nossa experiência e nossa reação são coletivas. Essa é uma grande parte do prazer do teatro. Estamos acompanhados.

Algumas das peças de mistério que chegaram até nós, como a *Segunda peça dos pastores*, são tão excelentes, a seu modo, como qualquer outra coisa na história do drama britânico. Mas a maior parte do que se refere ao gênero, para o moderno frequentador de teatro, é de um interesse mais histórico do que literário. Não obstante, a peça de mistério tem enorme relevância. Ela nos lembra de onde o teatro começou e daquilo que alimenta seu apelo duradouro. Mesmo hoje, embora já não precisemos ficar de pé na rua para desfrutar dele, o drama é literatura "comunitária". Literatura do povo.

Capítulo 7

O bardo

Shakespeare

Qualquer enquete para decidir quem é o maior escritor da língua inglesa daria o mesmo resultado. Sem controvérsia. Mas como Shakespeare chegou a sê-lo? A pergunta é simples, mas não admite resposta simples.

Algumas das melhores mentes literárias e críticas da história (para não mencionar gerações de frequentadores do teatro) tentaram, mas ninguém foi capaz de explicar de maneira convincente como é que um homem que abandonou a escola antes do tempo, filho de comerciante, nascido e criado na estagnação de Stratford-upon-Avon, cujo principal interesse na carreira parece ter sido acumular dinheiro suficiente para se aposentar, tornou-se o maior escritor que o mundo de língua inglesa já conheceu, e, como afirmam muitos, jamais conhecerá.

Nunca seremos capazes de "explicar" Shakespeare, e tentar fazê-lo é uma tolice. Mas, sem dúvida, podemos apreciar sua façanha e – embora o retrato seja exasperantemente incompleto – podemos rastrear os contornos de sua vida em busca de quaisquer pistas, nela, quanto aos motivos que fizeram dele o maior escritor da língua inglesa.

William Shakespeare (1564-1616) nasceu quando o reinado da rainha Elizabeth I estava por volta de seu sexto ano. A Inglaterra na qual ele cresceu ainda sentia os estertores do distúrbio deixado pelo reinado da monarca anterior, Maria I, apelidada de "Bloody Mary". Sob ela fora perigoso ser protestante, sob Elizabeth era perigoso ser católico. Shakespeare, como outros em sua família, andava com cuidado na corda bamba entre as duas fés (embora certas pessoas desejem defendê-lo como um católico secreto pela vida toda). Ele manteve o assunto da religião rigorosamente fora de seu drama. Tratava-se, literalmente, de um tópico ardente – bastava dizer a coisa errada e você podia ser queimado na fogueira.

No centro dessa questão ardente estava o problema de quem iria suceder ao trono. Enquanto Shakespeare ingressava na dramaturgia, Elizabeth, nascida em 1533, já era uma monarca idosa. A Rainha Virgem não tinha um herdeiro escolhido, nem mesmo um herdeiro claramente aparente. Um vácuo na sucessão era perigoso. Toda e qualquer pessoa inteligente no país se perguntava: "O que virá depois da rainha Elizabeth?".

O questionamento político mais significativo em grande parte do drama de Shakespeare (em particular nas peças históricas) é: "Qual é o melhor modo de substituir um rei (ou, no caso de Cleópatra, rainha) por outro?". Diferentes respostas são examinadas em diferentes peças: assassinato secreto (*Hamlet*); assassinato público (*Júlio César*); guerra civil (as peças *Henrique VI* parte 1 e parte 2); abdicação forçada (*Ricardo II*); usurpação (*Ricardo III*); legítima sucessão por linhagem (*Henrique V*). Foi um problema com o qual Shakespeare lutou até sua última peça (como julgamos ser), *Henrique VIII*. A própria Inglaterra lutaria com esse problema por um tempo bem maior e sofreria os horrores de uma guerra civil ao tentar encontrar uma saída.

O pai de Shakespeare era um conselheiro municipal e fabricante de luvas moderadamente próspero em Stratford. Provavelmente, mais inclinado ao catolicismo do que o filho. A mãe de William, Mary, tinha berço mais nobre do que o marido. Ela, podemos deduzir, plantou um desejo de ascender no mundo na mente de seu astuto filho. O jovem William frequentou a escola primária de Stratford. Ben Johnson, um colega dramaturgo (e amigo), disse numa famosa zombaria que Shakespeare sabia "pouco de latim e menos ainda de grego". Pelos nossos padrões, porém, sua educação era formidável.

Ele saiu da escola na adolescência e, por um ano ou dois, provavelmente trabalhou para seu pai. Talvez tenha sido preso por caça ilegal. Aos dezoito anos de idade, casou-se com uma mulher de Stratford, Anne Hathaway, que era oito anos mais velha e estava grávida de vários meses. O casamento geraria duas filhas e um filho, Hamnet, que morreu na infância e cuja memória é honrada na peça mais famosa – e sombria – de Shakespeare.

Já foi aventado que o casamento de Shakespeare teria sido infeliz – a recorrência nas peças de mulheres difíceis, frias e dominadoras como Lady Macbeth é citada como evidência, além do fato de que o casal teve, para a época, poucos filhos (três). Mas o fato é que sabemos pouco sobre a vida privada de Shakespeare. Para nossa frustração ainda maior, não sabemos absolutamente nada sobre o resto de seus anos de formação, entre 1585 e 1592. Ele pode ter deixado Stratford e encontrado emprego como professor escolar no campo. Outra teoria sobre os assim chamados "anos perdidos" afirma que ele esteve no norte da Inglaterra, trabalhando como tutor para uma nobre família católica, absorvendo seu perigoso credo. Uma terceira especulação é a de que teria se unido a uma trupe de atores viajantes, adquirindo assim suas habilidades dramáticas, evidentes até mesmo em suas primeiríssimas peças.

Shakespeare ressurge no início dos anos 1590 como uma figura em ascensão na cena teatral londrina, escrevendo peças e atuando. Encontrara um meio adequado para seu talento extraordinário. Havia uma florescente rede de teatros na margem sul do Tâmisa, junto às tabernas e às arenas de touros contra cães – um território fora da lei comparado com a margem norte, na qual havia instituições legais, a Catedral de São Paulo, o Parlamento e residências reais.

Importante na mesma medida, já existia, mas num nível ainda imaturo, um meio literário para que Shakespeare adaptasse seu próprio imenso talento. Seu predecessor Christopher Marlowe (1564-1593), em peças como *Doutor Fausto*, inovara o assim chamado "verso poderoso": o verso branco. O que é isso? Considere os seguintes versos – provavelmente os mais famosos da literatura inglesa. (Hamlet está pensando em se matar, incapaz de criar ânimo para fazer o que o fantasma, seu pai, pediu-lhe para fazer – matar seu padrasto.)

> Ser ou não ser – eis a questão.
> Será mais nobre sofrer na alma
> Pedradas e flechadas do destino feroz
> Ou pegar em armas contra o mar de angústias –
> E, combatendo-o, dar-lhe fim?...*

O verso não é rimado (por isso, "branco"). Tem a elasticidade da fala cotidiana, mas também a dignidade (o caráter "poderoso") da poesia – destaque-se, por exemplo, a complexidade de "pegar em armas contra o mar de angústias". É também algo que Shakespeare manejava com particular brilhantismo – um "solilóquio": isto é, alguém totalmente sozinho, conversando consigo. Mas Hamlet está de fato falando ou está pensando? Em sua adaptação da peça para o cinema de 1948, Laurence Olivier (o maior ator shakespeariano de seu tempo) o representou com voz superposta, seus lábios imóveis, o rosto congelado numa expressão fixa. Shakespeare aperfeiçoou esse modo de entrar na cabeça dos personagens no palco. Todas as suas grandes peças – em especial as tragédias – dependem do solilóquio: o que se passa no íntimo.

Em 1594, Shakespeare já havia subido ao topo do mundo teatral londrino – como ator, como acionista, mas acima de tudo, de maneira espetacular, como um dramaturgo que estava transformando por inteiro a ideia daquilo que as peças podiam fazer.

---

* *To be, or not to be, that is the question: / Whether 'tis Nobler in the mind to suffer / The Slings and Arrows of outrageous Fortune, / Or to take Arms against a Sea of troubles, / And by opposing end them...* Tradução de Millôr Fernandes. *Hamlet*. Porto Alegre: L&PM, 1997. (N.T.)

Ele seguiria morando por muitos anos em Londres (sua família, enquanto isso, era mantida fora de alcance, na distante Stratford), metendo-se vez por outra no comércio e fazendo substanciais acréscimos a seu patrimônio líquido. Ao longo de uma carreira de vinte anos, escreveu 37 peças (ocasionalmente com colaboradores), bem como vários poemas. Entre estes, é notável sua sequência de sonetos, compostos na década de 1590 – provavelmente durante um verão no qual os teatros ao ar livre estiveram fechados, como ficavam com frequência durante surtos de peste.

Os sonetos oferecem raros vislumbres de quem foi o homem chamado Shakespeare. Vários são dedicados como poemas de amor a um jovem, outros a mulheres possivelmente casadas (a "Dama Morena"). É possível que Shakespeare tenha sido bissexual, assim como foi – segundo se defende às vezes – ao mesmo tempo católico e protestante em religião. Esse é outro aspecto sobre o qual nunca teremos plena certeza.

O drama de Shakespeare avança por fases identificáveis, embora sejam imprecisas as datas de composição e encenação de peças específicas; ocorre o mesmo com os textos de suas peças – nenhum foi impresso sob sua supervisão enquanto ele viveu. As primeiras peças de sua carreira artística são as históricas, voltadas principalmente à chamada "Guerra das Rosas", a luta pelo trono inglês, no século anterior, que foi afinal vencida pelos Tudor, antepassados de Elizabeth.

Shakespeare, criando seu drama brilhante (ainda com vinte e poucos anos), falsifica escandalosamente a história. Seu magnífico e maquiavélico Ricardo III, por exemplo, não é nada parecido como o verdadeiro monarca. "Drama bom, história ruim" é o lema do produto de Shakespeare. Ele sempre tinha o cuidado, também, de agradar o monarca: um rei escocês sobe ao trono após a morte de Elizabeth, em 1603? Logo em seguida, Shakespeare produz uma bela peça sobre reis escoceses, *Macbeth*, satisfazendo, ao mesmo tempo, a conhecida fascinação de Jaime I pela feitiçaria.

As comédias do meio da carreira de Shakespeare são, todas elas, ambientadas fora da Inglaterra. A Itália e a imaginária Ilíria são locações típicas. Essas obras são, entre muitas outras qualidades, dignas de nota pelo espaço que dão a mulheres poderosas (vem à mente a Beatriz de *Muito barulho por nada*). Por outro lado, mesmo nas animadas comédias iniciais, há coisas que a plateia moderna considera difícil de engolir. Ao lado da enérgica Beatriz temos Kate, de *A megera domada*, que é humilhada e brutalizada numa subserviência conjugal (forçada publicamente, uma vez "domada", a se dispor a colocar a mão sob o pé do marido). Muito literalmente, pisoteada.

É difícil, também, ficarmos inteiramente confortáveis com o "final feliz" de *O mercador de Veneza*, no qual o judeu, Shylock, vê sua filha fugir para se casar (com um amante gentio) e sua fortuna ser confiscada, sendo forçado a se converter – em face de perder tudo – ao cristianismo. Só uma poesia excelente, mesmo, poderia nos deixar contentes com resoluções "boas" como essas.

Shakespeare era fascinado pela República Romana – um estado sem reis ou rainhas. Essa questão em especial (dizendo respeito a seu interesse incessante pela monarquia) é ponderada – sem solução fácil – em *Júlio César*. A transformação de César em soberano parece ser provável: para proteger a república, por acaso Brutus ("o mais nobre romano de todos") tem o direito moral de assassiná-lo? *Coriolano* apresenta um problema similar: o herói-guerreiro teria o direito de invadir Roma com o propósito de salvá-la? A rebelião é algo certo ou errado? Shakespeare nunca decidiu de todo (é certo em *Ricardo II*, por exemplo, mas errado em *Henrique IV*). Em *Antônio e Cleópatra*, Marco Antônio abre mão de um império mundial por amor: é um caso de "mundo bem perdido" ou ele é um tolo apaixonado?

Tão maravilhosas são as peças shakespearianas de meio e final de carreira – como *Muito barulho por nada* e *Medida por medida*, nas quais ele parece estar escrevendo drama e o redefinindo ao mesmo tempo – que céticos já se perguntaram de que maneira um homem que abandonou a escola no início da adolescência (e uma escola obscura, ainda por cima) poderia ter chegado a escrevê-las. Outros candidatos foram sugeridos, com base no pouco que sabemos sobre a vida de Shakespeare.

Nenhum dos "Shakespeares alternativos", entretanto, é plausível. O ônus da prova ainda favorece o filho do fabricante de luvas de Stratford. Os gêneros cultivados por Shakespeare em sua maturidade – comédias, tragédias, peças problemáticas, romanas e românticas – revelam uma gradual progressão em linguagem e complexidade do enredo. E nas comédias, em particular, um ânimo mais sombrio.

Em 1610, no auge de sua carreira (e ainda com quarenta e poucos anos), Shakespeare, já abastado, retirou-se de Londres para viver como cavalheiro em sua Stratford natal, exibindo com orgulho o brasão de sua família. Infelizmente, não viveu por muito tempo. Morreu em 1616, provavelmente de tifo – embora uma lenda popular (e improvável) sugira o álcool como a causa de seu falecimento prematuro.

A façanha mais imponente da arte de Shakespeare são as quatro tragédias: *Macbeth, Rei Lear, Hamlet* e *Otelo*. A grandeza delas também é tingida pela nuvem melancólica cada vez mais sombria que paira sobre a fase tardia de Shakespeare, possivelmente o efeito de ter perdido seu único filho homem, Hamnet, em 1596. Pegue, por exemplo, o solilóquio final de Macbeth, quando ele se dá conta de que enfrenta sua batalha final:

> A vida não passa de uma sombra que caminha, um pobre ator que se pavoneia e se aflige sobre o palco – faz isso por uma hora e, depois, não se escuta mais sua voz. É uma história contada por um idiota, cheia de som e fúria e vazia de significado.*

É maravilhosamente complicado. Eis um ator nos dizendo – como Shakespeare diz em outros momentos – que o mundo é um palco: igual ao Globe. A desolada negatividade da última palavra ("nada"), que golpeia os ouvidos como uma porta sendo batida,

---

* *Life's but a walking shadow, a poor player, / That struts and frets his hour upon the stage, / And then is heard no more. It is a tale / Told by an idiot, full of sound and fury, / Signifying nothing.* Tradução de Beatriz Viégas-Faria. *Macbeth*. Porto Alegre: L&PM, 2000. (N.T.)

é ecoada na mais trágica das tragédias, quando o idoso Lear – ele mesmo à beira da morte – entra no palco carregando em seus braços o cadáver de sua amada filha, Cordélia:

> A minha pobre bobinha foi enforcada! Não, não, não tem mais vida. Por que um cão, um cavalo, um rato têm vida e tu já não respiras? Nunca mais voltarás, nunca, nunca, nunca, nunca, nunca!*

A palavra cinco vezes repetida seria, em outros contextos, totalmente banal, banal, banal, banal, banal. O tenebroso clímax de *Rei Lear* é tão poderoso que o maior crítico shakespeariano que já tivemos, Samuel Johnson, não suportava ver a cena no teatro e tampouco lê-la na página.

    Shakespeare é o maior escritor do mundo anglófono? Sem dúvida. Quando visto por todos os lados, contudo, ele não é o mais fácil, ou o mais confortável. Isso, claro, faz parte de sua grandeza.

---

* *And my poor fool is hang'd! No, no, no life! / Why should a dog, a horse, a rat, have life, / And thou no breath at all? Thou'lt come no more, / Never, never, never, never, never!* Tradução de Millôr Fernandes. *O Rei Lear*. Porto Alegre: L&PM, 1997. (N.T.)

CAPÍTULO 8

O livro dos livros
A BÍBLIA DO REI JAIME

Embora não pensemos nela automaticamente como literatura, e tampouco ela costume ser lida nesse espírito, a Bíblia do rei Jaime é a obra mais lida do cânone literário inglês. (A palavra "cânone", aliás, vem do catálogo da Igreja Católica Romana de "obras que deveriam ser lidas". A Igreja também elaborou um catálogo mais estrito de livros que *não* devem ser lidos – o *Index Librorum Prohibitorum*.)

A Bíblia do rei Jaime (BRJ) é ainda, no mundo inteiro, a versão mais popular da Bíblia. Qualquer hotel americano de beira de estrada tem uma na gaveta de cabeceira, graças à incansável Associação dos Gideões. Mas não é apenas o fato de ser tão acessível. O que fez da BRJ uma Bíblia de primeira escolha é seu texto maravilhosamente bem escrito. Foi publicada pela primeira vez em 1611 – no mesmo período das grandes tragédias de Shakespeare. Representa, como as peças do bardo, um exemplo da língua inglesa em seu mais alto grau de eloquência, sutileza e beleza. Pode ser admirada por esse motivo, inclusive por quem não é religioso, até mesmo por ateus. Existiram muitas outras traduções da Bíblia – algumas, reconhecidamente, são mais exatas do que a BRJ e mais atualizadas no vocabulário. Mas a BRJ tem a qualidade singular de ser a única versão universalmente apreciada por sua expressão. E essa expressão – até mais do que a de Shakespeare – foi absorvida pela nossa própria expressão, e inclusive, pode-se argumentar, pelo nosso modo de pensar.

O significado da "qualidade literária" da BRJ é mais fácil de mostrar de que de descrever. Compare os seguintes versos – eles estão entre os mais conhecidos do Novo Testamento, e pertencem ao Pai Nosso segundo Mateus. O primeiro trecho é da BRJ, e o segundo, de uma das mais recentes traduções americanas dos evangelhos:

> Pai nosso que estais no céu, Santificado seja o vosso nome.
> Venha o vosso reino. Vossa vontade seja feita, assim na terra como no céu.
> O pão nosso de cada dia nos dai hoje.
> E perdoai-nos as nossas dívidas, assim como nós perdoamos aos nossos devedores.*

> Pai nosso no céu, ajuda-nos a honrar teu nome.
> Vem e instala teu reino, de modo que todos na terra te obedeçam, como tu és obedecido no céu.
> Dá-nos nossa comida para hoje.
> Perdoa-nos pelas más ações, assim como nós perdoamos aos outros.**

Existem claras diferenças de significado aqui. Por acaso "más ações" e "dívidas" são a mesma coisa? Legalmente, não são. Você pode estar endividado (com uma hipoteca, por exemplo) sem estar agindo mal. Obviamente, decidir qual tradução funciona

---
* *Our Father which art in heaven, Hallowed be thy name. / Thy kingdom come. Thy will be done in earth, as it is in heaven. / Give us this day our daily bread. / And forgive us our debts, as we forgive our debtors.* (N.T.)
** *Our Father in heaven, help us to honor your name. / Come and set up your kingdom, so that everyone on earth / will obey you, as you are obeyed in heaven. / Give us our food for today. / Forgive us for doing wrong, as we forgive others.* (N.T.)

melhor para você é uma questão de gosto pessoal. Mas ninguém com um mínimo de "ouvido" para qualidade literária negaria que a primeira citação é a mais bela das duas, por qualquer parâmetro ou julgamento literário. Além disso, ela evoca imagens: "O pão nosso de cada dia nos dai hoje" é "visual" de uma maneira que simplesmente não existe em "Dá-nos a nossa comida para hoje".

Um motivo pelo qual podemos ter dificuldade para pensar na BRJ como literatura é o fato de que ela foi produzida por algo que chamaríamos de comitê. A BRJ é conhecida como a versão "autorizada", mas não teve "autoria". Mesmo assim, como uma pequena investigação deixa claro, houve por trás dela um gênio isolado – o que Shakespeare chamaria de "uno genitor". E não foi, apesar do título do livro, o rei Jaime. Logo em seguida chegaremos a quem foi esse autor.

A publicação da Bíblia do rei Jaime em inglês foi motivada, sobretudo, pela política. Consolidaria, Jaime esperava, a Reforma – o rompimento da Inglaterra com a Igreja Católica Romana – graças ao fornecimento de um texto nuclear para o culto protestante que fosse nitidamente diferente da Bíblia em latim e da cerimônia religiosa de Roma. Estabilizaria o país, afirmando, ao mesmo tempo, sua independência em relação ao Papa. Seria a Bíblia "inglesa", e no melhor inglês que a Inglaterra conseguisse forjar.

Antes do século XVI, a Bíblia só era disponível em latim. A maioria dos cristãos precisava levar na confiança o que lhe diziam. Martinho Lutero, que publicou a primeira versão vernácula (ou seja, na língua do povo) do Novo Testamento na Alemanha em 1522, acreditava que a Bíblia deveria ser propriedade de todos os homens e mulheres. Confiem em Deus, não nos autonomeados "intérpretes" de Deus, ele defendia. Era algo revolucionário.

As traduções inglesas seguiram a iniciativa de Lutero. A mais importante, e de longe a mais literária, foi a de William Tyndale (*c.* 1491-1536), de 1525 em diante. A "Bíblia de Tyndale" era composta pelo Novo Testamento e pelos cinco primeiros livros do Velho Testamento (o chamado Pentateuco). A palavra de Deus, Tyndale acreditava tal como Lutero, deveria ser compreensível para todos os homens e todas as mulheres ingleses. Tratava-se, na época, de uma ideia tão radical na Inglaterra quanto fora na Alemanha.

Quem foi esse homem, William Tyndale? Pouco se sabe sobre sua vida pregressa. Até seu sobrenome é incerto: em documentos, ele aparece por vezes como "Hitchens". Frequentou a Universidade de Oxford e, ao se formar em 1512, inscreveu-se para fazer pesquisas avançadas em estudos religiosos, sustentando-se como tutor particular. Desde o início de sua carreira, porém, William Tyndale foi impelido por duas aspirações bem mais elevadas – ambas mortalmente perigosas na época. Na década de 1520, a Inglaterra ainda era um país católico, liderado por Henrique VIII. Mas Tyndale estava determinado a desafiar Roma e tudo que se relacionasse ao catolicismo romano: o "papismo", como se dizia. Ele ansiava por traduzir as escrituras ao inglês, sua língua materna. Sua meta, afirmava, era que até o lavrador pudesse ter acesso à palavra de Deus no inglês do lavrador.

Em 1524, Tyndale viajou à Alemanha. Pode ter encontrado seu mentor, Lutero – é agradável imaginar que sim. Ao longo dos anos seguintes, em Flandres, trabalhou em sua tradução da Bíblia direto das fontes hebraicas e gregas. Cópias de seu Novo Testamento foram as primeiras enviadas à Inglaterra e circularam amplamente, apesar das tentativas de destruí-las por parte das autoridades. Ele se desentendeu com Henrique VIII na questão do divórcio do rei, mas retornar ao país natal nunca se mostrou aconselhável – sua vida provavelmente correria perigo. Na Europa, suas atividades chamaram a atenção do implacável antiprotestante Carlos V, soberano do Sacro Império Romano-Germânico. Jamais disposto a facilitar as coisas para si mesmo, ele também se desentendeu com as autoridades locais em Flandres. Foi traído, preso e encarcerado no castelo de Vilvoorde, ao norte de Bruxelas, sob vagas acusações de heresia. O relato do julgamento e de sua morte é feito no panfletário, mas quase contemporâneo, *Livro dos Mártires de Foxe* (1563). É comovente ao extremo, e uma poderosa evidência de como um autor como Tyndale se dispunha a queimar na fogueira por aquilo em que acreditava e aquilo que havia escrito.

O que John Foxe nos conta é que ofereceram a "Mestre Tyndale" um advogado para defendê-lo. Ele o rejeitou, afirmando que se defenderia por sua conta, em sua própria língua. Os captores que haviam conversado com Tyndale e ouvido suas preces eram da crença "de que, se ele não era um bom cristão, então não sabiam quem poderiam tomar como tal". Segundo se conta, ele converteu não apenas seu carcereiro, mas também a esposa e a filha do carcereiro a sua nova ideia do que era e deveria ser a religião.

William Tyndale não chegou a ganhar um julgamento justo, e não teve nenhuma chance de argumentar em sua defesa. Carlos V simplesmente ordenou que o sujeito incômodo fosse executado. Isso, ele instruiu, deveria ser feito ao modo cruel estabelecido para os hereges: queimar o homem vivo na fogueira. A sentença foi cumprida em Vilvoorde, em outubro de 1536. Humanamente (sob as circunstâncias de indizível brutalidade) e desafiando a ordem do imperador, os executores estrangularam Tyndale antes que seu corpo fosse queimado, para lhe poupar a dor. Suas últimas palavras neste mundo teriam sido: "Senhor, abre os olhos do rei da Inglaterra". Os olhos de Henrique VIII nunca se abriram. Ele não aguentava quem se opusesse a seus arranjos conjugais.

Henrique VIII, durante seu grave rompimento com Roma, havia encomendado a preparação de uma Grande Bíblia em inglês, permitindo que a Bíblia de Tyndale formasse o suporte principal do texto. Entre essa primeira Bíblia inglesa e a BRJ de 1611, interpôs-se o reinado de Maria I, católica fanática que proscreveu como heréticos esses textos protestantes. Os cinco anos com Maria no comando (1553-1558) introduziram um novo período de terror religioso. Quando a ascensão de Elizabeth promoveu o retorno do protestantismo, as traduções inglesas, incluindo a de Tyndale, voltaram a ser toleradas.

O sucessor de Elizabeth, Jaime, que governou a Escócia como Jaime VI antes de se tornar o rei Jaime I da Inglaterra, desejara por muito tempo autorizar uma Bíblia inglesa nova e oficial. A seita puritana, cada vez mais poderosa e politicamente desobediente, também exigia uma tradução sem as imprecisões encontradas nas versões anteriores. Jaime esboçou seu grande projeto na Conferência de Hampton Court em 1604. Ficou claro desde o primeiro momento que a eventual versão autorizada não iria pertencer a nenhuma seita, denominação, elite ou grupo de interesse especial (certamente não a William Tyndale), mas seria propriedade do rei, líder da igreja oficial. Estabeleceria um elo entre os poderes terreno e espiritual, entre política e religião, também separando a Inglaterra para sempre da autoridade de Roma. Em resumo, tornaria o domínio do monarca sobre o trono mais seguro. Até hoje, novas versões "autorizadas" da Bíblia, na Grã-Bretanha, só podem ser impressas com permissão da Coroa inglesa.

A Versão Autorizada foi obra de seis comissões de estudiosos, combinando os conhecimentos especializados de cerca de cinquenta eruditos. Apesar desse poder intelectual acumulado – mais um exército do que um comitê –, estima-se que 80% da versão do rei Jaime seja textualmente inalterada em relação à tradução de Tyndale, realizada oitenta anos antes. Uma comparação dos versos iniciais do Gênesis, primeiro tal como traduzidos por Tyndale e depois tal como aparecem na BRJ, deixará esse aspecto óbvio:

> *In the begynnynge God created heaven and erth.*
> *The erth was voyde and emptie ad darckness was vpon the depe and the spirite of god moved vpon the water*
> *Than God sayd: let there be lyghte and there was lyghte.*
> *And God sawe the lyghte that it was good: and devyded the lyghte from the darckness*
> *and called the lyghte daye and the darckness nyghte: and so of the evenynge and mornynge was made the fyrst daye*
>
> *In the beginning God created the heaven and the Earth.*
> *And the earth was without forme, and voyd; and darknesse was upon the face of the deepe. And the Spirit of God mooved upon the face of the waters.*
> *And God said, Let there be light: and there was light.*

> *And God saw the light, that it was good: and God divided the light from the darknesse.*
> *And God called the light, Day, and the darknesse he called Night. And the evening and the morning were the first day.**

E assim o texto avança pelos cinco livros do Velho Testamento. A determinação de William Tyndale tinha sido plenamente justificada, e ele teria podido apresentar uma incontestável acusação de plágio – imitação palavra por palavra – contra essas seis comissões de eruditos num tribunal de justiça moderno.

Além de tornar o livro dos livros acessível ao lavrador e a todas as outras pessoas, como Tyndale desejara, a Versão Autorizada de 1611 alcançou de forma triunfal os objetivos que Jaime fixara para ela. Cimentou a estrutura da igreja oficial na Inglaterra, algo que foi, com a monarquia e o Parlamento, uma das pedras fundamentais daquilo que acabaria se transformando no moderno Estado britânico. Também serviu para criar uma versão – ou "dialeto" – da língua inglesa que era ouvida pela população ao menos uma vez por semana (Jaime tornou obrigatório ir à igreja). As lições semanais, lidas da Versão Autorizada, permearam o tecido intelectual e cultural da Inglaterra – em particular seus escritores – por centenas de anos vindouros. Não é sempre audível e não é sempre visível, mas está sempre presente.

Em nosso respeito pela Versão Autorizada – a única obra de literatura verdadeiramente grandiosa em inglês pela qual podemos agradecer a um rei –, nunca deveríamos nos esquecer de William Tyndale. Ele é um autor comparável em estatura, poderíamos alegar, aos maiores de sua língua. E isso não exclui Shakespeare.

---

* Na versão da *Bíblia de Jerusalém*: "No princípio, Deus criou o céu e a terra. /Ora, a terra estava vazia e vaga, as trevas cobriam o abismo, e um sopro de Deus agitava a superfície das águas. /Deus disse: 'Haja luz', e houve luz. /Deus viu que a luz era boa, e Deus separou a luz e as trevas. / Deus chamou à luz 'dia' e às trevas 'noite'. Houve uma tarde e uma manhã: primeiro dia." São Paulo: Paulus, 2002. (N.T.)

Capítulo 9

Mentes desacorrentadas
Os metafísicos

Pergunte aos amantes da poesia quem é o mais refinado criador de pequenos poemas "líricos" da língua inglesa; há boa chance de que o nome respondido com mais frequência seja o de John Donne (1572-1631). Donne liderou uma escola de poetas chamados "metafísicos". Ignore esse nome, a propósito: ninguém foi capaz de dar uma explicação satisfatória para o motivo pelo qual esses poetas se denominavam assim. Se você precisar ser exato, é melhor ficar com "escola de Donne", como faz a maioria dos historiadores literários. Mas "metafísicos" soa de um modo mais interessante.

Donne não escrevia pensando na opinião da posteridade – não, pelo menos, os versos pelos quais é mais admirado hoje em dia, os poemas de amor que escreveu na juventude. Em seus últimos anos de vida – seus "anos penitentes", como seu amigo e biógrafo Izaak Walton chamou –, quando se arrependeu da licenciosidade juvenil, quando já se tornara um clérigo respeitado, fez o possível para suprimir essas obras iniciais. Ele ficaria feliz, segundo dizia, em ver o "funeral" delas.

Donne esperava, na fase final da vida, vir a ser mais admirado por seus poemas religiosos, que são de fato magníficos – em particular os assim chamados "Sonetos Sacros", dos quais o mais famoso é "Morte, não te orgulhes", no qual o poeta, desafiador, afirma que o verdadeiro cristão não precisa temer a morte, mas deveria enfrentá-la como um inimigo a ser combatido e derrotado. É assim que o poema (composto de catorze versos, como a maioria dos sonetos) começa:

> Oh, Morte, não te orgulhes, pois ruim
> Como dizem não és, medonha e forte;
> Quem pensas que abateste, pobre Morte,
> Não morre; nem matar podes a mim.*

"Tu" e "te" soam antiquados agora, mas, naquele tempo, eram modos informais de você se dirigir a alguém menos respeitável, como uma criança ou um criado; o "você" era usado com mais formalidade. Aqui, então, essas palavras indicam desrespeito. É uma provocação inicial de confronto – venha lutar comigo, então, se você acha que é tão durona assim –, algo que, como grande parte da poesia de Donne, gira em torno de um paradoxo, significando duas coisas ao mesmo tempo. Aqui, o paradoxo é: aqueles que a morte "acha" que mata ganham, na verdade, a vida eterna. A morte, como diríamos, é uma perdedora, e sempre será.

Donne também esperava ser lembrado por seus sermões e meditações solenes a respeito de assuntos religiosos. Por mais que sejam escritos com brilhantismo, poucas pessoas os leem hoje em dia em sua totalidade, embora partes dos sermões possam ser lidas por puro prazer literário. (Donne, entretanto, provavelmente ficaria zangado por estarmos tratando sua obra dessa maneira.) A frase maravilhosamente longa e circulante que se segue, de sua "Meditação XVII", é um bom exemplo de Donne pegando uma verdade religiosa e a expressando de um modo que acerta em

---

* *Death be not proud, though some have called thee / Mighty and dreadfull, for, thou art not soe, / For, those, whom thou think'st, thou dost overthrow, / Die not, poore death, nor yet canst thou kill me.* Tradução de Paulo Vizioli. *John Donne: o poeta do amor e da morte.* São Paulo: J.C. Ismael, 1985. (N.T.)

cheio como só a literatura realmente grandiosa consegue fazer. (Mantive aqui a grafia original, o que, creio, aumenta o efeito.)

> Nenhum homem é uma ilha, completa em si mesma; todo homem é um pedaço do continente, uma parte da terra firme; se um torrão de terra for levado pelo mar, a Europa fica menor, como se tivesse perdido um promontório, ou perdido o solar de um teu amigo, ou o teu próprio; a morte de qualquer homem diminui a mim, porque na humanidade me encontro envolvido; por isso, nunca mandes indagar por quem os sinos [fúnebres] dobram; eles dobram por ti.*

Todos morrerão: não há como sair vivo deste mundo. No entanto, não deveríamos encarar isso como uma tragédia pessoal, mas como algo que nos conecta, intimamente, com o destino de todas as outras pessoas na terra. Dizendo desse jeito, como eu disse, é banal. Do jeito como Donne diz, é magnífico.

Por mais que sejam excelentes o verso e a prosa de tema religioso, as *Canções e sonetos* da fase inicial, escritas na juventude licenciosa de Donne, são seu legado mais influente, e são hoje as mais incluídas em antologias. Circularam originalmente em manuscrito, para um pequeno grupo de amigos igualmente astutos, dotados da mesma ousadia intelectual. A vertente poética de Donne era extremamente refinada. Impõe desafios – por vezes assustadores. Os leitores modernos poderão sentir, às vezes, que não estão lendo poemas, mas solucionando enigmas complicados. Na abordagem correta, isso aumenta o prazer.

Os metafísicos eram profundamente eruditos, mas, acima de tudo, "espirituosos". A espirituosidade – no sentido de

---

* *No man is an Iland, intire of itselfe; every man is a peece of the Continent, a part of the maine; if a Clod bee washed away by the Sea, Europe is the lesse, as well as if a Promontorie were, as well as if a Manor of thy friends or of thine owne were; any mans death diminishes me, because I am involved in Mankinde; and therefore never send to know for whom the [funeral] bell tolls; It tolls for thee.* Tradução de Paulo Vizioli. *John Donne: o poeta do amor e da morte.* São Paulo: J.C. Ismael, 1985. (N.T.)

esperteza – era a essência do projeto. E nenhum integrante do grupo era mais espirituoso do que John Donne. O artifício que mais valorizavam era o que eles chamavam de *conceit* – a ideia ousada ou "conceito" que ninguém jamais havia elaborado antes. Com frequência, esses *conceits* beiravam a extravagância forçada. Um ótimo exemplo é o poema curto "A pulga", escrito, é de se supor, em sua juventude:

> Repara nesta pulga e apreende bem
> Quão pouco é o que me negas com desdém.
> Ela sugou-me a mim e a ti depois,
> Mesclando assim o sangue de nós dois.*

Onde o poeta está querendo chegar aqui? É preciso desemaranhar o poema um pouco para solucionar o enigma. A jovem dama sem nome à qual o poema é dirigido está, deduzimos, resistindo de modo teimoso às insistentes indiretas do poeta de que ela deve se entregar a ele. De sua parte, o poeta usa todos os recursos de sua poesia como um instrumento para conquistá-la.

John pergunta o que iria significar a união dos dois, e o explica por meio da irrelevância de uma pulga. Uma coisinha minúscula. Nada de grande importância. Ele insiste em seu pedido apontando a pulga que acabou de ver (e provavelmente esmagou entre as unhas dos polegares, esguichando sangue). A pulga, ele presume, sugou o corpo de ambos – de modo que seus fluidos corporais já se uniram. Em outro momento do poema há insinuações, no limite do ultraje, quanto à cerimônia da comunhão anglicana e ao vinho da comunhão, representando o sangue de Cristo.

Por que não deveriam se unir os dois, argumenta espirituosamente o poema, se seus sangues já se misturaram? Não sabemos se a jovem dama à qual o poema foi dirigido se deixou convencer e cedeu ao enamorado espirituoso ou não. Mas poucos objetos

---

* *Mark but this flea, and mark in this, / How little that which thou deniest me is; / It suck'd me first, and now sucks thee, / And in this flea our two bloods mingled be.* Tradução de Augusto de Campos. *Verso reverso controverso*. São Paulo: Perspectiva, 1978. (N.T.)

do desejo juvenil poderão ter recebido um elogio literário mais refinado. E nós, centenas de anos depois, podemos desfrutar dele como um mero poema.

Após a morte de Donne e a vitória dos puritanos sob Cromwell na Guerra Civil Inglesa (1642-1651), poemas que celebrassem o amor "libertino" (imoral) passaram a ser censurados e desestimulados com severidade. Isso incluía poemas como "A pulga", já que o jovem e a mulher claramente não são casados. O século XVIII que se seguiu – denominado como a "Era Augustana" da literatura por seu modismo de imitação dos refinados modelos clássicos (latinos e gregos) – desaprovou a irresponsabilidade intelectual da imaginação metafísica. Para eles, a indecência moral não importava. Era simplesmente, num sentido literário, algo desregrado demais.

Samuel Johnson, a maior autoridade entre os augustanos, reclamou que na poesia de Donne "as mais heterogêneas ideias são emparelhadas com violência". Com isso ele se referia, por exemplo, à vinculação do sangue da pulga com imagens religiosas. Em outro exemplo famoso, Donne comparou amantes separados à condição de um compasso, cujos braços são unidos pela cabeça. Era "indecoroso" – faltava polimento. Era uma bagunça. Johnson acreditava que a poesia devia seguir regras, e não escarnecer delas.

Apesar de tais objeções, a reputação dos metafísicos cresceu ao longo dos séculos desde o tempo em que escreveram. Eles vieram a ser encarados como um movimento cada vez mais significativo no desenvolvimento da poesia inglesa, não apenas em si mesmos, mas pela influência que exerceram sobre seus sucessores modernos. Foi o grande poeta do século XX T.S. Eliot quem defendeu de modo mais eficaz a grandeza e a importância de seus predecessores do século XVII. Um poeta como Donne tinha o que Eliot reconhecia como uma "sensibilidade não dissociada". O que Eliot queria dizer com essa estranhíssima expressão era que, para Donne e sua escola, não existia essa coisa de "temas poéticos" sobre os quais se podia escrever e "temas não poéticos" sobre os quais não se podia escrever. Um poeta ou uma poetisa podia escrever sobre pulgas com o mesmo lirismo com que podia escrever sobre rouxinóis ou pombinhos. Eliot estimava a poesia metafísica por sua habilidade de unir alto e baixo. A vida toda está no verso deles; nada é excluído. Essa era uma lição que poetas como ele podiam levar consigo.

Mesmo em seus últimos anos, já respeitavelmente casado e depois deão da Catedral de São Paulo em Londres, Donne manteve em seu verso – agora sagrado, e não libertino, no tom – a marca de uma estonteante ousadia intelectual. A "violência" da imaginação referida por Johnson fica presente até o final. Literalmente até o final. Em seu leito de morte, Donne escreveu um poema sobre sua iminente morte chamado "Hymn to God, My God, in my Sickness".* Não é a uma jovem mulher que ele se dirige agora, mas a seu Criador, com o qual se encontrará frente a frente dentro de poucas horas. O poema é, entre outras coisas, um ensaio para o coro angélico de Deus no qual ele cantará pelo resto da eternidade – Donne não está no aposento da morte, mas numa espécie de sacristia, prestes a entrar na igreja propriamente dita. Aqui vão as três primeiras estrofes:

> Perante a porta do santo aposento
>   No qual, com Teu coro eternamente,
> Serei Tua música, enquanto não entro
>   Vou afinando-me aqui, entrementes,
>   E o que lá farei, penso aqui, paciente;
>
> Meus médicos já são devotados
>   Cosmógrafos, e eu seu mapa, no leito,
> Revelando-lhes assim, estirado,
>   Que descobri a sudoeste, para seu proveito:
>   *Per fretum febris*, morro em tal estreito.
>
> Ali, regozijo-me, vejo meu oeste;
>   Por mais que prometa dissolução,
>   Que mal há no meu oeste? Se oeste e leste

---

* "Hino a Deus, meu Deus, em minha doença". (N.T.)

Nos mapas planos (sou um) um são,
Então a morte é também ressurreição.*

O hino é tão ousado quanto qualquer outra coisa que Donne jamais escreveu. E seguir as complexas linhas de raciocínio exige certo trabalho do leitor. Os *conceits* são comprimidos como sardinhas numa lata. A morte do poeta será uma viagem de exploração; ele vai se unir aos grandes viajantes do mar nesta última jornada de sua vida. Seus médicos – que em breve se lançarão ao trabalho da autópsia – vão constatar que seu corpo sem vida é um mapa do lugar para onde ele está indo, como cosmógrafos que descobrem o universo. Para onde ele está indo? Para o oeste, adentrando a escura e fria noite do túmulo. Mas Donne precisa passar pelo leste e pelo estreito ardente de sua febre fatal (*per fretum febris*) para chegar lá. Walton registra que seu amigo "estava tão longe de temer a Morte, a qual para outros é o Rei dos Terrores, que ansiava pelo dia da cessação de sua vida". Só nos resta esperar que o Todo-Poderoso admire a boa poesia tanto quanto nós.

Para aqueles que consideram a complexidade de Donne uma bebida forte demais para ser engolida tranquilamente, há uma poesia mais simples a ser encontrada na obra de seu colega metafísico George Herbert (1593-1633). Como Donne, Herbert foi um clérigo – mas não um alto dignatário da igreja. Pároco rural, escreveu um manual sobre como tais clérigos humildes deveriam desempenhar suas funções. Também escreveu versos primorosamente "comuns". Segue-se a estrofe inicial de seu poema "Virtude":

---

* *Since I am coming to that holy room, / Where, with Thy choir of saints for evermore, / I shall be made thy music; as I come / I tune the instrument here at the door, / And what I must do then, think here before. // Whilst my physicians by their love are grown / Cosmographers, and I their map, who lie / Flat on this bed, that by them may be shown / That this is my south-west discovery, / Per fretum febris, by these straits to die; // I joy, that in these straits I see my west; / For, though their currents yield return to none, / What shall my west hurt me? As west and east / In all flat maps (and I am one) are one, / So death doth touch the resurrection.* (N.T.)

> *Sweet day, so cool, so calm, so bright,*
> *The bridall of the earth and skie:*
> *The dew shall weep thy fall to night;*
> *For thou must die.**

Aqui o *conceit*, ou ideia central, é que o anoitecer é uma previsão de nossa morte. A ideia secundária, de que a noite é a "filha" ou o fruto de terra e céu (no escuro eles se unem, sem divisão visível, no horizonte), é de uma originalidade belíssima. Mas veja como a linguagem é simples – cada palavra é um monossílabo, com exceção de *bridall* (um trocadilho: refere-se a *bridle*, a rédea que junta dois cavalos arreados, e *bridal*, o casamento).

Já se fez verso mais complexo com tão simples – e, no caso de Donne, "baixo" – material? Eliot tinha razão. Isso é poesia que quebra todas as regras – e é ainda maior por esse motivo.

---

* "Doce dia, tão fresco, tão calmo, tão brilhante, / Laço nupcial da terra e do céu: / O orvalho vai chorar tua queda esta noite; Pois tu deves morrer." (N.T.)

CAPÍTULO 10

Nações ascendem
MILTON E SPENSER

Durante os 45 anos do reinado da rainha Elizabeth I – a "boa rainha Bess" –, há uma nova "sensação" na literatura: um crescimento no orgulho nacional e uma confiança irrefreável. A Inglaterra sentia certa "grandeza" em si – uma grandeza, como poderiam pensar os espíritos ousados, igual à da Roma antiga. Isso era expressado pela literatura de duas maneiras: escrever sobre a Inglaterra e escrever em inglês, apropriando, quando necessário, as formas literárias de outras nações soberbamente grandiosas e suas literaturas. Dito de outra forma, o nacionalismo toma o centro do palco.

O primeiro grande poema inglês sobre a Inglaterra é *The Faerie Queene**, escrito por Edmund Spenser entre 1590 e 1596. Foi composto durante os anos de maturidade de Elizabeth e é dedicado a ela. Além de poeta, Spenser foi um cortesão, um soldado e um político de altas aspirações. Não era um escritor *profissional*. A pena nunca foi a principal fonte de renda de Spenser (embora pudesse lhe conquistar mecenas que lhe trouxessem dinheiro), e sua principal ambição na vida não era virar uma grande figura da

---
* *A rainha das fadas.* (N.T.)

literatura inglesa. Por ironia, isso era precisamente o que estava destinado a ser.

Edmund Spenser (*c.* 1552-1599) era filho de um próspero fabricante de tecidos, da ascendente classe média, e estudou na Universidade de Cambridge. Começou sua carreira como administrador colonial na Irlanda, onde sua principal função era impor a lei marcial, erradicar desordeiros e eliminar rebeliões. Cumpriu seu dever com eficiência e, muitas vezes, brutalidade. Como recompensa, a rainha lhe deu uma grande propriedade na Irlanda.

Spenser era um homem ambicioso. Queria mais do que Elizabeth lhe dera. E foi para promover suas ambições – e para lisonjeá-la – que concebeu *The Faerie Queene*. O poema é prefaciado por uma carta para Sir Walter Raleigh, que estava satisfazendo a monarca de um modo diferente, fazendo da Britânia a soberana dos mares.

The Faerie Queene rendeu a Spenser uma pequena pensão, mas não, ai dele, os grandes favores pelos quais ansiava. Dali por diante, sua vida foi marcada pela frustração. Seu castelo foi queimado por rebeldes irlandeses em 1597, e ele perdeu, pensa-se, membros da família no ataque. Spenser mudou-se de volta para Londres, onde morreu em circunstâncias miseráveis aos quarenta e tantos anos. Não sabemos por que motivo terminou a vida sem um tostão.

A carreira de Spenser como político fora menos exitosa, mas sua façanha como poeta foi extraordinária. De modo apropriado, seu túmulo encontra-se ao lado da sepultura de seu "mestre" Geoffrey Chaucer, no Canto dos Poetas da Abadia de Westminster. Por ocasião de sua morte, os escritores notáveis da época (incluindo Shakespeare, segundo se diz) jogaram versos comemorativos dentro da cova. Não estavam celebrando apenas seu falecimento, mas a grandeza nascente da literatura inglesa.

O tema de *The Faerie Queene* é a própria Inglaterra – sua glória e Gloriana (o nome da rainha da corte das fadas e também uma denominação comum de Elizabeth). Poema épico, abrangeria doze livros de acordo com a intenção original, mas

Spenser completou apenas seis. Mesmo assim, continua sendo um dos poemas mais longos do idioma, e um dos menos fáceis. A metade de *The Faerie Queene* que Spenser completou aborda seis virtudes morais necessárias ao estabelecimento de uma nação, uma virtude para cada livro. Essas virtudes são: Santidade, Temperança, Castidade, Amizade, Justiça e Cortesia. Cada uma é personificada numa espécie diferente de herói cavalheiresco, cinco homens e uma mulher, todos usando armaduras e tendo embarcado em missões para colocar o mundo nos eixos e levar a civilização a um mundo pagão e primitivo. Considerados o título e as origens do poema, nosso particular interesse se dirige à cavaleira Britomart, no Livro III. Como a Rainha Virgem que o livro abertamente louva, Britomart é a personificação da castidade militante. Homem algum pode dominá-la ou se "apossar" dela. Se Elizabeth tinha uma parte favorita do poema, sem dúvida era essa.

O poema de Spenser é feito de versos rimados, que hoje chamamos de "estrofes spenserianas" – complicados versos em rima, extraordinariamente difíceis de dominar. É escrito na chamada "dicção poética" – uma linguagem "elevada". Com *The Faerie Queene* tem início a convenção de que a linguagem da poesia inglesa nunca é a linguagem atual, tampouco a fala cotidiana. O principal artifício poético de *The Faerie Queene* é a alegoria: dizer uma coisa em termos de outra coisa que é, aparentemente, bastante diversa. Vejamos os primeiros versos da primeira estrofe do poema, que são um ótimo exemplo de dicção poética e alegoria:

> Um nobre cavaleiro pelo prado picava,
> Armadura e escudo silvando no vento,
> Nos quais danos profundos, feridas, restavam,
> Marcas cruéis de campos sangrentos;
> Mas armas não brandira, até tal momento:*

---

* *A Gentle Knight was pricking on the plaine, / Y cladd in mightie armes and siluer shielde, / Wherein old dints of deepe wounds did remaine, / The cruell markes of many' a bloudy fielde; / Yet armes till that time did he neuer wield:* (N.T.)

Ninguém, nem mesmo no século XVI, de fato falava dessa maneira pseudoantiga. ("Picava", a propósito, quer dizer que o cavaleiro está cutucando seu cavalo com as esporas para fazê-lo galopar.) Mas isso cria exatamente o que Spenser desejava – um efeito extraterreno ("de fadas"). E o verso é rico de significados no que diz respeito à "santidade" (a específica virtude do primeiro livro). Por que, por exemplo, o cavaleiro está envolto por uma armadura *danificada*? O detalhe salienta o fato de que as grandes batalhas do cristianismo já foram vencidas para nós por nossos ancestrais. Não será exigido de nós que viremos mártires, ou que sejamos queimados na fogueira, para provar nossa santidade. Praticamente todas as estrofes do poema estão repletas de significado alegórico dessa maneira, e são ricas em sua linguagem artificial "spenseriana".

A poesia inglesa deu outro importante passo à frente cem anos depois, com as obras de John Milton (1608-1674). A Inglaterra, desde a morte de Elizabeth, havia enfrentado conflitos religiosos nos quais Milton desempenhara um papel ativo junto à Commonwealth. O país ainda vivia o processo de definir sua identidade. Mas a confiança nacional, tão proeminente em *The Faerie Queene*, é evidente na mesma medida em *Paraíso perdido* de Milton, que ele começou a escrever durante o período da Commonwealth e que foi publicado em 1667, durante o reinado de Carlos II. Milton reconhecia Spenser francamente (como Spencer reconhecera Chaucer) como seu predecessor literário e principal influência. A literatura inglesa tem agora uma grande "tradição". Esses três poetas estão conectados, como elos numa corrente.

No *Paraíso perdido*, Milton se propôs a fazer algo de uma ambição intimidadora. Escrever uma epopeia – algo que rivalizasse com a *Eneida* de Virgílio, ou a *Odisseia* de Homero – e usar essa epopeia para "justificar o proceder de Deus para com os homens", como ele afirma. Em outras palavras, ele iria recontar os livros iniciais da Bíblia de modo a deixar mais claras algumas dificuldades teológicas apresentadas por ela. Por exemplo, é realmente errado comer "a maçã do conhecimento"? O Éden é um lugar onde nenhum tipo de trabalho é feito por Adão e Eva? Os dois são "casados"? Milton lida com essas questões no poema. É o mesmo tipo de missão que vimos nas peças de mistério (agora há muito desaparecidas das grandes cidades que as geraram). Mas o que Milton criou era qualquer coisa menos literatura das ruas. O *Paraíso perdido* é um poema que pressupõe um leitor de alta instrução – em condições ideais, alguém que saiba um pouco de latim.

A composição por parte de Milton do *Paraíso perdido*, que ele concebeu como a obra de sua vida e que escreveu, incrivelmente, depois de acometido pela cegueira, começou com dois dilemas. O primeiro era: em que idioma ele deveria escrevê-lo? Milton era um erudito. Os idiomas da erudição, ao longo dos séculos, eram o grego antigo e o latim. Milton era fluente em ambos. Havia escrito muita poesia em latim. Se seu poema seria verdadeiramente virgiliano, ou homérico, não deveria ele usar seu próprio idioma? Ele se decidiu pelo inglês, mas um inglês tão condimentado por linguagem antiga que soa mais como latim.

O outro dilema enfrentado por ele era em que "forma" deveria escrevê-lo. Como erudito que era, seu pensamento estava impregnado pela *Poética* de Aristóteles, e ele tinha em mente que o crítico grego havia classificado a tragédia como a mais nobre das literaturas. Milton brincou por algum tempo com a ideia de escrever sua grande obra como uma tragédia, na linha do *Édipo Rei* de Sófocles. Chegou ao ponto de escrever um plano para sua tragédia sob o título "Adão expulso do paraíso". Acabou por recorrer à epopeia – uma forma narrativa mais solta. Um dos principais motivos dessa opção é que, como Virgílio, ele resolveu criar uma obra de literatura que celebrasse o crescimento de uma grande nação. Milton acreditava que a Inglaterra era agora uma grande nação, e essa é uma importante premissa subjacente ao *Paraíso perdido* e às duas escolhas feitas por Milton.

Se Milton obteve êxito em sua grande missão, essa é uma questão aberta ao debate. Em sua narrativa sobre a sedução de Adão e Eva por parte da serpente – e, mais particularmente, na guerra de Satã contra Deus contada nos primeiros livros do poema –, ele chega perto, como diz o poeta William Blake, de "tomar o partido do diabo sem sabê-lo". Milton não sabe direito de que lado está. Satã é um rebelde, e, em sua própria vida, o poeta era um rebelde também: arriscara sua vida fazendo oposição a Carlos I. Melhor "reinar no inferno do que ser no céu escravo", afirma Satã. No contexto, isso soa heroico. Além disso, era claro que Milton não tinha certeza se ele, pessoalmente, não teria comido uma "maçã do conhecimento", quaisquer que fossem as consequências, ou permanecido para todo o sempre num estado de "vazio", livre de culpa, inocente ignorância. E a visão de Milton quanto à relação entre homem e mulher tende a incomodar a maioria dos leitores modernos. É assim que Adão e Eva são retratados pela primeira vez:

> Mas dois o atraem mais, que em pé, quais Numes,
> Mostram maior nobreza e airosos trajam
> A majestade da inocência pura.
> Todas se inculcam do varão as formas
> Para o valor e intelecção talhadas;
> Nas feições da mulher tudo respira
> Suavidade, brandura, encantos, graças:
> Só de Deus ele possessão parece;
> Mas ela, possessão de Deus e do homem.
> Erguida e nobre fronte, olhos sublimes,
> Independência livre nele mostram...*

"Só de Deus ele possessão parece; mas ela, possessão de Deus e do homem" é, com mais frequência, o trecho que os leitores modernos acham difícil de engolir. Os ilustradores, tradicionalmente, seguem a deixa de Milton e mostram o casal (coberto pelas obrigatórias folhas de figueira) com Adão olhando para o céu, reverente, e Eva contemplando com adoração o rosto dele,

---

* *Two of far nobler shape erect and tall, / Godlike erect, with native honour clad / In naked majesty seemed lords of all. / For contemplation he and valour formed, / For softness she and sweet attractive grace; / He for God only, she for God in him. / His fair large front and eye sublime declar'd / Absolute rule...* Tradução de Antônio José de Lima Leitão. *Paraíso perdido*. Rio de Janeiro: W.M. Jackson, 1956. (N.T.)

voltado para cima. Mais adiante no poema, porém, Eva se rebela contra essa "dependência" da submissão conjugal. Ela insiste em sair sozinha para cuidar do Jardim do Éden. Sua rebelião doméstica a deixa vulnerável, claro, às seduções do ardiloso Satã (agora sob a forma de uma serpente), que a convence, como ato adicional de independência, a comer o fruto proibido da Árvore do Conhecimento.

Outro pomo de discórdia é o "inglês" que Milton criou para seu poema. Sua "latinização" é pesada, por vezes avassaladora – é quase como se ele não conseguisse se livrar da intenção de escrever o poema na língua antiga. A citação seguinte, do Livro VII, descrevendo a vegetação do Éden, é um bom exemplo da dicção miltônica:

> Searas se elevam em batalha postas;
> E vão surdindo com modesto anelo,
> A sarça emaranhada, o humilde arbusto;
> Levantam-se depois, como osciladas,
> As corpulentas árvores, curvando
> Os longos ramos co'o pendor dos frutos,
> Ou já brotando recendentes flores.*

Essa não é a terminologia do *Gardeners' Question Time.***

Há quem acredite, como o poeta T.S. Eliot, que o latinismo de Milton no *Paraíso perdido* levanta uma desconcertante "Muralha da China" em volta da literatura. A linguagem literária deveria ser mais próxima daquilo que o poeta romântico Wordsworth chamou de "linguagem dos homens", não a linguagem dos pedantes e eruditos que pensam em latim e traduzem seus pensamentos ao inglês – como Milton, é de se suspeitar, fazia por vezes. Mas o que realmente importa, quanto a este poema e à

---

* ... *up stood the corny reed / Embattled in her field: and the humble shrub, / And bush with frizzled hair implicit: last / Rose as in dance the stately trees, and spread / Their branches hung with copious fruit; or gemmed / Their blossoms...* Tradução de Antônio José de Lima Leitão. *Paraíso perdido*. Rio de Janeiro: W.M. Jackson, 1956. (N.T.)
** Programa de rádio da BBC sobre jardinagem. (N.T.)

poesia inglesa em geral, é que, com sua opção, Milton estabeleceu que a língua inglesa, nas mãos de um grande poeta como ele, podia criar uma poesia épica que rivalizasse com a dos antigos.

Existem vários outros problemas suscitados pelo *Paraíso perdido*. Pode um poema, por exemplo, realmente explicar a Bíblia melhor do que ela mesma consegue se explicar? Não há respostas fáceis possíveis. A grande literatura nunca simplifica as coisas – ela não dá quaisquer respostas fáceis para perguntas difíceis. O que ela faz é nos ajudar a ver o quão infinitamente as coisas não são nada simples para nós.

Confiante, Milton declara no primeiro dos doze livros de seu poema que seu propósito é tornar seus leitores melhores cristãos, ou, pelo menos, cristãos mais bem informados. Quem sabe? Ele pode ter obtido êxito com alguns leitores em sua edificante missão religiosa. Mas o feito central de *Paraíso perdido* foi muito diferente, e totalmente literário. A obra apontou caminhos pelos quais a literatura em inglês e os poetas escrevendo em inglês poderiam se desenvolver. Assentou uma fundação. E essa fundação foi a literatura que, dali por diante, seria independentemente inglesa. Inglesa no tema e inglesa na expressão.

Capítulo 11

Quem é o "dono" da literatura?

Impressão, edição e direitos autorais

O livro que você está segurando neste momento não é uma obra de literatura, mas vamos pegá-lo como um exemplo à mão. Eu o escrevi. Meu nome aparece na folha de rosto e na linha dos direitos autorais. Então, é um livro meu (de John Sutherland). Mas isso significa, por acaso, que sou "dono" do livro que está nas suas mãos? Não, não significa – as cópias físicas não são minhas. Se você o comprou, ele é seu. Mas digamos que alguém tivesse invadido a minha casa enquanto eu escrevia este livro, roubado meu computador, encontrado o texto que eu estava escrevendo e o publicado sob seu próprio nome. O que aconteceria? Contanto que conseguisse provar que a obra original era minha, eu poderia processar o ladrão por violação de direito autoral – por copiar minha obra original sem minha permissão e fazê-la passar como obra dele (um delito conhecido como "plágio").

De seus primórdios no século XVIII, a lei moderna de direitos autorais se desenvolveu juntamente com a crescente disponibilidade de obras literárias em novos formatos. Precisou adaptar-se continuamente para acompanhar tecnologias novas, incluindo adaptações para o cinema no século XX (Capítulo 32) e, hoje, o desafio dos e-books e da internet (Capítulo 40). Em essência, porém, o *copyright* sempre quis dizer apenas isto: "o direito de reproduzir". Como dono dos direitos autorais da obra que você está lendo agora, concedi à L&PM Editores o direito exclusivo de publicá-la na forma deste livro.

Falamos de uma "obra de literatura" porque ela é o resultado – em termos muito reais – da labuta do autor. Depois, os editores falam de cada uma das obras em seu catálogo como um "título": a palavra "título" significa propriedade. Por fim, quando os livros são produzidos para venda, eles se tornam "exemplares" individuais: você tem nas mãos um exemplar da minha obra. Cada envolvido é "dono" da obra de uma maneira diferente. Imagine uma festa de amantes dos livros. O anfitrião, apontando para suas estantes vergadas, exclama com orgulho: "Vejam os *meus* livros!". Um autor, examinando as estantes, afirma com júbilo: "Percebo que você tem um dos *meus* livros – gostou dele?". Um editor, também inspecionando os livros, comenta: "Fico muito contente de ver que você tem tantos dos *nossos* livros na estante". Todos estão certos, em diferentes sentidos: o anfitrião é dono dos objetos físicos; o editor, daquele formato em particular, e o autor, das palavras originais. E isso salienta a variedade de pessoas e processos envolvidos, hoje em dia, em fazer com que um livro seja escrito, publicado e vendido.

A vida deste pequeno livro começou quando assinei um contrato com a L&PM Editores no Brasil, concedendo-lhe o direito de publicar meu texto como livro. Quando meu original foi entregue de modo satisfatório, a editora pagou para que ele passasse pelos processos de edição, design, diagramação, impressão, encadernação e armazenamento num depósito antes da venda. Os editores pagaram por todas essas etapas individuais e agora são donos dos livros físicos. A seguir, os livros são distribuídos, principalmente para vários varejistas – lojas físicas e vendedores eletrônicos – e bibliotecas. Os livros físicos agora lhes pertencem. Por fim, você, o consumidor, comprou esta *Breve história da literatura* e a levou para casa. (Ou, se a retirou da biblioteca, terá de devolvê-la). Hoje, a edição dos livros costuma ser realizada por uma empresa totalmente separada das gráficas e dos livreiros.

Até o século XIX, porém, a edição e a impressão eram efetuadas, sobretudo, pelos livreiros.

Desde os tempos mais remotos da história conhecida, passaram-se milhares de anos – e uma quantidade imensa de literatura – até que fosse concebida uma lei para regular o que acontecia e proteger os interesses das diversas partes. E foi só quando essas leis passaram a existir que uma indústria coerente – com maquinário e com modos de distribuir comercialmente produtos literários – pôde se desenvolver, e a "literatura" – em oposição a um pacote sortido de textos, narrativas orais e baladas – pôde se desenvolver plena e adequadamente.

A estrutura de leis e comércio dentro da qual a literatura passou a ser criada dependeu da ocorrência de diversas circunstâncias prévias. A escrita, a alfabetização e as instituições educacionais foram necessárias para criar um mercado. Outro acontecimento preliminar necessário foi a transição dos rolos – mantidos pelas grandes bibliotecas antigas, como a de Alexandria – para o que chamamos de "códice", um livro com páginas cortadas e numeradas, como este que você está lendo. (*Codex* é um bloco de madeira em latim; o plural é *codicis*.)

O manuscrito, ou códice escrito à mão, teve origem na Roma clássica, como a própria palavra. Considera-se que foi inventado porque os cristãos perseguidos, cuja fé (ao contrário da fé dos romanos pagãos) tinha um livro sagrado – os evangelhos – em seu centro, precisavam de textos que eles conseguissem manter escondidos de olhos bisbilhoteiros. Um códice era menor e mais fácil de ocultar do que um grande rolo.

Criar um códice manuscrito, nos primeiros tempos, demandava um tremendo trabalho manual – demorando anos, em alguns casos, caso fosse ilustrado, ou iluminado, ou encadernado com elegância – por parte de copistas altamente qualificados que, com frequência, eram mais artistas do que artesãos. Muitos desses códices que sobreviveram em nossas grandes bibliotecas foram manufaturados como artigos de luxo exclusivos, encomendados por um proprietário rico ou uma instituição (o monarca, a igreja, monastérios, nobres). As oficinas nas quais eles eram produzidos eram chamadas de *scriptoria*, fábricas de escrita. Estima-se que o número total de obras de literatura prontamente disponíveis ao rato de biblioteca instruído, até o século XV, não passava de mil ou dois mil. O Erudito de Chaucer nos *Contos da Cantuária*, por exemplo, é encarado por seus companheiros de peregrinação como alguém com uma bagagem de leitura fenomenal, mas ele só possui meia dúzia de livros.

Essa escassez de livros significava que muito mais gente ouvia leituras de livros do que os lia ou possuía. Uma famosa pintura do século XIX mostra Chaucer, cinquenta anos antes do advento da prensa de impressão, lendo seu grande poema para uma plateia do alto de um *lectern**, ou "estante de leitura". (O *lectern* sobrevive hoje nos salões de conferências das universidades – originalmente, eles eram concebidos para facilitar a leitura em voz alta de um texto do qual só existia uma cópia. A palavra *lecture* [conferência] é derivada da palavra latina *lector*, um leitor.)

Uma das outras precondições na produção de livros para o mercado de massa foi a descoberta, introduzida na Inglaterra pelo Oriente por volta do século XIII, do processo da fabricação de papel. Antes disso, qualquer escrita importante era feita em pergaminho ou velino (pele animal limpa e seca), ou era entalhada em madeira. O papel barato abriu caminho para a revolução principal no fim do século XV: a impressão.

Nós pensamos na impressão como algo europeu, com seus pioneiros famosos Johannes Gutenberg na Alemanha, William Caxton na Inglaterra e Aldo Manuzio na Itália (inventor do tipo "itálico"). Na verdade, ela já vinha sendo praticada na China havia muito tempo. Mas os chineses tinham um enorme problema. A linguagem escrita chinesa era baseada em milhares de "caracteres" pictóricos. Cada um deles era inscrito num bloco do tamanho de um pequeno tijolo. O parágrafo curto que você está lendo agora exigiria sessenta deles, e teria o tamanho de uma pequena parede.

O alfabeto fonético ocidental ("fonético" significa que ele é baseado em som, não em imagem) tinha meras 26 letras e cerca

---

* "Atril". (N.T.)

de uma dúzia de sinais de pontuação. Era maravilhosamente conveniente para o impressor. Você podia criar o "tipo" necessário despejando chumbo derretido nas chamadas "fontes" e guardá-los, quando frios, em "caixas". (As maiúsculas eram guardadas na caixa alta – ainda usamos a expressão.) Muitos dos impressores pioneiros eram ourives, como Gutenberg, já estando acostumados, portanto, ao trabalho com metais quentes. O tipo podia ser disposto em linhas, num "molde" em formato de página, e tintado. A "prensa" podia então ser baixada para gerar tantas cópias da página quantas fossem requeridas. A prensa em si podia ser bem pequena – com mais ou menos o dobro do tamanho de uma moderna prensa para calças (que funcionava na mesma lógica), se o tamanho diminuto fosse algo a ser considerado.

Os primeiros livros impressos eram muito parecidos com códices manuscritos, com letras elaboradamente estilizadas. Se isto que você tem nas mãos fosse uma Bíblia de Gutenberg do século XV, você ficaria em apuros para dizer se a obra era escrita ou impressa. A diferença era que a oficina de Gutenberg, em Mainz, na Alemanha, conseguia fabricar mil bíblias no tempo que um *scriptorium* levava para produzir uma.

Era uma inovação, mas trouxe consigo um novo conjunto de problemas – o mais urgente sendo a nossa velha amiga, a propriedade. Um dos primeiros livros impressos na Inglaterra foi a edição de Caxton, em 1476, dos *Contos da Cantuária* de Chaucer (boa escolha), que ele vendia em sua pequena banca junto à Catedral de São Paulo. O grande poeta já não estava disponível para dar sua permissão, mas, mesmo que ainda estivesse vivo, Caxton não teria precisado pagar a Geoffrey Chaucer sequer um tostão dos lucros de seu empreendimento editorial.

Pelos duzentos anos seguintes, o comércio dos livros foi o paraíso dos copiadores. Algum mecanismo legal para controlar o "direito de cópia" era necessário, particularmente em Londres, que fervilhava de incontáveis consumidores: um "público leitor". Foram os livreiros londrinos (como mencionado acima, com frequência eles também atuavam como editores, com maquinário de impressão nos fundos da loja) que pressionaram o Parlamento a constituir leis que regulassem o negócio dos livros.

Em 1710, o Parlamento chegou a uma legislação maravilhosamente sofisticada – conhecida como "Estatuto da Rainha Ana" – que tinha como clara intenção "o Incentivo da Instrução". O preâmbulo afirma:

> Considerando-se que Impressores, Livreiros e outras Pessoas vêm tomando recentemente a Liberdade de Imprimir, Reimprimir e Publicar, ou promover a Impressão, Reimpressão e Publicação de Livros e outros Escritos sem o Consentimento dos Autores ou Proprietários de tais Livros e Escritos, para grandíssimo Detrimento deles, e para muito frequentemente a Ruína deles e de suas famílias: para Prevenir, portanto, tais Práticas no futuro, e para Incentivar os Homens Instruídos a Compor e escrever Livros úteis...

Pela primeira vez, reconhece-se que um autor compõe algo original – a "criação intelectual pessoal" do autor, na expressão moderna –, e que isso tem valor. Tão logo essa criação intelectual tivesse sido escrita (datilografada ou digitada em processador de texto, hoje em dia), o autor já era dono de seus direitos de cópia – o trabalho escrito já era o que chamaríamos agora de "propriedade intelectual". Ele poderia ser "materializado" – como livro impresso, ou atualmente num e-book, ou adaptado para uma peça teatral ou filme. Mas o aspecto crucial é que, de 1710 em diante, sob a legislação de direitos autorais, a criação original pertence ao autor, e outras pessoas só podem usá-la sob a permissão do autor.

Esse primeiro estatuto de direitos autorais previa o risco da "propriedade perpétua". O criador de uma obra, ou a pessoa para quem ele a tivesse vendido, só poderia deter o direito de copiá-la por um período de tempo limitado. Depois disso, ela entraria no chamado "domínio público", e seria de todos e de ninguém. Em 1710, o período de proteção dos direitos autorais era razoavelmente curto; foi estendido ao longo dos anos, e na Europa, atualmente, é de setenta anos após a morte do criador.

Outro elemento cauteloso da Lei da Rainha Ana foi decretar que "não há direito autoral nas ideias". Isso torna o estatuto muito diferente, por exemplo, da lei de patentes, que de fato protege ideias. Expliquemos assim: se eu escrever um romance policial no qual, na última página, revela-se que "o culpado é o mordomo", e depois você escrever um romance policial no qual – *voilà!* – há essa mesma revelação de última página, você tem toda liberdade para fazê-lo. O que você não pode fazer é copiar a minha formulação de palavras. É a *expressão*, não os pensamentos por trás das palavras, que é protegida.

A licença que permite ao editor "colher onde não plantou" é uma das grandes liberdades controladas que possibilitaram o florescimento da literatura (em especial, a literatura narrativa). Há uma rede de outras leis controlando a liberdade. Leis de difamação tornam ilegal escrever inverdades maliciosas a respeito de pessoas vivas. A censura tornou ilegal, ao longo dos séculos, publicar o que é considerado (em qualquer momento específico) pornográfico ou blasfemo. A legislação mais recente controla a publicação de material considerado racista ou que faça apologia à violência. Mas as liberdades e disciplinas básicas que fazem da literatura o que ela é hoje foram criadas por aqueles sábios parlamentares trezentos anos atrás.

A lei de direitos autorais britânica foi sendo adotada no exterior, e outros países formaram suas próprias convenções. Isso levou algum tempo para acontecer. Os Estados Unidos só assinaram um tratado internacional de direitos autorais em 1891, o que significa que o país estava livre para pilhar as obras literárias britânicas e de outras nações. Ficou célebre a fúria de Dickens, que nunca perdoou os malditos piratas ianques. A história internacional continua no Capítulo 37.

A duração do livro impresso já se prolonga por mais de quinhentos anos. Caxton reconheceria os exemplares de Chaucer em nossas livrarias de rua como versões modernas de sua própria edição. Mas estará o livro chegando ao fim de sua vida no século XXI? O e-book assumirá seu lugar, como o códice assumiu o lugar do rolo de papiro? Ninguém sabe ao certo. Mas alguma espécie de coexistência parece provável. Existe algo de maravilhosamente físico no velho meio. Você usa suas pernas para andar até a estante, seus braços para retirar o volume, seu polegar opositor e o dedo indicador para virar a página. É um envolvimento corporal que você não sente com um Kindle ou iPad. Meu palpite é que a "sensação" (o toque, e até o cheiro) do livro impresso continuará lhe dando um lugar duradouro – se não necessariamente o primeiro lugar – no mundo da literatura por um bom tempo ainda.

Capítulo 12

A casa da ficção

Os seres humanos são animais contadores de histórias. Isso remonta ao mais longínquo passado identificável da nossa espécie. Pensando em ficção, você pensa em romances? Bem, nós não começamos a escrever e ler romances até um momento razoavelmente preciso na história literária, no século XVIII. Falaremos dele no próximo capítulo. Antes desse momento, a ficção assumia diferentes formas. Escavando, conseguimos encontrar alguns espécimes do que poderíamos chamar de "protorromances" na literatura antes – e, em alguns casos, muito antes – daquele que julgamos ser o primeiro romance. Cinco obras literárias europeias deixarão esse ponto mais claro. Não são romances, mas sentimos um romance tentando sair de suas narrativas:

>*Decameron* (Giovanni Boccaccio, 1351, Itália)
>*Gargântua e Pantagruel* (François Rabelais, 1532-1564, França)
>*Dom Quixote* (Miguel de Cervantes, 1605-1615, Espanha)
>*O peregrino* (John Bunyan, 1678-1684, Inglaterra)
>*Oroonoko* (Aphra Behn, 1688, Inglaterra)

O *Decameron* de Giovanni Boccaccio (1313-1375) se tornou imensamente popular e influente por toda a Europa (inspirando Chaucer, por exemplo), sobretudo depois de ter sido impresso em 1470. Seu feixe de histórias ressurge por todos os cantos na literatura daí em diante. A história que emoldura o *Decameron* é simples e instigante. A peste negra está assolando Florença, como rotineiramente fazia no século XIV. (Em Wakefield, que vimos no Capítulo 6, a doença exterminou um terço da população da cidade.) Não era possível curá-la, tudo o que se podia fazer era fugir dela e esperar que não contagiasse você. Dez jovens abastados e de boa educação – três homens e sete mulheres – se refugiam numa vila senhoril no campo por dez dias (daí o título – *deca* é "dez" em grego) até que a peste se extinga. Para passar o tempo, os integrantes dessa *brigata* ("brigada", como são chamados pelo autor) contam cada um uma história por dia, de modo que o livro contém cem histórias. Boccaccio, o literato italiano mais famoso de seu tempo, usou uma palavra interessante para essas histórias: *novella* – "uma coisinha nova" em italiano. Esses contos são narrados no calor do entardecer, sob as oliveiras, ao estrídulo suave das cigarras, com refrescos ao alcance da mão.

Os temas vão do fabuloso (beirando o conto de fadas) e neoclássico (com base na literatura dos antigos) ao obsceno e à comédia de trapalhadas, com ênfase na infinita variedade da vida como ela é vivida. As histórias são tramadas com grande destreza, num tom irresistivelmente subversivo. Muitas delas satirizam a igreja e as instituições dominantes – é literatura para jovens. E essa "coisa nova", a novela, é um gênero literário que quebra intencionalmente as regras literárias e zomba das convenções. Isso é parte de sua novidade.

Gargântua e Pantagruel, de Rabelais, originalmente publicado em cinco livros separados, tem uma moldura menos definida do que o *Decameron*. Amontoa livremente um vasto número de anedotas e piadas desconectadas em torno de gigantes altamente improváveis, pai (de quem tiramos o adjetivo "gargantuesco") e filho. É ainda mais travesso – ou "licencioso" – do que o *Decameron* e foi, ao longo dos séculos, um livro bastante banido. O epíteto "rabelaisiano" virou um rótulo para uma literatura que fica no limite do publicável; por vezes, com um clima moral tempestuoso, foi considerado impublicável e, ocasionalmente, queimável.

Apesar da longa história de proibição que o livro enfrentou, não há nada de sórdido na malícia jovial de *Gargântua e Pantagruel*. Ele transborda daquilo que os franceses chamam de *esprit* – não há uma tradução inglesa precisa, embora *wit* [espirituosidade, graça] chegue perto. Difere do *Decameron* ao tirar sua energia das ruas, dos contos populares de sacanagem e da fala vernácula ou comum. Todos esses ingredientes estarão no romance, que virá dois séculos depois. François Rabelais (*c*. 1494-*c*. 1553) não vinha das ruas. Era um homem formidavelmente lido, outrora monge, que, em sua exuberante fantasia, pega toda a literatura clássica e "respeitável" e a transforma em seu parque de diversões pessoal. Provocar o riso, ele proclama em seu prefácio, é a missão da literatura. Seu sucesso na missão é esplendoroso.

Dom Quixote, o terceiro de nossos protorromances, é uma obra cuja história todo mundo conhece, mas que bem poucos, hoje em dia, leem de cabo a rabo. Miguel de Cervantes (1547-1616) foi um assistente de diplomata e soldado que viveu uma vida extraordinariamente movimentada. Segundo se supõe, teve a ideia para sua grande obra no tédio de um período que passou como prisioneiro na Espanha. O livro foi escrito para uma era na qual as pessoas tinham mais tempo do que nós. O enredo é simples – na verdade, não existe um enredo propriamente dito. *Dom Quixote* popularizou a variedade da ficção conhecida como "picaresca": narrativas que perambulam por situações malucas. O protagonista (mais anti-herói do que herói) é Alonso Quijano, um cavalheiro de meia-idade vivendo um discreto retiro em La Mancha. Não se trata, contudo, de um retiro sereno. Seu cérebro foi envenenado por antigas histórias românticas – contos de bravura, das aventuras de cavaleiros errantes. Alucinado, ele assume o papel de um cavaleiro – "Dom Quixote de la Mancha" – e parte, com um capacete caseiro de papelão, numa "busca". Recruta como escudeiro um camponês gordo chamado Sancho Pança. Um pangaré alquebrado, Rocinante, é seu "cavalo de guerra".

Sucede-se uma série de cômicas aventuras ou "investidas", das quais a mais famosa é a batalha com os moinhos de vento, que Dom Quixote, em sua loucura, toma por gigantes. Após uma série de desastres semelhantes, ele retorna para casa abatido, mas, afinal, são. Volta a ser Alonso Quijano. Em seu leito de morte, prepara seu testamento e repudia todas as histórias românticas que envenenaram sua mente e arruinaram sua vida.

Mesmo assim, há algo de tocante – até mesmo de admirável – nesse velho raquítico e iludido, atacando bravamente os moinhos de vento com seu pangaré e seu gordo e covarde "escudeiro". Como todas as melhores ficções, *Dom Quixote* nos deixa com uma opinião dividida. Tolo ou adorável idealista? Essa incerteza vem embrulhada na palavra que tiramos da história para uso geral: "quixotesco".

Desde sua publicação mais de três séculos atrás, *O peregrino*, nosso quarto protorromance, foi um best-seller incontrolável e uma influência imensa sobre a ficção inglesa posterior. Seu autor, John Bunyan (1628-1688), era um filho da classe trabalhadora, totalmente autodidata, e escreveu grande parte da obra na cadeia, cumprindo pena por pregar uma doutrina religiosa "herética" (i.e. não oficial). O pai de Bunyan fora um mascate, vagando exaustivamente pelo campo, com uma trouxa nas costas e um cajado na mão. Essa, para seu filho, era uma imagem da vida. John se sentia impelido, contudo, por outra visão – a visão da eterna bem-aventurança para os justos, tal como prometida na Bíblia. Mas sua visão de justiça não coincidia com a das autoridades. Daí a prisão e daí – para nossa sorte – *O peregrino*.

Assim como Cervantes, Bunyan enxerga a vida como uma busca vitalícia. No caso de Bunyan, é uma busca *na direção* de algo – a cidade resplandecente na colina. A salvação. E o que precisamos conquistar no caminho não são oponentes, mas os obstáculos que afligem a mente religiosa: depressão ("o Pântano do Desânimo"), dúvida ("Castelo Duvidoso"), transigência ("Sr.

Encarando Ambos os Lados") e, mais perigosas do que tudo, as sedutoras tentações da cidade – "Feira das Vaidades".

A história começa de forma dramática. O herói, Christian, está lendo um livro (a Bíblia, podemos deduzir – e, significativamente, em inglês: ver Capítulo 8). O que acabou de ler suscita uma questão terrível em sua mente: o que fará ele para ser salvo? De súbito, ele sai correndo e gritando: "Vida, vida, vida eterna". Christian sabe o que precisa fazer. Sua esposa e seus filhos tentam impedi-lo, mas ele coloca os dedos nos ouvidos e segue correndo, deixando-os para trás. Por que essa atitude desalmada da parte dele? Porque todo mundo precisa se salvar, é um princípio fundamental da doutrina puritana. Como explica o capítulo seguinte, o individualismo haveria de se tornar um elemento chave na forma do romance, e é por isso que tantos deles têm nomes como título: *A história de Tom Jones*, *Emma*, *Silas Marner* e assim por diante.

Existem vários outros aspectos de *O peregrino* que alimentaram o romance dos séculos posteriores. O escritor do século XX D.H. Lawrence chamou o romance de "o livro luminoso da vida" – uma Bíblia moderna para uma era que ultrapassara o texto sagrado tradicional. O tipo de romance que Lawrence escrevia (assim como Jane Austen, George Eliot, Joseph Conrad e muitos outros) é sobre como fazer as coisas certas na vida para alcançar a realização pessoal – o que Bunyan chamava de "salvação" – tal como definida pelas circunstâncias históricas e individuais. Essa é a chamada "grande tradição" da ficção inglesa, e essa grande tradição começa com *O peregrino*.

O último destes protorromances tem um interesse adicional no fato de que foi escrito por uma mulher, gloriosamente chamada Aphra Behn (1640-1689). As mulheres teriam de esperar mais de duzentos anos até que pudessem exigir plena igualdade social com os homens. Esse fato, por si só, já tornaria interessante essa autora. Mas o que é ainda mais fascinante a respeito de Behn é a sagacidade com a qual ela adaptou seus talentos literários, que eram enormes, ao turbulento período histórico no qual se viu inserida, a Restauração.

Um ligeiro pano de fundo histórico nos ajuda a entender a extraordinária façanha de sra. Behn. Depois da Guerra Civil e da execução de Carlos I, o vitorioso Oliver Cromwell tratou de dissolver o Parlamento e estabelecer uma república conhecida como Commonwealth. Ele também impôs ao país uma férrea ditadura puritana, apoiada pelo formidável exército (os "cabeças redondas") do Protetorado. Durante esses anos de guerra e república, o filho do rei Carlos, que subiria depois ao trono como Carlos II, refugiou-se com sua corte em várias localidades da Europa continental, desfrutando, em particular, dos sofisticados prazeres oferecidos pela França.

Cromwell e seu regime eram de um moralismo feroz. Muitas tabernas foram fechadas, junto com os hipódromos, as rinhas de galos, as casas de má reputação e, muito prejudicialmente, os teatros do país. A palavra impressa era censurada com rigor. Foi um tempo difícil para a literatura. E um tempo impossível para o drama.

No fim, a pressão vinda de baixo por mais liberdade (e "bolo e cerveja", como Sir Toby Belch, personagem de Shakespeare, se refere aos prazeres da vida) acabou provocando a restauração da monarquia. O príncipe Carlos retornou dos Países Baixos em 1660 e foi coroado no ano seguinte. Chegou-se a um acordo na questão da tolerância religiosa, e o cadáver de Cromwell foi exumado da Abadia de Westminster e despedaçado. Os teatros, as casas de má reputação e as tabernas voltaram a ser abertos, agora com tolerância e patrocínio da nobreza. Carlos II adorava em especial o palco (não menos as mulheres que circulavam pelo meio – como a célebre Nell Gwynn, uma vendedora de laranjas) e o patrocinou regiamente.

Eaffrey (renomeada "Aphra" por iniciativa própria) Johnson cresceu durante a guerra civil. Acompanhou seu pai, um barbeiro que tinha clientes poderosos, quando ele foi designado em 1663 como governador do Suriname, uma colônia britânica na América do Sul. As plantações de açúcar da colônia eram cultivadas por escravos maltratados com brutalidade. Após a morte do pai, Aphra fez a viagem de volta à Inglaterra com a cabeça cheia de impressões sobre o Suriname, os cruéis sofrimentos enfrentados pelos escravos e a hipocrisia de seus patrões cristãos. Casada e logo viúva, começou a escrever peças para o teatro no início da década de 1670 – a primeira mulher a fazê-lo. Mas seu livro ficcional *Oroonoko ou o escravo real: uma história verdadeira*, publicado em 1688, é avaliado corretamente como sua obra-prima. Aphra Behn está enterrada na Catedral de Westminster, sendo a primeira escritora a ter recebido essa honraria. Em seu túmulo, Virginia Woolf instrui, "todas as mulheres juntas deveriam jogar flores... pois foi ela quem lhes deu o direito de falarem por si mesmas".

A "história verdadeira", como proclama o título, é a história manifestamente inverídica de um príncipe africano, Oroonoko, transportado ao Suriname com sua esposa, Imoinda, para trabalhar nas plantações. Sua história é "registrada" por uma jovem inglesa anônima, filha do vice-governador recém-nomeado, que acabou de morrer. Oroonoko mata dois tigres e luta, numa batalha descrita em detalhes, com uma enguia "entorpecedora" (elétrica). Ele organiza uma revolta e é traído por um enganoso acordo de rendição às portas da vitória. É capturado e executado, com sadismo, para o deleite de uma turba branca. *Oroonoko* é curto (cerca de oitenta páginas, ou 28 mil palavras) e não dispõe da sofisticação técnica e do suspense magistral que tanto empolgaram os leitores quando estes leram pela primeira vez *Robinson Crusoé*, de Daniel Defoe, cerca de trinta anos depois. Mas é uma proeza extraordinária, qualificando sua autora como escritora pioneira de uma ficção que é quase, mas sem chegar a ser, um romance.

Henry James chamou o romance de "casa da ficção". Essa casa tem seu alicerce no trabalho fundador desses cinco escritores. E seria erguida em definitivo com a obra que é o tema do próximo capítulo, *Robinson Crusoé*.

CAPÍTULO 13

Lorotas de viajantes

DEFOE, SWIFT E A ASCENSÃO DO ROMANCE

O capítulo anterior explorou as raízes do romance moderno. Agora, chegamos ao que pode ser chamado de primeiro fruto maduro da planta. Daniel Defoe (1660-1731), o autor de *Robinson Crusoé*, é o consensual ponto de partida do gênero na Inglaterra. No início e em meados do século XVIII, com Defoe e outros escritores como Samuel Richardson, Henry Fielding, Jonathan Swift e Laurence Sterne, podemos ver o romance moderno emergindo do caldo primevo dos muitos tipos de narração que a humanidade sempre praticou.

Um gatilho para tudo isso era necessário. Por que razão isso que nós (mas não eles) chamamos de *novel*, a "coisa nova", emerge nessa época em particular e nesse lugar em particular (Londres)? A resposta é que a ascensão do romance ocorreu na mesma época e no mesmo lugar em que ascendia o capitalismo. Por mais diferentes que as duas coisas pareçam ser, elas têm uma íntima conexão.

Digamos da seguinte maneira. Robinson Crusoé, isolado em sua ilha, fazendo sua fortuna por esforço próprio, é um novo (*novel*) tipo de homem para um novo (*novel*) tipo de sistema econômico. Os economistas usam Crusoé com frequência para exemplificar o que chamam de "*Homo economicus*": o homem econômico. O romance de Defoe, se o examinarmos com atenção, espelha o que estava acontecendo financeiramente naquele mesmo período na Cidade de Londres – nas casas de contabilidade, nos bancos, lojas, armazéns, escritórios e docas do Tâmisa. Vivia-se a era dos mercadores aventureiros, do capitalismo e do empreendedorismo. Você abria o seu próprio caminho na vida e, como Dick Whittington, podia chegar à cidade sem um tostão e encontrar ruas pavimentadas com ouro. Ou não. No mundo medieval, nenhum camponês poderia ter a esperança de virar um cavaleiro. A mobilidade social é central ao capitalismo nesse complicado sistema das atividades humanas. O mais reles empregado da cidade podia ter a esperança de virar um capitão da indústria. Ou, como Dick, o prefeito da cidade de Londres.

A história de Robinson Crusoé e sua ilha provavelmente será familiar até mesmo para quem nunca leu o romance. Eis um resumo breve de como ela se desenrola. Um jovem se desentende com seu pai mercador e foge para o mar sem sequer um tostão para chamar de seu. Torna-se, depois de várias aventuras, negociante. Entre os bens que negocia estão escravos, café e outras coisas cujo transporte entre os mundos Velho e Novo vale a pena. Crusoé, em grande medida, é um "novo homem", um homem para seu tempo.

Numa de suas viagens comerciais a partir do Brasil, o navio mercante de Crusoé naufraga durante uma tempestade terrível. Toda a tripulação morre, e ele se vê isolado numa ilha deserta por 28 anos. Ele coloniza a ilha e – tendo chegado à praia com nada senão as roupas do corpo – sai dela rico. Como conseguiu fazer isso? Por empreendedorismo: fazendo (literalmente) sua fortuna, explorando os recursos naturais da ilha. E, ao longo de sua provação, Crusoé nunca perde sua fé em Deus. Na verdade, acredita que seu Criador fez isso com ele e aprova o que ele – Robinson – fez com a ilha. É obra de Deus tanto quanto é obra sua.

Podemos obter uma pista de como o romance – enquanto "gênero" ou estilo distinto de literatura – funciona examinando a folha de rosto de *A vida e as estranhas e surpreendentes aventuras de Robinson Crusoé* tal como foi publicado pela primeira vez (nas cercanias da Cidade de Londres, apropriadamente). Quando os primeiros compradores do livro olharam essa página em 1719, viram o nome Robinson Crusoé e a linha "Escrita pelo próprio". O nome de Defoe não aparece. O livro alegava ser um autêntico relato de viagem e aventura. Inevitavelmente, muitos leitores de primeira hora caíram no logro de que se tratava de um verdadeiro Robinson Crusoé que passara 28 anos em total isolamento numa ilha junto à foz do rio Orinoco, na América do Sul, e fizera lá sua fortuna.

Com *Robinson Crusoé*, ficamos frente a frente, pela primeira vez, com a desabrochada convenção narrativa conhecida como "realismo" – significando não a coisa real, mas algo tão parecido com a coisa real que você precisa olhar duas vezes para perceber a diferença. No caso do romance de Defoe, a confusão entre ser "real" ou meramente "realista" foi agravada pelo fato de que, quatro anos antes do surgimento do livro, um relato muito similar de um marinheiro isolado numa ilha tinha virado best-seller (como virou o livro de Defoe). Defoe claramente o leu e fez uso dele. Ocorreu que o outro homem ilhado não enriqueceu e teve uma experiência bastante penosa. Mas isso era a vida, não a ficção. O leitor crédulo de 1719, olhando a folha de rosto de Defoe, não teria como saber que *Robinson Crusoé* não era outra história "verdadeira" de viajante.

Ao olho desinformado, o objetivo parágrafo de abertura de *Robinson Crusoé* não oferece qualquer pista de que não estamos lendo uma autobiografia autêntica. Leia-o e imagine de que maneira você saberia que não estavam lhe contando a mais pura verdade:

> Nasci no ano de 1632, na cidade de York, de boa família, apesar de estrangeira, pois meu pai era um forasteiro de Bremen que se estabelecera primeiramente em Hull. Ali se tornou próspero comerciante e, mais tarde, após abandonar os negócios, passou a viver em York, onde casou-se com minha mãe, cujos parentes se chamavam Robinson, uma excelente família daquela região. Por

esse motivo fui chamado Robinson Kreutznaer; mas, em virtude da habitual adulteração das palavras na Inglaterra, somos agora conhecidos e até nós mesmos nos chamamos por Crusoé, assim escrevemos nosso nome e assim meus companheiros sempre me chamaram.*

Lê-se isso como "a coisa real". A história de um homem chamado Crusoé, outrora Kreutzner.

À medida que a história progride, Crusoé enfrenta uma série de aventuras emocionantes – um dos motivos pelos quais os jovens leitores sempre adoraram esse romance. Ele quase morre afogado; é capturado por piratas; é escravizado por árabes; e supera todas as adversidades para se tornar um abastado dono de plantação (e de escravos) na América do Sul. Contudo, ao fazer uma viagem para ganhar ainda mais dinheiro, vê-se sozinho numa ilha, tendo perdido tudo. No mais simples dos planos narrativos, é impossível parar de ler sua história. Ficamos nos perguntando como nosso herói conseguirá sobreviver ao clima, aos animais selvagens e aos canibais sem suprimentos ou pessoas que o ajudem – e duvidando, no íntimo, de que ele vá conseguir. Por baixo da superfície narrativa, entretanto, Crusoé é o *Homo economicus*. A riqueza e a criação da riqueza: é com isso que sua história tem tudo a ver. Esse é seu tema – por mais envolventes que sejam o enredo e todas essas aventuras.

Logo após o naufrágio, Crusoé faz diversas jornadas árduas até seu navio antes que este se arrebente e sua carga se perca para sempre. Ele traz de volta, em jangadas improvisadas, todos os materiais que, segundo espera, poderão lhe ser úteis. Faz um inventário meticulosamente preciso de tudo que resgata. Entre os outros itens, encontra 36 libras no cofre do capitão. Embora observando que a soma não será útil na ilha, e reconhecendo que se apossar dela seria um roubo, ele a leva mesmo assim. O incidente é revelador. Qual é a coisa mais importante? Dinheiro. O incidente é inserido ali para nos lembrar disso.

---

* Tradução de Albino Poli Jr. *Robinson Crusoé*. Porto Alegre: L&PM, 1997. (N.T.)

Ao longo dos 28 anos seguintes, Crusoé usa o que trouxe à terra firme para se sustentar e, aos poucos, vai cultivando a ilha. Tudo nela é sua propriedade. Ele se refere a si mesmo como o "soberano" (rei) de sua ilha. Por esse ângulo, vemos *Robinson Crusoé* como uma alegoria do império e da Inglaterra, que nesse período iniciara o processo de arrebatar grandes nacos do globo como sua propriedade imperial.

Depois de muitos anos, Crusoé adquire um companheiro, um nativo de uma ilha vizinha que por pouco escapou com vida de canibais. Crusoé o renomeia Sexta-feira (sendo esse o dia no qual o encontrou) e faz dele seu criado. Mais importante, Sexta-feira é seu bem móvel – falando sem rodeios, seu escravo. Os impérios sempre precisam de escravos.

Daniel Defoe é um dos escritores mais importantes de toda a literatura inglesa – e um dos mais versáteis. No decorrer de uma vida longa (para aquela época), foi panfletário, homem de negócios, especulador na recém-inventada bolsa de valores, espião do governo e o reconhecido "pai do jornalismo inglês", escrevendo centenas de livros, panfletos e diários. Nunca enriqueceu, por vezes entrou em conflito com a lei, e nos últimos anos viveu em completa pobreza. Mas foi nesses últimos anos que Defoe inventou o que conhecemos como o romance inglês. Se Virginia Woolf pôde instruir as mulheres a jogar flores na sepultura de Aphra Behn, nós deveríamos jogar algumas moedas de libra e notas de dólar na sepultura de Daniel Defoe, o cronista do *Homo economicus*.

O romance não estava destinado a permanecer preso ao rígido realismo de Defoe. O gênero também podia "fantasiar" – mantendo uma estrutura externa realista e um conteúdo tão imaginário quanto o de qualquer conto de fadas. O grande pioneiro do "romance de fantasia", por assim dizer, é Jonathan Swift (1667-1745).

Swift, um irlandês, nasceu na chamada "ascendência" – a classe alta do país que era favorecida pelos patrões ingleses e ganhava privilégios negados à população irlandesa em geral. Passou grande parte da vida em seu país natal, e é considerado o primeiro grande escritor irlandês. Recebeu sua educação superior na Trinity College, em Dublin, onde se destacou como acadêmico. Era ambicioso e viajou à Inglaterra para trabalhar como secretário de um nobre, na esperança de promover sua carreira. O patronato era necessário para qualquer promoção nesse sentido. Aquele ainda não era um mundo no qual fosse possível subir na vida por sua própria conta.

Seu benfeitor o introduziu na corte e lhe incutiu a visão Tory (conservadora) que permaneceu com ele pela vida toda. Swift acabou obtendo um doutorado em teologia (ele costuma ser chamado de "dr. Swift") e se ordenou padre da igreja (Protestante) irlandesa. O reverendo dr. Swift ganhou uma série de paróquias e, por fim, o posto de deão da catedral de São Patrício, em Dublin. Mas nunca recebeu os grandes favores que esperava da corte e do governo ingleses. Isso aguçou sua raiva ao nível da selvageria. Ele se sentia, segundo disse, "como um rato num buraco".

Na década de 1720, com *Robinson Crusoé* no auge das vendas, Swift começou a escrever a obra pela qual é mais lembrado, *As viagens de Gulliver*. A exemplo da história de Defoe, o livro, quando publicado em 1726, oferecia-se como autêntico "relato de viajante" (e alguns contemporâneos iludidos, como no caso de *Robinson Crusoé*, acreditaram nisso). Ele abrange quatro viagens. A primeira é para Liliput, onde as pessoas são minúsculas, mas imaginam ser importantíssimas – Swift estava satirizando a corte e os amigos íntimos da rainha Ana. A segunda viagem leva Lemuel Gulliver para Brobdingnag. Aqui os habitantes são gigantes rurais, e é o próprio herói que fica do tamanho de uma boneca. Brobdingnag é o mais agradável dos quatro países criados por Swift, porque é antiquado, tradicional, "antimoderno" em todos os sentidos. Swift abominava o progresso.

Essa ojeriza é aparente na história da terceira viagem. Gulliver viaja para Laputa ("a puta" em espanhol), que é uma utopia científica. Swift desprezava a ciência, que julgava ser desnecessária e contrária à religião. Aqui ele retrata os cientistas avançados de seu tempo como *geeks* que labutam despropositadamente, por exemplo, para extrair raios de sol de pepinos.

O terceiro livro também contém os Struldbrugs, que vivem para sempre e definham para sempre, sofrendo por uma eternidade de dor e enfermidade mental. Eles caem aos pedaços, mas nunca poderão morrer. As viagens estão se tornando progressivamente mais horríveis.

    O quarto livro é o mais desconcertante. Gulliver viaja para a Terra dos Houyhnhnms, cuja pronúncia representa o relincho de um cavalo. Nesse país, os cavalos reinam, e os humanos são macacos irracionais e imundos, arremessadores de esterco, chamados "yahoos". Os cavalos, visto que consomem grãos e grama, têm dejetos corporais menos repulsivos – algo revelador, como George Orwell sugeriu de modo plausível, da estranha visão de Swift daquilo que é suportável ou insuportável na vida. Os cavalos, é claro, não têm nenhuma tecnologia, nenhuma instituição, nenhuma "cultura" e nenhuma literatura. Tampouco os da Terra Houyhnhnm. Mas essa, aparentemente, é a situação mais próxima de uma "utopia" à qual Swift nos permite chegar. Ele não tem muita esperança pela humanidade.

    As viagens de Gulliver, como as viagens de Robinson, abrem caminho, em sua inovadora mistura do real com o fantástico, para os inumeráveis romances que viriam nos séculos seguintes. Para todos nós, são o melhor lugar por onde começar nossa própria viagem de descoberta pelo maravilhoso mundo da ficção.

CAPÍTULO 14

Como ler
Dr. Johnson

O primeiro crítico literário que a maioria dos ingleses encontrará é o professor de inglês na sala de aula. Isto é, alguém que ajude a entender, ou apreciar melhor, as questões mais difíceis e mais refinadas da literatura inglesa. A literatura é feita por "autores". A crítica literária envolve algo conectado, mas diferente: "autoridade", ou "a pessoa que sabe mais do que nós".

O tema deste capítulo é Samuel Johnson (1709-1784). Ele é comumente conhecido como "dr. Johnson", seguindo o exemplo de seus amigos e contemporâneos admiradores. Por que opta-se por também chamá-lo assim? Não se fala, por exemplo, sobre o "sr. Shakespeare" ou a "srta. Jane Austen". Ele é chamado de "dr. Johnson" pelas mesmas razões que nos levam a chamar quem nos dá aula, em nossos tempos escolares, de "senhorita" ou "senhor". Eles estão no comando. Eles têm a autoridade. Sabem coisas que nós não sabemos (ainda). "Doutor", literalmente, quer dizer alguém que tem conhecimento. De modo curioso, o primeiro emprego efetivo que o dr. Johnson teve foi o de professor de escola – giz numa mão, vareta na outra. Em certo sentido, ele nunca largou esses instrumentos do ensino escolar. Nunca hesitava em açoitar a má literatura, ou o mau entendimento da literatura. Sua belicosidade é uma das coisas que o fazem cativante.

A literatura, como vimos, recua tanto no tempo (via epopeia e mito) quanto a própria humanidade. Samuel Johnson é o primeiro grande crítico da literatura inglesa, e ele, como a "disciplina" que representa, apareceu bem mais tarde, quando a maquinaria da produção literária já tinha alcançado um avançado estágio histórico. O dr. Johnson é um típico produto do século XVIII – uma era que se orgulhava de sua sofisticação social e de seu "requinte". A gente literária daquele século gostava de se ver como "augustana" – o nome vinha do ápice da cultura romana clássica sob a "era dourada" do imperador Augusto, cujas realizações procurava-se copiar. Foi no século XVIII que as grandes instituições inglesas (Parlamento, a monarquia, as universidades, os negócios, a imprensa) assumiram sua forma moderna. E, em meio a tudo isso, passou a existir o que agora chamamos de "mundo do livro". Johnson, em seus anos gloriosos, seria o soberano desse mundo do livro. Um de seus outros nomes era "o Grande Cham" (*cham* sendo outra palavra para "khan", ou "rei").

Johnson é muito bem conhecido como pessoa. Ele foi o tema de uma biografia (em si uma bela obra literária) escrita por seu jovem amigo e discípulo James Boswell (1740-1795). Das páginas de Boswell, emerge um retrato vívido e cativante. Considere, por exemplo, a recordação apresentada por Boswell de seu primeiro encontro com o grande homem, empanturrando-se com seu jantar como um animal selvagem:

> Suas feições pareciam cravadas em seu prato; tampouco dizia ele, a não ser quando em companhia importantíssima, uma palavra que fosse, ou sequer concedia um mínimo de atenção ao que era dito por outros, até satisfazer seu apetite, o qual era violento e saciado com tamanha intensidade que, no ato de comer, as veias de sua testa se inchavam, e geralmente uma forte transpiração se fazia visível.

Os dois homens acabaram consumindo duas garrafas de vinho do porto em seu primeiro encontro. Uma amizade vitalícia se desenvolveu a partir desse momento alegre.

Samuel Johnson nasceu numa pequena cidade provinciana, Lichfield, filho de um livreiro (com idade um tanto avançada para as provações da paternidade). Ainda menino, foi acometido por uma doença chamada escrófula, que destruiu grande parte de sua visão. Mas Samuel conseguia ler incrivelmente bem, muito embora precisasse inclinar-se para tão perto da luz que às vezes queimava o cabelo na vela com a qual lia.

Autodidata em grande medida, Sam recitava o Novo Testamento aos três anos e traduzia os clássicos aos seis. Com nove anos de idade, sentado na cozinha do porão de casa, pegou um volume de *Hamlet* das estantes de seu pai. As palavras na página lhe incutiram uma visão alucinatória de Elsinore e fantasmas. Ele ficou aterrorizado. Jogou o livro para longe e saiu de casa às pressas, pela rua, "de modo que pudesse ver pessoas ao redor". Seu longo caso de amor com a literatura tivera início. Essa seria, dali em diante, a coisa mais importante em sua vida.

Durante sua infância, a família balançou à beira da falência. Mas uma herança inesperada permitiu que Samuel ingressasse na Universidade de Oxford. O dinheiro se esgotou, entretanto, e o jovem foi obrigado a largá-la sem obter o diploma (seu doutorado viria, cinquenta anos depois, como sinal de estima pública). Tendo retornado a Lichfield, Samuel se casou com uma mulher bem mais velha, viúva e endinheirada. Mostrou-se um bom marido, dentro das circunstâncias, e a riqueza da esposa, Tetty, deu-lhe condições para montar uma escola. Só apareceram três alunos. Quando da morte da esposa, ele partiu com um desses alunos (que viria depois a ser o famoso ator David Garrick) no que gostava de chamar como a "melhor estrada" na vida – a estrada que leva para Londres. Tratou de se estabelecer no mundo literário, comumente conhecido como "Grub Street" em função de uma rua de Moorfields, distrito pobre de Londres, habitada por "vermes" trambiqueiros que ganhavam a vida com a pena. Johnson também construiu seu caminho sem ajuda de patrocinadores (que ele desprezava) ou rendimentos privados. Era um escritor profissional, orgulhoso de sua independência. Pagou por seu caminho.

Johnson escrevia uma poesia refinada, em estilo neoclássico; era um grande estilista em prosa; escreveu um romance, *Rasselas*, produzido em ritmo industrial, em poucos dias, de modo a coletar dinheiro suficiente para proporcionar um enterro decente a sua mãe. (É um romance surpreendentemente bom, dadas as tristes circunstâncias.) As opiniões de Johnson sobre a condição humana foram sempre profundamente pessimistas. Era uma situação, ele acreditava, "na qual há muito para suportar e pouco para desfrutar". Sua visão sombria é representada de forma magnífica em seu longo poema *A vaidade dos desejos humanos* (o título diz tudo). Contudo, apesar de seu ponto de vista deprimido, Johnson acreditava que a vida devia ser vivida com coragem, como ele tratava de viver.

Mesmo com tantas façanhas, é como crítico literário que Johnson é mais reverenciado. Como crítico, levou duas coisas à compreensão e apreciação do público. Uma é "ordem" e outra, "bom senso". Seu bom senso é lendário. É retratado com vividez numa conversa que teve com Boswell, durante uma caminhada, sobre a visão então em voga (colocada em circulação pelo pensamento filosófico do bispo Berkeley) de que a matéria não existe e tudo no universo é "meramente ideal". Imaginário. Boswell observou que, logicamente, a teoria não podia ser refutada. Johnson respondeu chutando com violência uma grande pedra que havia no caminho e exclamando, com igual violência: "Eu a refuto assim!".

Ele adotava essa mesma postura de bom senso em seus julgamentos literários. Adorava, segundo dizia, "concordar com o leitor comum". Não é o menor de seus atrativos o fato de que nunca se dirige a nós com superioridade. Também é interessante notar que – coisa incomum entre críticos literários – tinha enorme respeito pelas mentes jovens. Em outra conversa, Boswell perguntou quais eram, na opinião de Johnson (o ex-professor de escola), os melhores temas para ensinar às crianças em primeiro lugar. Johnson retrucou que não importava: "Senhor, enquanto considera qual das duas coisas deveria ensinar a sua criança em primeiro lugar, outro menino já aprendeu ambas".

A façanha mais duradoura de Johnson é a ordem e o formato manejável que trouxe para o entendimento da literatura. Seu feito tomou a forma de duas obras vastas e monumentais: seu *Dicionário* e seu *Vidas dos mais eminentes poetas ingleses*. Procurado por um grupo de livreiros, embarcou na pesquisa para seu *Dicionário* em 1745 – ainda sem auxílio de patrocinador algum, e sozinho. Ele levaria dez anos para completá-lo, e o esforço arruinou o que restava de sua visão. Após a conclusão, foi agraciado com uma pensão governamental de trezentas libras por ano – merecidamente, já que o dicionário foi um serviço à nação inglesa e a seu povo.

Na época de sua publicação, o *Dicionário* de dois volumes tinha o tamanho de uma mesinha de café. A obra é famosa pela excentricidade sagaz de várias de suas definições (por exemplo: "*Patrocinador*. Comumente, um patife que apoia com insolência e é pago com bajulação"). Mas o princípio subjacente era mais ambicioso, algo indicado pela descrição completa fornecida pela folha de rosto:

> Um Dicionário da Língua Inglesa: No qual as Palavras são deduzidas de suas Origens e Ilustradas em suas Diferentes Significações por Exemplos dos melhores Escritores. Ao qual são prefixos Uma História da Língua e Uma Gramática Inglesa. Por Samuel Johnson, A.M.*

Johnson não apenas oferecia "definições", mas rastreava de que maneira os significados das palavras evoluíam ao longo do tempo e como elas contêm, dentro de si, as mais variadas espécies de ambiguidades e significados múltiplos dependendo de onde, quando e como foram usadas. Demonstrou essa complexidade com cerca de 150 mil exemplos históricos.

Pegue um exemplo do "melhor" escritor de todos em absoluto, e o texto que tanto impressionou o Samuel de nove anos.

---

* Abreviatura de *Artium Magister* (mestre em artes), título universitário. (N.T.)

Em *Hamlet*, enquanto a afogada Ofélia está sendo enterrada, Gertrudes joga algo dentro da sepultura aberta com o comentário "Doces à doce. Adeus!".* Mas o que é que ela está jogando? Chocolates? Biscoitos? Torrões de açúcar? Não, flores frescas. Para os elisabetanos, o adjetivo "doce" indicava em primeiro lugar o que a pessoa podia cheirar com o nariz, não o que a pessoa podia provar com a língua, que é como o usamos em geral agora. Esse uso anterior é o tipo de coisa, entre outras, que Johnson registra. O aspecto mais importante que Johnson salienta no *Dicionário* é que a língua – em particular, a língua usada pelos escritores – não pode ser eternizada em pedra. Ela é uma coisa viva, orgânica, em constante mutação.

A outra *magnum opus* (grande obra) de Johnson é seu *Vidas dos mais eminentes poetas ingleses*, publicado em 1779-1781. Mais uma vez, a folha de rosto é iluminadora:

> As Vidas dos Mais Eminentes Poetas Ingleses, com Observações Críticas sobre suas Obras por Samuel Johnson.

O aspecto que o autor salienta com sua seleção dos 52 "mais eminentes poetas" é que um entendimento da literatura exige uma separação entre o que vale a pena e o que vale menos a pena. Existem, nas galerias das grandes bibliotecas nacionais da Grã-Bretanha e dos Estados Unidos, muitos milhões de livros classificados como "Literatura". De que modo, no tempo limitado do qual dispomos no decorrer de uma vida, deveríamos escolher o que vale a pena ler? O auxílio crítico pode fornecer um "currículo" (as leituras prescritas para nós na escola) e um "cânone" – o melhor do melhor.

Mas por acaso isso significa que sempre deveríamos concordar com os críticos literários – que deveríamos nos submeter, mansos, à autoridade deles? Certamente não. Imagine uma sala de aula com trinta estudantes enfrentando uma equação de álgebra. Por mais difícil que o cálculo seja, haverá uma única resposta correta. Imagine, contudo, uma lição de inglês perguntando

---

* *Sweets to the sweet. Farewell!* (N.T.)

"*Hamlet*, a peça, trata do quê?". Haveria um leque variado de respostas diferentes, de "O melhor jeito de nomear um rei" a "Em que circunstâncias o suicídio é uma decisão adequada?". Seria um desastre se cada integrante da turma simplesmente repetisse, como um robô, o que outra pessoa dissera ou pensara.

Há uma fronteira complicada entre colocar a crítica literária na balança, pesá-la e então avançar para formar opiniões pessoais. Johnson entendia isso. As obras literárias, ele disse certa vez, precisam ser rebatidas de um lado para outro como petecas num jogo de badminton. A última coisa que vamos querer é o consenso. Podemos até mesmo discordar do próprio Johnson. Ele reverenciava Shakespeare e editou as peças (a edição é uma das coisas mais úteis que um crítico literário pode fazer). Johnson acreditava que Shakespeare era um gênio. Foi a admiração de Johnson, expressada o tempo todo em suas edições e comentários a respeito de Shakespeare, que estabeleceu a este como o maior entre os escritores da nação. Mas Johnson também acreditava que ao autor de *Hamlet* faltavam, com frequência, sofisticação e requinte – que por vezes ele se mostrava "inculto", até mesmo primitivo. Faltava-lhe algo que Johnson e seus contemporâneos valorizavam acima de todas as coisas: "decoro". A obra de Shakespeare seria o resultado da era grosseira na qual ele viveu. Quase todos nós discordaríamos disso com veemência. Esse é um privilégio que Johnson, o mais generoso dos críticos literários de mente aberta, nos permite. Ele nos fornece as ferramentas para que formemos nossos próprios julgamentos.

CAPÍTULO 15

Revolucionários românticos

Vidas literárias não costumam render filmes interessantes. Não há nada de dramático na escrevinhação – que é o que a maioria dos escritores faz na maior parte de um dia de trabalho. John Keats (1795-1821) é uma exceção. Sua breve vida foi tema de um belo filme em 2010, *Brilho de uma paixão* [*Bright Star*]. O título foi tirado de um dos sonetos de Keats – "Fosse eu imóvel como tu, astro fulgente!"* –, endereçado em 1819 à mulher que ele amava, Fanny Brawne. Nele, o poeta anseia por descansar

> No seio que amadura de meu belo amor,
> Para sentir, e sempre, o seu tranquilo arfar
> Desperto, e sempre, numa inquietação-dulçor,
> Para seu meio respirar ouvir em sorte,
> E sempre assim viver, ou desmaiar na morte.**

---

* *Bright star, would I were steadfast as thou art*. Tradução de Péricles Eugênio da Silva Ramos. *Ode sobre a melancolia e outros poemas*. São Paulo: Hedra, 2010. (N.T.)
** *Pillow'd upon my fair love's ripening breast, / To feel for ever its soft swell and fall, / Awake for ever in a sweet unrest, / Still, still to hear her tender-taken breath, / And so live ever – or else swoon to death*. Tradução de Péricles Eugênio da Silva Ramos. *Ode sobre a melancolia e outros poemas*. São Paulo: Hedra, 2010. (N.T.)

Ele não teria jamais a felicidade, é triste dizer, de descansar em tal seio. A mãe de Fanny a considerava jovem demais para o casamento (Keats tinha 25 anos, e Fanny, 19). Ela estava uma ou duas classes acima de John e teria de se submeter a um casamento "inferior". Ele era pobre – filho de um cavalariço, estudante de medicina fracassado, não famoso ainda e, fato mais preocupante de todos, poeta com amigos "radicais", de opiniões políticas perigosas. A mãe viúva de Fanny instava cautela. A recusa era mais aconselhável ainda pois John era "tísico" – tinha sintomas de tuberculose. Seu irmão Tom morrera recentemente devido à doença, e, antes dele, sua mãe. Keats viajou para Roma com esperança de recuperar seus pulmões, mas – como previsto no poema, "desmaiou na morte" na cidade eterna, sempre fiel à mulher que amava. Por que razão Keats teceu seu amor por Fanny em torno de um "astro fulgente" (Estrela Polar)? Era uma alusão aos "amantes desastrados" Romeu e Julieta. Ele antecipara, de certo modo, um fim igualmente trágico para seu amor.

Resumi a vida de Keats porque se trata de uma história maravilhosamente *romântica*, que rende um filme romântico. Ainda é capaz de nos comover. Mas quando chamamos Keats, Wordsworth, Byron, Coleridge ou Shelley de poetas "Românticos" (o "R" maiúsculo é importante aqui), pensamos em algo separado de suas vidas amorosas (que eram, na maioria, caóticas de tão confusas). Aludimos a uma escola de poesia dotada de propriedades muito características e que representa um momento evolucionário na literatura ocidental.

Em sua definição mais simples, "romântica" é simplesmente uma datação conveniente para a literatura escrita, grosso modo, entre 1789 e 1832. É comum, por exemplo, encontrar Jane Austen agrupada com outros escritores do Período Romântico apesar do fato de que, levando em conta o que ela escreveu, a autora de *Orgulho e preconceito* está num planeta literário diferente do de, digamos, Shelley, que abandonou uma esposa grávida (ela depois cometeu suicídio) para fugir com a Mary Shelley de dezesseis anos de idade que iria, alguns anos depois, escrever *Frankenstein*.

Por que pegar 1789 como ponto de partida? Porque o Romantismo coincidiu com um acontecimento histórico mundial:

a Revolução Francesa. O Romantismo foi o primeiro movimento literário a ter, em seu âmago, uma "ideologia" – o conjunto das crenças pelas quais pessoas e povos vivem suas vidas. Sempre havia existido uma literatura que era política: os poemas de John Dryden sobre "assuntos de Estado", por exemplo, ou Jonathan Swift atacando os liberais nas *Viagens de Gulliver*. *Coriolano*, de Shakespeare, pode ser lido como uma peça política. A política diz respeito à administração do Estado (origina-se na palavra "cidade" em grego antigo). A ideologia pretende mudar o mundo. O Romantismo tem esse impulso na sua essência.

O que "ideológico" quer dizer, em oposição a "político", pode ser demonstrado nitidamente pelas mortes em guerra de dois grandes poetas, Sir Philip Sidney e Lord Byron. Sidney morreu em 1586, de ferimentos sofridos no combate contra os espanhóis na Holanda. Moribundo, ele teria celebremente passado um cantil de água que lhe ofereciam para outro homem ferido com as palavras "Tua necessidade é maior do que a minha". O ato se tornou lendário. Ele tinha 32 anos de idade. Sir Philip estava morrendo de forma tão valente, e tão jovem, em nome do quê? Em nome "da Rainha e do País", ele teria respondido. "Inglaterra."

Lord Byron (1788-1824) morreu em Missolonghi, na Grécia, tendo se alistado como voluntário na guerra dos gregos pela independência contra os ocupantes turcos. Tinha 36 anos de idade. Byron morria em nome do quê? Em nome de uma "causa". Essa causa era a "liberdade". Não estava dando a vida a serviço de seu país – país que, na visão de Byron, era deploravelmente pouco liberal. Era pela liberdade que os americanos haviam lutado quando fizeram sua Declaração de Independência em 1776, era por ela que as massas parisienses haviam se levantado contra a Bastilha em 1789, era por ela que os gregos estavam lutando em 1824. E foi por ela que Byron deu a vida.

Byron não morreu, como Sidney, "pela Inglaterra". O poeta era um exilado de um país que considerava suas doutrinas de liberdade sexual, tais como celebradas em seu melhor e mais longo poema, *Don Juan*, totalmente escandalosas. Na análise de Byron, Juan não é o predador sexual da lenda (e da ópera *Don Giovanni*, de Mozart), mas um homem sexualmente liberado – como Byron acreditava ser pessoalmente. Herói na Grécia (não há cidade que não tenha uma estátua e uma rua nomeada em homenagem a ele), a Inglaterra enfrentaria o "problema byroniano" por mais de um século. Foi só em 1969 que as autoridades acharam por bem colocar uma lápide em sua memória no Canto dos Poetas da Abadia de Westminster. O próprio poeta, é de se imaginar, teria gostado um bocado da Swinging London dos anos 1960.

Simplificando, o sacrifício de Sidney teve motivação patriótica, o sacrifício de Byron teve motivação ideológica. Quando lemos Byron e outros românticos, precisamos sintonizar as posições ideológicas (a "causa") que eles adotam, advogam, sondam, combatem ou questionam. No linguajar atual, de onde é que saiu a obra deles?

Os principais românticos escoceses, por exemplo, foram Robert Burns (1759-1796) e Sir Walter Scott (1771-1832). Um dos poemas mais conhecidos de Burns é "A um camundongo". Ele começa assim:

> Macio, encolhido, medroso animalzinho,
> Ó, que pânico há em teu peitinho!*

Burns, um agricultor, havia revolvido um ninho de arganazes com seu arado. Contemplando a vida que destruíra, ele reflete:

> O Homem dominador, sinto em grande tristeza,
> Rompeu a união social da Natureza ...**

O "animalzinho" não é só um pequeno roedor, mas é também, companheiro do próprio Burns nessa condição, vítima da injustiça "social" – "eu, teu pobre semelhante, nascido da terra / E irmão mortal!".*** E o uso que Burns faz do dialeto escocês das Terras Baixas ressalta, além disso, o fato de que a linguagem do povo, e não o "inglês do rei", representa o coração da nação escocesa.

---

* *Wee, sleekit, cow'rin, tim'rous beastie, / O, what panic's in thy breastie!* (N.T.)
** *I'm truly sorry Man's dominion / Has broken Nature's social union...* (N.T.)
*** *"me, thy poor, earth-born companion / An' fellow-mortal!"* (N.T.)

O primeiro e mais influente romance de Walter Scott é *Waverley* (1814). Em seu centro está o levante de 1745 no qual um exército de rebeldes das Terras Altas, comandado pelo "Jovem Pretendente" Carlos Eduardo Stuart, desceu a Escócia com ímpeto e triunfo rumo ao norte da Inglaterra, determinado a retomar o trono britânico. Se tivessem obtido êxito, teriam mudado totalmente a história do Reino Unido. Scott, pessoalmente, era um unionista ferrenho, acreditando na parceria entre Escócia e Inglaterra, e nutria sentimentos contraditórios a respeito do "Gentil Príncipe Carlos". Ele era, disse o romancista, na mente um hanoveriano (partidário do rei inglês Jorge II) e no coração um jacobita (partidário do Pretendente Escocês). Mas o aspecto significativo em *Waverley* é que Scott retratou o episódio de 1745 menos como uma guerra de conquista fracassada – entre duas potências de estatura mais ou menos igual – do que como uma revolução fracassada. Ou, dizendo de outro modo, um choque de ideologias.

A mais poderosa declaração revolucionária entre os românticos britânicos foi dada nas *Baladas líricas* de Wordsworth e Coleridge (1798), com o longo prefácio argumentativo acrescentado depois por Wordsworth, que proclama:

> O principal objetivo, então, proposto nestes Poemas foi escolher incidentes e situações da vida comum, e relatá-las e descrevê-las, do início ao fim, até onde fosse possível numa seleção da linguagem realmente usada pelos homens.

Os versos contidos foram chamados de "baladas" em homenagem aos poemas que são transmitidos oralmente por comunidades, não por escritores individuais. A balada tradicional representa uma espécie de união literária – embora Wordsworth preferisse usar a palavra "radicalismo" (no sentido literal de voltar às raízes), ou, com certa relutância, o lema francês "fraternidade".

Samuel Taylor Coleridge (1772-1834) fez uma majestosa contribuição ao projeto sob a forma de sua longa balada – em dicção pseudomedieval – *A canção do velho marinheiro*. Nela, propõe-se a demonstrar que as questões complexas de vida e morte – o significado da coisa toda – podem ser representadas numa forma literária tão simples como uma cantiga de roda do tipo lá-ri-lá. Uma balada.

Não era tudo ideologia. Os românticos eram fascinados pela psicologia humana e pelas emoções que condicionam nossas vidas. Wordsworth adorava, segundo afirmou, ser "surpreendido pela alegria" – e alegria é uma palavra importante em toda a sua principal produção poética. Ao mesmo tempo, porém, os românticos eram fascinados pela emoção que se opõe à alegria – a "melancolia". Keats escreveu para ela uma de suas grandes odes. Outros românticos, celebremente Coleridge e Thomas De Quincey (autor de *Confissões de um comedor de ópio*), investigaram estados emocionais com ajuda de drogas. O ópio e seus derivados (para poetas posteriores, a morfina) proporcionavam uma viagem de exploração pelo eu adentro tão audaz como qualquer aventura do Velho Marinheiro. Conseguir as drogas propriamente ditas não exigia nenhuma grande exploração. Elas eram vendidas, por tostões, em todos os estabelecimentos farmacêuticos e até mesmo em algumas livrarias. Você podia comprar meio litro de láudano (morfina dissolvida em álcool e usada como analgésico) junto com o seu volume das *Baladas líricas*.

O perigo era que, seguindo esse caminho (como fez De Quincey, num dos casos mais dramáticos), você entrava no reino da chamada "agonia romântica". Os escritores que faziam experimentos com ópio arriscavam enormemente suas criatividades e suas vidas. Coleridge escreveu, segundo consenso geral, três poemas maravilhosos. Dois deles permaneceram – de modo torturante – inacabados. O mais frustrante é o que prometia ser sua grande obra, "Kubla Khan". O poema todo estava se inscrevendo em sua mente, como ele nos conta, num sonho induzido por ópio. Então houve uma batida na porta. Ele despertou. O poema estava perdido – só resta um fragmento minúsculo.

William Wordsworth (1770-1850) pensava bastante sobre como um poeta deveria se aprimorar. E dispunha de bastante tempo para tal. Ao contrário dos outros poetas românticos de destaque, teve uma vida longa, abstêmia e regrada no Lake

District e foi o autor mais eminente do movimento. Alguns diriam que se vendeu nos últimos anos, quando passou a ser o poeta laureado da rainha Vitória (ver Capítulo 22). Escreveu suas melhores obras, é consenso geral, na etapa inicial da vida. Na juventude, estivera na França pela época da Revolução. Contemplando o passado, escreveu sobre aqueles meses turbulentos em *O prelúdio*:

> Dádiva era estar vivo naquele alvor,
> Mas ser jovem era o paraíso!*

Existe algo intrinsecamente "glamoroso" nos jovens românticos. É só nesse período da vida, sugere-se, que a pessoa vive de verdade. Shelley morreu, aos 29 anos, velejando numa tempestade repentina, açoitado pelo mesmo vento ao qual se dirigira em sua famosa "Ode ao vento oeste", de 1819. Antes de morrer em Roma com apenas 25 anos, Keats deu instruções para que seu nome não aparecesse em sua lápide – somente a descrição "Um jovem poeta inglês". "Um velho romântico" é mais ou menos uma contradição nos termos. Como ocorre com os esportistas, os melhores entre eles tiveram carreiras curtas – ou escreveram suas maiores obras na juventude.

Nós falamos dos românticos como se formassem, de certa forma, um grupo aliado numa empreitada literária coletiva. Não formaram. Existiam, claro, alianças. Mas Byron, por exemplo, desprezava e satirizava os "Lakers", como chamava Wordsworth, Coleridge, Southey e seus discípulos. Ficar sonhando acordado com as colinas úmidas do norte inglês não era para ele. Scott e sua panelinha de Edimburgo detestavam o "poeta cockney"** Keats e seu patrocinador, Leigh Hunt. Nenhum dos poetas da época parece ter registrado a existência de (como agora o consideramos) um de seus maiores colegas, William Blake (1757-1827). Alguns dos volumes magnificamente ilustrados de Blake – feitos e escritos por ele mesmo – não venderam sequer cem exemplares

---

* *Bliss was it in that dawn to be alive, / But to be young was very heaven!* (N.T.)
** O termo se refere aos bairros pobres londrinos e seu dialeto. (N.T.)

enquanto ele viveu. Suas *Canções da inocência e da experiência*, infundidas como são por suas visões idiossincráticas sobre a vida e a religião, são hoje lidas, estudadas e apreciadas em toda parte. Nenhum outro escritor, em qualquer período, combinou com tamanha eficácia o visual e o textual. Os poemas de Blake (como "O tigre") são coisas que tanto "olhamos" quanto lemos.

Apesar dessas divergências pessoais, rivalidades e cegueiras, os românticos uniram sua força criativa numa tremenda redefinição do que era a literatura e daquilo que ela podia fazer fora de seu meio meramente literário – de que maneira ela podia transformar a sociedade e até mesmo, como pensavam os mais otimistas entre os românticos, o mundo. Dizer "revolução" não é um exagero. O fogo do movimento ardia demais, não poderia durar muito tempo. Com efeito, seu fogo se apagou na Grã-Bretanha pela altura da morte de Scott, em 1832, e da "quieta" revolução política do próprio país, a Primeira Lei de Reforma. Mas o Romantismo mudou, para sempre, os modos com que a literatura era escrita e lida. Legou aos escritores que vieram depois, e que quiseram usá-lo, um novo poder. Não astros fulgentes, mas astros ardentes.

Capítulo 16

A mente mais afiada
Jane Austen

Demoramos um longo tempo para constatar que Jane Austen (1775-1817) está entre os maiores nomes do romance de língua inglesa. Uma das razões pelas quais podemos negligenciá-la é o fato de que o mundo de sua ficção é (não há outra palavra) pequeno. E, ao olhar superficial, a grande pergunta colocada em cada um de seus seis romances – "Com quem a heroína vai se casar?" – parece, se não similarmente pequena, ser de uma importância não muito capaz de abalar o mundo. Não estamos, isso é claro, na mesma categoria do *Guerra e paz*, de Tolstói (muito embora praticamente toda a ficção de Jane Austen tenha sido escrita, de fato, em tempos de guerra – a guerra mais longa que a Grã-Bretanha moderna jamais travara).

Numa carta escrita em 1816, Austen comparou seus romances, com sua ironia característica, a pinturas em miniatura: "o pequeno fragmento (cinco centímetros de largura) de marfim no qual trabalho com tão fino pincel". Charlotte Brontë usou a mesma imagem, mas num tom bem mais crítico:

> Há uma fidelidade chinesa, uma delicadeza miniaturizada, na pintura. Ela não agita o leitor com nada de veemente,

não o perturba com nada de profundo. As paixões lhe são perfeitamente desconhecidas: ela rejeita sequer conhecer de vista essas irmãs tempestuosas.

Palavras duras, mas é uma crítica comum. Austen, infere a autora de *Jane Eyre* (que escreveu sua ficção por trás de um pseudônimo masculino), não é uma escritora que consiga se sustentar no mundo masculino. E ela é mansa demais – "não tempestuosa" é o termo de Brontë – até mesmo para a leitora mais exigente.

Pode a grandeza literária encontrar espaço para si nos cinco centímetros do marfim de Austen, restringindo-se, como fazem seus romances, a uma experiência de alcance tão limitado, em grande parte feminina, exclusivamente na classe média? A resposta, os leitores modernos retrucariam, é "sem dúvida". Explicar os motivos é mais complicado. Mas um "sim" firme é o lugar certo por onde começar.

Jane Austen era filha de um pároco rural, moderadamente próspero e de todo respeitável. Foi criada num ambiente familiar feliz, com irmãos e uma irmã, Cassandra, da qual era particularmente próxima – tão próxima que as duas compartilharam uma cama por vários anos. Com sua morte tristemente precoce, é pela carinhosa recordação do irmão favorito, Henry, e pelas cartas sobreviventes para Cassandra (que foram, na maioria, deliberadamente destruídas), que sabemos o pouco que de fato sabemos sobre a vida de Jane Austen. O que podemos supor com segurança é que houve pouco, nela, em matéria de drama.

Os romances de Austen foram escritos, em primeiro lugar, para sua própria diversão. Há uma agradável recordação da escritora escondendo seu trabalho em andamento embaixo do mata-borrão de sua *escritoire* quando a porta rangente avisava que alguém estava entrando no aposento. Jane insistia que a porta não devia ser consertada. Os familiares não podiam espiar, mas a escutavam quando ela terminava, já que suas histórias eram testadas primeiro com sua família. Foram eles que ouviram sua esperta e jovem Jane ler "Primeiras impressões", a versão inicial do romance publicado anos depois, em 1813, como *Orgulho e preconceito*. (O enredo se passa quinze anos antes da data de publicação.) Faríamos qualquer coisa para saber o que o reverendo George Austen e a sra. Austen acharam do sr. e da sra. Bennet – personagens retratados sob uma luz não inteiramente simpática na narrativa da filha. Provavelmente riram nervosamente.

Austen viajou raras vezes em sua vida. Tampouco suas heroínas viajam muito. A família passou algum tempo em Bath, a cidade-spa e mercado casamenteiro da Regência, um lugar do qual Austen parece não ter gostado. Ela visitou Londres, mas nunca morou lá, e a capital figura pouco em sua escrita; geralmente, como em *Razão e sentimento*, é um lugar do qual é bom estar longe. Os "condados domésticos" – principalmente Hampshire – eram seu habitat. É bizarro ficar sabendo que ela nutria uma forte lealdade pelo time de críquete local, o "Cavalheiros de Hampshire".

Tendo sido uma mulher atraente, pelo que se deduz (não restou qualquer retrato confiável da autora), sabe-se que recebeu uma proposta de casamento. Aceitou, mas voltou atrás em seu consentimento na manhã seguinte. Nunca chegou a se casar, embora todos os seus romances tenham, como eixo central, os problemas de cortejo de suas heroínas. Só podemos tentar adivinhar os motivos que levaram Austen a permanecer solteira. Quaisquer que tenham sido esses motivos, os admiradores de sua obra podem ficar gratos por ela ter mudado de ideia naquela noite fatídica em 1802. Uma esposa e mãe teria tido menos tempo para produzir os seis romances que garantiram sua reputação. Ela morreu numa das situações mais lastimadas por sua ficção: uma velha solteirona.

Velha, porém, é a palavra errada. Austen só tinha 41 anos quando morreu. Assim como em tantos outros aspectos de sua vida, não sabemos que doença a matou. Mas não foi algo repentino, e seus últimos romances foram escritos em crescente fraqueza física, durante sua enfermidade final. Uma escuridão compreensível tinge sua última obra completa, *Persuasão*. No final desse romance, quase podemos sentir a pena desabando com exaustão no papel. Ela não viveu para revisá-lo a seu contento.

A heroína de Austen tem, invariavelmente, tanto um pretendente adequado quanto um pretendente inadequado. Será que Emma Woodhouse vai se casar com Frank Churchill? Ou aceitará virar a esposa do sr. Knightley, mais velho e mais sem graça? Elizabeth Bennet dará um jeito no futuro financeiro de sua família aceitando a proposta do reverendo Collins, ou vai se manter firme em seus princípios e (após certo bombardeio pesado de Lady Catherine de Bourgh) virar a sra. Darcy? Marianne sucumbirá ao byroniano Willoughby ou vai descobrir os atrativos do sem graça – mas digno – coronel Brandon, com seu colete de flanela (na meia-idade, ele sente mais o frio)? Todos os romances terminam com um repique de sinos de igreja, a escolha certa tendo sido feita.

Celebremente, Jane Austen nunca vai além do que uma "dama" deveria saber com decência. ("Por uma dama" é a descrição sob o título de seu primeiro romance, publicado anonimamente, *Razão e sentimento*). Há muitos homens em seus romances, mas ela nunca retrata integrantes do sexo masculino conversando entre si sem a presença de uma dama que os ouça. Há poucos aristocratas verdadeiramente grandiosos – as exceções são Sir Thomas Bertram em *Mansfield Park* e Sir Walter Elliot em *Persuasão*, mas nenhum deles tem destaque elevado no rol dos pares do reino. Da mesma forma, não há personagens da classe trabalhadora no primeiro plano de seus romances. A fidalguia decadente é o nível mais baixo da escala social ao qual chegamos no mundo de Jane Austen. Aparecem criados por todos os cantos, claro. Alguns de seus nomes (James, o cocheiro de *Emma*, por exemplo) nós conhecemos. Mas a vida no andar de baixo é outro mundo não visitado na ficção de Austen.

Vez por outra, obtemos vislumbres de um mundo mais duro do que aquele no qual os romances optam por habitar. Em *Emma*, Jane Fairfax se vê num dilema cruel. Sem um tostão, mas talentosa, ela precisa se virar sozinha no mundo. O casamento seria uma solução, mas o homem que ela ama (e que pode ter se aproveitado dela de uma maneira cruel) parece mais interessado pela rica Emma Woodhouse. O único meio pelo qual Jane pode se sustentar é virar uma preceptora – mal ganhando o suficiente para sobreviver e suportando a humilhante posição domiciliar de "criada superior". Ela descreve a busca por tais empregos como estar à venda num leilão de escravos. Charlotte Brontë faria um romance – *Jane Eyre* – a partir desse cenário. Para Jane Austen, é uma trama secundária em relação ao enredo principal, algo em que ela opta por não se aprofundar demais, apenas para que o leitor dê atenção à situação aflitiva de Jane.

É possível listar inúmeras coisas que os romances de Jane Austen não fazem. Ela viveu e escreveu durante algumas das maiores convulsões históricas que o mundo já conhecera – as revoluções americana e francesa e as Guerras Napoleônicas. Marinheiros (ela tinha irmãos na Marinha) e militares (o coronel Brandon em *Razão e sentimento*, por exemplo, e o herói naval Frederick Wentworth em *Persuasão*) dão as caras em suas narrativas, mas só como pretendentes aceitáveis ou inaceitáveis para as heroínas. Se o próprio Horatio Nelson* aparecesse num romance de Austen, suspeitaríamos de que o único interesse do romance por ele seria verificar se o homem era o "Sr. Perfeito" para a heroína.

Uma grande propriedade como Mansfield Park se sustenta, financeiramente, por suas plantações de açúcar nas Índias Ocidentais, movidas a trabalho escravo. O fato é aludido – mas não examinado ou exposto com alguma demora. Tampouco – nem pensar uma coisa dessas – o leitor ganha qualquer vislumbre do que se passa nessas plantações das Índias Ocidentais. As opiniões políticas e religiosas de Austen são as mesmas de sua classe, embora pareçam ter se endurecido um pouco nos últimos romances. Ela era uma anglicana devota, e clérigos figuram com proeminência em sua ficção. Em nenhum momento, contudo, seus romances nos levam para dentro de uma igreja ou se aventuram por questões teológicas. Isso era reservado para os domingos, não para a ficção.

O movimento feminista que decolou nos anos 1960 defendeu resolutamente a ficção de Austen. Sua própria opinião

---

* Oficial da marinha britânica e herói nacional, famoso por seu desempenho nas Guerras Napoleônicas. (N.E.)

sobre essas defensoras talvez fosse duvidosa. Seus romances nunca questionam a posição dos homens como integrantes do sexo superior. Não sabemos se ela se ressentia do fato de que seus contratos de publicação precisavam ser negociados por seu pai ou irmão – as mulheres não tinham direitos de propriedade, mesmo nos frutos de seus próprios cérebros. A mais rica de suas heroínas é Emma, dotada, ao chegar aos 21 anos, de cerca de 30 mil libras (uma quantia imensamente maior em valores atuais). Quando ela se casa com o sr. Knightley, o dinheiro passa a ser dele. O romance aceita isso com serenidade.

Os pontos de vista de Austen sobre literatura eram tão conservadores quanto suas crenças sociais. Embora coincidisse, historicamente, com o movimento romântico – e seja classificada com frequência como romântica –, ela pertencia a uma era anterior, mais estável, cujos valores seus romances endossam coletivamente. Grande parte da ficção contemporânea – em particular, a "história de terror" – ofendia seu senso de decência literária. *A abadia de Northanger* tem uma heroína, Catherine Morland, que é moralmente envenenada por seu vício em romances modernos – temporariamente, graças aos céus.

Todas as afirmações acima parecem argumentar que Jane Austen era uma escritora de alcance muito limitado. Até mesmo insignificante. O que há nos romances, então, que os torna tão soberbamente bons? Duas coisas. A primeira é a maestria técnica da forma de seu romance, em particular o uso da ironia. A segunda é sua seriedade moral – sua capacidade de articular, em todos os detalhes, como uma pessoa deveria viver a vida. Também poderíamos citar sua espirituosidade, sua observação tolerante das fraquezas humanas e sua compaixão.

Existem poucos artífices do enredo mais engenhosos do que Austen. Seus fãs têm dificuldade para recordar as primeiras leituras dos romances, porque os conhecem bem demais. Os *janeites*, como são chamados seus seguidores devotos, dedicam-se a reler os seis romances todos os anos, como escrituras sagradas. Especialmente para quem os lê pela primeira vez, porém, seus romances são impossíveis de largar, magistrais em sua tessitura do suspense. Será que Emma (ou Elizabeth, ou Catherine, ou Elinor) vai fazer a coisa certa? O leitor fica enganchado até quase o último capítulo.

Nenhum escritor usa seu instrumento de prosa de forma mais hábil do que Austen. Não só isso, ela tem o dom de fazer com que nós, seus leitores, usemos nosso próprio conjunto de habilidades até o limite da nossa destreza, e além daquilo que normalmente nos preocupamos em fazer. Pegue, por exemplo, a abertura de Emma:

> Emma Woodhouse, bem-apessoada, astuta e rica, com um lar confortável e um temperamento feliz, parecia unir algumas das melhores bênçãos da existência; e tinha vivido quase 21 anos no mundo com bem poucas coisas que a perturbassem ou irritassem.

Duas palavras, nessa frase, parecem doer nos ouvidos de modo interessante. "Bem-apessoada" [Handsome]: não é uma palavra mais aplicável a um homem? Não seria mais apropriado usar "bonita" ou "linda"? "Emma Woodhouse" (sem "srta.", você percebe) pode ser, nós suspeitamos, uma mulher dona de si, e não necessariamente conformista. A outra palavra que reverbera na frase é "parecia". Essa confiança quanto às "melhores bênçãos da existência" será, somos advertidos disso, testada: pois é testada mesmo, quase chegando à destruição, nas páginas que se seguem. E a palavra "irritassem" [vex] (não "afligissem" [upset]): ela sugere uma arrogância, uma altivez esperando pela queda. A frase está crivada de ironia e insinuação.

O domínio de Austen no estilo da prosa e na técnica narrativa é combinado com uma elevada seriedade moral. Seus romances são bem mais do que o angustiante progresso de uma donzela rumo ao altar matrimonial depois de alguns equívocos no caminho. Suas heroínas começam a vida, invariavelmente, como boas jovens determinadas a fazer a coisa certa. A inexperiência e a inocência – às vezes exacerbadas pela irreflexão ou teimosia – conduzem-nas aos perigos e às dificuldades da vida.

Dito de outra maneira, elas cometem equívocos pelos quais vão pagar. Dos estresses e sofrimentos resultantes, emergem "adultas", moralmente maduras. O que os romances de Austen nos dizem é que, para viver do jeito mais apropriado, você precisa, primeiro, viver. A vida é uma educação para a vida. Aqui também (e com as habilidades mencionadas acima), Austen foi vista como a pioneira naquilo que o crítico F.R. Leavis chamou de "Grande Tradição" da ficção inglesa – uma linhagem que passa por George Eliot, Joseph Conrad, Charles Dickens, Henry James e D.H. Lawrence. Todos eles se valem do ponto de partida da dama modesta que escrevia num presbitério em Hampshire e entendia o mundo com uma profundidade pela qual o mundo não lhe dava o devido crédito.

A ficção de Austen demonstra, soberbamente bem, que uma obra literária não precisa ser ampla para ser grande. E o que pode caber em cinco centímetros de marfim? Todos os temas sobre os quais vale a pena escrever, se o pincel e a superfície estiverem nas mãos de um gênio.

CAPÍTULO 17

Livros para você
O PÚBLICO LEITOR EM TRANSFORMAÇÃO

Ler foi sempre um ato intensamente privado. Mesmo num grupo de leitura, os integrantes trazem suas reações particulares ao encontro para "compartilhá-las". Não compartilham o ato da leitura em si. Mesmo assim, aquilo que os leitores compram, pedem, emprestam ou roubam em massa é um elemento crucial na longa evolução da literatura. O mercado determina o produto. E, no sentido mais amplo, esse mercado (composto de milhões de leitores individuais) constitui o que podemos chamar de "público leitor". Ele não é mais previsível em suas escolhas do que o público eleitor, mas, como este último, é quem dá as ordens. Como em qualquer ramo dos negócios, o consumidor (leitor) está sempre certo. Os leitores criam uma demanda e os autores – junto com produtores e distribuidores – respondem com o suprimento. No mercado editorial, quem não responde à demanda quebra depressa.

    O público leitor surge como uma força da literatura e na literatura no século XVIII, com a urbanização e uma crescente prosperidade. Ao mesmo tempo, uma característica interessante se desenvolveu: a emergência de públicos leitores novos e menores dentro do todo. Houve, nesse período, uma massa sempre crescente de mulheres desocupadas de classe média que sabiam ler, mesmo que não conseguissem escrever com proficiência ou não fossem incentivadas a fazê-lo – dispunham de poucas oportunidades para exercer seus talentos no mundo exterior. Elas representavam um público leitor relativamente inexplorado até ali. O material de leitura atraente para a leitora da época chegou sob a forma da ficção. *Pamela* (1740) e *Clarissa* (1747-1748) – best-sellers estrondosos na metade do século XVIII – claramente visavam mulheres como suas próprias heroínas: jovens, decentes, de classe média, virtuosas, esperando pelo casamento ou já casadas. O grande adversário de Richardson e satirizador de sua ficção, Henry Fielding, de modo igualmente claro visou homens jovens com a história indecente de *Tom Jones* (1749). Os rapazes eram outro segmento do diversificado público leitor, com seus próprios gostos e preferências particulares.

A ficção para mulheres, feita por mulheres e sobre mulheres firmou raízes nesse período. Foi significativa das mais variadas maneiras. A crítica moderna Elaine Showalter define os romances escritos nessa época e depois como "uma literatura toda delas": um meio pelo qual as mulheres podiam conversar numa época em que seu acesso ao mundo exterior e suas oportunidades de agregação (a não ser na igreja e em atividades ligadas à igreja) eram limitadas. O romance foi uma das pedras fundamentais daquilo que mais adiante evoluiria para o feminismo. (O Capítulo 29 trata desse tópico.)

Havia, entretanto, um empecilho enorme: o déficit educacional. Para ultrapassar os níveis de instrução prescritos para a maioria do sexo feminino, as mulheres precisavam de uma biblioteca excepcionalmente bem abastecida de livros em casa, além de pais ou tutores interessados em seu desenvolvimento intelectual. As Brontë (Capítulo 19) e Jane Austen (Capítulo 16) tiveram essa boa sorte, como poucas leitoras de literatura tiveram. A maioria não tinha. Mesmo no século XX, o tratado de Virginia Woolf pela liberação intelectual das mulheres, *Um teto todo seu* (1929), começa com a descrição de como lhe negaram a entrada numa biblioteca da Universidade de Cambridge. Ela não é, um Membro a informa, um membro. É uma cena simbólica. Ela não pertence ao mundo leitor dos homens ("ainda", deveríamos acrescentar). As duas primeiras faculdades para mulheres em Cambridge foram abertas no fim do século XIX, e foi somente bem depois da morte de Woolf que a faculdade em cujos degraus ela ficou parada admitiu mulheres como estudantes.

George Eliot (nome verdadeiro Mary Anne Evans) teve permissão, quando menina pequena, de circular com liberdade pela biblioteca de uma residência de campo da vizinhança, na qual seu pai trabalhava como administrador. Ela não tinha mais do que uma sólida educação escolar. Por um heroico método de autoinstrução, e com ajuda de amigos, aprendeu alemão sozinha e iniciou sua carreira de escritora traduzindo complicadas obras de teologia e filosofia. Tornou-se uma das primeiras mulheres do "alto jornalismo" de seu tempo. Poucos, de um sexo ou de outro, chegaram tão alto. Quando, perto dos quarenta anos de idade, enveredou pela ficção (usando um pseudônimo masculino) com *Adam Bede* (1859), ela já era uma mulher que vencera na vida por esforço próprio – uma "autodidata" e "meia azul", como eram chamadas as mulheres que ousavam se educar. Poucas podiam fazer o que ela fez. Eliot via o tipo de ficção que a maior parte de seu sexo consumia e não gostava nem um pouco: "romances bobos de damas romancistas", elas os chamava. Existiam, claro, romances bobos para homens também. Mas o acesso dos homens ao tesouro guardado de uma literatura nada boba era menos restrito do que o das mulheres. A situação foi mudando aos poucos. Nos tempos modernos, Iris Murdoch, Margaret Atwood, Joyce Carol Oates, Toni Morrison e A.S. Byatt foram todas professoras universitárias, o caminho mais inteligente. Seu público leitor tende a ser bem--educado, formado por mulheres e homens na mesma medida, ou até por mais leitoras. Nesse aspecto, o público leitor se nivelou.

Em qualquer momento da história, e seja qual for o ângulo pelo qual o observarmos, o "público leitor" não é monolítico como uma torcida de futebol. No nosso próprio presente, é mais como uma espécie de mosaico – vários pequenos públicos leitores, frouxamente amarrados. Esse ponto pode ser ilustrado com uma passada por qualquer grande livraria. Perambule pelas áreas e você vai encontrar diferentes "categorias" (gêneros) com diferentes tipos de livros. Os compradores têm suas preferências e sabem se vão querer escolher entre Ficção Adolescente ou Ficção Clássica ou Ficção Gay e Erótica ou Ficção Romântica ou Ficção de Horror ou Crime ou Literatura Infantil.

Em algum lugar – geralmente, num canto pouco frequentado –, haverá uma seção dedicada à Poesia. Ela não vai atrair, isso é certo, os mesmos consumidores potenciais que ficam farejando, interessados, os best-sellers empilhados em montanhas nas mesas expositoras de frente de loja. A poesia sempre foi a irmã pobre da literatura. "Ouvintes aptos, ainda que poucos" foi como Milton descreveu seu público leitor. Tão pouco interesse ele tinha pelas vendas que se desfez do manuscrito do *Paraíso perdido* por dez libras – uma ninharia, mesmo no século XVII. Ironicamente – e graças à educação superior –, Milton tem hoje um vasto número de leitores. *O paraíso perdido* é best-seller ano após ano, e sempre será enquanto for estudado. Oscar Wilde teve a sensatez de mudar da composição em verso, seu primeiro amor, para uma comédia teatral imensamente popular. Foi atrás do dinheiro. "Por que razão eu deveria escrever para a posteridade?", ele supostamente gracejou. "O que a posteridade já fez por mim?" Muitos poetas aferram-se a seus "ouvintes aptos, ainda que poucos". Poesia best-seller é uma contradição nos termos, a menos que levemos em conta autores de baladas como Bob Dylan e David Bowie.

A indústria editorial empreende rigorosas e caras pesquisas de mercado para conhecer tanto quanto possível as "preferências do leitor". Por regra geral, a ficção científica é consumida por homens com formação superior que compram uma grande quantidade de livros e são "devotados à marca". Eles se mantêm em contato com seu gênero, e com companheiros seguidores do gênero, através de fanzines da web.

Um tipo ligeiramente diferente de leitor se congrega em torno da *graphic fiction* (uma versão moderna das histórias em quadrinhos), embora sua freguesia também seja, na esmagadora maioria, mais ou menos jovem. Na região de fantasia da ficção científica – pela qual vagueiam zumbis e vampiros –, as leitoras apreciam novos autores, como Stephenie Meyer. O horror, outro território periférico, compartilha alguns leitores com a ficção científica e as *graphic novels*, embora seus seguidores sejam predominantemente mais velhos. Os romances de ação masculinos (no passado, westerns, e hoje, com mais frequência, histórias de guerra) seduzem homens que geralmente já passaram da idade do serviço militar e nunca montaram um cavalo. O crime também atrai leitores mais velhos, tanto homens quanto mulheres, com rainhas do crime como Agatha Christie sendo agora suplantadas por profissionais mais duronas como Patricia Cornwell.

As histórias românticas são consumidas, em ampla medida, por mulheres de meia-idade e mais idosas. Curiosamente, a recente explosão de vendas dos e-books foi impelida por esse específico público leitor. As razões se explicam por si. Mães, por exemplo, tendem a ficar mais confinadas em casa, e as livrarias (ao contrário dos supermercados) são hostis aos carrinhos de bebê.

Hoje em dia, as livrarias têm aparelhos com sistema EPoS – Electric Point of Sales* – pelos quais os dados de compra são analisados, otimizando a reposição do estoque. Se os consumidores estiverem comprando determinado livro num ritmo veloz, mais exemplares serão fornecidos para preencher os espaços vazios nas estantes. A luva é modelada para se encaixar na mão. Até mesmo na sua mão em particular, se você usar livrarias eletrônicas. Compre ou navegue com regularidade na Amazon, e ela montará o seu perfil. Anúncios adequados ao seu gosto saltarão na sua tela. Todos temos preferências diferentes, assim como temos diferentes impressões digitais. O público leitor de hoje é "perfilado" pela indústria editorial de um modo mais detalhado, e com mais precisão, do que jamais visto na história literária. Isso, entretanto, não significa que ela possa prever o que os leitores vão desejar – apenas que seus desejos, uma vez manifestados, podem ser satisfeitos com mais rapidez e eficiência.

Visto como um todo, o público leitor sempre desejou mais material de leitura do que poderia se permitir comprar com

---

* Ponto de venda eletrônico. (N.T.)

tranquilidade. Ao longo de quase toda a sua história, a literatura em forma de livro foi um luxo caro. Duas inovações colocaram a literatura ao alcance das pessoas comuns, tornando-a menos proibitiva e fazendo com que o público tivesse acesso a uma quantidade muitíssimo maior dela.

O primeiro foi o sistema das bibliotecas. Duas leitoras vorazes criadas por Jane Austen, Catherine Morland e Isabella Thorpe (em *A abadia de Northanger*, de 1818), obtêm seus "horrendos" romances góticos na "biblioteca de circulação" de Bath, onde um livro podia circular por vários clientes. Os bibliotecários estimam hoje que um romance de capa dura se preste para 150 empréstimos. As taxas de empréstimo puderam ser reduzidas de modo equivalente. Em meados do século XIX, surgiram grandes bibliotecas comerciais metropolitanas (chamadas de "leviatãs") a serviço do público leitor vitoriano. Na primeira metade do século XX, todas as vilas e cidades também passaram a ter bibliotecas baratas em lojas de conveniência, nas quais romances populares repousavam ao lado de cigarros, doces e jornais. Na década de 1950, no Reino Unido, todos os conselhos municipais eram obrigados, por lei, a suprir de livros a população local por meio de uma rede abrangente de bibliotecas públicas. Era de graça.

A outra inovação foi o livro barato, resultado de aprimoramentos mecânicos da máquina impressora e, no século XIX, da fabricação do papel com baixo custo, de origem vegetal. Muitíssimo influente, nos tempos modernos, foi a revolução dos livros de capa mole, que teve largada nos Estados Unidos na década de 1960. No século XXI, temos o suprimento eletrônico (e-books), e toda tela conectada à internet abre a porta para uma caverna de Aladim.

Se hoje o público leitor dispõe de bem mais opções para escolha, e consegue bem mais o que deseja, isso é uma coisa boa? Nem todos pensam assim. Alguns alegaram que "mais é pior". E há quem – como eu – pense que da quantidade vem a qualidade. Quanto mais amplo for o público leitor, tanto mais saudável ele será. E quanto maior for o bolo, mais abundantes serão as cerejas nele.

Capítulo 18

O gigante
Dickens

Poucas pessoas discordariam da ideia de que Charles Dickens (1812-1870) é o melhor romancista britânico que já levou a pena ao papel. "Não precisa nem pensar", poderíamos dizer. "O Inimitável", como ele mesmo se apelidou (até *ele* se achava incomparavelmente soberbo), teria lançado um olhar raivoso diante da impertinência de alguém que cogitasse – ou, ainda pior, fizesse – tal pergunta.

Que outro romancista teve sua imagem estampada tanto numa cédula quanto num selo? Que outro romancista teve sua obra tantas vezes adaptada para telas grandes e pequenas? Que outro romancista vitoriano ainda vende um milhão de cópias de suas obras todos os anos? Na celebração dos duzentos anos de seu nascimento, em 2012, o primeiro-ministro e o arcebispo da Cantuária declararam ambos que Dickens era um escritor de estatura shakespeariana. Quem os contestaria?

Mas o que justifica precisamente, nos romances de Dickens, o louvor supremo e universal que ele recebe? É uma pergunta complicada, exigindo todo um leque de respostas. E essas respostas mudaram ao longo dos anos. Por exemplo: se você tivesse perguntado a um dos contemporâneos de Dickens, que tivesse acabado de ler *As aventuras do sr. Pickwick*, "Por que você acha 'Boz' (o pseudônimo de Dickens no início de sua carreira como ficcionista) ótimo?", ele ou ela poderia muito bem ter respondido que "Ele me faz rir mais do que qualquer outro escritor com o qual já topei". Se, oito anos antes, você tivesse perguntado a um dos contemporâneos de Dickens "O que há em *The Old Curiosity Shop** que faz o autor ser tão excelente?", a pessoa poderia muito bem ter respondido (pensando na morte celebremente triste da Pequena Nell): "Porque nunca chorei tanto com um romance. Dickens me comove como nenhum outro escritor me comoveu."

Os leitores do século XIX reagiam, em geral, de uma maneira muito diversa da nossa. Não sentiam obrigação alguma de conter suas emoções. Gostamos de pensar que somos feitos de matéria mais dura, ou que somos leitores de literatura mais sofisticados. Daí o chiste tão reciclado de Oscar Wilde: "Seria preciso ter um coração de pedra para não rir com a morte da Pequena Nell". Talvez demos risadinhas com as cenas mais engraçadas da ficção de Dickens (descrevendo a interminável luta do sr. Micawber com o cobrador de dívidas, por exemplo); nossos olhos poderão lacrimejar um pouco nas cenas mais tristes (a morte lenta e prolongada de Paul Dombey, por exemplo); mas costumamos manter nossas emoções em rígido controle. Isso nos torna mais objetivos e racionais em nossas avaliações literárias. Por acaso isso nos torna leitores melhores? Pode-se argumentar que não.

Não somos vitorianos, mas existem cinco bons argumentos pelos quais os leitores modernos também deveriam ver que Dickens é o maior romancista de todos os tempos.

Primeiro: Dickens foi, no decorrer de sua longa carreira como escritor, excepcionalmente inventivo. Com vinte e poucos anos, obteve um enorme sucesso com seu primeiro romance, *As aventuras do sr. Pickwick*. Como em todos os seus romances, a história surgiu primeiro em partes seriadas; episódios mensais apareceram a partir de abril de 1836 sob o título *The Posthumous Papers of the Pickwick Club*. Escritores menores teriam escrito

---

* "*A velha loja de curiosidades*". (N.T.)

uma sequência de romances na mesma linha pickwickiana, mas Dickens, o mais inquieto dos escritores, partiu de imediato para um tipo muito diferente de romance com *Oliver Twist* (1837-1838). É uma obra sombria, raivosa e politicamente engajada, bem diferente das aventuras cômicas do sr. Samuel Pickwick. Sua raiva é direcionada tanto ao governo britânico quanto ao público leitor britânico. Essa história de um menino do asilo de pobres que vira batedor de carteiras que vira arrombador é o primeiro dos "romances sociais" de Dickens, nos quais ele atacou os abusos da época. Na ficção que se seguiu, o autor esculpiu outros tipos novos de romance. O primeiro detetive da ficção inglesa, por exemplo, nós encontramos em *A casa soturna*, e com ele nasceu o romance policial.

Dickens foi o pioneiro do "romance autobiográfico", no qual o romancista se assume como tema, com *David Copperfield* (1849-1850) e *Grandes esperanças* (1860-1861). Nós ficamos sabendo mais sobre Dickens como pessoa nesses dois romances do que com qualquer uma das oitenta e tantas biografias que já foram escritas a respeito dele.

Com seu avanço de romance para romance, podemos vê-lo aperfeiçoando sua obra tecnicamente, em especial na maestria quanto ao enredo. O lema do serialista (como definiu Wilkie Collins, colega romancista de Dickens) era: "Fazer rir. Fazer chorar. Fazer *esperar*". No meio de sua carreira, quando aplicava imensos esforços na construção de seus romances, Dickens havia se tornado um mestre do suspense. Sabia exatamente como manter o leitor esperando, comprando avidamente a próxima edição semanal ou mensal para descobrir o que acontecia em seguida. Num romance dos últimos tempos, como *Little Dorrit* (1855-1857), Dickens "manipula" o leitor com perícia, e nós gostamos de ser manipulados. Estivadores do porto de Nova York, conta-se, gritavam para o navio que trazia os exemplares mais recentes de *The Old Curiosity Shop*: "Ela [a Pequena Nell] morreu?".

A ficção de Dickens passa por vários humores autorais ao longo dos anos, tornando-se menos cômica em geral, algo de que seus contemporâneos reclamavam – eles queriam mais folguedos de Pickwick. Enquanto sua ficção ia ficando mais sombria, porém, Dickens foi se deixando fascinar cada vez mais pelo poder do simbolismo, e sua obra se tornou mais "poética" nesse aspecto. No romance de fim de carreira *Our Mutual Friend** (1864-1865), por exemplo, o rio Tâmisa é o símbolo dominante. (Todos os últimos romances têm um.) O rio batiza Londres com sua maré montante, e leva embora a imundície da cidade (insinuando seu pecado) com a maré vazante. O herói do romance se afoga e "renasce" (com uma identidade diferente) no Tâmisa. Essa dimensão poética dos últimos romances enriquece os textos de Dickens, mas, mais importante do que isso, abriu caminhos que outros romancistas puderam seguir e explorar. Como todos os grandes escritores de literatura, Dickens não apenas escreveu grande ficção – ele colocou a grande ficção ao alcance possível de outras mãos.

Um segundo motivo para a grandeza de Dickens é que ele foi o primeiro romancista não apenas a botar crianças como heróis e heroínas de sua ficção (como em *Oliver Twist*), mas também a fazer com que seu leitor avaliasse o quanto a criança é vulnerável e facilmente machucada, e como a visão de mundo aos olhos da criança difere da visão do adulto. Ainda na juventude, antecipando que sua vida não seria longa (não foi), Dickens escolheu seu amigo íntimo John Forster para ser seu biógrafo. Confiou a Forster algumas folhas de papel descrevendo aquilo que chamou de "a agonia secreta da minha alma". Elas descreviam os graves sofrimentos do próprio Dickens na infância. Seu pai, um funcionário do almirantado, nunca conseguiu lidar bem com suas finanças e acabou indo parar em Marshalsea, uma prisão de devedores. Este foi o cenário de *Little Dorrit*, um local familiar a Dickens em seus onze anos de idade. Enquanto seu pai definhava atrás das grades, o menino foi colocado para trabalhar colando rótulos em potes de graxa de sapato numa fábrica infestada por ratos junto ao Tâmisa, ganhando apenas seis xelins por semana. Foi algo brutal, mas, acima de tudo, o que o fustigou foi a vergonha. As feridas nunca cicatrizaram. Garoto espertíssimo,

---

* "*Nosso amigo em comum*". (N.T.)

Dickens nunca recebeu a educação que sua esperteza merecia. Sua instrução escolar foi grosseiramente acidentada, e acabou quando ele tinha quinze anos. Essa vergonha também era um fardo. Era rotineiro ele ser repudiado como "baixo" e "vulgar" pelos contemporâneos, até mesmo em seu obituário no *Times*. Por trás da preocupação central de Dickens com as crianças existe a crença de que elas não são meros adultos pequenos, mas têm algo que todos os adultos deveriam aspirar a reaver. Dickens (que escreveu uma *Vida de Cristo* para seus próprios filhos) acreditava com fervor na máxima de Jesus: "Se não vos tornardes como crianças, não entrareis no Reino dos Céus".

Na verdade, o início da vida de Dickens foi uma façanha heroica de autoeducação e autoaprimoramento. Ele conseguiu emprego como auxiliar de escritório, aprendeu estenografia e começou a trabalhar como jornalista, cobrindo os debates da Câmara dos Comuns. Haveria de se tornar um espelho das transformações de sua era – a terceira razão pela qual o consideramos um grande escritor. Nenhum romancista foi mais sensível ao seu próprio tempo do que Dickens. Historicamente, ele viveu num período de crescimento explosivo em Londres. A cidade dobrava sua população a cada dez anos, criando ao mesmo tempo grandes saltos à frente e grandes crises municipais. Treze dos catorze principais romances de Dickens são ambientados em Londres ou se passam em grande medida na cidade. O único que foge à regra – *Tempos difíceis* (1854) – é uma história de luta operária nos arredores de Manchester ("a oficina do mundo", como a cidade era chamada). Dickens sentia com nitidez o pulso da Inglaterra. Ele se deu conta da enorme transformação que a rede ferroviária provocaria enquanto se espalhasse pelo país na década de 1840, substituindo a velha (e, para Dickens, romântica) diligência. *Dombey & Filho* (1848) lida, em essência, com o novo mundo de horríveis rupturas, mas maravilhosamente interconectado, que a ferrovia trouxe consigo.

Nosso quarto ponto. Não foi simplesmente o fato de que a ficção de Dickens *refletiu* a transformação social. Ele foi o primeiro romancista a perceber que a própria ficção podia *transformar* o mundo. Podia esclarecer, podia expor, podia defender. Um exemplo bastante surpreendente do Dickens reformista pode ser encontrado no prefácio a *Martin Chuzzlewit*, no qual ele afirma que, em toda a sua ficção, tentou demonstrar a necessidade de "melhorar o saneamento básico". Parece ser uma coisa esquisita de se dizer a leitores que estão prestes a embarcar num romance como, digamos, *A casa soturna*. Mas observe por um instante o famoso início desse romance:

> LONDRES. As férias forenses da festa de São Miguel acabaram e o Lorde Chanceler está dando audiência no Lincoln's Inn Hall. Temperatura aspérrima de novembro. Tanta lama nas ruas, como se a superfície da terra houvesse acabado de emergir das águas, e não seria maravilha encontrar-se um megalossauro, de doze metros de comprimento mais ou menos, saracoteando-se como um lagarto elefantino, no alto da colina de Holborn. Poder-se-ia imaginar que a fumaça que descia das chaminés, formando uma garoa leve e escura, com flocos de fuligem, tão grandes como fornidos capulhos de neve, era luto posto pela morte do sol.*

Numa palavra, "imundície" por todos os lados. (Essa "lama" na rua é formada, em grande parte, por excrementos de cavalo e dejetos humanos.) A imundície no ar é tamanha que bloqueou o sol. E a companheira inevitável da imundície é a moléstia. Há doença por todos os lados no romance – ela mata o pobre Jo, menininho varredor de rua, e desfigura a heroína. As primeiras partes de *A casa soturna* apareceram em 1852. Seis anos depois, o engenheiro Joseph Bazalgette iniciou a construção do sistema de esgoto sob as ruas de Londres. A "lama" iria desaparecer. Não é exagero dizer que Dickens, embora nunca tenha enfiado uma pá no solo de Londres, ou levantado uma laje, ou soldado um cano de metal, colaborou com a grande reforma sanitária

---

* Tradução de Oscar Mendes. *A casa soturna*. Rio de Janeiro: Nova Fronteira, 1986. (N.T.)

vitoriana. Nós ainda lemos *A casa soturna.* Todas as livrarias de Londres têm exemplares à venda. E os habitantes da cidade ainda caminham – na maioria, sem ter a menor noção disso – sobre o mesmo sistema de esgoto que nossos predecessores vitorianos instalaram sob nossos pés.

Por último, e muitíssimo importante, uma das coisas que dão apelo duradouro aos romances de Dickens é a honesta crença do autor na bondade essencial das pessoas. Ou seja, nós. Há vilões (seria difícil montar uma defesa para o assassino Bill Sikes em *Oliver Twist*), mas, em geral, Dickens tem uma enorme fé na humanidade – ele sempre sentiu que as pessoas, no fundo, eram boas. Essa fé na bondade humana é a característica central de sua obra mais famosa, *Um conto de Natal* (1843). Ebenezer Scrooge é um sovina desalmado que simplesmente não quer nem saber se os pobres estão morrendo na rua, diante de sua porta. Não existem, ele pergunta, os asilos de mendigos? Mas até mesmo Scrooge, quando algo toca seu coração, pode se tornar uma pessoa benevolente – um segundo pai para o aleijado Pequeno Tim e empregador do pai de Tim, Bob Cratchit. Esse "amolecer do coração" é um momento importantíssimo na maioria das narrativas de Dickens. E – se você lhe tivesse perguntado e ele tivesse se sentido capaz de dar uma resposta direta – Dickens provavelmente teria dito que a meta de todos os seus escritos, tanto sua ficção quanto seu jornalismo, era tocar ou, pelo menos, "suavizar" corações. Mais do que a maioria dos escritores, ele consegue. Mesmo hoje.

Charles Dickens teria sido o primeiro a admitir que não era, em todos os aspectos, um homem perfeito. Embora quase todos os seus romances terminem com um casamento feliz, ele, pessoalmente, não era o melhor dos maridos ou pais. Casado há vinte anos, quando sua esposa já lhe dera dez filhos, livrou-se dela e ficou com uma mulher vinte anos mais nova do que ele, mais do seu agrado. Até pelos padrões vitorianos, Dickens era um homem vez por outra desatinado em suas opiniões sociais, atitudes e preconceitos. Mas esse desatino é mais do que compensado por suas crenças totalmente admiráveis no progresso e na capacidade da raça humana de criar um mundo melhor – se os "corações" estiverem comprometidos. Nosso mundo é o que é, um lugar melhor do que foi, graças, em parte, a Charles Dickens. Essa, em última instância, é a razão da grandeza de seus romances. "Isso mesmo", como diria o Inimitável (provavelmente com irritação, se você ousasse pensar de outra forma.)

Capítulo 19

Vida na literatura
As Brontë

As vidas das irmãs Brontë – Charlotte (1816-1855), Emily (1818-1848) e Anne (1820-1849) – poderiam, em si, servir como enredo para um romance de sensação. Eram filhas de um notável homem que vencera por esforço próprio, nascido Patrick Prunty, um dos dez filhos de um agricultor irlandês paupérrimo. Por força de astúcia inata, trabalho e muita sorte, Patrick conseguiu entrar na Universidade de Cambridge. Quando de sua formatura, foi ordenado pela Igreja da Inglaterra e teve a prudência de mudar seu nome para Brontë, um dos títulos de Lorde Nelson. Nem todo mundo gostava dos irlandeses na época – as insurreições e o derramamento de sangue eram corriqueiros. O reverendo Brontë se casou bem e, em 1820, obteve um benefício eclesiástico (como eram chamados os destacamentos religiosos) em Yorkshire, na região de Pennine Moors, não longe de Keighley, uma cidade industrial que produzia têxteis. A família vivia com a natureza selvagem de um lado e a Revolução Industrial de outro.

O benefício eclesiástico não foi um meio de "vida". A bela residência paroquial em Haworth era um lugar de morte. A esposa de Patrick, esgotada por seis gestações, morreu com trinta e poucos anos, quando Anne era bebê. As duas filhas mais velhas morreram na infância. Das três irmãs que sobreviveram, nenhuma chegou aos quarenta anos – Charlotte foi quem mais viveu, até quase completar 39 anos. O filho Branwell, grande esperança da família, perdeu o rumo, caiu na bebida e nas drogas e morreu, delirante, aos 31 anos. Todos os filhos morreram ou foram fatalmente debilitados pela "consunção" (como a tuberculose era chamada na época). Ironicamente, o pai, pobre homem, sobreviveu a todos. Fora para isso que construíra sua vida do nada?

Tivesse a família Brontë sido saudável, feliz, próspera e longeva como a da outra filha de pároco famosa, Jane Austen (que tinha 41 anos quando morreu), quão diferente teria sido sua ficção não escrita, nessa década não vivida? Muito. Isso, pelo menos, parece ser inquestionável. Todas elas estavam se desenvolvendo como artistas numa velocidade fenomenal, quase até os últimos momentos de suas curtas vidas.

Haworth – a residência paroquial, a igreja e o cemitério adjacente – forma o clima e o pequeno mundo da ficção das irmãs. Nenhuma delas se libertou, e todas passaram praticamente toda a vida dentro dos limites da paróquia do pai. O fato de que viram muito pouco do mundo lá fora é mais do que evidente em seus romances. Em *O morro dos ventos uivantes* (1847), de Emily Brontë, por exemplo, toda a ação se passa em um raio de quinze quilômetros da casa antiga que dá título ao romance. Esse minúsculo alcance territorial deixa buracos na narrativa. No começo da história, o sr. Earnshaw acabou de caminhar até Liverpool e voltar ("cem quilômetros de ida mais cem de volta"), trazendo consigo uma criança enjeitada – o pequeno Heathcliff, destinado a se apoderar da casa na qual é adotado. Outros romancistas teriam trazido à tona certa história pregressa para aquela criança estranha, ou, pelo menos, teriam retratado a cena na qual Earnshaw encontrou o desamparado, segundo afirma (de modo pouco convincente), na sarjeta de Liverpool. Ele é um bastardo não reconhecido, filho de alguma mãe cigana? Emily não oferece nenhuma cena explanatória. Por que não?

O motivo mais plausível é que ela não conhecia Liverpool e não queria levar sua história para um lugar que não conhecia. O maior buraco desse tipo no enredo de *O morro dos ventos uivantes* diz respeito aos anos em que Heathcliff "some". Entreouvindo Cathy contar a Nelly (outra voz entre os vários narradores do romance) que ela pretende se casar com Linton, Heathcliff foge sem preparar sequer uma mala, e sem um tostão no bolso. Ele volta, três anos depois, rico, vestido com esmero e refinado – um "cavalheiro". Como isso aconteceu? Por onde andou para passar por tal transformação? O romance não diz.

Esses "buracos no enredo", como eu os chamei, podem ser vistos como toques artísticos, deixados ali deliberadamente como recursos do projeto do romance. Mas também atestam o fato de que a autora era uma mulher provinciana, pouco mundana, que simplesmente não tinha nenhuma experiência com os lugares e as situações das quais um garoto ignorante do campo, como o fugitivo Heathcliff, poderia voltar tão estranhamente mudado.

Anne foi a Londres, por alguns dias, apenas uma vez na vida (para provar que era a autora de seu primeiro romance). Seus dois romances (que costumam ser subestimados), de modo frugal, fazem o máximo uso possível de sua limitadíssima experiência de vida. Baseando-se nos dois anos que passou como preceptora na casa de uma família perto de York, em *Agnes Grey* (1847) ela criou a obra de ficção vitoriana que melhor delineou as humilhações e frustrações desse posto de "criada superior" no lar de classe média. A outra coisa que ela conhecia melhor do que a maioria das mulheres era o alcoolismo. Por sofrer de asma, passava mais tempo em casa e era mais obediente do que suas irmãs (na infância, ganhou uma medalha por "boa conduta"; é difícil imaginar Charlotte ou Emily ganhando uma). Assim, foi Anne quem teve de cuidar de Branwell em seus surtos desvairados de bebedeira e nas tenebrosas abstinências. Isso forma o enredo do romance de Anne *A inquilina de Wildfell Hall* (1848), a representação mais dolorosamente precisa, na literatura vitoriana, da "dipsomania", como era chamado então o alcoolismo.

Um fato esquecido com frequência é que as Brontë eram filhas de um clérigo. Isso está entremeado no tecido de sua escrita – de modo por vezes invisível. A maioria dos leitores de *Jane Eyre* (1847) se lembrará da primeira frase ("Não havia possibilidade de dar uma caminhada naquele dia") e dos horrores do "quarto vermelho" e da detestável sra. Reed. Mas os leitores com frequência se confundem na hora de recordar as últimas palavras do romance: "Amém; venha mesmo assim, Senhor Jesus!".

É importante lembrar, na leitura de seus romances, que as irmãs não tinham praticamente nenhuma educação institucional. A breve experiência na Cowan Bridge Clergy Daughters' School provou ser desastrosa, causando a morte das irmãs mais velhas. Charlotte, em vingança, imortalizou o lugar como Lowood em *Jane Eyre*. Quinze anos depois, ela ainda sentia os suplícios físicos que a sádica escola infligira a ela e suas irmãs:

> não tínhamos botas, a neve entrava nos nossos sapatos e derretia lá dentro; nossas mãos sem luvas adormeciam e enchiam de frieiras, bem como nossos pés. Bem me lembro da irritação perturbadora que por conta disso eu suportava toda noite, quando meus pés se inflamavam, e da tortura de empurrar os dedos inchados, esfolados e enrijecidos para dentro dos sapatos toda manhã.*

Depois de a febre tifoide ter devastado a escola, fechando-a, o pai assumiu a educação das três filhas sobreviventes e as tutelou em casa, excepcionalmente bem. Por esses cinco anos – provavelmente os anos mais felizes de suas vidas –, as irmãs tiveram liberdade para vasculhar à vontade a bem abastecida biblioteca do presbitério. Foram estimuladas pelos livros que encontraram – em especial, os romances de Scott e os poemas de Byron.

Por volta de 1826, as três jovens irmãs, junto com Branwell, começaram a escrever em segredo longas histórias seriadas, em caligrafia minúscula e quase ilegível, sobre mundos imaginários.

---

* Tradução de Rogério Bettoni. *Jane Eyre*. Porto Alegre, L&PM Editores. (N.T.)

Essa "teia da infância" foi inspirada, de início, por brincadeiras com os soldadinhos de chumbo de Branwell. O alcance exterior das narrativas chegava à África, apresentando heróis napoleônicos e wellingtonianos. O super-heroísmo dos personagens nas imaginárias Angria e Gondal desaguou, nos romances posteriores, em personagens como Edward Rochester e, do modo mais glamoroso, Heathcliff, o herói composto – como era seu nome (prenome ou sobrenome?)* – pelos dois elementos mais duros e menos humanos da paisagem de morros relvados tão adorada por Emily.

Tendo crescido, o que deveriam fazer moças anormalmente astutas como as irmãs Brontë? Casar-se, é claro. Quando seu pai morresse, elas ficariam sem um tostão. Os poucos retratos e uma única fotografia (de Charlotte) sobreviventes confirmam que elas eram fisicamente atraentes. Existiam clérigos jovens e recomendáveis em abundância entre os quais elas podiam fazer suas escolhas. Mas as irmãs queriam mais do que um casamento. De Charlotte, por exemplo, sabe-se que recusou propostas iniciais. Elas poderiam, segundo resolveram, passar adiante a educação caseira que seu pai lhes dera. As três garotas viraram preceptoras: Emily e Charlotte de modo passageiro e infeliz, Anne por mais tempo e com maior resignação.

Em 1842, Emily e Charlotte viajaram a Bruxelas para trabalhar como professoras estagiárias num internato exclusivo para garotas, tendo por objetivo aperfeiçoar o francês. Isso as ajudaria, elas acreditavam, a montar uma escola própria um dia. Em Bruxelas, Emily viveu numa infelicidade crônica, distante de Yorkshire e dos morros relvados. Ela, como Heathcliff e Cathy, amava o "ermo". Um dos momentos fascinantes de *O morro dos ventos uivantes* é quando os jovens Cathy e Heathcliff comparam seus dias de verão favoritos. Para ela, é quando as nuvens disparam pelo céu, tocadas pelo vento, e a terra fica salpicada. Para ele, são os dias parados, sufocantes, sem nuvens. Esse não é um episódio que encontraríamos na ficção de Charlotte.

Emily deixou Bruxelas para retornar a Haworth tão logo pôde fazê-lo. O ambiente estrangeiro não oferecia nada para ela.

---
* *Heath*: "urzal"; *cliff*: "despenhadeiro". (N.T.)

Charlotte permaneceu por mais um ano. Desastrosamente para ela, mas para felicidade da literatura, apaixonou-se perdidamente pelo diretor da escola, Constantin Héger. Ele se comportou bem. Ela, consumida pela paixão, comportou-se, se não bastante mal, então de forma um tanto temerária. Héger foi o grande amor de sua vida. Não era para dar certo, mas, mesmo assim, a desgraçada experiência forma o material dos romances vindouros – as provocações e brincadeiras de gato e rato de Rochester com sua preceptora em *Jane Eyre*, por exemplo. Em *Villette* (1853), Héger aparece, de maneira mais realista, como o homem por quem Lucy Snowe se apaixona enquanto trabalha como professora estagiária num internato de Bruxelas. O elemento autobiográfico é intensificado pelo fato de que os dois romances são escritos pelas heroínas com narração em primeira pessoa (o narrador--personagem). Poucas vezes um desgosto amoroso produziu ficções mais grandiosas. E saber o que há por trás desses romances nos ajuda, como leitores, a estimar sua grandeza.

Depois de Bruxelas, as três mulheres se viram reunidas em Haworth. Estavam agora com vinte e poucos anos. Nem a preceptoria e nem Bruxelas haviam funcionado. Aparentemente, porém, ainda relutavam em se colocar no mercado matrimonial, e resolveram, coletivamente, ganhar sua própria renda – algo difícil para mulheres nos primórdios do período vitoriano.

Decidiram que iriam escrever. Com os lucros que seus livros obtivessem as irmãs montariam, um dia, uma escola. Para invadir o mundo da autoria, dominado como era por homens tanto entre os autores quanto entre os editores, adotaram pseudônimos masculinos (Currer, Ellis e Acton Bell). Pagaram para que um volume com seus versos fosse impresso sob seus nomes artísticos, soltaram o livro no mundo e ficaram aguardando com expectativa. O volume vendeu dois exemplares. A posteridade lhes deu certa reparação, reconhecendo Emily, em particular, como poetisa relevante.

Um ano maravilhoso, 1847, testemunhou a publicação de todos os três grandes romances das irmãs Brontë. Mas os livros não foram todos imediatamente bem-sucedidos. *O morro dos ventos uivantes* e *Agnes Grey* – os primeiros romances de Emily e Anne (mais uma vez publicados com seus pseudônimos masculinos) – foram aceitos pelo editor mais desonesto de Londres. Sob seu abuso, afundaram sem deixar rastros ou pagamento. Muito tempo após a morte das duas mulheres, esses romances viriam a ser reconhecidos como obras-primas da ficção vitoriana. Tarde demais, contudo, para suas autoras.

 Charlotte se saiu melhor. Seu primeiro romance foi rejeitado pelo editor ao qual o enviou, mas com o comentário de que a firma teria o maior interesse em conferir seu trabalho seguinte. Mãos à obra, em poucas semanas ela escreveu *Jane Eyre*, que virou best-seller. E "Currer Bell" (ela não manteve o pseudônimo em circulação por muito tempo) se viu na condição de romancista do momento. O romancista William Makepeace Thackeray, como muitos outros, ficou acordado para ler a história da pequena preceptora sincera que enfrenta o mundo e conquista para si o homem que ama, depois de ele ter convenientemente se livrado da louca (sua primeira esposa) no sótão e ter sido "domesticado", como um Sansão, ao perder a visão e uma das mãos.

 Emily morreu alguns meses depois, mal tendo feito trinta anos, sem finalizar o segundo romance no qual, pensa-se, estava trabalhando. Anne morreu aos 28, cinco meses depois de sua irmã. Seu segundo romance, *A inquilina de Wildfell Hall*, foi, assim como o primeiro, vergonhosamente maltratado pelo editor. Ambas as irmãs morreram de consunção.

 Charlotte viveu por mais seis anos. E foi a única filha da família que se casou, tendo aceitado a proposta do cura de seu pai. Não muito tempo após o casamento, morreu por sua vez, aos 38 anos de idade, devido a complicações de uma gravidez. Foi enterrada na cripta da família em Haworth, uma de três irmãs que deixaram para trás uma obra ficcional que viverá para sempre.

Capítulo 20

Embaixo das cobertas
Literatura e crianças

Vamos brincar de um esconde-esconde literário? Onde está a criança escondida em *Hamlet*? Onde estão os pequeninos em *Beowulf*? *Orgulho e preconceito* foi escolhido por votação, em 2012, o romance mais influente da língua inglesa. Onde estão as crianças na história de Austen sobre a família Bennet? Atenção, aí vou eu! Você vai procurar em vão.

Se, para o pai tradicional, a criança ideal era "vista e não ouvida", na longa história da literatura a criança foi, por séculos, nem vista e nem ouvida. Elas estão *ali*, claro, mas são invisíveis.

A literatura infantil – no duplo sentido de livros *para* crianças e livros *sobre* crianças – surgiu como uma categoria distinta de ficção no século XIX. O novo interesse na "criança" como um assunto sobre o qual – e alguém para quem – vale a pena escrever pode ser creditado a dois espíritos condutores do movimento romântico: Jean-Jacques Rousseau e William Wordsworth. Em *Émile* (1762), de Rousseau – um manual para a educação ideal da criança –, e no longo poema autobiográfico *O prelúdio*, de Wordsworth, no século seguinte, a infância é o período da vida que nos "faz". Como define Wordsworth: "A criança é o pai do homem". Não nas margens, mas no centro da condição humana.

O culto da criança por parte de Wordsworth tem dois lados. Um era o fato de que a experiência infantil era "formadora" (também podia ser traumática – "deformadora"). No *Prelúdio* (e a infância é um prelúdio da vida adulta), ele argumenta que é na infância que se estabelece a nossa relação como o mundo a nossa volta. No caso do próprio poeta, foi na infância que se forjou sua íntima relação com a natureza.

O outro aspecto era a crença religiosa de Wordsworth de que a criança, tendo estado muito recentemente na companhia de Deus, era um ser "mais puro" do que a pessoa crescida. Essa crença é proclamada em seu poema "Ode: Vislumbres da imortalidade". Nós chegamos ao mundo, afirma o poema, "arrastando nuvens de glória", que aos poucos vão se dissipando com o passar dos anos. De modo convencional, o verbo "crescer" sugere adição: nós ficamos mais fortes, mais informados, mais hábeis. É somente (na Grã-Bretanha e na América) depois de alcançarmos determinada idade, quando estamos "maduros" o bastante, que podemos ver certos filmes, beber álcool, dirigir um carro, casar ou votar em eleições públicas. Wordsworth tinha uma visão diferente. Crescer não era *ganhar* algo, mas *perder* algo bem mais importante.

Como vimos no Capítulo 18, o herdeiro de Wordsworth em termos de uma crença compartilhada na primazia da infância na existência humana é – quem mais? – Charles Dickens. Em seu segundo romance, *Oliver Twist* (escrito em seus vinte e poucos anos, em 1837-1838), ele ataca uma nova legislação, introduzida pouco antes, que tornava mais doloroso aos pobres depender de auxílio público – de modo a motivar os membros "ociosos" da sociedade a encontrar uma ocupação útil e sair da folha de pagamentos municipal. É uma das oscilações recorrentes do pensamento político quanto ao "Estado assistencialista".

Como Dickens enquadra, porém, essa crítica à Grã-Bretanha cruel? Seguindo o "progresso" de uma pequena criança que passa de órfão a "menino do asilo de pobres", a limpador de chaminés menor de idade e – por fim – a aprendiz de criminoso.

Vocês querem saber por que sua sociedade é como é? Vejam como tratam suas crianças. "Galho que nasce torto nunca se endireita", como teriam dito na época. Dickens acreditava que seu próprio caráter como homem e artista tinha sido formado por aquilo que lhe acontecera antes dos treze anos de idade e instruiu seu biógrafo a deixar isso claro.

Depois de *Oliver Twist*, o tema de Wordsworth de que as experiências das crianças lhes moldam a vida pode ser acompanhado em Charlotte Brontë (principalmente *Jane Eyre*, 1847), Thomas Hardy (em especial *Judas, o obscuro*, 1895), D.H. Lawrence (ver *Filhos e amantes*, 1913), avançando até obras como *Senhor das Moscas* (1954), de William Golding, e *Precisamos falar sobre o Kevin* (2003), de Lionel Shriver.

A literatura, em resumo, "encontrou" a criança no século XIX e nunca perdeu o interesse pelo menino ou pela menina.

Até aqui, cobrimos livros escritos por adultos, para adultos, sobre crianças. Existe, contudo, uma categoria de livros que funcionam igualmente bem para leitores infantis e leitores mais velhos, mesmo que não tenham sido inicialmente destinados a estes últimos. Por exemplo, *Alice no País das Maravilhas* (1865), de Lewis Carroll, *As aventuras de Huckleberry Finn* (1884), de Mark Twain, e *O Senhor dos Anéis* (1954-1955), de J.R.R. Tolkien. Essas obras podem ser lidas para – ou por – pequenos leitores. E vale a pena termos em mente, nessa altura, que "criança" é uma definição muito ampla. A leitura, a atenção e a compreensão de uma criança com cinco anos de idade são muito diferentes das de uma adolescente, e as livrarias têm seções separadas para elas. Porém, não importando quantas sejam as velas no seu bolo de aniversário, há uma criança em todos nós, claro, e essas três obras satisfazem leitores (ou ouvintes) dos sete aos setenta.

Lewis Carroll, um professor e filólogo da Universidade de Oxford, escreveu seus "livros de Alice" para as filhas espertas de um colega. A história que teceu para entreter as meninas durante um passeio de barco rio abaixo, numa tarde de verão, fala de uma garota que segue um coelho branco na descida por um buraco no chão. No curioso salão subterrâneo no qual vai parar, ela bebe uma poção que a faz encolher e come um bolo que a torna gigante, depois viaja por um mundo cheio de adultos misteriosos e às vezes violentos. A história de Carroll é claramente uma fábula sobre as provações e tribulações de "crescer", e sempre fascinou os pequenos leitores que passam por esse processo. Embutidas nela, contudo, há inúmeras coisas que divertem e interessam os colegas de universidade de Carroll – paródias de poemas, por exemplo (incluindo uma hilária imitação de Robert Southey no tema do envelhecimento), e uma variedade de outras charadas filosóficas.

As aventuras de Huckleberry Finn, de Mark Twain, é o mais admirado – e aquele sobre o qual mais se escreve – livro americano para e sobre a criança. O livro contém uma história simples. Huck, amigo de Tom Sawyer numa história anterior, parte numa jornada com um escravo afro-americano fugitivo, Jim. Eles descem o Mississippi numa jangada improvisada rumo ao lugar onde, espera-se, Jim vai encontrar a liberdade. Os dois vivem aventuras, e Huck aprende a respeitar Jim como seu semelhante. Tom Sawyer aparece nos últimos e altamente cômicos capítulos. Mark Twain recebia sacos de cartas sobre "Tom e Huck" de jovens leitores, alguns com meros nove anos de idade, a maioria tendo por volta de doze. Eles adoravam os apuros dos rapazes. *As aventuras de Huckleberry Finn* ficou tão popular entre os jovens leitores, na verdade, que foi banido das bibliotecas americanas pelo temor de que "os jovens" imitassem o jeito de falar gramaticalmente incorreto de Huck e sua paixão por "exageradas" (mentiras). Porém, sobretudo ao longo dos anos desde a Lei dos Direitos Civis de 1964, os leitores adultos deixaram-se fascinar pela sutileza de Twain no retrato da relação entre Huck e o afro-americano Jim, e pela maneira como os preconceitos racistas do jovem herói vão sendo corrigidos aos poucos. Esse é um tema adulto. Mas ele coexiste com os prazeres que a história pode proporcionar a leitores de todas as idades.

O Senhor dos Anéis pondera o perpétuo conflito entre o bem e o mal – como também fazem as mais recentes obras de Philip Pullman e Terry Pratchett. Estes últimos têm seu público leitor adulto. Mas a narrativa de Tolkien sobre a épica batalha entre o sombrio Lord Sauron, em sua missão de dominar a Terra Média, e as populações élficas, anãs e humanas, tem uma dimensão adicional. Tolkien, em seu tempo, era o mais respeitado crítico literário de inglês antigo e médio, e um especialista em *Beowulf* (ver o Capítulo 3). *O Senhor dos Anéis* é um romance que manteve crianças acordadas até bem depois do apagar das luzes, noite após noite, mas também provocou as mentes dos colegas eruditos de Tolkien. Foi com um grupo deles, no agradável ambiente de um pub de Oxford, que ele discutiu seu projeto pela primeira vez.

Investigar a fundo o que "literatura infantil" quer dizer levanta algumas questões fascinantes. Vejamos três delas. A primeira é: como nós, na infância, conseguimos as habilidades básicas das quais precisamos para "absorver" a literatura? Não nascemos letrados. Normalmente, nossa primeira experiência com a literatura ocorre através do ouvido, com (uns) dois anos de idade, pelas histórias antes de dormir e canções de ninar: *João e o pé de feijão* e "Three Blind Mice" [Três camundongos cegos], por exemplo. As ilustrações atraem a atenção da criança à página. As historinhas e cantigas vão ficando mais complexas, e a ilustração, menos central, com o passar dos meses. Roald Dahl vira o autor favorito da hora de dormir. O Dr. Seuss toma o lugar das canções de ninar.

Muitos de nós aprendemos a ler e amar a literatura em casa – a história antes de dormir é um dos deleites do dia. As crianças passam a ler "com" o pai ou a mãe (ou, às vezes, com um irmão mais velho) em vez de terem o pai ou a mãe lendo "para" elas. Para muitas crianças, durante seu progresso, há um terceiro estágio – ler por conta própria embaixo das cobertas, com uma lanterna, após o apagar das luzes. Os livros que lemos na infância tendem a ser as nossas companhias literárias mais queridas ao longo da vida.

Há outro aspecto da literatura infantil que a torna distinta da espécie adulta. Livros custam caro, e as crianças têm pouco dinheiro para gastar. Ao longo dos últimos cem anos, um novo romance sempre custou um naco considerável da renda semanal de uma pessoa comum. Historicamente, as crianças sempre tiveram os bolsos vazios. Assim, a literatura infantil tendeu a ser comprada para elas, não por elas. Os vitorianos tinham particular apreço por aquilo que chamavam de "Recompensas" – livros de presente por boa conduta (dados, com frequência, pela Escola Dominical). A literatura infantil, por causa de sua mínima influência financeira, nunca deixou de ficar submetida à censura e ao controle dos adultos, interessados em instilar essa mesma "boa conduta".

Por natureza, as crianças preferem os doces aos remédios. Quando conseguia economizar a soma suficiente de seus míseros trocos, o pequeno Charles Dickens de seis anos de idade a esbanjava nas *penny bloods*, como eram chamadas as macabras histórias ilustradas de crime e violência. Uma, sobre ratos, o assombrou pela vida toda.

E tudo isso nos traz ao fenômeno mais interessante da literatura infantil recente – J.K. Rowling. Os livros da série *Harry Potter* de Rowling já tinham vendido, pela época da conclusão da saga em sete partes, algo que se aproximava do meio bilhão de cópias. Parte do motivo desse sucesso reside no fato de que Rowling se recusou a entrar num nicho. Intitulou-se "J.K. Rowling" para evitar que ficasse "rotulada" como uma autora para meninos ou para meninas – e a série é tanto sobre Hermione quanto sobre Harry. Com o passar dos anos ela também evitou, astuciosamente, a armadilha da "faixa etária". No primeiro volume, *Harry Potter e a pedra filosofal* (1997), o herói é um menino maltratado de onze anos, encolhido num armário embaixo da escada. No sétimo e último livro da série, *Harry Potter e as relíquias da morte*, o herói e seus companheiros de Hogwarts estão à beira dos dezessete. Fleur dá para ele um "barbeador encantado" (*"isse vai lhe darr o barrbearr mais suave qu' você já fez"**, lhe diz a mundana Fleur). Essa navalha representa a entrada de Harry no mundo adulto tão simbolicamente quanto seu primeiro cabo de vassoura representou sua entrada no mundo da bruxaria.

A literatura infantil – uma coisa inexistente 150 anos atrás – é agora, como Rowling demonstra de maneira soberba, não apenas um vasto empreendimento para fazer dinheiro, mas é também onde acontecem, para leitores de todas as idades, muitas das coisas mais interessantes. É envolvente, excitante. Continue lendo.

---

* Tradução de Lia Wyler. *Harry Potter e as relíquias da morte*. Rio de Janeiro: Rocco, 2007. (N.T.)

CAPÍTULO 21

Flores da decadência
WILDE, BAUDELAIRE, PROUST E WHITMAN

Pelo fim do século XIX, uma nova imagem do escritor começou a ocupar o centro do palco na Grã-Bretanha e na França: "o autor como dândi". De súbito, escritores já não eram apenas escritores, mas "celebridades". O modo como se vestiam e seu comportamento eram estudados com atenção e imitados, e seus *bon mots* [comentários espirituosos], reciclados. Suas figuras eram tão admiradas quanto seus escritos. Os autores, de sua parte, estimulavam a própria celebridade. Como Wilde gracejou em seu romance *O retrato de Dorian Gray*, "só há uma coisa no mundo pior do que falarem de você: é não falarem de você".

    Historicamente, podemos ver Lord Byron ("louco, mau e perigoso de se conhecer" – Capítulo 15), com sua marca registrada de colarinhos e *hauteur* [altivez], como o primeiro autor a ser tão notório pelo estilo de vida e pela imagem quanto era reverenciado por seus poemas. O byronismo ganhou nova vida no período *fin de siècle* ("fim do século"), com a era vitoriana perdendo força e novas influências literárias, culturais e artísticas – em especial as francesas – corroendo as certezas da classe média inglesa.

Na Grã-Bretanha do fim de século, o culto ao dandismo literário teve sua epítome num único escritor acima de todos os outros, Oscar Fingal O'Flahertie Wills Wilde (1854-1900). A carreira de Wilde foi espetacular. Como celebridade, nenhum autor se promoveu com mais êxito. Mas o rumo que ele tomou em função disso demonstra os perigos corridos pelos escritores cujos estilos de vida se afastavam de modo flagrante demais daquilo que era considerado "respeitável" na época. O dandismo, a decadência e a degeneração facilmente andavam juntos na mente do público. Wilde passou dos limites – mas não antes de brilhar num esplendor magnífico.

Os feitos literários de Wilde, vistos em análise objetiva, não são esmagadoramente impressionantes. Ele tem para seu crédito uma obra-prima inquestionável, a peça *A importância de ser prudente* (1895). Publicou um romance gótico, *O retrato de Dorian Gray* (1891), sensacional a seu próprio tempo e interessante, hoje, sobretudo por causa de seu floreado subtexto gay. Wilde narra um "pacto faustiano" com o diabo por meio do qual o herói Dorian (*d'or* – "feito de ouro" em francês) permanece um "jovem dourado" eternamente, ao passo que um retrato dele no sótão (seu eu cinza [*grey*]) murcha e se degenera. Outros escritores trataram melhor o tema, mas nenhum de forma tão provocadora quanto Wilde.

Wilde nasceu em Dublin em meio a um mundo de alta cultura. Seu pai era um cirurgião distinto; sua mãe, uma literata. Socialmente, a família pertencia à "ascendência" anglo-irlandesa – a classe colonizadora protestante. (Sempre ambivalente na religião, Wilde iria se converter ao catolicismo no leito de morte.) Após estudar literatura clássica no Trinity College, em Dublin, completou sua educação no Magdalen College, em Oxford, onde foi influenciado pelo sumo sacerdote do esteticismo (o "culto da beleza"), Walter Pater, cuja instrução a seus jovens pupilos era de que deveriam "arder sempre em uma chama dura como pedra preciosa". Ninguém ardeu com uma chama mais preciosa do que a do jovem sr. Wilde. A doutrina de Pater da "arte pela arte" ganhou expressão extrema num dos posteriores ditos espirituosos de Wilde: "Tudo que desejo assinalar é o princípio geral de que a Vida imita a Arte muito mais do que a Arte imita a Vida".

Até a religião era secundária em relação à arte: "Eu incluiria Jesus Cristo entre os *poetas*", Wilde afirmou – um comentário sem muita chance de agradar a cristãos puritanos. Em outro momento, e de modo ainda mais provocador, Wilde proclamou que "a revelação final é que Mentir, o ato de contar belas coisas inverídicas, é o objetivo adequado da Arte" – um comentário sem muita chance de agradar a advogados. Nessas declarações ousadas, Wilde chegou perto da teoria filosófica que depois seria chamada de "fenomenologia" – uma doutrina mais simples do que poderíamos imaginar pelo nome. É através das formas da arte, a fenomenologia sugere, que moldamos e compreendemos o mundo desprovido de forma ao nosso redor. Na frivolidade de Wilde, há sempre um núcleo daquilo que Matthew Arnold (um poeta que ele admirava muitíssimo) chamava de "alta seriedade". Ele bancava o dândi, mas nunca o tolo.

Wilde saiu de Oxford formidavelmente lido e profundamente culto. Usava seu conhecimento (como suas roupas de corte primoroso) com leveza e panache. Lançou-se no mundo literário londrino e foi festejado quando esteve em Paris e Nova York. Todo mundo queria ver Oscar e ouvir qual seria seu mais recente chiste provocador – por exemplo, ao ver as Cataratas do Niágara, um dos destinos favoritos das luas de mel: "Deve ser o segundo maior desapontamento das noivas americanas".

Acima de tudo, Wilde se lançou no mundo da publicidade, das páginas de fofocas, dos jornais e da fotografia. Sua imagem era tão famosa, em seu tempo, quanto a da rainha Vitória. (Ela não era, é de se suspeitar, uma de suas admiradoras – Alfred, Lord Tennyson era mais do gosto da monarca.) O "antinatural" cravo verde na lapela, as jaquetas de veludo efeminadas, o cabelo esvoaçante, os cosméticos, tudo isso era justificado por Wilde como neo-helenismo – a era da Atenas antiga e do amor platônico que ele e Pater reverenciavam. Ele era a encarnação de Narciso e da "juventude dourada", e se tornou, avançando em anos, o patrono da juventude dourada.

Os anos que se seguiram ao *Retrato de Dorian Gray* representaram o apogeu da carreira de Wilde, quando ele escrevia peças para o palco londrino. O drama era o veículo perfeito para a espirituosidade wildiana. Sua última peça, *A importância de ser prudente*, é, como indica o título ardiloso*, uma deliciosa sátira da moralidade vitoriana. (A peça fez com que o nome "Ernest" ficasse temporariamente fora de moda.) Seu enredo é magistralmente burlesco, e quase todas as cenas contêm paradoxos deslumbrantes como:

> Espero que não esteja levando uma vida dupla, se fingindo de degenerado enquanto o tempo todo, na verdade, não passa de uma boa pessoa. Isso seria muita hipocrisia.**

Enquanto sua peça lotava de gente o Haymarket Theatre, em Londres, Wilde caiu como Lúcifer. Foi acusado pelo pai de seu jovem amante, Lord Alfred Douglas, de ser um "sodomita". Wilde abriu um processo por calúnia, que perdeu, e foi imediatamente a julgamento por "ofensas contra a decência pública". Foi considerado culpado e aprisionado para dois anos de trabalhos forçados, tornando-se o prisioneiro C.3.3. Depois de sua libertação, Wilde escreveu "A balada do cárcere de Reading" (1898). Não há nada que sequer se aproxime de dandismo no poema, que termina de forma desoladora, com uma crítica amarga ao amante que o traíra:

> Apesar disso – escutem bem – todos os homens
> Matam a coisa amada;
> Com galanteio alguns o fazem, enquanto outros
> Com face amargurada;

---

* *The Importance of Being Earnest*. (N.T.)
** Tradução de Petrucia Finkler. *A importância de ser prudente*. Porto Alegre: L&PM, 2014. (N.T.)

Os covardes o fazem com um beijo,
Os bravos, com a espada!*

Na prisão, Wilde escreveu uma apologia de sua vida, *De profundis* ("das profundezas"). Uma versão foi publicada em 1905, mas o texto integral, com certos detalhes considerados escandalosos, só veio a ser publicado na década de 1960.

Quando de sua libertação, Wilde se refugiou na França, desacompanhado da esposa e dos filhos, que nunca tinham aparecido muito em sua vida pública. Morreu em 1900, com a era vitoriana, que ele tanto fizera para ofender e ridicularizar, já em seus últimos suspiros. Perto do fim da vida, disse: "Viver é a coisa mais rara do mundo. A maioria das pessoas existe, nada mais". Oscar Wilde sobrevive na história literária como um escritor que de fato fez de sua vida uma bela obra de arte e deixou uma literatura que era igualmente digna da nossa atenção. Uma petição de 2012 para que fosse perdoado postumamente não recebeu, até o momento em que escrevo, qualquer resposta do governo.

O "dandismo" na França foi elevado a manifesto pelo poeta Charles Baudelaire (1821-1867), num ensaio de sua coletânea *O pintor da vida moderna* (1863). (Curiosamente, Baudelaire foi o primeiro escritor a definir o "modernismo", tema do Capítulo 28.) O dandismo, reivindica Baudelaire, é "uma espécie de religião" – o esteticismo, a arte em todas as coisas. Ele também veria Jesus Cristo como um poeta. O conceito vai bem além dos trajes estilosos:

> O dandismo não é sequer, como muitas pessoas irrefletidas parecem crer, um gosto imoderado pela toalete e pela elegância material. Tais coisas, para o perfeito dândi, não passam de um símbolo da superioridade aristocrática de seu intelecto.

---

* And all men kill the thing they love, / By all let this be heard, / Some do it with a bitter look, / Some with a flattering word, / The coward does it with a kiss, / The brave man with a sword! Tradução de Paulo Vizioli. *A balada do cárcere de Reading.* São Paulo: Nova Alexandria, 1997. (N.T.)

Existe, Baudelaire discernia, um cerne de tristeza na mente "superior" do dândi:

> O dandismo é um sol poente; como o astro que declina, ele é soberbo, sem calor e cheio de melancolia.

Melancolia porque o dandismo "floresce" quando as coisas estão chegando ao fim, entrando em "decomposição". Estamos vivendo num "tempo defunto", mas mesmo no apodrecimento podemos encontrar a beleza; podemos fazer poesia. O culto da "decadência" foi adotado por muitos outros escritores na França. Porém, como se deu com Baudelaire, significava uma vida de grande risco: morte precoce devido a vários tipos de abuso, perseguição pelas autoridades, pobreza. O excesso era o único caminho, mesmo que levasse à autodestruição. "Embriaguem-se!", Baudelaire instruiu. "Para não serem os escravos martirizados do Tempo, embriaguem-se; embriaguem-se sem cessar! De vinho, de poesia ou de virtude, como quiserem."

A pose (a "configuração padrão", como nós diríamos) que Baudelaire preconizava para o poeta era de "*ennui*". O termo inglês *boredom** não capta com precisão o sabor da palavra. O poeta, Baudelaire instruiu em outro momento, deveria ser um *flâneur*. Esse termo também não se traduz com facilidade do francês. Um *saunterer***, observando a vida das ruas enquanto ela vai passando, é o mais próximo que conseguimos chegar. Baudelaire caracterizou o *flâneur* como um "observador apaixonado":

> A multidão é seu domínio, como o ar é o dos pássaros, como a água é o dos peixes. Sua paixão e sua profissão é desposar a multidão.

O escritor americano desse período que se encaixa mais perfeitamente na descrição de Baudelaire do poeta moderno é Walt

---

* Tédio, aborrecimento. (N.T.)
** Passeador. (N.T.)

Whitman (1819-1892). O título de um de seus poemas, "Ruas de Manhattan pelas quais passeei, ponderando", poderia, com uma troca de metrópole, ter sido escrito pelo próprio Baudelaire. Em seu "passeio", Whitman escreve, ele pondera "sobre tempo, espaço, realidade". O significado dessas grandes abstrações há de ser encontrado no turbilhão fervilhante das ruas da cidade. Whitman e Baudelaire não conheciam um ao outro ou a obra do outro. Claramente, porém, são colaboradores no mesmo movimento literário – um movimento que estava tirando a literatura do século XIX e colocando-a no XX, rumo a um modernismo plenamente desenvolvido (Capítulo 28).

Whitman chamava seus poemas de "canções de mim mesmo". Isso se encaixa harmonicamente na crença de Wilde de que sua vida era sua mais perfeita obra de arte. O escritor que perseguiu essa ideia até a mais artística das conclusões foi Marcel Proust (1871-1922), em seu enorme romance autobiográfico *Em busca do tempo perdido* (1913-1927). Proust parte da visão de que a vida é vivida para a frente, mas entendida para trás; depois de certo ponto em nossas vidas, o que ficou para trás é mais interessante do que aquilo que está à frente. O romance, cuja finalização tomou quinze anos e sete volumes, é desencadeado por nada menos do que o gosto de um mero bolinho *madeleine*. "Por um dia de inverno", escreve o narrador (manifestamente Proust),

> vendo minha mãe que eu tinha frio, ofereceu-me chá, coisa que era contra os meus hábitos. A princípio recusei, mas, não sei por que, terminei aceitando. Ela mandou buscar um desses bolinhos pequenos e cheios chamados madalenas e que parecem moldados na valva estriada de uma concha de S. Tiago. Em breve, maquinalmente, acabrunhado com aquele triste dia e a perspectiva de mais um dia tão sombrio como o primeiro, levei aos lábios uma colherada de chá onde deixara amolecer um pedaço de madalena. Mas no mesmo instante em que aquele gole, de envolta com as migalhas do bolo, tocou

o meu paladar, estremeci, atento ao que se passava de extraordinário em mim.*

O que acontece é que, por estímulo desse gosto, sua vida por inteiro havia voltado a inundar sua mente. Tudo que importava, agora, era colocar aquilo no papel.

O romance de Proust é a obra de uma vida. Não ocorre nada de grande importância na vida que ela registra (como a passagem acima indica), mas a arte de Proust cria, a partir "dele mesmo", um dos grandes monumentos da literatura mundial. Proust e Wilde se conheciam, e, em seu exílio, o autor francês fez questão de ser gentil com seu camarada em desgraça. *Em busca do tempo perdido* é o tipo de romance que o próprio Wilde poderia ter escrito (e chegou perto de esboçar em *De profundis*), caso tivesse sido poupado da prisão e recebido anos nos quais continuasse sendo "Oscar", e não o prisioneiro C.3.3. O movimento decadente veio e se foi, deixando para trás não apenas decadência, mas também flores.

---

* Tradução de Mario Quintana. *No caminho de Swann*. Porto Alegre: Globo, 1981. (N.T.)

CAPÍTULO 22

Poetas laureados
Tennyson

O poeta. Que imagens essa pequena palavra evoca? Como acontece comigo, talvez apareça na sua imaginação um homem com olhos chamejantes, uma expressão longínqua, cabelo esvoaçante, trajando vestes folgadas. Ou uma mulher, de pé numa rocha ou em outro lugar elevado, contemplando a distância. O ar tem nuvens, mar, vento e tempestade. Ambas as figuras estão sozinhas. "Solitárias", como define Wordsworth, "como uma nuvem."
    Pode haver uma aura de loucura – os romanos chamavam isso de *furor poeticus*. Muitos dos nossos grandes poetas (John Clare e Ezra Pound, para pegar dois dos absolutamente maiores), com efeito, passaram períodos de suas vidas em instituições psiquiátricas. Vários escritores contemporâneos passam mais tempo no divã do psicanalista do que no escritório do agente literário.
    O crítico Edmund Wilson tomou emprestada uma imagem da antiguidade para descrever o poeta. Ele era, disse Wilson, como Filoctetes na *Ilíada*. Filoctetes era o maior arqueiro do mundo. Seu arco era capaz de vencer guerras. As coisas estavam indo mal para os gregos no cerco de Troia. Eles precisavam de Filoctetes. Mas o haviam banido para uma ilha. Por quê? Porque Filoctetes

tinha uma ferida que fedia tanto que ninguém suportava ficar perto dele. Ulisses foi enviado para trazê-lo à Troia sitiada. Porém, se os gregos queriam o arco, eles também precisavam aguentar o fedor. Essa, no entender de Wilson, é a imagem do poeta – alguém necessário, mas com quem é impossível conviver.

Tendemos a pensar no poeta como não apenas solitário, mas – em essência – como um forasteiro. Uma voz na imensidão deserta. O poeta, disse o filósofo John Stuart Mill (cuja vida tinha sido transformada por sua leitura da poesia de Wordsworth), não é "ouvido", mas "entreouvido". A relação mais importante do poeta não é conosco, leitores, mas com sua "musa". A musa é uma empregadora cruel. Enche o poeta de inspiração (a palavra sugere "sopro sagrado"), mas não lhe dá dinheiro algum. Ninguém espera ficar pobre com tanta confiança quanto a pessoa que faz versos – daí a expressão "mansarda de poeta" (a mansarda é um sótão miserável). Quem já ouviu falar de uma "mansarda de médico" ou "mansarda de advogado"?

O poeta Philip Larkin afirmou certa vez que o poeta canta com o máximo de doçura quando, como ocorre ao lendário tordo, o espinho se aperta com máxima força contra seu peito. Mas não é uma questão de dar mais dinheiro aos poetas, ou de remover os vários espinhos de seus peitos. Outra imagem, desta vez de George Orwell, ilustra o ponto graficamente. Orwell gostava de retratar a sociedade como uma baleia. Era da natureza desse monstro desejar engolir seres humanos – como, na Bíblia, a baleia engole Jonas vivo. Jonas não é mastigado e comido pelo leviatã, ele é aprisionado "na barriga da baleia". Era dever do artista permanecer "fora da baleia", na definição de Orwell: perto o bastante para vê-la (ou "arpoá-la" com sátiras como seu próprio *A revolução dos bichos*), mas não, como Jonas, para ser engolido por ela. O poeta é o artista para quem é mais necessário manter distância das coisas.

A poesia antecede em muito qualquer literatura escrita ou impressa. Todas as sociedades que conhecemos – histórica e geograficamente – têm seus poetas. Seja lá como for que o chamemos – bardo, escaldo, menestrel, cantor, rimador –, o poeta sempre teve a mesma relação difícil de "forasteiro/integrante" com a sociedade.

Na sociedade feudal, os nobres gostavam de ter seus menestréis particulares (junto com seus bobos da corte) para entretenimento deles e de seus convidados. Sir Walter Scott escreveu seu melhor poema, *A balada do último menestrel* (1805), sobre o tema. Desde o século XVII, a Inglaterra tem seu poeta laureado, um versejador nomeado pelo monarca e membro da casa real. Mais recentemente, os Estados Unidos também começaram a nomear seus poetas laureados. Antes de 1986, eram chamados, esquisitamente, de "Consultores de Poesia da Biblioteca do Congresso". O termo "laureado" remonta à Grécia e à Roma antigas, e significa "coroado com folhas de louro". O laureado (sempre um homem) ganhava sua coroa de folhas travando combates verbais, como um gladiador, com outros poetas. (Os rappers, bardos dos nossos dias, ainda disputam essas batalhas em estilo livre.) O primeiro poeta laureado oficial da Inglaterra foi John Dryden, que ocupou o cargo sob Carlos II, de 1668 a 1689, embora pareça não ter sido especialmente consciencioso quanto a suas responsabilidades. Dali em diante o poeta laureado foi, por séculos, uma espécie de piada. Um que ocupou o cargo, por exemplo, foi Henry Pye (laureado entre 1790 e 1813). O estudo da literatura é minha profissão há tantos anos que nem me preocupo mais em contá-los, mas não consigo trazer à memória um único verso de Henry James Pye. Não me envergonho.

Com excessiva frequência, o escárnio era o que o poeta laureado podia esperar, junto com a honra duvidosa do título e o pagamento irrisório que o acompanhava (tradicionalmente, algumas moedas de ouro e uma "pipa", ou barril, de vinho do porto). Quando Robert Southey (laureado entre 1813 e 1843) escreveu um poema sobre o recém-falecido rei Jorge III sendo saudado no céu por um São Pedro bajulador, chamado *Uma visão do julgamento* (1821), Byron o demoliu com *A visão do julgamento* (você vê a – ligeiríssima – diferença?), encarado como uma das maiores sátiras do idioma. Quando o escreveu, Byron estava exilado na Itália, tendo sido escorraçado da Inglaterra por suposta imoralidade. Qual dos dois poetas é lembrado hoje? O integrante ou o forasteiro? Sir Walter Scott (ver Capítulo 15) declinou da honra da laureação (em favor de Southey) porque, segundo afirmou, o cargo grudaria em seus dedos como uma fita adesiva, impedindo-o de escrever com liberdade. Scott queria sua liberdade poética.

O poeta que teve êxito no cargo e no papel do "poeta institucional" – o poeta totalmente dentro da baleia de Orwell –, mas apesar disso escreveu grande poesia, foi Alfred Tennyson (1809-1892). Coisa incomum para sua época, Tennyson viveu além dos oitenta, duas décadas mais do que Dickens, cinco décadas mais do que Keats. O que poderiam eles ter feito com esses anos tennysonianos?

Tennyson publicou seu primeiro volume de poesia quando tinha meros 22 anos. Apresentava vários poemas que ainda integram sua melhor produção lírica, como "Mariana". Alfred se considerava, nesse período, um legítimo poeta romântico – o herdeiro de Keats. Pela década de 1830, porém, o Romantismo havia desvanecido enquanto movimento literário vital. Ninguém queria um Keats requentado. Seguiu-se um longo período estéril em sua carreira – a "década perdida", como a chamam os críticos. Foi um período na imensidão deserta. Ele se libertou de sua paralisia e, em 1850, aos 41 anos, produziu o mais famoso poema do período vitoriano – *In Memoriam A.H.H.*, inspirado pela morte de seu melhor amigo, Arthur Henry Hallam, com quem, especula-se, sua relação era tão intensa que poderia ter sido sexual. Provavelmente não, mas intensa, do modo "viril" aprovado pelos vitorianos, por certo foi.

O poema é feito de versos curtos, narrando dezessete anos de luto. Os vitorianos pranteavam a morte de um ente querido por um ano inteiro – com roupas escuras e com papel de carta de margens escuras; as mulheres usavam véus e joias especialmente sombrias. Nesse poema de luto, Tennyson meditou sobre os problemas que mais atormentavam sua época. A dúvida religiosa afligia a segunda metade do século XIX como uma doença moral. Tennyson afligia-se ainda mais do que a maioria. Se havia um céu, por que motivo não nos regozijávamos quando uma pessoa querida morria e ia para lá? Elas estavam indo para um lugar melhor. Mas *In Memoriam* segue sendo, em essência, um poema sobre o pesar pessoal. E afinal, conclui o poema, apesar de toda a dor, "É melhor ter amado e perdido / Do que nunca ter amado em absoluto". Quem, tendo perdido uma pessoa amada, desejaria que ela nunca tivesse existido?

A rainha Vitória perdeu seu amado cônjuge, Alberto, para a febre tifoide em 1861. Ela usou "trajes de viúva" até o fim da vida, quarenta anos depois. Confidenciou ter encontrado grande consolo na elegia do sr. Tennyson para seu amigo morto, e, por força disso, os dois, poeta e rainha, tornaram-se admiradores mútuos. Tennyson não foi só um poeta vitoriano – foi o poeta *de Vitória*. Nomeado poeta laureado da monarca em 1850, ele ocuparia o cargo até morrer, 42 anos depois.

O grande projeto de seus últimos anos foi um poema enorme sobre a natureza ideal da monarquia inglesa, *Idílios do rei*, uma crônica em verso do reinado de Arthur e dos Cavaleiros da Távola Redonda. Tratava-se, claramente, de um tributo indireto à monarquia inglesa. Tennyson escreveu, como todos os poetas laureados escrevem (até o dinâmico Ted Hughes, ao ocupar o cargo a partir de 1984), certos versos bem maçantes. Mas também escreveu, como poeta laureado, alguns dos melhores poemas públicos da literatura inglesa, dos quais o mais notável é "The Charge of the Light Brigade"* (1854), comemorando um assalto sangrento e absolutamente desesperançado de cerca de seiscentos soldados da cavalaria britânica contra um grupo de artilharia russo durante a Guerra da Crimeia. As perdas foram tremendas. Um general francês, observando a carga, comentou: "É magnífico, mas não é guerra". Tennyson, que leu o relato do combate no *Times*, saiu-se com um poema, escrito em grande velocidade, que capta os cascos trovejantes, o sangue e a "magnífica loucura" de tudo aquilo:

    Canhão à direita deles,
    Canhão à esquerda deles,

---
* "A carga da brigada ligeira". (N.T.)

Canhão atrás deles
   Troando no vento;
Sob a fúria do imenso arsenal,
Prostrados herói e animal,
Eles, em luta sem igual,
Romperam os dentes da Morte
Saindo da Boca Infernal,
Tudo que restava deles,
   Dos nossos seiscentos.*

Em seus últimos anos, Tennyson desempenhou o papel do poeta de modo majestoso, com cabelo esvoaçante, barba e bigode suntuosos e um conjunto espanhol de capa e chapéu. Por baixo do figurino e da pose, porém, Tennyson era o mais metódico dos autores, tão ávido por dinheiro e status quanto um homem comum. Ele subiu até o topo do mais escorregadio dos postes literários para morrer como Alfred, Lord Tennyson, e mais enriquecido por seus versos do que qualquer outro poeta nos anais da literatura inglesa.

   Ele se vendeu? Ou foi um ato de equilíbrio bem pensado? Muitos amantes da poesia enxergam um contemporâneo vitoriano, Gerard Manley Hopkins (1844-1889), como um tipo de poeta "mais verdadeiro". Hopkins foi um padre jesuíta que escrevia poemas no pouco tempo livre de que dispunha. Já se disse que sua única ligação com a Inglaterra vitoriana foi o fato de que respirou seu ar. Hopkins admirava Tennyson, mas sentia que sua poesia era o que chamava de "parnasiana" (Parnaso sendo a montanha dos poetas na Grécia antiga). Com franqueza, sentia que Tennyson se rendera demais "indo a público". O próprio Hopkins teria preferido morrer em vez de publicar um poema como *In Memoriam* para o luto de qualquer homem ou mulher do povo.

---

* *Cannon to right of them, / Cannon to left of them, / Cannon behind them / Volley'd and thunder'd; / Storm'd at with shot and shell, / While horse and hero fell, / They that had fought so well / Came thro' the jaws of Death / Back from the mouth of Hell, / All that was left of them, / Left of six hundred.* (N.T.)

Hopkins queimou vários de seus poemas altamente experimentais. Seus assim chamados "sonetos terríveis", nos quais lutava com a dúvida religiosa, são privados ao extremo. Provavelmente, nunca foi sua intenção que outra pessoa os visse além de seu amigo mais íntimo, Robert Bridges. Bridges (ele mesmo destinado, por ironia, a virar poeta laureado em 1913) decidiu, quase trinta anos depois, publicar os poemas que Hopkins lhe confiara. Eles são considerados obras pioneiras daquilo que iria, alguns anos após sua morte, ser chamado de modernismo e mudar os rumos da poesia inglesa.

Quem, então, foi o poeta mais verdadeiro, o "público" Tennyson ou o "privado" Hopkins? A poesia sempre foi capaz de achar espaço para os dois tipos.

Capítulo 23

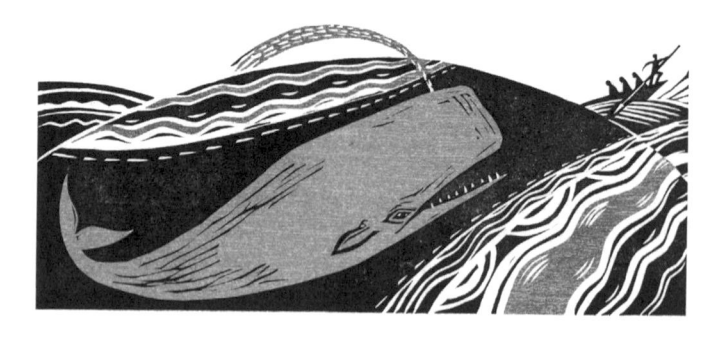

Terras novas
A AMÉRICA E A VOZ AMERICANA

Um dos insultos que costumavam ser dirigidos à literatura americana por gente de fora era o de que ela não existia – só havia literatura inglesa escrita na América. Além de insulto, é uma ignorância, e, sem desperdiçar palavras, um equívoco total. George Bernard Shaw comentou que "Inglaterra e América são duas nações divididas por uma língua em comum". Isso é verdadeiro para as literaturas de todas as diferentes nações anglófonas, mas é especialmente verdadeiro neste caso. Existe, quaisquer que sejam as fronteiras indistintas, uma literatura americana tão rica e grande quanto qualquer literatura de qualquer outro lugar, ou que já tenha existido em algum período da história conhecida. Para caracterizar a natureza dessa literatura, é proveitoso observar sua longa história e considerar algumas de suas obras-primas.

O ponto de partida da literatura americana é Anne Bradstreet (1612-1672). Todas as antologias atestam esse fato. A literatura americana como um todo, disse o poeta moderno John Berryman, presta "homenagem à Senhora Bradstreet". Assinala como uma diferença entre as literaturas britânica e americana o fato de que, no Novo Mundo, a figura fundadora é uma mulher.

Ninguém jamais afirmou que a literatura inglesa começou com Aphra Behn.

Senhora Bradstreet nasceu e foi educada na Inglaterra. Sua família tomou parte na "Grande Migração" puritana – sob perseguição religiosa – para o lugar que chamavam de "Nova Inglaterra", na costa leste da América. Anne tinha dezesseis anos quando se casou, e empreendeu a viagem dois anos depois, para não voltar nunca mais. Tanto seu pai quanto seu marido viriam a ser governadores de Massachusetts. Enquanto os homens da família saíam para governar, Anne ficava encarregada de administrar a fazenda da família. Evidentemente, saiu-se bem. Mas ela foi bem mais do que uma competente esposa de fazendeiro e mãe de várias crianças.

Os puritanos esclarecidos acreditavam que as filhas deviam ser tão bem educadas quanto os filhos. Anne era inteligente, extraordinariamente lida (seus contemporâneos metafísicos lhe interessavam em especial – ver Capítulo 9), e era pessoalmente uma escritora ambiciosa, algo que não recebia olhares de desaprovação da comunidade puritana, como talvez pudesse ter ocorrido na Inglaterra. Escreveu vastas quantidades de poesia, mas como exercício espiritual, um ato de devoção, e não por alguma espécie de fama, presente ou póstuma. Seus melhores poemas são curtos; sua vida era atarefada demais para obras longas. Seu irmão, reconhecendo-lhe o gênio e a originalidade de pensamento, fez heroicos esforços para conseguir que seus versos fossem publicados na Inglaterra. Ainda não havia um "mundo do livro" nas colônias americanas.

Apesar do exílio autoimposto, os puritanos sentiam um vínculo indissolúvel com o Velho País – daí topônimos como "Nova" Inglaterra ou "Nova" York, mas também havia um forte senso de permanente separação espiritual. Os poemas de Anne Bradstreet pertencem, em sua quintessência, ao Novo Mundo, como os puritanos viam a América e o lugar que tinham nela. Pegue, por exemplo, o pungente "Verses upon the Burning of Our House July 10th, 1666"*:

---

* "Versos sobre o incêndio da nossa casa em 10 de julho de 1666". (N.T.)

Louvei Seu nome que deu e tirou,
Que pôs meus bens no pó caído.
É, foi assim, e foi devido.
Tudo era Dele, não era meu ...*

O poema se encerra com pungência:

No mundo amar não posso mais,
Pois meus tesouros são celestiais.**

É um sentimento puritano tradicional – o mundo não tem relevância real: o que importa é o mundo vindouro. Mas o que escutamos no verso é uma voz inteiramente nova – uma voz americana, e, além disso, a voz de uma americana "fazendo" o novo país. Anne e seu marido haviam construído aquela casa que agora se reduzira a cinzas. Eles iriam, é claro, reconstruí-la. A América é um país que se reconstrói constantemente.

O puritanismo é uma pedra fundamental da literatura americana. Ele floresceu como literatura na obra dos assim chamados transcendentalistas da Nova Inglaterra no século XIX – escritores como Herman Melville, Nathaniel Hawthorne, Henry David Thoreau e Ralph Waldo Emerson. Transcendentalismo é uma palavra grandiosa para o que era, em essência, a fé dos primeiros colonizadores – segundo a qual as verdades da vida estão "acima" das coisas tais como aparecem no mundo cotidiano. *Moby Dick* (1851), narrando a caçada do capitão Ahab à grande baleia branca, é citado, de rotina, como um romance americano arquetípico. O que lhe dá essa condição? O senso de busca interminável, a pacificação (mesmo que signifique a destruição) da natureza e o apetite voraz por recursos naturais que alimentem a nova nação em contínuo crescimento, em contínua autorrenovação. Por que as baleias eram caçadas? Não por esporte. Não por comida. Elas foram caçadas até o limite da

---

* *I blest His name that gave and took, / That laid my goods now in the dust. / Yea, so it was, and so 'twas just. / It was His own, it was not mine ...* (N.T.)
** *The world no longer let me love, / My hope and treasure lie above.* (N.T.)

extinção por causa do óleo extraído de sua gordura, utilizado para iluminação, maquinaria e inúmeras atividades industriais.

Walt Whitman (Capítulo 21), o autodeclarado discípulo de Emerson, incorpora outro aspecto da tradição transcendentalista – sua noção de que a "liberdade", em todas as suas várias facetas, é a essência de toda a ideologia americana, incluindo a ideologia poética. No caso de Whitman, isso assumiu a forma do "verso livre" – a poesia desagrilhoada da rima, assim como o próprio país havia se livrado dos grilhões do colonialismo em sua Guerra de Independência contra os britânicos em 1775-1783.

A liberdade, na América, pressupõe alfabetização. O país sempre foi mais alfabetizado do que a Grã-Bretanha. O forjamento de sua identidade começou com um documento, a Declaração de Independência. No século XIX, a América podia se vangloriar do público leitor mais alfabetizado do mundo. Mas a literatura que se originou nos Estados Unidos foi um tanto atrofiada pela recusa do país (em nome do "livre comércio") em assinar a regulação internacional dos direitos autorais até 1891. Antes dessa data, obras publicadas na Grã-Bretanha podiam ser publicadas na América sem qualquer pagamento ao autor. Escritores como Sir Walter Scott e Dickens eram "pirateados" em enorme quantidade, e com custos baixos. Isso fomentou a alfabetização americana, mas debilitou o produto local. Por que pagar por um jovem escritor promissor quando você podia pegar *As aventuras do sr. Pickwick* de graça? (A pilhagem americana de sua obra levou Dickens ao furor apoplético – ele se vingou nos capítulos americanos de seu romance *Martin Chuzzlewit*.)

Isso não quer dizer que não havia nenhuma literatura americana caseira na época. A "grande guerra", segundo um admirador importante – ninguém menos do que Abraham Lincoln em pessoa –, foi deflagrada por Harriet Beecher Stowe com seu romance antiescravidão *A cabana do pai Tomás* (1852). O livro vendeu mais de um milhão de cópias no conturbado século XIX, e, se não é verdade que tenha deflagrado uma guerra, de fato mudou a opinião pública.

Um impulso poderoso, único e autodefinidor na literatura americana dos séculos XIX e XX é a "tese da fronteira" – a ideia de que o valor e a qualidade essenciais da americanidade se demonstram com mais clareza na luta por empurrar a civilização na direção oeste, de um "mar brilhante a outro". James Fenimore Cooper, autor de *O último dos moicanos* (1826), é um dos primeiros escritores que narraram o grande impulso para o oeste. Praticamente todo romance ou filme de caubói brota da mesma raiz dessa "tese da fronteira". O lugar em que a civilização encontra a selvageria (no nível mais bruto, caras-pálidas encontrando peles-vermelhas) é onde se exibe a verdadeira fibra americana. Ou é o que diz o mito.

O western é um dos poucos gêneros que não podemos creditar ao autor Edgar Allan Poe, pai da ficção científica, do "horror" e da história de detetive, notavelmente *Assassinatos na rua Morgue* (foi o orangotango). Junto com a ideia de gênero, foi na América que, em 1891, instituiu-se a primeira lista de mais vendidos. Oito dos dez principais best-sellers na primeira lista só de ficção eram romances de autoria inglesa. A situação se normalizou, com um conteúdo americano cada vez mais proeminente, depois que o mundo literário entrou em acordo com a regulação internacional dos direitos autorais.

"*E pluribus unum*", diz a inscrição da cunhagem dos Estados Unidos: "de muitos, um". É uma verdade tanto na literatura quanto na demografia. A América é uma tapeçaria de literaturas urbanas regionais e distintamente diferentes. Há uma literatura do Sul (como a de William Faulkner e Katherine Anne Porter), uma ficção judaica de Nova York (pense em Philip Roth e Bernard Malamud) e uma literatura da Costa Oeste (os beats). Ler bastante literatura americana é como pegar a estrada para cruzar o imenso continente.

"Faça-o novo", Ezra Pound instruiu seus colegas poetas americanos. Eles fizeram justamente isso, adotando o modernismo e o pós-modernismo de um modo mais entusiasmado e aventuroso do que seus semelhantes britânicos. Qualquer antologia demonstra esse fato, partindo do próprio Pound, passando pelo *Life Studies* de Robert Lowell (Capítulo 34) e indo até a escola de poesia L=A=N=G=U=A=G=E, cujos poetas, como indica seu nome, abrem a linguagem como quem separa os gomos de uma laranja. A obsessão com o novo pode ser vista, de outro ângulo, como uma impaciência com o velho. A América, como qualquer visitante frequente pode observar, é um país que derruba seus arranha-céus para construir outros ainda mais novos. Na literatura é a mesma coisa.

Ezra Pound (1885-1972) foi, entre tudo mais, um anglófilo, e uma das coisas que os escritores americanos fizeram de um jeito novo, em escala pequena, mas importante, é a literatura do "velho país". Escritores nascidos e criados em solo americano – como Henry James, T.S. Eliot e Sylvia Plath –, tendo vivido, trabalhado e morrido na Grã-Bretanha, injetaram em sua literatura modos novos, vitais e essencialmente "americanos" de escrever e ver o mundo. James, "o mestre", como veio a ser chamado, "corrigiu" a ficção inglesa, que ele acreditava ter se tornado amorfa e "flácida" (palavra dele). Foi um mestre severo. T.S. Eliot estabeleceu o modernismo como a principal voz da poesia britânica. Os poemas de Plath, com sua violência emocional controlada, esmagaram o que um crítico definiu como "o princípio aristocrático" que estava estrangulando o verso inglês. A literatura britânica deu muito à literatura americana, e recebeu bastante em retribuição.

Caso tivesse se dirigido aos ficcionistas americanos, Pound poderia ter reformulado sua instrução: "Faça-o *grande*". Há todo um bando de candidatos, mais numeroso a cada ano, ao título de "Grande Romance Americano". Grandes temas sempre atraíram os escritores americanos, com mais intensidade, pode-se argumentar de maneira plausível, do que atraíram seus semelhantes britânicos, entre os quais, para muitos, os "cinco centímetros de marfim" de Jane Austen bastam.

Há também na literatura americana uma energia, beirando a agressão, que pode ser vista como diferente e distintiva desse país. Poucos romances, por exemplo, foram mais raivosos – ou mais efetivamente raivosos em termos de provocar transformação social – do que *As vinhas da ira* (1939), de John Steinbeck. Ele conta a história da família Joad, que, no desastre das grandes tempestades de areia da década de 1930, quando sua fazenda se resseca, vai embora de Oklahoma e pega a estrada rumo à terra prometida, a Califórnia, apenas para descobrir, na chegada, que se trata de um falso Éden. Nos exuberantes pomares e fazendas do oeste, eles se veem tão explorados quanto haviam sido, duzentos anos antes, os escravos transportados da África à América. A família se despedaça sob a tensão.

O romance de Steinbeck, que ainda é amplamente lido e admirado, embora já tenham desaparecido há muito tempo as circunstâncias que lhe deram origem, não é um mero protesto social contra a implacável exploração dos trabalhadores agrícolas. Percorre *As vinhas da ira* o senso de que o que acontece com a família Joad é uma traição daquilo que a América representa, dos princípios nos quais ela foi fundada – a vida melhor que, séculos antes, pessoas como Anne Bradstreet tinham vindo encontrar e construir no Novo Mundo. Romances raivosos, é claro, podem ser encontrados em todas as literaturas (Émile Zola na França, por exemplo, e Dickens, claro). Mas a espécie de raiva que encontramos em *As vinhas da ira* é singularmente americana.

Resumindo, então. O que torna a literatura americana singularmente americana? É a herança puritana, a batalha constante para estender a "fronteira", a diversidade geográfica e étnica, a aspiração por "novidade" e "grandeza", a constante inovação, a crença na América que está por trás até mesmo das denúncias contra a América, como a de Steinbeck?

Sim; todas essas coisas. Mas existe algo mais, de uma importância ainda maior. Ernest Hemingway (1899-1961) acertou em cheio quando proclamou: "Toda a literatura americana moderna saiu de um livro de Mark Twain chamado *Huckleberry Finn*". O fator decisivo, Hemingway sustentou, é a "voz", aquilo que o próprio Twain chamou de "dialeto". Dá para ouvi-lo na primeira frase de Huck:

Você não sabe nada de mim se não leu um livro com o nome *As aventuras de Tom Sawyer*, mas pouco importa.*

Há um modo de expressão americano que só a literatura americana captura plenamente. Ele traz consigo a noção de algo que está mais no "grão americano" (como o poeta William Carlos Williams o chamou) do que no "sotaque". O autor de romances policiais Raymond Chandler, que refletiu muito sobre o tema, chamou-o de "cadência". A ficção do próprio Hemingway corrobora seu argumento sobre o modo de expressão americano, mas, para mim, o romance que encapsula com mais perfeição a voz americana moderna e totalmente distintiva é *O apanhador no campo de centeio* (1951), de J.D. Salinger. Leia (e "ouça") sua primeira e maravilhosa frase, com seu desafio se-você-realmente--quer-saber, e veja se você não concorda.

---

* "*You don't know about me without you have read a book by the name of The Adventures of Tom Sawyer, but that ain't no matter.*" Tradução de Rosaura Eichenberg. *As aventuras de Huckleberry Finn*. Porto Alegre: L&PM, 2011. (N.T.)

Capítulo 24

O grande pessimista
Hardy

Imagine que você pudesse criar algo chamado "Escala Literária de Felicidade", com os autores mais otimistas tomando sol no topo e os autores mais pessimistas mergulhados nas trevas lá embaixo. Onde, para mencionar nomes, você colocaria Shakespeare, dr. Johnson, George Eliot, Chaucer e Dickens?

Chaucer projeta a visão mais feliz da vida, quase todos concordariam. O bando de peregrinos cavalgando à Cantuária é uma turma alegre, e o tom de seus contos é cômico. Chaucer por certo estaria no topo da escala. Shakespeare também é bem para cima – com a exceção de um punhado de tragédias (em especial *Rei Lear*) que parecem ter sido escritas no terrível rescaldo da perda de seu único filho, o pequeno Hamnet. Um crítico, tendo empreendido um censo de personagens bons versus ruins em seu drama, chegou a uma proporção de 70/30 para o lado positivo. O mundo de Shakespeare não é, de um modo geral, um lugar ruim para se viver. De cada dez pessoas, sete seriam boas de se conhecer.

George Eliot, como seus romances refletem, acreditava num mundo que estava ficando melhor ("aprimorando-se", segundo ela), mas de uma maneira muito acidentada. Custos humanos eram pagos – alguns deles, como com Dorothea em *Middlemarch*, sendo consideráveis –, mas, de um modo geral, para essa autora, o futuro parecia ser mais promissor do que o passado. O universo Eliot é um lugar moderadamente esperançoso: a luz do sol irrompe. Todos os seus romances têm final feliz, por mais que comecem de modo sombrio. Iria se passar um longo tempo, ela sugeria, até que alcançássemos as terras altas ensolaradas, mas a humanidade estava no caminho certo.

Dickens é difícil de situar na nossa escala de felicidade por causa de suas primeiras obras (*As aventuras do sr. Pickwick*, por exemplo), tão mais divertidas do que os romances produzidos no chamado "período escuro" do autor, com alguns destes projetando, de fato, uma visão das coisas bastante lúgubre. É difícil fechar as páginas de *Our Mutual Friend*, digamos, com alguma sensação de alegria. Acabamos concluindo que existem dois Dickens, em dois pontos diferentes da escala.

O dr. Johnson era pessimista, mas estoico. "A vida humana", ele avaliava, era "uma condição na qual há muito para suportar e pouco para desfrutar". Mas Johnson acreditava que a vida oferecia, se você tivesse sorte, o que ele chamava de "adoçantes": amigos, boa conversa, baldes de chá, boa comida e, acima de tudo, os prazeres do relacionamento, por intermédio da página impressa, com as grandes mentes do passado. (Ele não gostava muito de ir ao teatro, e seus olhos não eram bons o bastante para que apreciasse as belas-artes.) No universo Johnson, a luz do sol cintila por entre as nuvens.

No ponto mais baixo da escala de felicidade – na verdade, poderíamos dizer, abaixo do grau zero – estaria Thomas Hardy (1840-1928). Hardy gostava de contar a história de seu nascimento ocorrido na mesa da cozinha de um pequeno chalé rural em Dorset (o condado que ele imortalizaria, depois, como sua inventada região de "Wessex"). Quando Thomas despontou no mundo, o médico deu uma olhada naquela coisinha mirrada e o declarou natimorto – morto antes de ter vivido. Ele foi colocado de lado para um descarte cristão. Então chorou. Isso o salvou, e, pelo resto de sua vida, poderíamos dizer, Thomas Hardy nunca mais parou de chorar.

O leitor pode, como o pequeno Jack Horner*, enfiar o dedão em qualquer lugar da massa de ficção e poesia de Hardy e tirar dali uma frutinha pessimista. Pegue, por exemplo, seu poema "Ah, Are You Digging on My Grave?".** A pergunta é feita pelo cadáver de uma mulher que jaz enterrada em seu caixão. Não é um cenário animador, você pensará, mas a situação fica ainda menos animada. Ela ouve a terra sendo remexida acima de si. Seu amante? Não, é seu pequeno cão. A fidelidade de um cão, ela pensa, é muito mais nobre do que a de um homem. E então o cão explica:

> Dona, eu cavo em sua sepultura
>   Deixando um osso em abrigo
> Para ter, passando por este local,
> Como matar a fome ocasional.
> Eu tinha esquecido, não foi por mal
>   Que era o seu jazigo.***

O resumo de qualquer um dos principais romances de Hardy é uma crônica da vida depressiva. Alguém disse, certa vez, que todos os seus romances deveriam trazer, anexada, uma lâmina para cortar a garganta. Podemos pensar, por exemplo, em *Tess of the d'Urbervilles* (1891), com sua nobre jovem, deitada na laje sacrificial em Stonehenge, esperando que a polícia venha prendê-la, que o tribunal a declare culpada, que o carrasco a execute e que o coveiro jogue seu corpo na cal viva de uma cova anônima. Quem não desafiaria os céus, de punho erguido, ao pensar no destino de Tess, cujo único erro foi amar de modo insensato?

Deveríamos ver o pessimismo de Hardy, presente em seus poemas e romances, como mera reflexão de seus próprios sentimentos singularmente infelizes a respeito da vida? Ou como algo mais sério? Se fosse uma mera rabugice de vida inteira, quem

---
* Personagem de uma cantiga de roda. (N.T.)
** "Ah, você está cavando na minha sepultura?" (N.T.)
*** *Mistress, I dug upon your grave / To bury a bone, in case / I should be hungry near this spot / When passing on my daily trot. / I am sorry, but I quite forgot / It was your resting place.* (N.T.)

perderia tempo lendo Hardy? E por que, apesar de sua taciturna visão das coisas, nós o classificamos como um dos gigantes da literatura inglesa?

Há uma resposta simples para essas perguntas. O que Hardy expressa em sua obra não é só a opinião pessoal de Thomas Hardy, mas uma "visão de mundo" (os críticos literários costumam usar o termo alemão para isso, *Weltanschauung*, que soa mais filosófico). A visão de mundo dominante em meio à qual Hardy nasceu era a de que as coisas estavam "progredindo". A vida estava melhorando. Um jovem vitoriano nascido em 1840 poderia confiar mais na perspectiva de uma vida melhor do que seus pais e avós. Para a maioria das pessoas nascidas naquele período, a experiência de vida era essa, de fato. O pai de Hardy era um pedreiro e um empreendedor. Sua mãe era uma grande leitora. Ambos queriam mais para seu único filho do que haviam tido, afastados da vida camponesa por apenas uma geração ou duas. E, de fato, Hardy subiu muito acima do nível social no qual nascera. Morreu como um honrado "Velho Grandioso" da literatura inglesa, suas cinzas depositadas ao lado dos grandes no Canto dos Poetas da Abadia de Westminster. Seu coração foi enterrado em separado, em seu adorado condado de Dorset, junto às sepulturas dos camponeses sobre os quais escreveu.

Mesmo aqueles cujas carreiras não eram tão estelares quanto a de Hardy podiam ter a expectativa de ascender e desfrutar uma vida mais confortável do que a de seus pais. Os meados da era vitoriana, nos quais Hardy cresceu, tinham água limpa, estradas macadamizadas (revestidas de alcatrão), uma rede de novas linhas férreas e uma educação escolar melhor, culminando nas leis de educação dos anos 1870, que garantiam escola para todas as crianças de até doze anos, ou treze na Escócia. Havia mobilidade social. A carreira de Dickens, por exemplo, foi da miséria à riqueza e à fama eterna. Cem anos antes, ele não teria conseguido. Teria morrido, desconhecido pela posteridade, na miséria.

Mas havia moscas na sopa vitoriana. Os condados ocidentais da "Wessex" de Hardy ainda eram, no início do século XIX, o "celeiro" da Inglaterra, e a região prosperava com os cereais que fornecia à nação. Então, em 1846, veio a revogação das assim chamadas Leis dos Grãos. O que isso significou foi o livre comércio internacional. O trigo e outras culturas de cereais poderiam ser, agora, importados do exterior a um custo mais baixo. A região em que Hardy nasceu e que amava entrou numa longa depressão econômica, da qual nunca se recuperou por completo. Essa depressão infectou Hardy e cada palavra escrita por ele.

Havia outras moscas na sopa. Hardy sentia que "seu" mundo havia caído aos pedaços por causa de um livro publicado quando ele tinha dezenove anos de idade: *A origem das espécies* (1859), de Darwin, com sua bem argumentada teoria da evolução. Os britânicos sempre haviam acreditado que viviam em "uma nação sob Deus", mas como seria se não existisse um Deus lá em cima? Ou se não se tratasse do Deus benevolente descrito no Gênesis, mas de uma "força vital" misteriosa sem qualquer interesse particular pela raça humana? Como seria se o sistema de crenças no qual a vida toda costumava ser baseada simplesmente não fosse verdadeiro?

Hardy foi persuadido por Darwin, mas a mágoa o marcou. E ele representou sua mágoa magnificamente. Tendo estudado arquitetura na juventude, adorava igrejas antigas, mas se via tendo de ouvir os hinos (que também adorava) do lado de fora da igreja.

Para os vitorianos, a contradição por parte de Darwin daquilo em que a maioria deles acreditara tão profundamente era dolorosa de uma forma que nós, tendo convivido com ela por 150 anos, achamos difícil de imaginar. A literatura de Hardy (e a visão de mundo que a sustenta) é a expressão dessa dor vitoriana, magnificamente forjada em prosa e verso.

Hardy também tinha dúvidas a respeito do "progresso", em especial dos avanços trazidos pela Revolução Industrial. Por acaso as ferrovias, estradas e (depois da década de 1840) o telégrafo – a "ligação em rede" da Grã-Bretanha – significavam que tudo estava melhor em todas as regiões? Hardy duvidava dessa visão otimista da história. As características das regiões maravilhosamente diversas das Ilhas Britânicas, com seus sotaques, rituais, mitos e costumes individuais – tudo que compõe "um estilo de vida" –, estavam sendo fundidas numa unidade nacional insípida. O termo "Wessex" (anglo-saxão na origem) é uma espécie de protesto do autor. Ele não chamava a região na qual tinha sido criado de "sudoeste da Inglaterra". Wessex era algo distinto – um reino em si.

Seu primeiro romance de Wessex, *Under the Greenwood Tree** (1872), é uma crítica do que era considerado, em geral, como "melhoria". O romance descreve a substituição das orquestras de igreja, nas quais os paroquianos locais tocavam instrumentos (ainda podemos ver as galerias em antigos locais de culto). As orquestras foram substituídas por harmônios – instrumentos vulgares, mas da última moda. Progresso. Seria mesmo?

O lado negativo do progresso industrial recebe sua mais vívida descrição em *Tess of the d'Urbervilles*. Nas primeiras seções do romance, a heroína ordenhadora faz parte da ordem natural das coisas tanto quanto a relva que cresce nos campos. Então chega a colheitadeira movida a vapor. Tess, trabalhando enquanto a máquina passa resfolegando pelos campos de colheita, não é mais do que uma peça humana na engrenagem. O "progresso", Hardy argumenta, pode destruir. Como mostra o romance, Tess vai sendo progressivamente desenraizada e deslocada pelas forças que estão, à primeira vista, fazendo do mundo um lugar melhor e arrastando Wessex para o século XIX.

A Revolução Industrial foi, de fato, uma coisa maravilhosa. No entanto, Hardy acreditava, a humanidade não deveria ser complacente demais em relação a ela. A natureza poderia muito bem se vingar. Essa advertência é feita no poema "The Convergence of the Twain".** (Hardy adorava palavras grandiosas, mas "The Crunch of the Two"*** provavelmente não teria sido um título com o mesmo impacto.) Como vimos no Capítulo 2, o transatlântico *Titanic* foi uma das mais altivas façanhas industriais – e um dos maiores desastres – do século. Como afirma o poema:

---

* *Sob a árvore verdejante.* (N.T.)
** "A convergência do par". (N.T.)
*** "A batida dos dois". (N.T.)

> E com o navio imponente
> Crescendo em graça evidente,
>   Ao longe crescia o Iceberg, na sombra silente.*

Lendo o poema, tentamos imaginar que icebergs estão crescendo para nós, em nosso mundo. Estivesse vivo hoje, Hardy direcionaria seu olhar "pessimista", por certo, às mudanças climáticas, à superpopulação, ao choque de civilizações – essas coisas sobre as quais, em nosso otimismo terapêutico, preferimos não pensar.

O que o "pessimismo" de Hardy nos diz é que deveríamos, de fato, observar as coisas de todos os ângulos. Tampouco deveríamos recuar diante do que pode parecer assustador – nossa salvação pode depender disso. Ele o define muito bem num de seus poemas:

> Se um caminho para o melhor há
> Ele cobra uma plena visão do pior.**

Pode haver um mundo melhor por vir. Mas nunca chegaremos lá a menos que façamos uma avaliação honesta (por mais dolorosa que seja) de onde estamos. Pessimista? Não. Realista? Sim.

O que consideramos como progresso pode não ser progresso. O que consideramos como um mundo mais eficiente pode ser um mundo rumando para a autodestruição. A visão de mundo de Hardy é um pessimismo que nos instrui a pensar melhor sobre a nossa própria visão de mundo. E esse é o motivo, de maneira muito simples, pelo qual o valorizamos como o grande escritor que ele é. Isso e o fato de que escreve tão bem, embrulhando seu pessimismo de um modo tão maravilhoso.

---

* *And as the smart ship grew / In stature, grace, and hue, / In shadowy silent distance grew the Iceberg too.* (N.T.)

** *If way to the better there be / It exacts a full look at the worst.* (N.T.)

Capítulo 25

Livros perigosos
A literatura e o censor

As autoridades, em todos os lugares e em todos os períodos da história, sempre se mostram nervosas em relação aos livros, encarando-os como naturalmente subversivos e potenciais perigos para o estado. Platão, celebremente, estabelece a segurança de sua República ideal expulsando todos os poetas.

    E assim foi ao longo das eras. Na dimensão criativa, onde trabalham os grandes escritores, há sempre o risco profissional de atrair a ira dos poderosos do momento. Podemos elaborar uma lista impressionante de mártires da causa literária. Como vimos no Capítulo 12, John Bunyan escreveu a maior parte de sua grande obra, *O peregrino*, na prisão de Bedford; antes, Cervantes também topara com a ideia para *Dom Quixote* enquanto mofava na prisão. Daniel Defoe (Capítulo 13) foi exposto no pelourinho por um poema satírico que escreveu (segundo a lenda, espectadores simpatizantes jogaram flores em vez de ovos podres). Em nossa própria época, Salman Rushdie (Capítulo 36) passou uma década em esconderijos por causa de um romance satírico que ousou escrever. Alexander Soljenítsin compôs grandes obras em pensamento enquanto apodrecia por oito anos no gulag soviético após sua prisão, em 1945. Depois da Restauração de 1660,

John Milton (Capítulo 10) teve de fugir das autoridades, que ordenaram a queima de seus escritos. Foi Milton, claro, quem proclamou em sua grande obra sobre a liberdade de expressão, *Aeropagítica* (1644):

> Quase o mesmo matar um homem e matar um bom livro: quem mata um homem mata uma criatura racional, imagem de Deus; mas aquele que destrói um bom livro mata a própria razão...

Isso costuma ser parafraseado assim: "Onde livros são queimados, homens são queimados".

Diferentes sociedades atacam de diferentes formas os livros "perigosos", como poderá ilustrar uma comparação entre França, Rússia, os Estados Unidos, Alemanha e Grã-Bretanha. Cada uma delas travou guerra com a literatura, ou impôs restrições a sua liberdade, a seu próprio modo.

O modo francês é condicionado pelo acontecimento definidor da história do país, a Revolução de 1789. O governo pré-revolucionário (o Ancien Régime) controlava as publicações com punho de ferro: cada livro dependia de um "privilégio" – permissão estatal – para existir. Obras desprivilegiadas, "por baixo do pano", como *Cândido* (1759), de Voltaire, serviam como armas para os revolucionários. Mais ainda se fossem escritas no estrangeiro por escritores do Iluminismo (isto é, "livres-pensadores") e, como no caso de *Cândido*, penetrassem as fronteiras da França como granadas ideológicas. O romance, cujo título completo foi traduzido ao inglês como *Candide: or, All for the Best**, conta a história de um jovem ingênuo que foi criado para crer em tudo que lhe dizem – exatamente o tipo de cidadão que as autoridades gostam de ter. Voltaire pensava diferente.

Com a Revolução na França, a liberdade de expressão e o direito de ter qualquer opinião – direitos que tanto haviam ajudado a causa – foram proclamados na Declaração dos Direitos do Homem e do Cidadão (1789). Quando Napoleão tomou o

---

* No Brasil, *Cândido ou o otimismo*. (N.T.)

poder, a França se tornou mais restritiva, mas sempre em menor medida do que sua vizinha e grande adversária, a Inglaterra.

Em 1857, foram publicadas na França duas obras cujos autores foram imediatamente processados em julgamentos que teriam enormes consequências para a literatura mundial. O romance de Gustave Flaubert *Madame Bovary* e a coletânea de versos de Charles Baudelaire *As flores do mal* foram acusados de "ultrajar a decência pública". No caso de Flaubert, o ultraje alegado era o de que seu romance endossava o adultério. A ofensa, no caso de Baudelaire, está condensada no título provocativo, o que, claro, era exatamente o que o poeta pretendia. A expressão francesa é *épater le bourgeois* – "escandalizar a classe média". Flaubert foi absolvido. Baudelaire recebeu uma pequena multa e seis de seus poemas foram banidos – fora isso, o livro sobreviveu.

O julgamento dessas obras (hoje grandes clássicos da literatura francesa) criou uma zona franca para a literatura de seu país. Escritores como Émile Zola – traduções de romances dele foram reprimidas com ferocidade no mundo de língua inglesa, sujeitas a penas de prisão – estavam livres para levar a literatura a novos horizontes. E o fizeram.

Era uma liberdade não apenas para os escritores franceses. Muitos autores britânicos e americanos (D.H. Lawrence, Ernest Hemingway, Gertrude Stein) publicaram obras em Paris, entre as duas guerras mundiais, que seriam totalmente impublicáveis em seus países de origem. *Ulysses*, de James Joyce, é um excelente exemplo. O romance foi publicado em forma de livro pela primeira vez em 1922 em Paris, e, após julgamento, onze anos depois nos Estados Unidos (sob a perversa conclusão legal que a obra era "emética", e não "erótica"). A Grã-Bretanha suspendeu sua proibição de *Ulysses* alguns anos depois, em 1936. O livro nunca chegou a ser de fato banido na Irlanda. Apenas nunca estava disponível.

Durante a Segunda Guerra Mundial, grandes escritores franceses como Jean-Paul Sartre, Albert Camus, Simone de Beauvoir e Jean Genet deram jeito de produzir obras que atacavam alegoricamente a ocupação alemã de seu país – dentre as quais são notáveis *O estrangeiro* (1942), de Camus e *Entre quatro paredes* (1945), de Sartre. O romance de Camus pode ser visto como reflexo dos odiados estrangeiros que haviam tomado seu país. A peça de Sartre tem três personagens, depois da morte, aprisionados juntos por toda a eternidade. O inferno, eles descobrem, são "os outros". A obra foi escrita num tipo diferente de prisão: a ocupação alemã.

As liberdades gálicas tradicionais se estabeleceram depois da Segunda Guerra Mundial. Por ironia, as liberações no mundo de língua inglesa vieram após os julgamentos, em 1959 e 1960, de um romance que tinha sido publicado em Paris, sem protesto ou escândalo, trinta anos antes – *O amante de lady Chatterley*.

A revolução demorou a chegar à Rússia. Mesmo assim, algumas das maiores obras da literatura mundial foram concebidas e publicadas sob a opressão burocrática dos censores do czar. Paradoxalmente – um paradoxo observado com frequência na história da literatura –, os autores melhoraram o desempenho para escapar dos inspetores trapalhões (um personagem ridicularizado com astúcia em *O inspetor geral*, peça de 1836 de Nikolai Gógol). A sutileza e a indireta – numa palavra, a artimanha – eram empregadas nas críticas à sociedade. No romance de Fiódor Dostoiévski *Os irmãos Karamázov* (1880), por exemplo, três irmãos conspiram para assassinar seu detestável pai. E como o czar era conhecido pelo povo? "Paizinho". De modo similar, mas com mais nostalgia, as peças de Anton Tchékhov narram a decadência íntima da classe dominante. Em *O jardim das cerejeiras* (1904), as cerejeiras são um símbolo de linda futilidade, e estão sendo derrubadas, abrindo caminho não para algo melhor, mas para um mundo novo e mais feio. Tchékhov é um mestre do páthos literário. Sim, é claro que as coisas precisam mudar: a história assim exige. Mas precisa ser uma mudança para pior?

Com algumas alterações textuais, as sediciosas comédias de Tchékhov driblaram os censores do czar para chegar ao palco. Logo depois da Revolução de 1917, porém, a censura imposta aos autores russos (agora "soviéticos") foi substituída por outra, bem mais opressiva – a de Stálin. Ela persistiu, com mais ou menos intensidade, e com os ocasionais "degelos", até 1989. Usando as habilidades tortuosas de seus predecessores, escritores dissidentes como Anna Akhmátova e Yevgeny Yevtushenko e romancistas como Boris Pasternak e Alexander Soljenítsin deram um jeito de criar e (muito ocasionalmente) publicar grandes obras bem embaixo do nariz dos censores. Romances como *Pavilhão de cancerosos*, de Soljenítsin (1968; uma sátira mordaz do stalinismo como um tumor no coração da Rússia), circulavam com frequência em *samizdat* – cópias datilografadas clandestinas –, lembrando muito, poderíamos recordar, a forma como, em Roma, os primeiros cristãos guardavam seus manuscritos sediciosos embaixo de suas batinas. Pasternak e Soljenítsin foram ambos agraciados com o Prêmio Nobel de Literatura, respectivamente em 1958 e 1970. Sem toda essa censura, a Rússia irá produzir uma literatura tão grandiosa? Será interessante ver. É um dos grandes experimentos literários que acontecem hoje diante dos nossos olhos.

Os Estados Unidos foram fundados por puritanos que trouxeram consigo uma reverência pela livre expressão e alfabetização. Isso foi reforçado em 1787 pela Constituição, cuja primeira emenda consagra em lei a liberdade de expressão. Essa liberdade, entretanto, nunca foi absoluta e universal. Ao longo dos anos, os Estados Unidos, uma federação feita de vários estados divergentes, teceram uma confusa colcha de retalhos de tolerância e repressão. Uma obra de literatura podia ser "banida em Boston" (a expressão se tornou proverbial), mas vender como pão quente em Nova York. Em particular no que diz respeito a bibliotecas públicas e currículo educacional local, esse retalhamento ("padrões comunitários") é ainda uma característica singularmente americana do ambiente literário americano.

Na Alemanha, no decorrer da história, os autores desfrutaram de um regime relativamente liberal, em especial na República de Weimar entre 1919 e 1933. Foi quando escritores como o dramaturgo Bertolt Brecht, com obras como a *Ópera dos três vinténs* (de onde vem a canção "Mack the Knife", ainda popular), puderam criar uma forma de teatro excepcionalmente política e revolucionária que deixou uma marca duradoura no mundo todo. Com a tomada do poder pelos nazistas em 1933, a repressão foi tirânica. A queima de livros era uma parte tão integrante do teatro do nazismo quanto os comícios de Nuremberg. O objetivo era controlar a "mente" da população negando-lhe qualquer alimento que não fosse aprovado pelo partido. Funcionou bem demais. Nenhuma literatura que tivesse o mais ínfimo valor histórico foi produzida por uma dúzia de anos. Pior ainda, o regime de Hitler deixou para trás uma herança envenenada quando acabou, em 1945. Depois da guerra, escritores como o romancista Günter Grass tiveram de trabalhar com o equivalente literário (na definição de Grass) dos escombros de um bombardeio literário.

Na Grã-Bretanha, até o século XVIII o controle foi político, e um braço do Estado. Um escritor que cometesse uma ofensa podia ir parar na Torre de Londres sem o devido amparo de qualquer processo legal, ou ser (como Defoe) despachado pelo magistrado ao pelourinho. Os escritores tinham a sensatez de agir com precaução. Shakespeare, por exemplo, não ambienta nenhuma de suas peças na Inglaterra de então. Por quê? Porque ele não era meramente um gênio, mas era também um gênio cauteloso.

A censura do palco, em particular, é uma prática de longa data na Grã-Bretanha. Por quê? Porque as plateias são "aglomerações" que podem facilmente se transformar em "turbas". A censura do teatro permaneceu em funcionamento até a década de 1960. George Bernard Shaw travava constantes batalhas com o Lord Chamberlain (cujo departamento licenciava todas as produções dramáticas). Espirituosas peças "shawianas" como *A profissão da sra. Warren* (1895), que retrata maliciosamente uma casa de má reputação como um empreendimento comercial legítimo, passavam maus bocados para chegar ao palco público. Shaw era um autoproclamado partidário do dramaturgo norueguês Henrik Ibsen. Tentativas de encenar peças como *Fantasmas*, de Ibsen (que tocava no assunto extremamente perigoso da doença venérea), geravam escândalo e inevitáveis proibições.

Mesmo nos anos 1950, as primeiras apresentações de peças como *Esperando Godot*, de Samuel Beckett (Capítulo 33), dependiam da permissão do Lord Chamberlain. Pequenas alterações eram exigidas e devidamente acatadas.

A Grã-Bretanha não formalizou a censura em lei até 1857 (o mesmo ano em que *Madame Bovary* foi a julgamento em Paris). A primeira de uma série de Leis de Publicações Obscenas que o Parlamento aprovou naquele ano foi algo do mais puro disparate britânico. Uma obra de literatura era tida por "obscena" caso tendesse a "depravar e corromper aqueles cujas mentes estão abertas a tais influências morais". Dickens parafraseou satiricamente o delito como qualquer coisa que "botasse um rubor na bochecha de uma pessoa jovem". Henry James o chamou de "a tirania do leitor jovem". A moralidade – fosse a julgada em tribunal ou simplesmente a do "espírito da época" – ditava as regras. Thomas Hardy abandonou a ficção em definitivo quando, em 1895, o bispo de Wakefield queimou seu romance *Judas, o obscuro* (como de costume, por ser tolerante em relação ao adultério), e publicou apenas poesia inofensiva pelos últimos trinta anos de sua vida. A regra do "corromper e depravar" tornava impossível o tipo de romance que ele queria escrever.

D.H. Lawrence, discípulo de Hardy, teve toda a primeira edição de seu romance *O arco-íris* queimada por decisão judicial em 1915. O livro continha descrições de sexo altamente poetizadas, mas de todo inofensivas (aos nossos olhos), sem um único palavrão. Depois da guerra, Lawrence foi embora da Inglaterra para nunca mais voltar. Os que permaneceram tratavam de cuidar onde pisavam. E.M. Forster escreveu e publicou vários romances ótimos (ver Capítulo 26). Um romance que ele escreveu por volta de 1913, e que fez circular em privado, mas não publicou, foi *Maurice* – uma obra que lidava, de modo franco, com sua própria homossexualidade. O livro não veria a luz da impressão até 1971, depois de sua morte, quando só tinha interesse histórico.

Escritores e editores britânicos precavidos se "autocensuravam" como Forster. Quando George Orwell tentou publicar *A revolução dos bichos*, em 1944, não conseguiu encontrar um editor disposto a se comprometer com uma fábula que atacava um aliado de guerra da Grã-Bretanha, a União Soviética. Todo o establishment literário, Orwell concluiu, era "medroso". "Prudente" é a palavra que teriam usado.

O clima mudou de forma radical com o julgamento de *O amante de lady Chatterley*, em 1960. Em 1959, entrara em vigor uma nova Lei de Publicações Obscenas, pela qual uma obra de literatura intrinsecamente ofensiva poderia ser publicada se fosse pelo bem público: "nos interesses da ciência, da literatura, da arte ou do aprendizado". D.H. Lawrence morrera em 1930, mas os editores da Penguin decidiram testar a nova lei publicando seu romance, que tinha sido escrito, segundo Lawrence, para "higienizar" a literatura. Por que, pergunta o romance, não podemos usar boas e velhas palavras anglo-saxãs, em vez de eufemismos latinos, para os atos mais importantes das nossas vidas? De sua parte, a acusação adotou a mesma linha das autoridades francesas que haviam arrastado Flaubert para o tribunal: a história de Lawrence sobre a esposa de um aristocrata que se apaixona por um guarda-caças endossava o adultério. Vários "peritos", incluindo autores respeitados, testemunharam em defesa da publicação, e a defesa venceu.

A luta contra a censura da literatura no mundo continua, como atesta cada número do periódico baseado em Londres *Index on Censorship*. É uma batalha constante. A história literária demonstra que a literatura consegue obter grandes feitos em meio à opressão, acorrentada ou no exílio. Consegue até mesmo, como a fênix, renascer das chamas de sua própria destruição. O fato de que pode fazê-lo é uma gloriosa vindicação do espírito humano.

Capítulo 26

Império
Kipling, Conrad e Forster

Já foi salientado, em capítulos anteriores, que grandes literaturas tendem a ser o produto de grandes nações. Isto é, aquelas que alargaram seus territórios por conquista, invasão ou, em alguns casos, roubo descarado. Nenhum assunto, na literatura, levanta questões mais espinhosas do que "império" e "imperialismo" – muito em particular, o direito pelo qual um país alega poder possuir, dominar, saquear e, em algumas situações, destruir outro país. Ou, como a potência imperial poderá argumentar, "levar a civilização".

O envolvimento da literatura com o tema dos acertos e erros do império é complexo, carregado e, por vezes, conflituoso. A natureza desse envolvimento mudou ao longo dos dois últimos séculos, assim como mudou o panorama global. A literatura que é relevante num período fica irremediavelmente datada em outro. Nenhuma outra variedade de literatura exige tanto conhecimento de quando foi escrita, e para quem.

Esboçar o grande quadro histórico ajuda. Durante os séculos XIX e XX, a Grã-Bretanha, um pequeno conjunto de ilhas ao largo da costa norte da Europa, adquiriu e administrou um império que em seu auge, na era vitoriana, estendia-se do meridiano de Greenwich até vastas áreas da África, à Palestina, ao subcontinente indiano, à Australásia e ao Canadá. No século XVIII, as treze colônias que se transformariam nos Estados Unidos da América estavam incluídas nessa lista. Nem mesmo a Roma antiga podia se vangloriar de ser "dona" de uma extensão mais ampla do planeta Terra do que a Grã-Bretanha.

Pela segunda metade do século XX, esse império praticamente desapareceu, com uma brusquidão traumática. Um após outro, países reivindicavam e ganhavam independência. A última vez em que a Grã-Bretanha lutou para defender seus territórios ultramarinos foi em 1982, por um minúsculo grupo de ilhas no Atlântico Sul, as Malvinas, com sua população mal excedendo a de um vilarejo inglês. Nenhum épico estava por vir.

A literatura é uma gravação sensível da transformação sócio-histórica, registrando tanto os fatos do mundo internacional quanto as reações complexas e fluidas da nação a esses fatos enquanto eles acontecem. O estado de espírito britânico, no auge da fase imperial e no período imediatamente pós-imperial da história do país, foi afetado – como a literatura reflete – por uma mistura oscilante de orgulho e vergonha.

Consideremos o famoso – e muito admirado em sua época – poema de Rudyard Kipling "O fardo do Homem Branco" (1899). Ele começa assim:

> Assume o fardo do Homem Branco –
>   Manda tuas proles mais nobres –
> Prende teus filhos ao exílio
>   Para servirem teus cativos pobres;
> Para cuidarem, sob dura rotina,
>   De um grupo agitado e bravio –
> Teu povo amuado, recém-capturado,
>   Meio demônio e meio infantil.*

---

* *Take up the White Man's burden – / Send forth the best ye breed – / Go bind your sons to exile / To serve your captives' need; / To wait in heavy harness / On fluttered folk and wild – / Your new-caught, sullen peoples, / Half devil and half child.* (N.T.)

Rudyard Kipling (1865-1936) era britânico, mas "O fardo do Homem Branco" era dirigido especificamente ao povo dos Estados Unidos. (Kipling, de forma significativa, tinha uma esposa americana.) O poema foi inspirado pela supressão dos Estados Unidos de uma revolta por independência nas Filipinas, e por sua aquisição, no mesmo período, de Porto Rico, Guam e Cuba. A campanha das Filipinas foi particularmente sangrenta. Estima-se que tenham morrido até 250 mil filipinos. O fardo do homem branco sempre foi manchado de vermelho.

O poema foi um sucesso imediato nos Estados Unidos, e seu título virou uma expressão proverbial. Ainda é possível ouvi-lo de vez em quando – geralmente com ironia. Com o século XIX (o "Século da Grã-Bretanha") chegando ao fim, Kipling acreditava que o papel de potência mundial suprema passaria, como passou historicamente, para os Estados Unidos. O século XX estava destinado a ser americano. A Grã-Bretanha, Kipling antecipava credulamente, seria uma parceira, ainda que uma parceira minoritária, de seu grande aliado. As duas nações, unidas, mandariam no mundo como soberanas benignas.

Kipling nascera na Índia colonial, e seu romance *Kim* (1901), refletindo sua infância em Bombaim (hoje Mumbai), apresenta um retrato bem mais simpático da relação entre o que ele chamava de "Oriente e Ocidente". A ideia básica do poema de Kipling é mais do que clara. O império é a imposição de uma civilização branca sobre povos que são, e sempre serão, "meio demônios e meio infantis". A ação do império é, em essência, benigna. É um "fardo" assumido sem nenhum plano de ganho nacional e, do modo mais pungente, nenhuma expectativa de agradecimento por parte das raças inferiores, agraciadas pela sorte de serem colonizadas pelo homem branco. Hoje, o poema de Kipling é um constrangimento literário. Foi recebido com aprovação esmagadora em 1899. Os tempos mudam.

Naquele mesmo ano, 1899, foi publicada outra obra sobre o império e o imperialismo do homem branco – *O coração das trevas*, de Joseph Conrad (1857-1924). É um feito bem mais ponderado e, quase todos concordariam, uma obra literária bem melhor. Conrad nascera na Ucrânia, filho de poloneses, como Józef Teodor Konrad Korzeniowski. Seu pai era um patriota, um poeta e um rebelde contra a ocupação russa de sua terra natal. Ele dedicou sua vida à causa da independência. Por esse motivo, o jovem Józef nunca poderia se fixar na Polônia. O exílio era seu destino. Ele embarcou numa carreira como marinheiro e, em 1866, tornou-se súdito britânico e oficial da marinha mercante britânica, mudando seu nome para Joseph Conrad. Então, aos trinta e tantos anos, trocou o mar pela literatura.

A semente autobiográfica de *O coração das trevas* foi a missão que Conrad recebeu em 1890 de capitanear um vapor decrépito rio Congo acima até um entreposto no interior, administrado por um gerente moribundo chamado Klein (renomeado como "Kurtz" no romance: *klein* significa "pequeno" e *kurz* significa "curto" em alemão). Por alguns meses, Conrad – um homem decente, ainda que não fosse de todo imune aos preconceitos raciais de sua era e sua classe – ficou a serviço de uma agência colonial pela qual a Europa sentiria eterna vergonha: a Société Anonyme Belge pour le Commerce du Haut-Congo.

O assim chamado Estado Livre do Congo tinha sido fundado em 1885 pela Bélgica, uma das menores nações imperiais europeias. "Livre" significava livre pilhagem. O rei Leopoldo II arrendava os dois milhões e seiscentos mil metros quadrados que seu país "possuía" para qualquer firma que pagasse mais. O que o comprador fazia depois com seu arrendamento colonial era problema dele. O resultado foi o que ficou conhecido como o primeiro genocídio da era moderna. Conrad o chamou de "a mais vil disputa pela pilhagem que já desfigurou a história da consciência humana".

A viagem pelo rio teve uma profunda influência em Conrad: "Antes do Congo eu era um mero animal", ele afirmaria depois. Passaram-se oito anos até que o "horror" (uma palavra--chave no romance) se acomodasse em sua mente na medida necessária para que ele escrevesse *O coração das trevas*. A história é simples. Com o sol afundando além da verga, Marlow (o herói--narrador de Conrad numa série de seus romances) entretém alguns amigos em seu barco, o *Nellie*, que balança serenamente na foz do Tâmisa. Lançando um olhar na direção de Londres, numa calmaria momentânea da conversa, ele reflete: "Este também foi um dos lugares sombrios da terra". Ele está pensando nos romanos e na Britânia antiga. Por trás de todos os impérios, nós compreendemos, esconde-se o crime.

Marlow passa então a rememorar um encargo que teve aos trinta e poucos anos. Foi recrutado em Bruxelas (cidade que era um verdadeiro "sepulcro caiado") para ir em missão à África (o continente "sombrio" em forma de coração) e subir o Congo até o coração da colônia belga, onde o gerente de um entreposto, Kurtz, enlouquecera no processo da coleta de marfim. (Europa e América tinham imensa demanda de marfim para fazer coisas como bolas de bilhar e teclas de piano.) A viagem leva Marlow ao coração sombrio das coisas – o capitalismo, a natureza humana, ele mesmo e, mais importante, a natureza do império.

Leal (em certo sentido) a seu país adotivo, Conrad sustenta que o imperialismo belga é mais cruel e mais predatório do que seu equivalente britânico. Porém, dentro do comentário de Marlow sobre "os lugares sombrios da terra", temos a implicação de que todos os impérios são, na raiz, iguais. A distinção entre império bom e império ruim é falsa: todos são ruins. *O coração das trevas* é um romance profundamente perturbador, escrito por um homem profundamente perturbado, por sua vez, pelas coisas que viu no lugar mais sombrio da África.

A "joia da coroa" do império britânico foi, proverbialmente, a Índia. Por consenso, o romance mais ponderado e magistral sobre a Índia colonial é *Passagem para a Índia* (1924), de E.M. Forster. A ideia da obra foi inspirada pelas viagens de Forster ao subcontinente. Ele se apaixonou pelo país e por seu povo. Era um homem inteiramente livre de qualquer senso de superioridade colonial ao modo de Kipling. Forster era um liberal até a raiz dos cabelos – um dos livres-pensadores do Grupo de Bloomsbury (Capítulo 29).

O título curioso exige explicação. Superficialmente, refere-se à viagem ("passagem") feita da Inglaterra à Índia em navio de passageiros. Um dos principais fios narrativos do romance acompanha uma jovem inglesa, Adela, que fora ao país para se casar com um oficial britânico. As coisas vão muito mal depois de ela talvez ter sido sexualmente abusada por um jovem médico muçulmano, Aziz, em certas cavernas locais (que têm um remoto significado religioso). Sua intenção inocente era fazer amizade com um nativo. Seguem-se princípios de tumulto e um julgamento no qual Aziz é absolvido. A "passagem para a Índia" de Adela – e seu casamento em potencial – terminam numa ruína humilhante. Ninguém sabe ao certo o que aconteceu nas Cavernas de Marabar – faz parte do "mistério confuso" que é a Índia colonial.

O título de Forster ecoa um poema de Walt Whitman (Capítulo 21) com o mesmo título, publicado em 1871. O poema de Whitman levanta uma questão que toca o cerne da situação imperial e que o romance de Forster se propõe a sondar. Será possível ter um relacionamento plenamente humano se esse relacionamento for complicado por possessão colonial e diferença racial? Nas palavras de Whitman:

> Passagem para a Índia!
> Ó alma, não viste de imediato a resolução de Deus?
> A terra a ser percorrida, interligada pelas trocas,
> As raças, os vizinhos, a casar e serem dados em casamento,
> Os oceanos singrados, as distâncias se encurtando,
> As terras a serem fundidas juntas.*

Whitman era gay, assim como Forster. No âmago do romance de Forster, o relacionamento entre um professor britânico e um médico muçulmano é intenso, beirando, sugere o romance, a paixão. Mas, como Kipling escrevera: "Oriente é Oriente e Ocidente é Ocidente, e nunca os dois se encontrarão".

Forster quase achou que terminar seu romance era impossível. Nenhum final parecia ser o "certo". Não foi por causa de algum bloqueio criativo. O que Forster enfrentava era o fato

---

* *Passage to India! / Lo, soul, seest thou not God's purpose from the first? / The earth to be spann'd, connected by network, / The races, neighbors, to marry and be given in marriage, / The oceans to be cross'd, the distant brought near, / The lands to be welded together.* Tradução de Bruno Gambarotto. *Folhas de relva*. São Paulo: Hedra, 2011. (N.T.)

de que a ficção, por sua natureza, não pode "solucionar" os problemas do império. *Passagem para a Índia* termina de modo inconclusivo, mas num belo efeito artístico, com os dois homens que nunca poderão se unir sendo "fundidos", como Whitman define. Os dois são vistos pela última vez andando a cavalo pela paisagem indiana saturada de monção:

> Mas os cavalos não queriam – afastaram-se com uma guinada; a terra não queria, e elevava-se em rochedos através dos quais os cavaleiros precisavam passar um a um; os templos, o tanque, a prisão, o palácio, os pássaros, a carniça, a hospedaria, que surgiram quando eles saíram da garganta e viram Mau, lá embaixo – nada disso queria, e todas as coisas disseram, com centenas de vozes: "Não, ainda não"; e o céu disse: "Não, não aí".*

O "ainda não" de Forster iria se estender por um quarto de século, com a independência indiana chegando em 1947. Salman Rushdie a celebraria em seu romance *Os filhos da meia-noite*, uma das grandes obras pós-coloniais (mais a respeito no Capítulo 36). *Passagem para a Índia* é anticolonial. Escrito quando foi, não poderia ser, como Forster deixa implícito, nada mais.

    O tema do império inspirou toda uma literatura com seus próprios méritos, da *Tempestade* de Shakespeare a obras como *The Raj Quartet*, de Paul Scott, os romances de V.S. Naipaul e *Senhor das moscas*, de William Golding (no qual os meninos ingleses ultrabrancos das escolas de elite é que são "meio demônios e meio infantis"). Veremos como são as coisas vistas pelo outro lado da relação colonial num capítulo posterior. Mas as complexidades morais no âmago do império nunca foram exploradas – se não "solucionadas" – com maior sensibilidade do que a dos romances de Conrad e Forster. Eles ainda podem ser lidos, e apreciados, com estranhas misturas de orgulho, culpa e perplexidade. Mas certifique-se de conhecer o contexto histórico primeiro.

---

* Tradução de Sônia Coutinho. *Passagem para a Índia*. Rio de Janeiro: Nova Fronteira, 1981. (N.T.)

Capítulo 27

Hinos condenados
Os poetas da guerra

A guerra e a poesia sempre andaram de mãos dadas. A primeira grande obra de poesia que chegou até nós, a *Ilíada*, é sobre nações em conflito. A guerra figura na maior parte das peças de Shakespeare que não são comédias (e aparece em algumas destas também). Uma das descrições mais cruas dos "horrores da guerra" (na expressão do artista espanhol Goya) pode ser encontrada em Júlio César:

> Sangue e destruição farão parte da rotina, e objetos os mais pavorosos serão coisas tão familiares a todos que as mães não terão outra reação que não sorrir quando enxergarem seus bebês de colo esquartejados pelas mãos da guerra.*

Nenhuma guerra, entretanto, produziu maior riqueza de poesia inglesa do que a guerra que foi chamada de "Grande", a Primeira Guerra Mundial, de 1914-1918.

---

* *Blood and destruction shall be so in use, / And dreadful objects so familiar, / That mothers shall but smile when they behold / Their infants quartered with the hands of war.* Tradução de Beatriz Viégas-Faria. *Júlio César.* Porto Alegre: L&PM, 2003. (N.T.)

Foi a guerra mais sanguinolenta da história britânica. Na Batalha de Passchendaele, em 1917, 250 mil soldados britânicos perderam a vida durante meses de combate na lama funda, tendo conquistado um terreno de meros oito quilômetros. Dos soldados que saíram das escolas de elite britânica (muitos deles, direto da sala de aula) para o front, um de cada cinco não retornou; em vez disso, seus nomes apareceram nas "placas de honra" de suas escolas. Esses jovens eram especializados tanto como "oficiais" quanto como "escritores de poesia".

Em quase todos os vilarejos da Grã-Bretanha, em algum lugar proeminente haverá um monumento – hoje, com frequência, coberto de musgo e quase ilegível. Esses monumentos registram a flor da juventude de cada comunidade, ceifada pelo tenebroso conflito de 1914-1918. Sob a lista de nomes, se você conseguir lê-la, haverá uma inscrição do tipo "Seus Nomes Vivem Sempiternos".

A Grande Guerra foi diferente de outras guerras não apenas em virtude de sua dimensão inédita e da natureza letal de suas armas (notavelmente a metralhadora, o avião, o gás venenoso e o tanque), mas porque envolvia o conflito não apenas *entre* Estados-nações, mas *dentro* dos Estados-nações. Em outras palavras, muitos soldados, de ambos os lados, eram levados a se perguntar: "O inimigo está diante de nós ou atrás de nós?". Essa é a pergunta feita pelo mais famoso romance originado da guerra, *Nada de novo no front* (1929), do autor alemão Erich Maria Remarque. Remarque lutara e tinha sido ferido nas trincheiras a meros dois quilômetros de distância de outro sobrevivente famoso, chamado Adolf Hitler.

Os poetas desses quatro anos tenebrosos que mais admiramos tiveram dificuldade para lidar com o fato de que seu verdadeiro inimigo poderia não ser o kaiser (primo-irmão do próprio rei britânico, Jorge V) com seus "hunos de coturno", mas uma sociedade inglesa que, de alguma forma, perdera o rumo e incorrera no disparate de uma matança totalmente sem sentido de seus melhores e mais brilhantes, por nenhuma razão válida.

O mais irado dos poetas, Siegfried Sassoon (1886-1967), era um típico inglês "caçador de raposas", apesar de seu nome alemão. Ele ilustra essa noção de Inglaterra versus Inglaterra em seu poema curto "O general":

> O general disse: "Bom dia; bom dia!",
> Na semana passada, em nossa formação.
> Aqueles a quem sorriu morreram na maioria,
> E agora o chamamos de burro paspalhão.
> "Sujeito animado", Harry a Jack grunhiu
> Marchando para Arras com saco e fuzil.
>
> Mas ele os dois liquidou com seu ataque imbecil.*

Quem, então, é "o inimigo" nesse poema? Recordemos "The Charge of the Light Brigade", de Tennyson (Capítulo 22). Com um plano de ataque malfeito, um general desse combate causou a morte de quase metade de seus seiscentos cavalarianos. Mas Tennyson não critica o comandante ou seu país. Em vez disso, esbanja louvores à bravura dos soldados que cavalgaram para encontrar a morte ("não lhes cabia perguntar o motivo") nos canos da artilharia russa. Suas mortes foram "gloriosas".

Sassoon tem uma atitude diferente e mais complicada. Não havia "glória" alguma em sua visão das coisas. "O general" foi escrito em 1916 e publicado em 1918, quando a pergunta "Por que travamos essa guerra" ainda estava incandescente. A covardia ("a pluma branca", como a chamavam) não entrava em questão. O próprio Sassoon foi um combatente feroz, apelidado de "Mad Jack" por seus camaradas (por ironia, "Siegfried" significa "júbilo na vitória" em alemão), mas seria capaz de dar a própria vida (literalmente) para conseguir entender o sentido da guerra. Quando foi condecorado com uma Cruz Militar por valentia excepcional, supostamente jogou a medalha no rio Mersey.

---

* *"Good-morning; good-morning!", the General said / When we met him last week on our way to the line. / Now the soldiers he smiled at are most of 'em dead, / And we're cursing his staff for incompetent swine. / "He's a cheery old card", muttered Harry to Jack / As they slogged up to Arras with rifle and pack. // But he did for them both by his plan of attack.* (N.T.)

O último soldado britânico sobrevivente a ter lutado na Primeira Guerra Mundial, Harry Patch, que morreu em 2009, aos 111 anos de idade, concordava. Ao visitar Passchendaele, no nonagésimo aniversário da batalha, Patch descreveu a guerra como a "matança calculada e tolerada de seres humanos. Não valia uma única vida". Ao seu fim, em novembro de 1918, ela custara mais de três quartos de um milhão de vidas britânicas. Estima-se que mais de nove milhões de soldados morreram de ambos os lados.

Um poema melhor do que o de Sassoon é "Futilidade", de seu amigo e companheiro de armas Wilfred Owen (1893-1918). Oficial condecorado e valente, Owen contempla o cadáver de um soldado, estirado na neve, para cuja família precisa escrever a carta formal de condolências:

> Movei-o para que fique sob o sol –
> Em casa os suaves raios o acordavam
> (De campos não semeados seu lençol).
> Acordavam-no sempre, até na França,
> Até esta manhã e esta neve.
> E se agora acordá-lo algo deve
> Decerto o saberá o sol suave.
>
> Pensai como desperta ele as sementes
> E o barro despertou da estrela fria.
> Dos membros e do flanco ainda quentes
> A rigidez mover conseguiria?
> Foi para isso que o barro alçou-se tanto?
> O que levou do sol os raios fátuos
> A interromper da terra o sono e o encanto?*

---

* *Move him into the sun – / Gently its touch awoke him once, / At home, whispering of fields unsown. / Always it woke him, even in France, / Until this morning and this snow. / If anything might rouse him now / The kind old sun will know. // Think how it wakes the seeds, – / Woke, once, the clays of a cold star. / Are limbs, so dear-achieved, are sides, / Full-nerved – still warm – too hard to stir? / Was it for this the clay grew tall? / – O what made fatuous sunbeams toil / To break earth's sleep at all?* Tradução de João Moura Jr. "Nas trincheiras". Revista *Piauí*, edição 93, junho de 2014. (N.T.)

O poema, revelando a clara influência de Keats, tem um calor emocional que beira o erótico. O sol vai fazer voltar à vida esse guerreiro desconhecido, como faz com as sementes da terra na primavera? Não. A morte dele valeu a pena? Não, foi fútil. Um desperdício total.

    Owen é um poeta mais experimental do que Sassoon em termos técnicos, e sua raiva é mais fria. "Futilidade" é um soneto de construção engenhosa, com versos irregulares e meias rimas (e.g. "once" / "France"). Do início ao fim, são invocados com sutileza os versos fúnebres tradicionais: "Das cinzas às cinzas, do pó ao pó". É consenso geral que, tivesse vivido, Owen teria exercido enorme influência na trajetória da poesia inglesa do século XX. Ele morreu na última semana da guerra. O telegrama anunciando sua morte foi entregue a sua família enquanto os sinos da igreja começavam a tocar para a declaração de paz.

    Pela altura em que "Futilidade" foi escrito, a guerra havia se degenerado num impasse sangrento. Como ferimentos mal costurados, linhas de trincheiras e arame farpado se estendiam através da Europa. Nenhum dos exércitos conseguia irromper, e milhares morriam a cada semana. O banho de sangue começara com um obscuro crime de rua: o assassinato do imperador Francisco Ferdinando em Sarajevo, nos Bálcãs. O império austro-húngaro, um vasto conglomerado de estados, desmoronou quase de imediato. Seguiu-se uma disputa sucessória, e entraram em jogo complexas alianças internacionais. Os dominós começaram a cair. Por agosto de 1914 (um verão glorioso na Inglaterra), a guerra era inevitável.

    Credulamente, a maioria das pessoas achava que a guerra já estaria terminada antes do Natal. O espírito da nação ficou condensado na palavra "jingoísmo" (evocada de forma magnífica na peça musical de 1963 *Oh, What a Lovely War!**). O poema mais famoso entre os escritos nessa primeira fase jingoísta foi "O soldado", de Rupert Brooke (1887-1915):

---

* *Ah, que guerra adorável!* (N.T)

Se eu tiver de morrer, pensai de mim só isso:
    Que há algures no estrangeiro algum canto de campo
Que será para sempre Inglaterra. Tal rico
    Torrão abrigará de pó mais rico um tanto;
Pó que Inglaterra criou, formou, tornou consciente,
    Com flores para amar, caminhos para andar;
Lavado por seus rios, com a benção do sol quente,
    Um corpo de Inglaterra a respirar seu ar.

Pensai que o coração, o mal todo arrancado,
    Qual um pulsar no eterno espírito, devolve
        Em um lugar qualquer aquelas reflexões
Que lhe deu Inglaterra, e tudo lá sonhado,
O riso pelo amigo ensinado e, lá onde
        O céu é inglês, doçura e paz nos corações.*

É um sentimento nobre, enobrecido ainda mais por aquilo que sabemos de seu autor. Brooke era um jovem bissexual muito bonito. Era íntimo de E.M. Forster, Virginia Woolf e outros "bloomsberries" (Capítulo 29). Foi um poeta talentoso, mas, comparado com Wilfred Owen, era mais tradicional na técnica. Também seu patriotismo era tradicional. Ele se alistou como voluntário na eclosão da guerra, embora um tanto acima da idade, e morreu no primeiro ano do conflito de uma picada infectada de mosquito, não de uma bala inimiga. Está de fato enterrado num "campo estrangeiro", a ilha grega de Esquiro.

    O poema de Brooke foi adotado instantaneamente pela máquina da propaganda de guerra. Foi lido à congregação na

---

* *If I should die, think only this of me: / That there's some corner of a foreign field / That is for ever England. There shall be / In that rich earth a richer dust concealed; / A dust whom England bore, shaped, made aware, / Gave, once, her flowers to love, her ways to roam, / A body of England's, breathing English Air, / Washed by the rivers, blessed by suns of home. // And think, this heart, all evil shed away, / A pulse in the eternal mind, no less / Gives somewhere back the thoughts by England given; / Her sights and sounds, dreams happy as her day; / And laughter, learnt of friends; and gentleness, / In hearts at peace, under an English heaven.* Tradução de João Moura Jr. "Nas trincheiras". Revista *Piauí*, edição 93, junho de 2014. (N.T.)

Catedral de São Paulo. Clérigos do país todo davam sermões baseados nele. Alunos pequenos escutavam recitações dele nos agrupamentos matinais, com incentivo aos estudantes mais velhos para que se alistassem em massa e morressem de forma honrosa nos campos estrangeiros. Era um dos favoritos de Winston Churchill, primeiro lorde do almirantado. Foi Churchill quem escreveu o ardoroso obituário de Brooke no *Times*, o jornal "voz da nação". No entanto, três anos e todas as mortes depois, o hino de Brooke ao patriotismo soava muito vazio. A guerra não era gloriosa ou heroica: era, como muitos combatentes acreditavam, fútil.

Praticamente todos os grandes poetas da guerra eram de classe superior, "oficial". Mas um dos absolutamente maiores tinha uma origem bem diferente. Isaac Rosenberg (1890-1918) era judeu e da classe trabalhadora. Sua família emigrara pouco tempo antes da Rússia, fugindo dos pogroms do czar. Isaac foi criado no East End de Londres, na época uma espécie de gueto judeu. Abandonou a escola aos catorze anos para virar aprendiz de gravurista. Desde a infância, deu mostras de um talento artístico e literário incomum, embora sofresse de problemas crônicos nos pulmões. Era fisicamente mirrado. Apesar dessas deficiências – e claramente inapto –, alistou-se como voluntário no exército e "entrou na fila da morte" (como diziam os soldados) em 1915. Foi morto num combate corpo a corpo em abril de 1918.

O poema mais conhecido de Rosenberg, "Raiar do dia nas trincheiras", é uma obra do tipo chamado *aubade* – um "poema do amanhecer". Saudar o dia que acabou de raiar costuma ser um ato alegre, mas não para um soldado na França em 1917. Pelo regulamento militar, os soldados ficam "de prontidão" no amanhecer, porque essa é a hora do dia mais propícia para os ataques:

> A escuridão se esfarela.
> É o Tempo druida de sempre,
> Mas por minha mão algo passa
> Ao colher no parapeito
> A papoula para pô-la

Atrás da orelha: sardônico,
Estranho rato. Seu truão,
Eles em ti atirariam
Se de tuas cosmopolitas
Simpatias soubessem (e
Sabe Deus que antipatias).
Agora que tocaste esta
Mão inglesa, em breve farás
O mesmo com uma alemã.
Basta cruzares o verde
A separar-nos ...*

Os ratos, claro, tiveram uma "guerra adorável" – banqueteando-se com os cadáveres de ambos os exércitos.
    Os quatro poemas que vimos neste capítulo são, inquestionavelmente, obras de primeira grandeza. Somos afortunados por tê-los. Mas será que valeram três vidas?

---

* *The darkness crumbles away. / It is the same old druid Time as ever, / Only a live thing leaps my hand, / A queer sardonic rat, / As I pull the parapet's poppy / To stick behind my ear. / Droll rat, they would shoot you if they knew / Your cosmopolitan sympathies, / Now you have touched this English hand / You will do the same to a German / Soon, no doubt, if it be your pleasure / To cross the sleeping green between.* Tradução de João Moura Jr. "Nas trincheiras". Revista *Piauí*, edição 93, junho de 2014. (N.T.)

Capítulo 28

O ano que mudou tudo

1922 E OS MODERNISTAS

De todos os anos maravilhosos da literatura, 1922 pode ser classificado como o mais maravilhoso. Esse ano produziu uma supersafra de livros. Mas o motivo para o caráter maravilhoso não é a quantidade ou variedade do que foi produzido, e sim o fato de que as obras publicadas em 1922 (e nos anos de ambos os lados) transformaram a noção do público leitor quanto àquilo que a literatura podia ser. O "clima", como afirmou depois o poeta W.H. Auden, foi alterado. Um "estilo" novo e dominante entrou em jogo – o "modernismo".

Historicamente, podemos rastrear as raízes do modernismo até os anos 1890 e a década "fim de século" (*fin de siècle*) que cobrimos no Capítulo 21. Os escritores todos desse período, no mundo inteiro, pareciam ter adquirido uma espécie de inconformismo criativo, uma ruptura de hierarquias. Pense em escritores como Henrik Ibsen, Walt Whitman, George Bernard Shaw e Oscar Wilde. Os escritores, para dizer do modo mais simples, começaram a ver que sua principal obrigação era com a literatura em si – mesmo que, como no caso de Wilde, isso significasse ir parar na prisão, ou, como no caso de Thomas

Hardy, ter sua obra mais recente queimada por um bispo. As autoridades nunca aceitaram o modernismo. Não estavam nem escutando. Estavam, como se diz, fazendo as coisas do jeito delas.

Se o movimento começou nos anos 1890 e se avolumou no período eduardiano (pré-guerra), foi em 1922 que a nova onda literária chegou ao ápice. Podemos identificar um punhado de forças e fatores que foram decisivos. O efeito traumático da Primeira Guerra Mundial havia destruído, para sempre, as antigas visões de mundo. Tudo, em 1918, parecia ter mudado em relação a 1914. A guerra podia ser vista como um esmagamento gigantesco que deixara o terreno árido, mas limpo para que surgissem coisas novas. Foi o que o latim chama de *tabula rasa*: uma lousa em branco.

Quais, então, foram as obras das quais podemos dizer que encabeçaram as inovações desse grande ano, 1922? O romance *Ulysses*, de James Joyce, e o poema de T.S. Eliot *A terra devastada*, ambos publicados nesse ano, são os primeiros que vêm à mente. Também poderíamos acrescentar *Mrs. Dalloway*, de Virginia Woolf (o mais virtuoso exercício da autora na técnica do "fluxo de consciência", sobre a qual veremos mais no Capítulo 29). O romance de Woolf foi publicado em 1925, mas concebido e ambientado em 1922. Os poemas de guerra de Wilfred Owen, publicados postumamente em 1920, e a obra de W.B. Yeats, agraciada com o Prêmio Nobel em 1923, foram acompanhamentos para os feitos do grande ano. Maior poeta irlandês por consenso geral, Yeats evoluiu de modo impressionante durante sua longa carreira, de um rapsodo do assim chamado "crepúsculo celta" (o passado mítico irlandês) a um poeta modernista engajado com o presente – inclusive com os distúrbios sociais pós-1916 que estavam rasgando seu país. Algumas de suas melhores obras podem ser encontradas na coletânea *Later Poems*, publicada em 1922.

Antes de observar algumas das obras-primas concedidas ao público leitor em 1922 e arredores, consideremos certas características gerais. O esgotamento e suas energias perversas foram mencionados. Todas as obras literárias partem de uma espécie de estaca zero. *Mrs. Dalloway*, por exemplo, é situado entre dois grandes holocaustos. Um é a Primeira Guerra Mundial, da qual nunca se recupera o herói traumatizado do romance, Septimus Smith, cujos tormentos mentais (estresse pós-traumático, como diríamos hoje) o levam a um suicídio terrível, jogando-se de uma janela alta sobre grades perfurantes. Septimus é uma vítima do pós-guerra. O outro holocausto foi a pandemia de influenza, conhecida como "gripe espanhola", que varreu o mundo entre 1918 e 1921, matando mais gente do que a guerra em si. A própria heroína de Woolf, a sra. Dalloway, recupera-se da infecção, da qual sobreviveu por pouco.

Outra característica geral do modernismo é que suas fontes brotam mais de fora do que de dentro da literatura dominante. *A terra devastada* e *Ulysses* foram introduzidos em partes ao público em "revistas pequenas", com um público leitor minúsculo, uma "panelinha". Como vimos no Capítulo 25, a obra de Joyce, em sua forma completa, foi publicada primeiro em Paris. Nenhuma editora dos dois principais mercados anglófonos encostaria nela por décadas – o país natal de Joyce, a Irlanda, por meio século.

O exílio e um sentimento de não pertencer a lugar algum desempenharam sua parte. Uma enorme quantidade do que vemos como literatura modernista inovadora foi publicada por aquela que a escritora americana Gertrude Stein (ela mesma uma modernista notável) chamou de "a geração perdida" – escritores sem raízes em qualquer mercado "natal". Mas o modernismo é algo diverso de um movimento literário "internacional". Ele é, mais adequadamente, o que poderíamos chamar de "supranacional" – acima e além de qualquer origem nacional. T.S. Eliot (1888-1965) nasceu, foi criado e educado (em Harvard) tão americano quanto a bandeira das estrelas e listras. Os manuscritos de *A terra devastada* revelam que seções primitivas do poema, não publicadas, eram ambientadas em Boston (perto de Harvard). Em 1922, Eliot residia na Grã-Bretanha (ele depois viraria cidadão britânico), embora importantes partes do poema tivessem sido compostas na Suíça, onde o poeta se recuperava de um colapso nervoso. O autor do poema é um americano, um bretão ou um americano na Grã-Bretanha?

Ulysses é similarmente uma obra "desenraizada". James Joyce (1882-1941) saíra em 1912 de Dublin, onde se passa o romance, para nunca mais voltar. Sua partida foi uma decisão artística. A grande literatura, ele acreditava, devia ser publicada "em silêncio, *exílio* e astúcia". O que o romance implica é que seu autor só poderia escrever sobre Dublin se, em certo sentido, estivesse fora de Dublin. Por quê? Joyce o explicou com uma imagem de outra obra. A Irlanda, afirma o herói de *Retrato do artista quando jovem*, é a "porca velha que come seus bacorinhos [leitõezinhos]" – a mãe que tanto alimenta quanto destrói você.

A grande obra de D.H. Lawrence, *Mulheres apaixonadas*, tinha sido publicada no ano anterior, em 1921. Tanto este quanto o romance que ele publicou em 1922, *Aaron's Rod**, declaram a necessidade de "levantar e ir embora". A grande árvore da vida ("Yggdrasil"), Lawrence acreditava, estava morta na Inglaterra. Ele mesmo deixou a "terra devastada" na qual nascera, filho de um mineiro, para encontrar em outro lugar o que buscava na vida. Ele era, segundo dizia, um "peregrino selvagem".

Agora consideremos as duas obras-primas de 1922 depois das quais, verdadeiramente, a literatura nunca mais seria a mesma. *A terra devastada*, como proclama seu título, começa num lugar árido, num tempo tenebroso (o "mais cruel dos meses", como Eliot o chama). A tarefa que o poema se propõe é explicada num ensaio que Eliot publicou alguns meses antes, "A tradição e o talento individual". Nele, Eliot expõe o problema: como consertar uma cultura quebrada. Não era um caso de simplesmente grudar as folhas de volta na árvore. Alguma forma de vida nova e "moderna" precisava ser encontrada, com uso das matérias-primas – por mais danificadas e fragmentadas que estivessem agora – que o passado nos legara (a "tradição"). O modo pelo qual o poema de Eliot enfrenta a tarefa de "colocar tudo de volta no lugar" é ilustrado na seção chamada "O Enterro dos Mortos", que encara a London Bridge no inverno,

---

* *Vara de Aarão*. (N.T.)

numa manhã fria e brumosa. "Cidade irreal", diz o observador, acrescentando: "Nunca pensei que a morte aniquilasse tantos".*
O que se descreve é uma cena cotidiana: o fluxo de passageiros saindo do terminal ferroviário e atravessando o Tâmisa rumo aos escritórios da City (o centro financeiro do mundo) para manter em funcionamento a grande máquina do capitalismo global. São, na maioria, meros "funcionários", no traje da profissão: chapéu coco, guarda-chuva e maleta. Uma maré sombria numa manhã sombria. Mas a exclamação "Cidade irreal" é, como se pretendia que o leitor culto notasse, um eco do poema de Baudelaire "Os sete velhos", de *As flores do mal*:

> *Unreal city, city full of dreams,*
> *Where ghosts in broad daylight cling to passers by!***

Os trabalhadores do poema de Eliot são os "mortos-vivos". O tema é intensificado pelo verso "...que a morte aniquilasse tantos". É uma citação direta da reação espantada de Dante à multidão de pessoas mortas que ele viu em sua visita ao inferno no poema *Inferno*: "Nunca pensei que a morte tivesse aniquilado tantos", Dante comenta, contemplando as fileiras cerradas dos amaldiçoados. Eliot considerava Dante como sendo um dos gigantes da literatura (Shakespeare era o outro). Dante, singularmente, havia elevado a literatura ao status de filosofia, e sua *Divina Comédia* é uma das obras-primas da literatura mundial. Mas Eliot não está apenas despejando nomes famosos para exibir sua erudição: ele está usando fios velhos para criar um novo tecido com esse tipo de alusão, que percorre *A terra devastada* do início ao fim. O

---

* *Unreal City, / [...] / I had not thought death had undone so many*. Tradução de Ivo Barroso. "O abril cruel de T.S. Eliot". *O Globo*, suplemento "Prosa & Verso", 19 de setembro de 2009. (N.T.)
** No original, a cidade é "fervilhante": *Fourmillante cité, cité pleine de rêves, / Où le spectre en plein jour raccroche le passant!*. Na tradução de Jamil Al-mansur Haddad: "Cidade formigante, e que ao sonho se aviva, / Em que o fantasma ao sol se agarra ao pescoço!". *As flores do mal*. São Paulo: Círculo do Livro, 1995. (N.T.)

poema é de Eliot (o talento individual), mas sua matéria-prima é a grande literatura (a tradição).

Ulysses, como sinaliza o título de Joyce, conecta-se com a epopeia homérica, o absoluto ponto de partida da literatura ocidental. À primeira vista, porém, o alinhamento parece ser de todo absurdo. O romance é sobre (até onde podemos chegar a usar a supersimplificadora palavra "sobre") um dia (16 de junho de 1904) na vida de um funcionário judeu em Dublin – mais um escravo dos escritórios com seu terno preto, como aqueles que afluem pela London Bridge. Leopold Bloom é casado com uma mulher, Molly, que ele ama, mas que, como sabe, lhe é infiel de forma flagrante. Nada de mais acontece no dia, que é bem parecido com qualquer outro dia – nenhuma Troia é devastada, nenhuma Helena é raptada, nenhuma grande batalha é travada. Em todos os momentos, contudo, *Ulysses* abre novos caminhos na literatura. Num nível (o nível responsável, em grande medida, pelo longo banimento do livro na Irlanda), ele rompe com as velhas inibições "decentes" da ficção – a narrativa acompanha Bloom, por exemplo, ao banheiro. Há o ocasional uso de palavrões e vívidas descrições de fantasias eróticas. A última seção de *Ulysses*, "Penélope" (batizada com o nome da esposa eternamente fiel da *Odisseia*), registra o que se passa na mente de Molly enquanto ela vai caindo no sono. Não há pontuação alguma por várias páginas – é uma espécie de fluxo de subconsciência. É nas nossas mentes, insiste o romance de Joyce, que realmente vivemos, e o romance explora, a cada etapa, novas maneiras de compreender as estranhas condições nas quais se encontram todos os seres humanos, por mais comuns que sejam.

Como Eliot, Joyce faz exigências pesadas ao leitor. Você precisa ser muito lido, ou ter um texto rico em notas, para captar as intricadas alusões de *A terra devastada* ou conseguir avançar pelo labirinto de truques linguísticos e estilísticos de *Ulysses*. Mas não há literatura que valha mais o esforço.

A figura paterna por trás do grande triunfo modernista de 1922 foi Ezra Pound – "*Il miglior fabro*" (o melhor artífice), como Eliot o chama na dedicatória de *A terra devastada*. Foi Pound quem editou os primeiros rascunhos de Eliot para o poema, criando suas formas audaciosamente novas e desarticuladas. Foi Pound, em seu papel de mentor modernista, quem arrancou W.B. Yeats do nostálgico "crepúsculo celta" de seu início e meio de carreira e o fez confrontar a situação presente da Irlanda com um estilo novo, duro, e com poemas como "Páscoa, 1916", refletindo sobre o sangrento levante irlandês e a brutal repressão britânica.

A poesia do próprio Pound encontrava sua inspiração em lugares exóticos. Ele era fascinado pela literatura oriental, pela linguagem na qual o pictórico e o textual se fundiam numa mesma unidade. Seria possível "cristalizar" palavras em imagens como fazia o pictograma chinês? Ele se saiu melhor do que qualquer outro na empreitada. Um de seus poemas, "Numa estação do metrô", começou como uma descrição estendida do subterrâneo de Paris. Ele o reduziu a algo tão curto, brilhante e pictórico quanto um haicai japonês de catorze sílabas. Era possível, sim, caber dentro de uma bombinha de Natal.

Não havia só o modernismo em oferta para o leitor em 1922. No auge de sua força, o movimento foi uma expressão poderosa do gosto minoritário numa cultura de massa esmagadora, que era de todo indiferente – ou violentamente hostil – àquilo que escritores como Eliot, Pound, Woolf e Yeats estavam fazendo. Mas o tempo tem o dom de peneirar o bom do ruim. Quem se lembra, agora, de Robert Bridges, o poeta laureado em 1922 (ele ficou no cargo de 1913 a 1930)? Havia mil compradores de seu volumoso poema de 1929 *The Testament of Beauty** para cada leitor de *A terra devastada* quando este foi publicado, quase simultaneamente, em pequenas revistas na Grã-Bretanha e na América. O poema de Bridges está na cesta de lixo da literatura. *A terra devastada* sobreviveu e vai ficar na estante da posteridade enquanto as pessoas continuarem lendo poesia. O ano de 2022 será um grande aniversário.

---

* *O testamento da beleza*. (N.T.)

Capítulo 29

Uma literatura toda dela
Woolf

"Em dezembro de 1910 ou por volta disso", Virginia Woolf afirmou celebremente (e não totalmente a sério), "o caráter humano mudou." Foi então que o "vitorianismo" afinal chegou ao fim e a nova era, o modernismo, começou. O momento efetivo especificado por Woolf ocorreu quando começou em Londres uma controversa exposição de arte pós-impressionista. Woolf era, com a mais absoluta certeza, "pós-vitoriana" – sucessora desconfortável de uma era cujos valores e preconceitos ultrapassavam, com obstinação, a derrocada de seu período histórico.

Virginia Woolf (1882-1941) escreveu num famoso meio social (grosso modo, um grupo de intelectuais com pensamentos assemelhados) conhecido como o Grupo de Bloomsbury. Ela foi um membro central do grupo, articulando energicamente várias de suas ideias fundamentais. Tinha um intelecto poderoso e era, em grande medida, uma mulher dona de si. Sem o apoio desse meio, porém, nunca teria sido a escritora que foi. Por um lado, os "bloomsberries" (como gente de fora os chamava para menosprezá-los) tinham, para sua época, opiniões avançadas na "questão da mulher". Na Grã-Bretanha, as mulheres só ganhariam direito ao voto oito anos depois de 1910, a data na qual "o caráter humano mudou". (Nos Estados Unidos, foi ligeiramente antes.) Mesmo então, de modo insultante, apenas a mulheres acima de trinta anos foi permitido votar; elas eram consideradas emocionalmente instáveis demais para lidar com a responsabilidade até essa idade. Para registrar, Virginia Woolf tinha 28 anos em 1910. Ainda não estava pronta para colocar seu "X" na cédula eleitoral – ou era o que o mundo masculino pensava.

Não podemos discutir Woolf a sério sem introduzir na imagem dois outros elementos. Um, já mencionado, é o Grupo de Bloomsbury nos anos 1920. O outro é a grande reforma no pensamento crítico sobre a literatura gerado pelo surgimento do "Movimento Feminino" em meados da década de 1960, que a escolheu como escritora representativa. Isso foi prodigioso para suas vendas. Durante sua vida, as obras de Woolf venderam apenas às centenas. Se não fosse proprietária da editora que as lançava (a Hogarth Press), ela poderia muito bem ter tido dificuldade para conseguir sequer publicar essas centenas. Sua obra está hoje disponível por toda parte, em centenas de milhares de exemplares, e é estudada por todos os cantos no mundo anglófono.

Woolf vai muito além dos números de vendas. A crítica feminista foi especialmente decisiva em alterar o modo como lemos e valorizamos, agora, as obras dela. A própria autora escreveu o que acabou se transformando num dos textos fundadores do feminismo literário, *Um teto todo seu* (1929). Nesse tratado, argumenta que as mulheres precisam de seu próprio espaço, e de dinheiro, para criar literatura. Não podem fazê-lo de maneira razoável na mesa da cozinha, depois de ter preparado a refeição noturna do homem da casa e com as crianças deitadas em segurança na cama. (Era assim que a romancista vitoriana Elizabeth Gaskell, conhecida como "sra. Gaskell", escrevia sua ficção. Aliás, ninguém, hoje em dia, chama nossa autora de "sra. Woolf".) *Um teto todo seu* é infundido por uma raiva flamejante, pela determinação de que a incrível injustiça das desigualdades que desequilibraram a literatura por milhares de anos precisa ser corrigida. A voz da mulher não continuará sendo silenciada. É assim que Woolf se expressa:

> Quando lemos a respeito de uma bruxa sendo mergulhada na água, de uma mulher possuída por demônios, de uma curandeira vendendo ervas ou até mesmo de um homem muito notável que tinha uma mãe, então me parece que estamos no rastro de uma romancista perdida, uma poetisa suprimida, de certa Jane Austen muda e inglória, certa Emily Brontë que arrebentou os miolos no morro ou que fazia caretas pelas estradas, enlouquecida pela tortura que seu dom lhe impusera.

A expressão "Jane Austen muda e inglória" alude a "Elegia escrita num cemitério campestre", de Thomas Gray. Perambulando e ponderando, contemplando as lápides, Gray imagina quantos dos enterrados ali tiveram talentos poéticos equivalentes aos dele, mas não os privilégios e as vantagens sociais para frutificar esses dons não desenvolvidos. Sim, diz Woolf, mas escritores como Thomas Gray conseguiam se dar bem. Se tivesse nascido "Thomasina Gray", a menos que fosse anormalmente sortuda, também teria sido "muda e inglória".

O Grupo de Bloomsbury incluía, entre seus membros mais notórios, o romancista E.M. Forster (Capítulo 26), o crítico de arte Roger Fry, o poeta Rupert Brooke (Capítulo 27) e o economista mais influente do século XX, o inovador radical John Maynard Keynes. Poucos meios sociais tiveram mais "ideias" circulando entre seus integrantes.

O principal propagandista do grupo era Lytton Strachey. Foi ele quem proclamou seu princípio fundador: que eles não eram – repetindo, não eram – vitorianos (muito embora todos eles tivessem nascido e crescido durante o longo reino da monarca Vitória). Para o Grupo de Bloomsbury, os "vitorianos eminentes", como Strachey os rotulou de modo desdenhoso em seu famoso livro com esse título, só existiam para ser escarnecidos e repudiados. Mais importante de tudo, porém, para serem tirados do caminho.

Os bloomsberries encaravam a Primeira Guerra Mundial como um estertor agônico do vitorianismo. Era trágico que tantos milhões tivessem sido levados à morte, mas se tratava de um "fechamento", possibilitando que a literatura e o mundo das ideias tivessem um começo totalmente novo.

"Bloomsbury", então, representava o quê? "Civilização", eles poderiam ter retrucado. "Liberalismo" poderia muito bem ter sido outra resposta. Os integrantes eram partidários de uma filosofia que se originou com John Stuart Mill e foi reformulada pelo filósofo de Cambridge G.E. Moore. Em essência, a ideia básica era que você era livre para fazer qualquer coisa, desde que isso não danificasse, ou infringisse, as liberdades equivalentes de outra pessoa. É um belo princípio, mas extremamente difícil de colocar em prática. Impossível, alguns diriam.

A vida de Woolf foi uma mistura de privilégio (sempre havia uma criada para limpar aquele quarto todo dela – a interessante biografia da criada foi publicada em 2010) e sofrimento mental crônico. Era filha de um literato distinto, Leslie Stephen, e sua esposa igualmente culta. A jovem Virginia Stephen foi criada em ótimas casas londrinas na área em torno da Bloomsbury Square, na parte central de Londres. Essa praça em específico é uma das belezas da cidade. Woolf nutria um particular apreço por ela nos dias chuvosos, quando, em suas palavras, os troncos negros e sinuosos das árvores lembravam "focas molhadas". Bloomsbury é também o centro da potência intelectual de Londres, contendo um punhado de faculdades, o Museu Britânico e, na época de Woolf, um aglomerado de editoras relevantes.

Woolf não frequentou universidade, e não precisava disso. Chegou à idade adulta com uma erudição extraordinária, bem conectada com as mentes mais refinadas de seu tempo. Começou a escrever quase tão logo conseguiu pegar uma caneta na mão. Já em sua infância, contudo, percebeu-se que sua mente era perturbada. Ela teve seu primeiro colapso nervoso com meros treze anos de idade. Tais colapsos voltariam a ocorrer durante sua vida – o último seria fatal.

Aos trinta anos, casou-se por conveniência mútua com o pensador social (outro bloomsberry) Leonard Woolf. Em seu liberalismo, o grupo tolerava formas previamente proibidas de relacionamento humano. Forster e Keynes eram gays (num período em que isso era criminoso). Woolf reservou sua paixão para um relacionamento homoafetivo com Vita Sackville-West – uma colega escritora e jardineira criativa de sua bela residência de campo em Sissinghurst, Kent. O Grupo de Bloomsbury acreditava que a "arte" podia ser aplicada a tudo na vida – inclusive à horticultura.

O relacionamento entre Woolf e Sackville-West não era segredo, nem mesmo para seus respectivos – e de mente aberta no mesmo grau – maridos. Ele é comemorado numa das melhores e mais legíveis obras de Woolf, *Orlando*, biografia fantasiosa da família de Vita ao longo dos séculos, com um personagem central cujo sexo muda no decorrer de sua vida interminável. O filho de Sackville-West, Nigel, chamou a obra de "a mais longa e encantadora carta de amor da literatura". Não era uma carta endereçada a Leonard.

A independência era importantíssima para Woolf – no que dizia respeito a moralidade convencional, restrições sociais e o mundo literário londrino. Ela e o marido fundaram a editora Hogarth Press em 1917, com sua sede a poucos passos da Bloomsbury Square. Agora, Virginia poderia escrever e publicar à vontade. Ela tinha começado a publicar ficção de fôlego em 1915, com *A viagem*. Daí em diante, os romances vieram em intervalos regulares. Mostravam-se sutilmente imbuídos de seus princípios feministas, mas, acima de tudo, eram "experimentais", fazendo coisas que eram novas na literatura inglesa. A técnica com a qual sua escrita é mais celebremente associada foi chamada (não por ela) de "fluxo de consciência".

Foi assim que Woolf descreveu esse fluxo num ensaio de 1925 (as *gig lamps* são os faróis dianteiros, iluminados à noite, de uma carruagem puxada por cavalos):

A vida não é uma série de *gig lamps* dispostas em simetria; a vida é um halo luminoso, um envelope semitransparente que nos cerca desde o início da consciência até o fim.

Capturar esse "halo" era o principal empenho da ficção de Woolf. Note como ela o faz no maravilhoso início de seu romance *Mrs. Dalloway*. É a história de um único dia na vida de Clarissa Dalloway, esposa de meia-idade de um membro conservador do Parlamento, que planejou uma festa para aquela noite. Ela está saindo de sua casa, perto do Palácio de Westminster e junto às badaladas do Big Ben, com o propósito de comprar algumas flores para decorar sua sala de estar. É uma adorável manhã de junho, e Clarissa está esperando para atravessar a rua. Ela se sente estranhamente infeliz, tendo acabado de se recuperar de um ataque maligno de gripe. Um vizinho passa por Clarissa enquanto ela fica parada na calçada de uma das vias mais movimentadas de Londres, mas ela não o percebe:

> Ela se retesou um pouco no meio-fio, esperando o furgão da Durtnall passar. Uma mulher encantadora, pensou Scrope Purvis (conhecendo-a como as pessoas conhecem seus vizinhos de porta em Westminster); um toque de pássaro nela, de gaio, azul-esverdeado, leve, vivaz, embora estivesse com mais de cinquenta anos, e muito pálida desde a doença. Ficou ali pousada, sem o ver, esperando para atravessar, muito aprumada.
> Pois, morando em Westminster – quantos anos agora? mais de vinte –, a pessoa sente mesmo em pleno trânsito, ou acordando à noite, Clarissa tinha a maior convicção, uma solenidade ou silêncio especial; uma pausa indescritível; uma ansiedade (mas podia ser o coração dela, afetado, disseram, pela gripe) antes de soar o Big Ben. Pronto! Bateu. Primeiro um aviso, musical; então a hora, irrevogável. Os círculos de chumbo se dissolveram no ar. Como somos tolos, pensou atravessando a Victoria Street.*

---

* Tradução de Denise Bottmann. *Mrs. Dalloway*. Porto Alegre: L&PM, 2012. (N.T.)

Quem mais nos ocorreria que pudesse escrever de maneira tão elaborada sobre a espera por um hiato no trânsito para atravessar a rua? Acompanhamos, claro, exatamente o que se passa na cabeça de Clarissa, e, por um momento, na cabeça de seu vizinho (há "fluxos" de consciência). Note como a linha narrativa salta aqui e ali, seguindo os movimentos de uma mente que se desloca. Clarissa está pensando em palavras, imagens ou algo que combina os dois? Qual é a interação entre a memória (coisas que aconteceram vinte anos atrás) e as impressões sensoriais do momento (o bater do Big Ben)?

Nada de mais jamais "acontece" nas narrativas de Woolf. A questão não é essa. O grande evento da sra. Dalloway não é nem um pouco especial – é só mais uma festa com políticos enfadonhos. O romance *Ao farol* (1927), sua maior obra, centra-se numa família (claramente a família Stephen, na infância da autora) que desfruta de um verão no litoral. Eles planejam um passeio de barco até um farol. O passeio não chega a ocorrer como planejado. O último romance da autora, *Entre os atos* (1941), é, como sugere o título, sobre esperar que algo comece.

Esse romance final foi escrito nos primeiros meses da Segunda Guerra Mundial. O "ato" seguinte, Woolf pensava, poderia muito bem ser desastroso para ela e seu marido (eles não tinham filhos). Temia-se, na primavera de 1941, que a Alemanha, tendo ocupado a França sem a menor dificuldade, pudesse em breve invadir e conquistar a Grã-Bretanha. Os Woolf – ele era judeu, ambos eram esquerdistas – figuravam com destaque nas listas de morte da Gestapo, e ambos haviam feito planos prudentes de suicídio. Virginia, que sofrera pouco antes um incapacitante colapso nervoso e temia uma loucura permanente, foi até um rio perto de onde os dois estavam morando, em Sussex, encheu os bolsos do casaco com pedras e se afogou em 28 de março de 1941.

A Inglaterra sobreviveria para produzir, como nação, mais literatura. Sua maior romancista do período modernista não sobreviveu.

CAPÍTULO 30

Admiráveis mundos novos
UTOPIAS E DISTOPIAS

"Utopia" é uma palavra do grego antigo que significa, literalmente, "lugar bom". Entretanto, se você a tivesse usado numa conversa com, digamos, Sófocles ou Homero, eles poderiam muito bem ter olhado para você com uma expressão intrigada. A palavra foi inventada no século XVI por um inglês, Sir Thomas More, como título de uma história que retratava um mundo no qual tudo era perfeito. O fato de que More teve a cabeça decepada alguns anos depois por questionar os arranjos matrimoniais de Henrique VIII sugere que a Inglaterra na qual ele vivia não era lá muito perfeita.

  A literatura tem uma capacidade divina de, simplesmente usando a faculdade da imaginação, criar mundos inteiros. É proveitoso pensar em dispor esses mundos ao longo de uma linha, com o "realismo" numa ponta e a "fantasia" na outra. Quanto mais um mundo literário for próximo de seu autor, tanto mais "realista" será a obra de literatura. *Orgulho e preconceito* nos apresenta um mundo que, podemos presumir com segurança, era muito parecido com aquele no qual Jane Austen viveu e escreveu. *Conan, o bárbaro* concebe um mundo que é completamente diferente da localidade texana estagnada e decaída dos anos 1930 onde o autor Robert E. Howard imaginou seu super-herói e a "Ciméria" na qual Conan desempenha seu super-heroísmo.

Como *Conan*, as utopias tendem a se aglomerar na ponta "fantasiosa" da linha pela ótima razão de que nunca existiu, até aqui, uma sociedade perfeita ou qualquer coisa que se aproximasse disso. Alguns autores acham que estamos progredindo, mais ou menos gradualmente, rumo a essa perfeição. Suas utopias são "proféticas". Um bom exemplo é *História do futuro* (1933), de H.G. Wells. Wells acreditava que os extraordinários saltos tecnológicos testemunhados no fim do século XIX e início do século XX gerariam uma "tecnotopia". Muita ficção científica foi escrita sobre esse tema.

Outros pensam que estamos nos afastando da concretização de um mundo melhor do que este no qual vivemos agora. No século XIX, havia o anseio por um medievalismo romantizado que se perdera em nome da urbanização e da Revolução Industrial. Essas utopias de retorno à simplicidade são nostálgicas. Uma das mais famosas e influentes foi a fábula socialista de William Morris *A Dream of John Ball** (1888), na qual ele celebra a natureza "orgânica" da sociedade medieval – algo destruído pela urbanização e industrialização.

Seja olhando para trás ou para frente, todas as sociedades têm uma visão grandiosa do que é, foi ou será seu "lugar bom". Na Grécia antiga, a *República* de Platão imaginou uma cidade perfeita na qual tudo teria um arranjo racional com "reis filosóficos", como o próprio Platão, no comando. Nas sociedades dominadas pela tradição judaico-cristã, as imagens bíblicas do Éden (no passado) e do Céu (no futuro) tendem a inspirar e colorir as visões utópicas da literatura. Na Roma antiga, era "Elísio" (isto é, os "Campos Elísios" – um mundo natural perfeito). Nas sociedades muçulmanas, o Paraíso. Para os vikings, era Valhala, lar de grandes heróis, celebrando seus feitos em batalha. O comunismo acreditava, nos passos de Marx, que o futuro distante traria o que ele chamou de "definhamento do estado" e uma condição de perfeita igualdade social entre os homens.

---

* *Um sonho de John Ball*. (N.T.)

Todos esses sistemas de crenças, a seus diferentes modos, inspiraram autores a criar mundos imaginários – o "final feliz" da humanidade. Mas o grande problema com as utopias literárias (e a de More não é exceção) é que tendem a provocar bocejos de tédio. A literatura é mais legível quando adota uma posição crítica, cética ou de franco conflito. A chamada visão "distópica" das coisas rende uma leitura mais animada e uma reflexão mais provocadora sobre as sociedades do passado, do presente e do futuro. Podemos ilustrar esse aspecto examinando algumas das mais famosas distopias literárias das quais, se você ainda não as leu, certamente vale a pena ir atrás.

Fahrenheit 451, de Ray Bradbury, tem um título provocativo. É a temperatura na qual o papel impresso pega fogo espontaneamente (uma metáfora, poderíamos pensar, para a própria literatura). Bradbury o escreveu em 1953. Foi inspirado a fazê-lo pela chegada da televisão como meio de massa. Na visão de Bradbury, a ascensão da TV era a morte do livro.

Para Bradbury, isso era algo péssimo. Os livros, ele acreditava, faziam com que as pessoas pensassem. Eram estimulantes. O aparelho de televisão fazia o oposto. Era um narcótico. Além disso, de maneira sinistra, a televisão viabilizava um poder sobre a população do qual nenhum ditador jamais desfrutara – uma "tirania branda". Um controle das mentes universal.

O herói de *Fahrenheit 451* é um "bombeiro" cujo trabalho não é apagar incêndios, mas queimar quaisquer livros que tenham restado. (Bradbury se inspirou claramente nas queimas de livros por parte dos nazistas nos anos 1930.) Durante o trabalho, o herói recolhe um livro ao acaso de uma fogueira da qual foi incumbido e se torna, a partir desse momento, um leitor e um rebelde. Acaba se refugiando fora da cidade, com uma comunidade cujos integrantes compartilham o mesmo ideal, memorizam grandes obras literárias e se tornam, eles mesmos, livros vivos. A chama ideal continuará acesa – talvez.

O aspecto fascinante a respeito de *Fahrenheit 451* é que, como outros grandes feitos da literatura distópica, ele acerta e erra ao mesmo tempo. O pessimismo de Bradbury quanto à TV é um julgamento evidentemente errôneo. A TV não empobreceu, mas enriqueceu a cultura. O alarme distópico de Bradbury é um dos inúmeros exemplos dos sentimentos divididos com os quais a sociedade sempre reagiu diante de novas tecnologias. O computador, por exemplo, revolucionou a vida contemporânea – para melhor, quase todos nós diríamos. Contudo, em filmes de fantasia distópica como *O exterminador do futuro*, o computador "Skynet" é visualizado como inimigo mortal da humanidade. Os homens das cavernas sentiam o mesmo, sem dúvida, em relação ao fogo – "bom criado, mau patrão", como diz o provérbio.

Mas Bradbury está cem por cento certo em sua análise de como funciona a tirania moderna mais eficiente. Ela não precisa decepar cabeças com uma guilhotina, ou exterminar ("expurgar") classes inteiras de pessoas, como fizeram Stálin e Hitler. Ela pode funcionar igualmente bem com o controle do pensamento.

O título deste capítulo – "Admiráveis mundos novos" – ecoa a exclamação de Miranda quando ela vê Ferdinando e seus jovens companheiros na *Tempestade* de Shakespeare. Miranda foi criada numa ilha onde o único outro ser humano é seu idoso pai. Quando ela vê jovens bonitos de aspecto nobre, como Ferdinando, conclui de pronto que, no mundo exterior, todos são bonitos, jovens e nobres. Quem dera.

Aldous Huxley usou o "admirável mundo novo" de Miranda como título de sua distopia, que, embora publicada em 1932, continua sendo muito lida hoje. A narrativa se passa daqui a dois mil anos. De acordo com o calendário da época, estamos em "DF632": DF quer dizer "Depois de Ford" e, ao mesmo tempo, "Depois de Freud". E se os seres humanos pudessem ser produzidos em massa do mesmo modo como Henry Ford produzia em massa seus automóveis Modelo T – numa linha de montagem? O psiquiatra Sigmund Freud sustentava que a maioria das neuroses humanas se originava de conflitos emocionais na família – e se a família nuclear pudesse ser substituída? Huxley apareceu com a ideia da "ectogênese": bebês em garrafas, produzidos em "incubadoras" (fábricas), como carros Modelo T, não precisando de outro pai e outra mãe que não uma equipe de técnicos de laboratório em jalecos brancos.

O resultado é uma sociedade perfeitamente estável, com cada membro pertencendo a sua designada classe alta ou baixa e a população toda sendo mantida numa felicidade artificial por meio de um calmante distribuído em massa ("soma"). Não há política. Não há guerra. Não há religião. Não há doença. Não há fome. Não há pobreza. Não há desemprego (Huxley, vale lembrar, estava escrevendo na Grande Depressão dos anos 1930). E, acima de tudo, não há livros ou literatura.

Admirável mundo novo cria a visão de uma utopia, mas não é uma utopia na qual a maioria de nós gostaria de viver, por mais confortável que seja. Entra em cena John Savage (o nome lembra o "bom selvagem" de Rousseau), que foi criado numa reserva indígena tendo apenas um exemplar das peças de Shakespeare para ler. Esse mundo novo não é para ele. John Savage se rebela e é destruído. O admirável mundo novo segue em frente com a mesma "felicidade" de antes; não precisa de bons selvagens ou de Shakespeare.

Como no caso de Bradbury, Huxley tanto acerta quanto erra em suas previsões. Não é nem um pouco provável, se pensarmos na história humana, que o estado mundial estável de *Admirável mundo novo* possa acontecer. Isso está muito além da ponta fantasiosa da escala. No entanto, o prognóstico de Huxley de que a intervenção biológica poderia transformar a sociedade de forma perturbadora é espantosamente profético. O mapeamento do genoma humano, a FIV (que significa, literalmente, fertilização "em vidro") e outras novas biotecnologias tornam inteiramente plausível o cenário da fabricação de "bebês em garrafas". Hoje está bem ao alcance humano "fabricar" humanos, como Huxley previu que um dia os humanos fabricariam. Que admirável mundo novo a humanidade fará com esse poder?

A distopia mais discutida dos últimos cinquenta anos é *O conto da aia*, de Margaret Atwood. Foi publicada em 1985, quando Ronald Reagan era o presidente dos Estados Unidos. Ele estava no poder, alguns pensavam, devido ao apoio crucial da "direita religiosa" – fundamentalistas cristãos. Esse é o ponto de partida da distopia feminista-futurista de Atwood.

O conto da aia é ambientado num fim de século XX pós-guerra-nuclear. Fundamentalistas cristãos assumiram o controle dos Estados Unidos, renomeado por eles como República de Gilead. Os afro-americanos ("Filhos de Cam") foram eliminados. As mulheres encontram-se de novo em seu lugar subordinado. Ao mesmo tempo, a fertilidade masculina e feminina caiu a níveis desastrosos. As poucas mulheres que podem gerar filhos são designadas como "aias" – procriadoras à disposição dos homens. As aias de Gilead não têm direitos, nenhuma vida social e recebem o nome patrimonial "De[seu dono]". A heroína é Offred ("propriedade de Fred"). Ela foi capturada com seu marido e filha enquanto tentavam escapar para o liberal Canadá (um pequeno chauvinismo: Atwood é canadense). Offred é alocada para um homem poderoso chamado "Comandante". O romance termina com Offred parecendo escapar do cativeiro, embora o trecho seja escrito de tal modo que não podemos ter total certeza de que ela irá conseguir.

É fácil desdenhar da lúgubre profecia de Atwood. De 2009 em diante houve um "filho de Cam" na Casa Branca, e você teria de ser valente ou estúpido para se atrever a chamar Michelle Obama (ou Hillary Clinton, aliás) de "aia" do marido. Mas partes da distopia de Atwood soam muito verdadeiras – as tentativas recorrentes dos grupos religiosos manifestantes de controlar os direitos reprodutivos das mulheres, por exemplo. Esses direitos foram conquistados em grande medida pelo movimento feminista, que começou a se afirmar na geração da própria Atwood, pela metade dos anos 1960. A questão levantada por Atwood é tão relevante hoje quanto era um quarto de século atrás e, por esse motivo, seu romance ainda tem ressonância.

A distopia mais influente do nosso tempo é *1984*, de George Orwell. Tão influente, na verdade, que acrescentou pelo menos uma palavra à nossa linguagem: "orwelliano". O romance foi concebido em 1948 e, como diriam alguns, diz respeito tanto àquele período quanto ao então distante ano do título. A Grã-Bretanha saíra da Segunda Guerra Mundial esgotada e empobrecida. Não havia solução à vista – a austeridade duraria para sempre.

Mas Orwell tinha alvos maiores em mente. A guerra havia sido travada contra Estados "totalitários" (Alemanha, Itália, Japão) e seus ditadores todo-poderosos. Os aliados que saíram vitoriosos eram "Estados democráticos". No entanto, o principal parceiro oriental, a URSS, era um Estado tão totalitário quanto a própria Alemanha do pré-guerra. Enquanto a guerra se desenrolou, isso não teve importância. Churchill afirmou que faria um pacto com o diabo, se Lúcifer fosse anti-Hitler. Mas e depois?

Orwell profetizou que a ordem vindoura das coisas teria uma ditadura ao estilo soviético e um equilíbrio global de superpotências totalitárias coexistentes. No romance, a Grã-Bretanha é a "Pista de Pouso Número 1", uma província da superpotência Oceânia. É controlada pela dominação total de um ditador, à semelhança de Stálin (tendo inclusive o mesmo famoso bigode) – o "Grande Irmão" –, que talvez exista, talvez não exista. O título original de Orwell para o romance era "O último homem da Europa". O último homem é o herói do romance, Winston Smith, cujo destino é ser liquidado após ter sido "reeducado". O Estado é todo-poderoso e sempre o será, para todo o sempre.

1984 se mostrou de todo errado em prever um futuro de austeridade contínua e opressiva: em comparação com o 1948 no qual o romance foi escrito, o ano de 1984 era uma terra de leite e mel. E a última superpotência totalitária, a URSS (no romance, "Eurásia"), desmoronou em 1989. Orwell estava totalmente errado quanto a isso. Em outros sentidos, o futuro "orwelliano" de fato chegou.

Peguemos apenas um exemplo da acurácia orwelliana. Orwell, como Bradbury, era fascinado pelo advento da televisão. Mas como seria, ele especulava, se o aparelho de TV pudesse observar você? Esse, o aparelho de televisão com dupla função, é o principal meio pelo qual o "Partido" impõe sua tirania em *1984*. Qual é o país que tem mais câmeras de vigilância no mundo? Você adivinhou. A Pista de Pouso Número 1. Vivemos num futuro "orwelliano". Como previsto.

Capítulo 31

Caixas de truques
Narrativas complexas

A ficção pode fazer muitas coisas além de entreter. Pode, por exemplo, instruir. O que muitos de nós sabemos sobre ciência pode ter vindo das leituras de ficção científica. A ficção pode esclarecer e mudar mentalidades – como *A cabana do pai Tomás* mudou o pensamento da América em relação à escravidão. A ficção pode popularizar as ideias centrais de um partido político: o que hoje é a crença central do conservadorismo britânico foi elaborado numa série de romances de Benjamin Disraeli nos anos 1840. Quando mira na direção certa, a ficção pode provocar reformais sociais urgentes. No início do século XIX, o romance *A selva* (1906), de Upton Sinclair, sobre os horrores da indústria de processamento de carnes, provocou a criação de uma legislação. De inúmeras outras formas, a ficção pode fazer coisas que vão bem além de manter o leitor virando as páginas antes de pegar o avião ou desligar o abajur de cabeceira.

Quando perguntaram a Anthony Trollope qual era o benefício de todos os seus romances (ele publicou perto de cinquenta), o grande romancista vitoriano respondeu que eles instruíam jovens damas sobre como receber propostas de casamento dos homens que as amavam. À primeira vista, o comentário de

Trollope parece irreverente, mas não foi. Nós de fato colhemos coisas da ficção que nos ajudam em nossas vidas – em seu nível mais grandioso, a literatura pode nos apontar quais são as coisas mais importantes na vida. Os romancistas desse tipo são os mais passíveis de ganhar o Prêmio Nobel de Literatura (Capítulo 39).

Poderíamos prosseguir. Mas uma das coisas mais interessantes que a ficção faz é explorar a si mesma, brincar com si mesma e testar seus próprios limites e artifícios. A ficção é o gênero mais brincalhão e consciente de si. Neste capítulo, vamos observar o que chamo de "caixas de truques" da ficção. Você poderia chamá-las de romances sobre romances.

Nós consideramos esse interesse pelos truques uma coisa moderna, o que geralmente é verdade. Mas podemos encontrar exemplos dele tão longe no passado quanto a época em que o próprio romance se tornou a forma literária dominante, no século XVIII, na obra de Laurence Sterne. Os críticos chamam a espécie de ficção que Sterne escrevia de "autorreflexiva". É como se o escritor se perguntasse o tempo todo: "O que, exatamente, eu estou fazendo aqui?".

A grande obra de Laurence Sterne, *A vida e as opiniões do cavalheiro Tristram Shandy* (publicada pela primeira vez em 1759), é tão escorregadia quanto uma cesta de enguias – que exerce, assim que você entra em contato com ela, uma atração irresistível. O romance de Sterne fica constantemente tirando sarro de si mesmo e apresentando enigmas para que leitor quebre a cabeça. No topo da lista dos enigmas está, para citar o velho provérbio, o de como colocar um litro num caneco de meio litro.

Sterne escreveu na época em que o romance [*novel*] era realmente novo. O romance mal iniciara sua longa jornada rumo ao pós-modernismo (que é onde se encontra agora, mais ou menos, a vertente experimental da ficção). Mas o autor de *Tristram Shandy* anteviu o problema fundamental de qualquer pessoa que se propusesse a escrever um romance: como encaixar tudo. É uma tarefa impossível. Tristram, o herói-narrador de Sterne (uma versão cômica do próprio Sterne), propõe-se a contar a história de sua vida. É um projeto comum na ficção. Tristram, de modo bastante sensato, decide começar pelo começo. Mas constata que, para explicar como Tristram veio a ser o que Tristram é hoje, ele precisa retroceder além da infância, além do batizado (por que o esquisito nome "Tristram"? Há uma longa e divertida digressão nesse tópico), além do nascimento até o momento de sua concepção – quando o espermatozoide encontra o óvulo. Pela altura em que consegue voltar ao ponto de partida, constata que já gastou grande parte do romance. E por aí vai. Ele caiu no primeiro obstáculo. Tristram conclui, pesaroso:

> Este mês estou um ano inteiro mais velho do que à mesma data doze meses atrás; e tendo chegado, como vedes, quase à metade do meu quarto volume [a obra foi publicada, originalmente, em doze volumes] – e apenas ao meu primeiro dia de vida – fica claro que tenho, sobre que escrever, trezentos e sessenta e quatro dias mais do que tinha quando principiei a escrever.*

Em outras palavras, Tristram está vivendo sua vida 364 vezes mais rápido do que consegue registrar sua vida. Ele nunca vai conseguir se alcançar.

O problema com o qual Sterne brinca tão espirituosamente (como fazer com que tudo entre na bagagem do romance que vai partir em viagem quando você tem dez vezes mais roupas do que malas) nunca foi solucionado. Tampouco o próprio Sterne tenta solucioná-lo. O que ele faz é montar brincadeiras envolventes com as impossibilidades, para nossa diversão. Outros romancistas, de ambição artística mais elevada, concebem esquemas de seleção, simbolismo, compressão, organização e representação para contornar o problema de "como enfiar tudo na mala". Tudo isso resulta na arte da ficção – mais adequadamente, no artifício da ficção. E esse, claro, é o ponto que Sterne está salientando.

Este capítulo chama-se "Caixas de truques". Vejamos uma seleção dos brinquedos ficcionais que os romancistas já

---

* Tradução de José Paulo Paes. *A vida e as opiniões do cavalheiro Tristram Shandy*. São Paulo: Companhia das Letras, 1998. (N.T.)

ofereceram para nosso prazer e para provocar nossos cérebros leitores. Podemos começar com outro problema básico. A narrativa presume um narrador, um "contador da história". Quem é ele? O autor? Às vezes parece ser, às vezes claramente não é. Por vezes ficamos na incerteza. Jane Eyre não é Charlotte Brontë, por exemplo, mas parecem existir conexões claras, biográfica e psicologicamente, entre autora e heroína.

Mas o que dizer de um romance moderno como *Crash* (1973), de J.G. Ballard, no qual o personagem principal se chama James Ballard, que calha de ser um homem com um interesse totalmente sinistro por acidentes de carro e as coisas desagradáveis que eles causam à carne humana? É alguma espécie de confissão? Não. É o autor fazendo um jogo literário muito sofisticado não "com", mas "contra" o leitor. É como dois amigos disputando uma acirrada partida de xadrez.

A obra de ficção mais famosa de Ballard (graças, em grande medida, ao oscarizado filme de Steven Spielberg) é *O império do sol* (1984). É sobre um menininho que se separa dos pais em Xangai, na eclosão da Segunda Guerra Mundial, e se vê num campo de concentração cujos horrores formarão (deformarão?) sua personalidade para o resto da vida. O herói se chama "James", e as experiências de James correspondem exatamente às experiências de James Ballard tais como registradas pelo autor em sua autobiografia. É ficção, então? Estamos numa situação "James = James"? Sim e não. Nem mesmo tente entender, sugere o romance. Apenas aceite.

Em seu romance *Lunar Park* (2005), Bret Easton Ellis vai ainda mais longe, com um herói chamado Bret Easton Ellis (que revela ser um sujeito dos mais depravados) sendo perseguido pelo assassino sexual serial de um romance anterior e muito notório de Bret Easton Ellis, *O psicopata americano*. (Entendeu? Nem eu.) Ellis elabora essa trucagem fazendo com que Ellis (no romance) seja casado com uma estrela (ficcional) de cinema chamada Jayne Dennis, para quem ele criou um website a sério, aparentando ser algo da vida real, pelo qual muitos leitores se deixaram enganar. Martin Amis executa esse mesmo truque, de modo não menos ardiloso, em seu romance *Grana: o bilhete de um suicida* (1984), no qual o herói (chamado John Self*) faz amizade com Martin Amis, que lhe dá um aviso de amigo: se Self continuar do jeito que está, vai acabar tendo um péssimo fim. Provavelmente suicídio.

Ao longo dos anos, diversos autores narraram seus romances pelos olhos de um cão. Julian Barnes supera todos fazendo com que o primeiro capítulo de seu romance (por assim dizer) *Uma história do mundo em 10 ½ capítulos* (1989) seja narrado por um caruncho da arca de Noé. A doidice aumenta.

Os romancistas, hoje em dia, são mecânicos peritos da máquina com a qual trabalham. Adoram desmontá-la e remontar os pedaços de inúmeras maneiras diferentes. Às vezes deixam para o leitor o trabalho de remontar os pedaços. John Fowles, por exemplo, em seu romance neovitoriano – mas "new wave" – *A mulher do tenente francês* (1969), oferece ao leitor três finais diferentes. Italo Calvino, em *Se um viajante numa noite de inverno* (1980), oferece dez inícios diferentes para a narrativa, testando até onde vai a destreza de seus leitores. Serão os leitores tão ágeis quanto ele é como contador de histórias? *Se um viajante numa noite de inverno* inicia-se assim: "Você está prestes a começar a ler o novo romance de Italo Calvino, *Se um viajante numa noite de inverno*. Relaxe". A piada é que você *não pode* relaxar – ele jogou em cima de você o que os críticos pós-modernistas chamam de "estranhamento". É desconcertante.

Avançando, o capítulo de abertura de Calvino pondera posições de assento ideais para a "sua" leitura do livro. "Nos velhos tempos, as pessoas costumavam ler de pé, num leitoril", informa o romance, mas, desta vez, por que não tentar um sofá provido de almofadas, com um maço de cigarros e um bule de café ao alcance da mão? Você vai precisar deles. Na sua cabeça, surge a noção de que "você" é um ator, não um espectador, nesse teatro da leitura. O romance de Calvino termina com um de seus personagens principais pedindo ao leitor que "desligue o abajur de cabeceira e durma". Não há sentido em prosseguir. "Espere um pouco", o leitor (isto é, você) pensa, "eu quase terminei *Se*

---

* "João Ego" ou "João Eu". (N.T.)

um viajante numa noite de inverno, de Italo Calvino." Mas Calvino terminou o romance? Não. De certa forma, ele nunca o começou.

O americano Paul Auster é o mestre de um tipo similar de trucagem calvinesca. *Cidade de vidro* (1985), o romance que o consagrou, é uma "história policial metafísica" ambientada em Nova York. A narrativa começa com um telefonema à meia-noite: "Foi um número errado que começou tudo, o telefone tocando três vezes, altas horas da noite, e a voz do outro lado chamando alguém que não morava ali".* O não-alguém, nós vamos descobrir, é "Paul Auster, da Agência de Detetives Auster". Quem recebe a ligação é um escritor de 35 anos chamado Daniel Quinn. Por motivos que o próprio Quinn não consegue explicar, ele finge ser Paul Auster e assume o caso. A trucagem aumenta.

O amante da ficção obtém do romancista "espertalhão" o mesmo tipo de prazer sentido durante um espetáculo de mágica, quando um artista sobe ao palco, afirma "Meu próximo truque é impossível" e então trata de efetuá-lo – tirando uma dúzia de coelhos da cartola ou serrando sua assistente no meio. Às vezes, porém, há um significado mais profundo no truque. O clássico pós-modernista (para misturar horrivelmente os nossos termos) de Thomas Pynchon *O arco-íris da gravidade* (1973) começa com uma Londres descrita de maneira realista nos últimos meses da Segunda Guerra Mundial. A descrição é vívida e precisa. Exceto por uma coisa. Os foguetes V2, que de fato estavam caindo sobre a cidade no fim de 1944, parecem estar caindo em todos os lugares nos quais o herói, o soldado americano Slothrop, fica excitado sexualmente. Ele está controlando a mira dos foguetes. Trata-se, é claro, de uma "paranoia" – o estado mental desordenado no qual você acha que tudo no mundo é uma conspiração contra você em pessoa. Pynchon é fascinado pela paranoia, que sobressai como o "tema" do romance, até onde podemos simplificar as coisas.

Mais diretas são as brincadeiras executadas por um colega americano de Pynchon, Donald Barthelme, autor de vários contos que poderiam muito bem ter saído das páginas da revista *Mad*.

---

* Tradução de Rubens Figueiredo. *A trilogia de Nova York*. São Paulo: Companhia das Letras, 1999. (N.T.)

Numa delas, o lendário gorila King Kong é nomeado "professor adjunto de história da arte" numa universidade americana. A história mais famosa de Barthelme pega o conto da Branca de Neve (originalmente alemão, e cuja versão mais famosa é a reciclagem de Walt Disney) e transforma a bela e pura heroína em algo, sem dúvida, bastante impuro. É engraçado de rir em voz alta, mas, ao mesmo tempo, Barthelme desfaz em pedaços as nossas ideias convencionais a respeito da literatura. Outros romancistas desfazem seus romances em pedaços *literalmente*, como B.S. Johnson, cujo *The unfortunates** (1969) foi publicado como um conjunto encaixotado de páginas soltas que o leitor pode dispor na ordem que mais lhe agradar. É literalmente uma caixa de truques. *The unfortunates* leva os bibliotecários à loucura. Os leitores também.

Esse tipo trucado de ficção é muito astuto, e exige uma astúcia por parte do leitor. Se observarmos o público leitor de ficção ao longo dos últimos trezentos anos, poderemos ver como ele entrou no espírito da brincadeira. São muitos os prazeres oferecidos pelo romance, e o artifício dos truques não é o menor. Laurence Stern tinha razão.

---

* *Os desafortunados.* (N.T.)

CAPÍTULO 32

Fora da página

A LITERATURA NO CINEMA, NA TV E NO PALCO

"Literatura", como você deve saber, significa literalmente algo que nos chega sob a forma de letras. Isto é, algo escrito ou impresso e absorvido pelos olhos para ser interpretado pelo cérebro. Porém, com bastante frequência, e em particular hoje em dia, a literatura nos chega "mediada", em diferentes formas e através de diferentes canais e diferentes órgãos sensoriais.

Façamos outra brincadeira mental. Se você pegasse a máquina do tempo de H.G. Wells emprestada e trouxesse Homero aos dias atuais, como ele reagiria diante do filme de 2004 *Troia*, cheio de ação e estrelado por Brad Pitt – um filme épico "baseado" (como afirmam o título e os créditos) em seu épico, a *Ilíada*? O que Homero veria nesse filme como sendo, em qualquer sentido, "dele"? E ele confirmaria que determinados elementos do filme são "homéricos"?

Se você também fizesse uma parada no século XIX e apanhasse Jane Austen (isto está ficando meio parecido com *Bill & Ted – Uma aventura fantástica*, mas vamos em frente), de que modo a autora de *Orgulho e preconceito* reagiria diante das várias adaptações dos seus romances para TV e cinema? Ficaria encantada com o fato de, tendo vendido apenas algumas centenas de cópias em vida, ter alcançado um público de dezenas de milhões dois séculos após sua morte? Ou as veria como violações, retrucando com irritação: "Deixem os meus romances em paz, senhores!"? E o que pensaria o dono da máquina do tempo, H.G. Wells, dos três filmes (e incontáveis derivados) inspirados em sua novela dos anos 1890 sobre viagem no tempo? O que diria ele? "O futuro chegou" ou "Isso não é nem de longe o que eu quis dizer"?

"Adaptação" é simplesmente o que acontece quando a literatura é reciclada numa tecnologia diversa daquela na qual se originou (em geral, impressão). A palavra preferida, hoje em dia, é "verter". Observam-se muitas dessas versões fecundas na história literária. Revendo capítulos anteriores, poderíamos argumentar que a Bíblia foi "adaptada" pelo sistema de transporte cavalo-e-carroça no teatro de rua das peças de mistério. Dickens ficou enfurecido com a dúzia de adaptações de *Oliver Twist* para o palco, encenadas em competição com seu romance impresso e de cujos produtores ele não recebeu sequer um tostão. "Estamos meramente 'adaptando' sua obra, sr. Dickens", os piratas teatrais poderiam ter respondido. A grande ópera adaptava ("vertia") textos literários clássicos para consumo totalmente não literário – por exemplo, *Lucia di Lammermoor*, de Donizetti (baseado em *A noiva de Lammermoor*, de Sir Walter Scott), e o *Otello*, de Verdi (baseado no *Otelo* de Shakespeare).

Poderíamos continuar. A adaptação como um grande negócio começou na virada para o século XX, que viu a chegada da mais eficaz de todas as máquinas adaptadoras: a imagem em movimento. A "ilusão em movimento", como já se disse. Desde o início, o cinema engoliu e cuspiu vastas quantidades de matéria-prima literária para os milhões de espectadores que serviu. Para pegar um exemplo entre muitos, em 1897, Bram Stoker, administrador teatral do grande ator Henry Irving, decidiu escrever um romance gótico sobre vampiros sugadores de sangue e a Transilvânia. Ele nunca visitara o lugar, mas havia lido certos livros interessantes a respeito. O vampiro era bastante comum no folclore, e certos romances góticos popularescos já tinham aparecido. Seu romance *Drácula* não se deu muito bem até ser adaptado para o cinema, com o filme *Nosferatu*, em 1930. Desde então, já foram feitos mais de cem filmes com Drácula (os atores Bela Lugosi e Christopher Lee foram os intérpretes mais famosos do conde sugador de sangue). Drácula se tornou uma "marca", e a história romântica de vampiro, um gênero em si. Sem o romance de Stoker, a saga *Crepúsculo* de Stephenie Meyer, ou a série de tevê *Diários de um vampiro*, cujo sucesso é estrondoso no mesmo grau, nunca teriam existido. A adaptação, conclui-se, pode às vezes atrofiar o texto literário que lhe deu origem (não que o romance de Stoker venda mal hoje – longe disso). Uma única obra de ficção, como *Drácula*, pode fundar uma indústria multinacional.

Por regra geral, as adaptações de literatura são impelidas por três motivos. O primeiro é explorar "uma coisa boa" – ganhar dinheiro pegando um bonde que já está em andamento. A motivação do lucro, e não uma aspiração artística, é a frequente força motriz por trás de muitas séries de TV ou, recuando um século, dos dramaturgos piratas que adaptavam a ficção de Dickens. O segundo motivo é encontrar e explorar novos mercados de mídia e novos públicos leitores. Anthony Trollope julgava estar se saindo bem quando vendia dez mil cópias de seus romances. Adaptada para a televisão, sua ficção atinge, apenas no Reino Unido, um público de mais de cinco milhões. A literatura impressa só alcança tais números em pouquíssimos casos. J.K. Rowling vende aos milhões. Os filmes da série *Harry Potter* são vistos às centenas de milhões. A adaptação cria oportunidades do tipo o-céu-é-o-limite para a literatura.

O terceiro motivo é explorar, ou desenvolver, o que está oculto ou faltando no texto original. *O último dos moicanos*, de James Fenimore Cooper, é um clássico americano desde a sua primeira publicação em 1826. Mas o filme de 1992 (foi sua décima adaptação para as telas), estrelando Daniel Day-Lewis como Hawkeye, é infinitamente mais sensível ao que de fato significou o extermínio da "nação" nativa americana. O romance é ao mesmo tempo complicado e enriquecido por sua adaptação e pela dimensão que o filme (excelente, neste caso) acrescenta. Voltamos a ler Cooper com mais ponderação.

Outro exemplo de Jane Austen, a romancista "clássica" mais amplamente adaptada dos tempos modernos, é instrutivo. Seu romance *Mansfield Park* é centrado numa grande mansão rural e seus aristocráticos donos. A casa em si é um símbolo da Inglaterra e de sua longevidade ao longo das gerações. Mas de onde vem o dinheiro que sustenta a propriedade? Austen não nos diz, mas vemos o dono, Sir Thomas Bertram, partindo para acertar as coisas nas plantações de açúcar da família nas Índias Ocidentais. A versão cinematográfica de 1999 do romance de Austen, dirigida por Patricia Rozema, realçou a chance provável de que a prosperidade de Mansfield Park viesse da exploração do trabalho escravo. "Por trás de toda grande fortuna", disse o romancista francês Balzac, "há um crime." Por trás da elegante, refinada e quintessencialmente "inglesa" Mansfield Park, havia um crime contra a humanidade, poderíamos argumentar, e foi justamente o que o filme de Rozema fez. Era uma tese controversa, mas, aqui de novo, o filme complicou nossa reação ao romance original, e de uma maneira iluminadora. (Que ruído é esse que estamos ouvindo? É a srta. Austen se revirando em seu túmulo na Catedral de Winchester.)

Vejamos mais duas fantasias derivadas de Austen. Na série televisiva de 2008 *Lost in Austen**, a jovem heroína, Amanda Price, se vê transportada de volta no tempo até o mundo de *Orgulho e preconceito* e se enreda, romântica e comicamente, no relacionamento entre Elizabeth e Darcy. A série foi realizada num tom leve (algo que, é de se suspeitar, teria encantado Jane Austen), na certeza de que todos os espectadores conhecem o romance.

A brincadeira literária de *Lost in Austen* se valeu da onda de *fanfiction* na internet. O site "The Republic of Pemberley", por exemplo, convida "janeites" (como são chamados os aficionados por Jane Austen) a criar narrativas alternativas e suplementares para seus adorados romances (do tipo: como será o casamento dos Darcy?). Subjacente a *Lost in Austen*, porém, há uma questão

---

* *Perdida em Austen.* (N.T.)

mais séria: no transcorrer dos séculos, quão relevantes são os romances nas vidas (em especial, nas vidas amorosas) que vivemos hoje? A mesma questão subjaz à transposição forçadíssima – e absolutamente deliciosa – de Emma Woodhouse para os dilemas da *valley girl* do sul californiano no filme de 1995 *As patricinhas de Beverly Hills*. O que, essa comédia pergunta, é "universal e atemporal" em Austen?

Uma questão central no processo da adaptação literária é a de avaliar se ela é um serviço (como acho que são os exemplos acima) ou um desserviço ao texto em questão. Em 1939, a Samuel Goldwyn Company produziu uma versão cinematográfica hollywoodiana imensamente popular de *O morro dos ventos uivantes*. Era estrelada, no papel de Heathcliff, pelo maior ator teatral da época, Laurence Olivier, cuja performance é considerada clássica. Mas o filme cortou grandes porções da narrativa original e enxertou um final feliz na história de Brontë. É inegável que o filme inspirou muitos a retornar ao texto original e descobrir a obra verdadeira, mas, para a maioria que não lera e nunca leria o romance, isso não era uma depreciação da grande literatura? Um desserviço? A "fidelidade", conclui-se, é tão traiçoeira na arte quanto em nossas vidas amorosas.

No mesmo ano, 1939, a MGM lançou com enorme fanfarra o filme *E o vento levou* (GWTW* para seus milhões de fãs), escolhido com frequência, em enquetes, como o maior filme de todos os tempos. No âmbito comercial, ele foi, e ainda é, uma das maiores minas de ouro da história. Foi baseado num romance de Margaret Mitchell que havia sido publicado três anos antes – o único romance publicado por essa mulher de vida bastante retirada. Há uma história romântica por trás. Mitchell nasceu em 1900 e cresceu em Atlanta, na Geórgia, numa família que vivia ali por várias gerações. Existiam velhos moradores da cidade que conseguiam se lembrar da Guerra Civil, perdida calamitosamente pelo Sul. Existiam ainda mais cidadãos de Atlanta que conseguiam se lembrar do sombrio rescaldo da chamada "Reconstrução".

---

* Iniciais de *Gone with the Wind*. (N.T.)

Margaret era uma jovem jornalista. Tendo quebrado um tornozelo enquanto trabalhava, estava de cama quando começou a escrever um "romance da Guerra Civil". Seu marido lhe trouxe os materiais de pesquisa necessários, e ela rematou a obra em poucos meses, antes de voltar a caminhar. Recuperada, deixou o manuscrito num armário por seis anos. Lá ele poderia ter ficado, não fosse Mitchell ter recebido a incumbência de mostrar a cidade para um editor em 1935. O editor estava em busca de material novo e, quando Margaret mencionou seu romance de passagem, convenceu-a a deixá-lo ver o dilapidado manuscrito. *E o vento levou* foi aceito de imediato e lançado sem demora, com publicidade colossal. Tornou-se um best-seller desenfreado sob o slogan "Um milhão de americanos não podem estar errados. Leia *E o vento levou!*". O romance permaneceu no topo da lista dos mais vendidos por dois anos e ganhou um Prêmio Pulitzer. Mitchell vendeu os direitos cinematográficos à MGM por 50 mil dólares, e o livro foi adaptado, fazendo uso do novo processo do Technicolor, por David O. Selznick, com Vivien Leigh e Clark Gable como estrelas principais.

Muito embora continue sendo uma obra de ficção muito popular, para cada leitor do romance de Mitchell devem existir cem que só conhecem *E o vento levou* como filme. O filme é "fiel" ao livro? Não, não é. A MGM manteve os principais contornos do enredo de Mitchell, mas suavizou as referências favoráveis à Ku Klux Klan e omitiu o assassinato, por parte do herói Rhett Butler, de um negro liberto que ousou afrontar a virtude de uma mulher branca. Os produtores tiraram o "fio" de um romance muito afiado. Para quem respeita o notável livro, isso importa.

Há outra objeção legítima que podemos apresentar contra as adaptações. Ao contrário de muitos romancistas, Jane Austen (para usá-la de novo) nunca nos dá uma clara imagem pictórica de suas heroínas ou heróis. Tudo que sabemos a respeito de Emma Woodhouse, por exemplo, é que ela tem olhos castanhos. Trata-se de uma decisão artística da parte de Austen. Isso permite ao leitor que construa sua própria imagem. Entretanto, depois de vermos o filme de 1996 *Emma*, o rosto de Gwyneth Paltrow provavelmente irá se impor em todas as releituras subsequentes do romance. É um rosto muito bonito – mas isso não é o que Austen queria.

Tradução, como se diz, partindo de um provérbio italiano, é "traição" (*Traduttore, traditore*). Por acaso a adaptação, ainda mais do que a tradução, é inevitavelmente uma espécie de arremedo? Ou é um aprimoramento? Ou uma interpretação que suplementa nossa própria compreensão do texto? Ou um convite a voltar para ler o original? Ela pode, claro, ser qualquer uma dessas coisas ou todas. O que é fascinante, contudo, é a questão de ver para onde a adaptação, com suas tecnologias parceiras, está indo. O que vai acontecer, como acontecerá num futuro não muito distante, quando pudermos entrar, graças a uma nova tecnologia, num mundo virtual da literatura que nos interessa – com nossos órgãos sensoriais (nariz, olhos, ouvidos, mãos) ativados? Quando pudermos literalmente nos "perder em Austen", não apenas como espectadores, mas como jogadores? Vai ser empolgante. Mesmo assim, é de se duvidar que isso pudesse agradar de todo à srta. Austen.

Capítulo 33

Existências absurdas
Kafka, Camus, Beckett e Pinter

Se você fizesse uma lista das frases de abertura mais envolventes da literatura, a seguinte por certo entraria nas dez melhores:

> Certa manhã, ao despertar de sonhos intranquilos, Gregor Samsa encontrou-se em sua cama metamorfoseado num inseto monstruoso.*

É de um conto, "A metamorfose", de Franz Kafka (1883-1924). É provável que pouco importasse a Kafka que chegássemos a ler essa frase ou qualquer coisa que ele deixou escrita. O autor instruiu seu amigo e depositário Max Brod a queimar seus restos literários, "de preferência sem lê-los", após sua morte – ele morreu de modo prematuro, aos quarenta anos, de tuberculose. Brod, ainda bem, contrariou a instrução. Kafka fala conosco a contragosto de Kafka.

A condição humana, para Kafka, fica muito além da tragédia ou da depressão. É "absurda". Ele acreditava que a raça humana como um todo era produto de um dos "dias ruins de

---

* Tradução de Marcelo Backes. *A metamorfose / O veredicto*. Porto Alegre: L&PM, 2013. (N.T.)

Deus". Não há "significado" algum que dê sentido às nossas vidas. Paradoxalmente, essa falta de sentido nos permite tirar da leitura dos romances de Kafka como *O processo* (sobre um "processo" legal que não processa nada), ou de suas histórias como "A metamorfose", quaisquer significados que nos pareçam mais adequados. Por exemplo, críticos já viram a transformação de Gregor Samsa numa barata como uma alegoria do antissemitismo, uma lúgubre previsão do extermínio criminoso de uma suposta raça "de vermes". (Kafka era judeu, e só um pouco mais velho do que Adolf Hitler.) É frequente que os escritores antevejam tais coisas antes das outras pessoas. "A metamorfose", publicada em 1915, também já foi vista como prenúncio do colapso do Império Austro-Húngaro em 1918, depois da Primeira Guerra Mundial. Kafka e seus concidadãos da Boêmia, centrados em Praga, haviam vivido sob esse vasto império. Outros interpretaram a história pelo prisma da relação problemática de Kafka com seu pai, um homem de negócios grosseirão. Sempre que Franz, nervoso, dava uma de suas obras para o pai, este a devolvia sem ter lido nada. O pai desprezava o filho.

Mas qualquer um desses "significados" acaba desmoronando, pois não há significado maior ou subjacente que os escore no universo de Kafka. No entanto, a literatura absurdista ainda tinha uma missão – afirmar que a literatura, assim como tudo mais, não tem sentido. O dramaturgo Samuel Beckett, discípulo de Kafka, definiu bem essa condição: o escritor "não tem nada com que expressar, nada a partir do que expressar, nenhuma capacidade de expressar, nenhum desejo de expressar, junto com a obrigação de expressar".

Com isso em mente, considere o parágrafo inicial do último e melhor romance de Kafka, *O castelo*:

> Era tarde da noite quando K. chegou. A aldeia jazia na neve profunda. Da encosta não se via nada, névoa e escuridão a cercavam, nem mesmo o clarão mais fraco indicava o grande castelo. K. permaneceu longo tempo sobre a ponte

de madeira que levava da estrada à aldeia e ergueu o olhar para o aparente vazio.*

Tudo palpita em enigma. K. é um nome, mas não é nome algum (é "Kafka"?). Estamos no crepúsculo**, essa hora imprecisa entre o dia e a noite. K. está parado sobre uma ponte, suspenso no espaço entre o mundo exterior e a aldeia. Névoa, escuridão e neve encobrem o castelo. Existe qualquer coisa em absoluto diante de K., além do "vazio"? Nunca saberemos de onde ele veio, tampouco por que veio. Ele nunca irá chegar ao castelo. Ele sequer tem certeza de que o castelo está lá, mas é para lá que está indo.

Kafka, que escrevia em alemão, viveu sua vida na máxima obscuridade literária. Trabalhou, enquanto sua saúde delicada permitiu, numa companhia de seguros em sua cidade natal, Praga. (Segundo se diz, foi um funcionário competente.) Estudara direito, mas era, em sua profissão, um burocrata. Teve relações atormentadas com mulheres e com sua família. Morreu antes que seu gênio pudesse dar plenos frutos e por décadas, depois de sua morte, não passou de uma obscura nota de rodapé na história da literatura de língua alemã.

Foi só nos anos 1930, bem depois de sua morte, que traduções de suas obras (*O castelo* foi a primeira) começaram a aparecer em inglês. Inspiraram alguns escritores, mas aturdiram a maioria dos leitores. Ele foi ressuscitado como grande força literária depois da Segunda Guerra Mundial, não em Praga, Londres ou Nova York, mas em Paris.

Kafka foi entronado como figura patriarcal no universo sem deus dos existencialistas franceses dos anos 1940. Foi a filosofia do grupo que deflagrou a "Revolução Kafka" na década de 1960, quando todo mundo passou a discutir se o mundo era orwelliano ou kafkiano, ou, possivelmente, ambas as coisas. Kafka já não aturdia – ele explicava. Sua hora tinha chegado.

---

* Tradução de Modesto Carone. *O castelo*. São Paulo: Companhia das Letras, 2000. (N.T.)
** A tradução citada pelo autor no original usa *late evening*, que vale tanto para "fim de noite" quanto para "fim do anoitecer". (N.T.)

A proposição de abertura que Albert Camus faz em seu ensaio mais conhecido, "O mito de Sísifo", é a de que "Só existe um único problema filosófico verdadeiramente sério: o suicídio". Ela ecoa um aforismo desolado de Kafka: "Um primeiro sinal do início do conhecimento é o desejo de morrer". Por que não, se a vida não tem sentido? O ensaio de Camus retrata a condição humana na figura mítica de Sísifo, condenado eternamente a rolar uma rocha morro acima só para deixá-la cair de novo. Sem sentido. Apenas duas reações são factíveis perante a sina sisífica do homem: o suicídio ou a rebelião. Camus anexou uma longa nota – "A esperança e o absurdo na obra de Franz Kafka" – a seu ensaio sisífico, celebrando o escritor de cuja influência era devedor.

A influência de Kafka é evidente na obra-prima ficcional de Camus, *O estrangeiro*, escrita e publicada sob a censura da ocupação nazista. A ação se passa em Argel, nominalmente parte da França Metropolitana. A narrativa começa em tom desolador: "Hoje, mamãe morreu. Ou talvez ontem, não sei". O herói franco-argelino, Meursault, não se importa nem um pouco com isso. Ele não se importa com nada. Segundo confidencia, "perdeu o hábito de notar seus sentimentos". Por nenhum motivo em particular, mata um árabe a tiros. Sua única explicação – não que ele se dê o trabalho de achar explicações, nem mesmo para salvar sua vida – é que o dia estava muito quente. Ele é condenado à guilhotina e nem com isso se importa. Espera que a multidão o execre ao assistir à execução.

Foi o camarada filosófico de Camus, Jean-Paul Sartre, quem percebeu com mais clareza o abalo drástico que Kafka causara nas normas da ficção. De modo geral, como Sartre escreveu numa digressão em seu romance *A náusea* (1938), o romance presume fazer sentido tendo plena noção de que a vida não faz sentido. Essa "má fé" é seu "poder secreto". Os romances, disse Sartre, são "máquinas que secretam um significado espúrio no mundo". São necessários, mas intrinsecamente desonestos. O que mais temos na vida, além dos "significados espúrios" que inventamos?

O absurdo levou um longo tempo para penetrar o mundo anglo-saxão/americano. Isso ocorreu em agosto de 1955, quando a peça *Esperando Godot*, de Samuel Beckett, foi encenada pela primeira vez em inglês num teatro artístico em Londres. Beckett era um irlandês residindo havia muito na França, bilíngue e impregnado pelo existencialismo que dominou a vida intelectual francesa no pós-guerra.

Esperando Godot começa com dois vagabundos, Vladimir e Estragon, numa beira de estrada. Não sabemos quem eles são ou onde estão. Os dois falam de modo incessante ao longo da peça, mas nada "acontece". Transparece que, sem fazer nada, os vagabundos estão de fato fazendo algo – estão esperando por uma pessoa ou entidade misteriosa chamada "Godot". Seria Deus? Perto do fim da peça, um garoto entra no palco para dizer aos personagens que Godot não vem hoje. Estragon pergunta para Vladimir se eles deveriam ir embora e Vladimir responde: "Sim, vamos". A última indicação de cena é: "Eles não se mexem".

É impossível exagerar o impacto que *Esperando Godot* exerceu sobre o mundo teatral e cultural inglês em meados da década de 1950. Num ator específico, que atuou na peça no teatro de repertório provinciano, ela teve, talvez, o impacto mais significativo de todos. Harold Pinter passou de desempenhar Beckett para escrever como discípulo confesso. Assim como Beckett, ganharia um Prêmio Nobel.

A peça com a qual Pinter despontou para o sucesso foi *The Caretaker** (1960). A ação se passa numa hospedaria decadente com três personagens principais, dois irmãos e um forasteiro – um vagabundo chamado Mac Davies. Um dos irmãos, Aston, teve o cérebro destroçado por uma terapia eletroconvulsiva "curativa". Essa pequena comunidade pretende fazer algo – construir uma casinha de jardim, empreender certos consertos domésticos aleatórios. Não fazem nada senão brigar. Mac tem a constante intenção de ir pegar seus documentos numa repartição do governo ali perto. Ele nunca os pega. Nenhum deles vai em frente com seus planos, não mais do que Estragon e Vladimir avançam em sua

---

* *O vigia*. (N.T.)

estrada. O diálogo em *The Caretaker* é reminiscente de Beckett, mas Pinter também cultiva um uso incomparável do silêncio. As interrupções nos diálogos resultam num clima vagamente ameaçador. A arte de Pinter é a arte do eloquente "deixar esperando".

O menos silencioso dos dramaturgos, Tom Stoppard, respondeu à comédia em Beckett de maneira criativa e com fogos de artifício espirituosos. A primeira grande peça de Stoppard foi *Rosencrantz e Guildenstern estão mortos* (1967). A ação gira, com diálogos de uma sagacidade deslumbrante, em torno dos dois personagens de fundo de Hamlet que, mais uma vez como Vladimir e Estragon, não se mexem. Eles não podem se mexer. São apenas personagens insignificantes. Tudo que podem fazer é tagarelar, coisa que fazem de modo incessante.

O caráter lúdico da peça e das obras posteriores de Stoppard evoca, em alguns sentidos, o grande dramaturgo italiano Luigi Pirandello e peças suas como *Seis personagens à procura de um autor* (1921). O drama lúdico e as brincadeiras mentais são, para Stoppard, o que Sartre chamava de romances: "máquinas que secretam um significado espúrio no mundo". No caso de Stoppard, porém, são ótima diversão, sem nausear ou ameaçar. O absurdo tem seu lado hilário.

A literatura, sempre e em todos os lugares, é variada. Não há um único recipiente que a contenha. O Teatro do Absurdo foi revolucionário, mas era avant garde (ou "de ponta"), e aconteceu na Europa, sob circunstâncias nas quais havia poucos escritores e pequenas plateias. Havia, em simultâneo, um novo estilo ultrarrealista do drama britânico que não era absurdo, mas era raivoso, e que desde o começo atraiu um público enorme, particularmente o jovem. A peça que lançou essa nova onda no teatro britânico foi *Olhe para trás com raiva*, de John Osborne, encenada pela primeira vez em 1956, um ano depois de *Godot*, mas chegando às plateias a partir de uma direção muito diferente.

O herói de Osborne, Jimmy Porter, não é uma figura sisífica, mas é um "jovem raivoso" (como passaram a ser chamados Osborne e sua turma), enfurecido com a Grã-Bretanha dos anos 1950 – atirando pedras, não empurrando-as. Foi um momento da história britânica no qual as coisas estavam indo de mal a pior. O Império Britânico passava por seus espasmos de morte. A guerra colonial contra o Egito, pelo Canal de Suez, era o humilhante momento final. O sistema de classes britânico era uma mão morta estrangulando a vitalidade da nação. Ou é o que a peça de Osborne afirma. A monarquia era um dente de ouro numa mandíbula podre, como define um dos personagens.

Na peça, Jimmy vive num sótão apertado com Alison, filha de um coronel que foi administrador colonial antes de a Índia ganhar sua independência em 1947. Jimmy é a encarnação da raiva. Tem formação universitária, mas por uma instituição desprestigiada (não é "Oxbridge"). Cultiva um estilo de vida visivelmente classe operária, mas é, em essência, apolítico. Sua raiva é descarregada em Alison, que ele ama por sua personalidade e, ao mesmo tempo, despreza por sua classe de origem. A raiva de Jimmy – manifestada com eloquência em discursos furiosos – é, segundo sentimos, o combustível cru da revolução. Mas que tipo de revolução? O crítico de teatro Kenneth Tynan definiu *Olhe para trás com raiva* como um "pequeno milagre" que mostra "a juventude do pós-guerra como ela realmente é". A peça abriu caminho para a revolução juvenil (sexo, drogas e rock'n'roll) dos anos 1960.

O absurdismo nunca firmou raízes nos Estados Unidos, muito embora sempre tenha existido raiva de sobra no palco. Dramaturgos como Arthur Miller, em *Morte de um caixeiro-viajante* (1949), seguiram o exemplo de Henrik Ibsen, atacando a falsidade no âmago da vida de classe média sob o capitalismo. Tennessee Williams e Edward Albee se mostraram igualmente desdenhosos em relação ao casamento em *Um bonde chamado desejo* (1947) e *Quem tem medo de Virginia Woolf?* (1962). O grande dramaturgo "expressionista" americano Eugene O'Neill deixou sua peça *Longa viagem noite adentro* para que só fosse encenada depois de sua morte (foi montada pela primeira vez em 1956). A obra retratava a família como uma versão diferente do inferno. O teatro americano, podemos dizer, encontrou seu próprio jeito de falar sobre a "falta de sentido".

São incontáveis os assombros que a literatura do século XX provocou. Mas não está entre os menores prodígios o fato de que um funcionário irrelevante, escrevendo numa região estagnada da Europa, sem o menor desejo de ser lido, pudesse, tanto tempo após sua morte, ascender como um dos gigantes da literatura mundial. Franz Kafka, claro, teria repudiado a nossa atenção maravilhada, e teria nos desprezado por ela.

Capítulo 34

A poesia do colapso
Lowell, Plath, Larkin e Hughes

No início de uma manhã de outubro em 1800, o poeta William Wordsworth saiu para uma caminhada pelos morros relvados de seu amado Lake District. Caíra uma chuva tempestuosa durante a noite toda, mas agora o sol brilhava. Era um dia novo de um século novo. Aos trinta anos, William estava no auge da vida. Para sua alegria, o poeta viu uma lebre correndo e lançando, das poças noturnas, irisados e cintilantes esguichos d'água na relva que o inverno ainda não murchara. Escutou o gorjeio de uma cotovia invisível. Sentiu-se infundido por aquilo que gostava de denominar "alegria". Estava "feliz como um menino".

Era bom estar vivo. Entretanto, como muitas vezes acontece, Wordsworth afundou em melancolia ("tristeza turva", em suas palavras). O que causou a súbita mudança de humor? Ele tinha começado a pensar sobre os poetas de seu tempo, e sobre os fins lamentáveis que a maioria deles tivera. "Nós poetas", refletiu,

> começamos a vida em alegria pura;
> Mas ela vira, no fim, desalento e loucura.*

---

* *in our youth begin in gladness; / But thereof come in the end despondency and madness.* (N.T.)

Ele estava se lembrando de um amigo íntimo, Coleridge (drogado até a raiz dos cabelos e, gênio que era, incapaz de finalizar um poema com mais do que poucos versos); de Thomas Chatterton, que, ainda adolescente, dotado de um talento prodigioso, cometera suicídio depois de ter sido apanhado em falsificação; e de Robert Burns, que tivera uma morte precoce de tanto beber. Seria esse o lúgubre destino a esperar todos os poetas, o preço a ser pago por seu gênio?

O poema de Wordsworth prossegue apresentando uma pergunta que é central na poesia. As maiores obras são concebidas e escritas na "alegria" (Wordsworth usa *gladness** para encontrar uma rima conveniente) e na serenidade, ou no desespero – até mesmo na loucura?

Não é fácil achar uma resposta rápida ou simples. Depende da direção do nosso olhar. O poema mais recitado do nosso tempo, por exemplo, é o hino dos quinhentos milhões de membros da União Europeia: a "Ode à alegria", de Schiller e Beethoven. É assim que ela se traduz (de maneira um tanto esquisita) do alemão:

> Ó amigos, chega desses tons,
> Cantemos algo mais agradável
> E cheio de alegria!
> Alegria, bela centelha divina,
> Filha de Elísio,
> Ébrios de fogo nós entramos,
> Magnífica, no teu santuário.
> Teus encantos unem novamente
> O que o costume separou com força;
> Todos os homens se irmanam
> Onde repousam tuas asas suaves.

Os menos alegres entre nós poderiam ficar inclinados a pensar que a melhor poesia nasce não do espírito animado, mas do espírito

---

* "Contentamento". (N.T.)

deprimido. Pense, por contraste, na figura do poeta em *A terra devastada*, de T.S. Eliot (Capítulo 28). Tirésias é um observador da vida, condenado a jamais morrer e a envelhecer para sempre. Ele sobreviveu ao sexo (é andrógino – tanto homem como mulher). Já viu tudo, a plena lugubridade de tudo, e está condenado a rever todas as coisas ao infinito. Não há muita alegria na imagem de Eliot para o poeta. A implicação é: a vida é assim. Contudo, ao passo que a maioria das pessoas (como Eliot afirma em outro poema) não consegue aguentar muita realidade, o dever dos poetas é encará-la.

O psicanalista Sigmund Freud achava que a grande arte nascia da neurose, não da "normalidade" psíquica (se é que isso existe). Pode ser feita uma comparação com o grão irritante que, na concha da ostra, produz a pérola. Essa crença inspirou vários poetas do último meio século a investigar, mais do que tentar evitar, aquilo que Wordsworth chamou de "desalento e loucura", a perfurar as camadas de pérola em busca da partícula de grão criativo no centro.

Esses exploradores do colapso (o *crack-up*, para usar o termo do romancista F. Scott Fitzgerald) transgrediram de maneira consciente o que Eliot estabeleceu como regra de ouro da poesia: "quanto mais perfeito o artista, tão mais completamente serão separados nele o homem que sofre e a mente que cria". A impessoalidade era o filtro pelo qual a poesia devia ser entregue, acreditava o autor de *A terra devastada*. W.B. Yeats prescreveu algo na mesma linha – a saber, que o poeta precisava escrever atrás de uma máscara ou "persona" (uma personalidade assumida). Ele precisava se manter de fora. Ou se transformar no que o latim chama de "alter ego" – um "outro eu". O equívoco mais básico na poesia (em especial, na moderna poesia) é deduzir que o eu poético é o poeta. É também o equívoco mais comumente fabricado.

"O homem (ou mulher) que sofre" – isto é, o eu do próprio poeta – é o tema deliberado dos especialistas do colapso que ganharam destaque pelo fim do século XX. É uma poesia sem persona. Robert Lowell (1917-1977) foi um reconhecido pioneiro nesse campo excitante, novo e perigoso. Um de seus mais extraordinários poemas é "Waking in the Blue"* (um *aubade*, ou poema do amanhecer). Ele registra o início de seu dia (não o dia de certa figura como Tirésias, ou o de uma persona, mas o de Robert Traill Spence Lowell IV) numa ala isolada de um manicômio da Nova Inglaterra. O poema começa com um enfermeiro do turno da noite, estudante da Universidade de Boston. Ele ficou estudando um de seus livros didáticos, e agora faz sua ronda pela ala antes de dar o expediente por encerrado. Esteve lendo, sonolento, *O significado do significado*, de I.A. Richards – um crítico que, como Eliot, incentivava a mais absoluta impessoalidade na poesia. É uma inclusão irônica, pois nesse poema Lowell é tão pessoal quanto possível. É ele no hospital, já desperto, assistindo ao raiar do dia por janelas azul-celestes. Elas são esmaltadas de azul para bloquear o sol, e reforçadas para impedir que os pacientes as quebrem e causem malefícios a si mesmos. Lowell lança um olhar em volta da ala e a seus companheiros internados. O poema termina:

> Somos todos veteranos,
> cada um tem uma navalha travada.**

As navalhas estão travadas porque a nenhum dos pacientes pode ser confiada uma navalha aberta, com a qual eles poderiam se matar.

Outro dos poemas de Lowell se chama, simplesmente, "Marido e esposa". Homem irresistivelmente bonito e totalmente instável, Lowell passou por três casamentos, todos os quais terminaram mal. O poema começa com os cônjuges deitados na cama de manhã. O sol nascente (é outro *aubade*) os banha num vermelho berrante. Os dois estão calmos porque tomaram Miltown, um tranquilizante potente. Não se trata, segundo entendemos, de um casal alegre que desfrutou de uma noite romântica, mas de

---

* "Despertar em azul". (N.T.)
** *We are all old-timers, / each of us holds a locked razor.* (N.T.)

um marido e uma esposa à beira de uma separação dolorosa. O vermelho, aqui, é a cor da raiva, da violência, do ódio. O remédio é a única coisa que os mantém juntos.

Lowell deu inspiradoras aulas de escrita criativa na Universidade de Boston (onde estuda o enfermeiro noturno de "Waking in the Blue"). Uma de suas alunas mais distintas foi a poetisa Sylvia Plath (1932-1963). A poesia dela, particularmente o extraordinário conjunto que escreveu no período após sua separação traumática do marido e pouco antes de seu suicídio, leva as ideias que Lowell chamava de "estudos de vida" a um nível ainda mais extremo do que o dele. Típico é seu poema "Lady Lazarus", escrito em seus últimos meses. Começa assim:

> Eu fiz de novo.
> Um ano em cada dez
> Dou um jeito –*

O que ela diz ter feito aqui é uma tentativa de suicídio. Lázaro, na Bíblia, é o homem que Jesus traz de volta dos mortos. Plath tinha trinta anos quando escreveu o poema, e tinha, como diz, tentado se matar três vezes. A quarta tentativa seria exitosa. O poema, mais um estudo de "morte" do que de vida, foi publicado postumamente. É impossível lê-lo sem um calafrio na alma.

Plath foi uma americana que, depois de seu casamento com o poeta Ted Hughes, viveu e escreveu na Grã-Bretanha. Ambos os países a reivindicam. A tradição poética inglesa – partindo de Tennyson, passando por Hardy – é infundida com frequência por um amplo traço de melancolia. É mais suave do que a extremidade que vemos nas obras de Lowell e Plath (a "loucura" de Wordsworth), e mais na linha do que Wordsworth chama de "desalento". O laureado do desalento poético moderno é, por consenso geral, Philip Larkin (1922-1985). Sua treva inglesa se expressa com eloquência em seu poema "Dockery e filho". É um poema com uma narrativa. Larkin retorna para sua faculdade em Oxford na meia-idade. Ouve falar de um de seus contemporâneos,

---
* *I have done it again. / One year in every ten / I manage it* – (N.T.)

Dockery, cujo filho agora estuda ali. Larkin nunca se casou e não tem filhos – isso teria significado, como diz em tom desolador, não um "incremento", mas uma "diluição". O poema termina com uma meditação magnificamente taciturna sobre o despropósito da vida: é primeiro tédio, depois medo, e tudo segue, não importa o que você fizer. Então você morre, sem fazer a menor ideia do porquê de tudo.

O "colapso" de Larkin, por assim dizer, teve uma reviravolta distintamente larkinesca. Muito antes de morrer, parou em definitivo de escrever poesia. Foi algo triste para seus milhões de admiradores. Perguntaram-lhe por que tinha abandonado a poesia. "Não fui eu", ele respondeu. "A poesia me abandonou." Podemos chamar isso de um suicídio do espírito criativo.

Para voltar a Wordsworth. No final de seu poema, ele conclui que o poeta precisa, acima de tudo, de "dureza". Fala em "resolução e independência" (o título do poema). Sempre houve o traço desafiador do "eu vou sobreviver" na poesia britânica e americana – escritores que, mesmo sabendo do pior, não se entregam. Como diz Dylan Thomas, recusam-se a "entrar docilmente na boa noite", mas lutam a cada palmo do caminho.

O inglês de Yorkshire Ted Hughes (1930-1998) é o mais durão dessa escola moderna da dureza. Ele aceitava o fato de que "o espírito mais íntimo da poesia [...] é no fundo, em todos os casos registrados, a voz da dor". Mas essa voz, segundo acreditava, não deveria ser uma voz de rendição e aquiescência, ou sequer de muito interesse por essa dor. Essa filosofia se expressa de modo vívido em sua coletânea de poemas chamada, simplesmente, *Corvo*. O corvo é um animal desagradável (não é nenhum tordo, rouxinol ou cotovia – os pássaros que inspiraram Keats, Shelley, Hardy e Wordsworth). O corvo é uma espécie de abutre britânico. Ele se nutre de carniça e coisas podres, mas é resolutamente vivo e agressivo (na Grã-Bretanha, os pássaros costumam ser vistos bicando sua comida em meio ao lixo, ao lado de autoestradas trovejantes). Apostaríamos nas chances de sobrevivência de um corvo numa competição com qualquer cotovia.

Há vários outros poetas que poderíamos incluir na discussão sobre "a voz da dor" e sobre como a poesia deveria usá-la. John Berryman e Anne Sexton, por exemplo, respectivamente amigo e aluna de Lowell, que cometeram suicídio e escreveram poesia sinalizando com clareza o ato. Ou Thom Gunn, mais partidário de Hughes, que fez um poema agradecendo a todos os caras durões da história, de Alexandre, o Grande a soldados, atletas e até os garotos durões dos quais Stephen Spender era protegido na infância, como ele explica em seu próprio poema "My Parents Kept Me from Children Who Were Rough".* Mas o poema de Gunn, em sua totalidade – todos os seus poemas, poderíamos argumentar –, são uma rejeição da passividade e daquilo que ele considera como um espírito de derrota na obra de, digamos, Philip Larkin. Larkin, de sua parte, via Hughes e Gunn como uma dupla de fanfarrões, obcecados em passar uma imagem de "dureza". Desdenhava dos dois em suas cartas e conversas privadas. Apelidou Hughes de "o incrível hulk" e "Ted Huge"**, e escreveu paródias hilárias de seu verso violento. Desde as mortes de Larkin e Hughes, no entanto, vieram à tona provas de que os dois liam a obra um do outro e, de tempos em tempos, até mesmo a usavam criativamente.

Na poesia, então, há o que os filósofos chamam de "dialética": um choque e um encontro de forças opostas, duas escolas com conjuntos de crença muito diferentes. De um lado estão aqueles que chamei de especialistas do colapso, escritores como Lowell, Plath e Larkin, que cavam fundo em seus íntimos para garimpar a dor interior. Do outro lado estão os que acreditam que a ação e o envolvimento com o mundo externo, naquilo que Gunn chamou de "termos de luta", são o caminho adequado. Há uma poesia poderosa e lancinante a ser encontrada de ambos os lados, mas, é preciso ser dito, pouca alegria entre os especialistas do colapso.

---

* "Meus pais me protegiam das crianças que eram rudes". (N.T.)
** "Ted enorme". (N.T.)

Capítulo 35

Culturas coloridas
Literatura e raça

A raça é um assunto que esquenta os ânimos. Também na literatura, e nas discussões sobre literatura. É algo que nos coloca em situações desconfortáveis. O retrato que Shakespeare faz de Shylock é antissemita? Ou demonstra, no fundo, solidariedade a uma vítima de preconceito racial? Quem defende a solidariedade vai citar a fala

> Eu sou um judeu. Judeu não tem olhos? Judeu não tem mãos, órgãos, dimensões, sentidos, impulsos, sentimentos? Não se alimenta também de comida, não se machuca com as mesmas armas, não está sujeito às mesmas doenças, não se cura pelos mesmos métodos, não passa frio e não sente calor com o mesmo verão e o mesmo inverno que um cristão? Se vocês nos furam, não sangramos?*

---

* *I am a Jew. Hath not a Jew eyes? Hath not a Jew hands, organs, dimensions, senses, affections, passions? Fed with the same food, hurt with the same weapons, subject to the same diseases, healed by the same means, warmed and cooled by the same winter and summer, as a Christian is? If you prick us, do we not bleed?* Tradução de Beatriz Viégas-Faria. *O mercador de Veneza*. Porto Alegre: L&PM, 2007. (N.T.)

Quem acha que *O mercador de Veneza* é, no fundo, antissemita assinala o fato de que, ao fim da peça, metade do patrimônio de Shylock está ameaçado de confisco, sua filha é dada em casamento a um cristão e ele, Shylock, é forçado a se converter ao cristianismo sob pena de perder todo seu patrimônio. A imagem do judeu veneziano, faca pronta para se cravar no coração de um cristão e extrair sua "libra de carne" (uma expressão que entrou em uso comum), geralmente faz a balança se inclinar no lado do antissemitismo. Mas Shakespeare, dizemos à guisa de desculpa, não era mais preconceituoso do que a maioria em seu tempo, e provavelmente menos do que muitos. Verdade, mas o desconforto permanece.

O Fagin de Dickens em *Oliver Twist* revela seu autor como adepto de grosseiros estereótipos raciais – nenhuma defesa se sustenta. No fim da vida, ele se arrependeu de Fagin, e fez alterações quando o romance foi reimpresso. Também procurou compensá-lo introduzindo um personagem judeu virtuoso em um de seus últimos romances (Riah, em *Our Mutual Friend*). Entretanto, Fagin continua sendo imperdoável para muitos leitores, mesmo em filmes adocicados e adaptações musicais como *Oliver!*.

Uma das altercações mais raivosas dos anos recentes envolveu a cabeça do poeta morto T.S. Eliot. Foi lançada por um livro polêmico do crítico (e advogado) Anthony Julius, que usou, como provas, comentários feitos por Eliot em conferências antigas (depois suprimidos) e versos dos poemas para demonstrar que o poeta era antissemita. As provas, muitos analistas objetivos rebatem, são inconclusivas. Eliot já foi defendido com a mesma ferocidade com a qual foi denunciado. Mas a poeira levantada pela altercação ainda não se assentou, e provavelmente nunca vai se assentar.

Um ponto de partida útil para refletir sobre tudo isso é reconhecer que a literatura é um dos poucos lugares em que a raça é discutida abertamente, e onde as questões mais brutas suscitadas por ela ficam acessíveis ao debate e à briga. É um lugar no qual a sociedade pode rever suas atitudes. Quase todos nós veríamos isso como algo bom, quaisquer que sejam nossas opiniões ou sensibilidades pessoais, e quaisquer que sejam os ânimos espicaçados.

Pegue, num exemplo de como a literatura percorre caminhos que outras formas de discurso temem trilhar, o romance *A marca humana* (2000), de Philip Roth. O herói é professor de letras clássicas, de idade avançada e da mais alta reputação, numa universidade distinta. É judeu. De modo inocente, ele "se expressa mal" em aula, ofendendo dois estudantes afro-americanos, e é instruído por um comitê da faculdade a frequentar um curso de "treinamento de sensibilidade". Ele se recusa, por princípio, e pede exoneração. Acaba vindo à tona que ele não é judeu, afinal de contas, mas afro-americano. Havia escondido sua verdadeira identidade porque só assim poderia, na época, construir uma carreira na educação superior. A alternativa era seguir seu outro talento – como um boxeador negro. Ele optou por ser um classicista branco. O romance em si procura ressaltar a questão mais ampla de que só existe "uma única raça, a raça humana". E outra questão: de que deveríamos ignorar a correção política que nos inibe de conversar sobre raça. Como romancista, Roth não é de ficar inibido.

Há uma grande diferença nos modos como as literaturas americana e europeia lidam com o tema da raça. A América foi construída substancialmente, a partir do nada, por energia escrava, seres humanos importados da África de forma involuntária (isto é, aqueles que sobreviveram à chamada "travessia"), algo visto agora como um dos grandes crimes da humanidade contra a humanidade. Toni Morrison, por exemplo, abre seu romance *Amada* (1987) com a epígrafe:

> Sessenta milhões e mais

Essa epígrafe provocou enorme controvérsia por aludir, como se supôs em geral, aos ("meros") seis milhões de judeus assassinados no Holocausto e sugerir a existência de holocaustos maiores que os americanos optavam por ignorar. A narrativa de Morrison centra-se num fantasma, da era da escravidão, que nunca poderá ser exorcizado e nunca deveria ser ignorado.

Uma sangrenta guerra civil foi travada para abolir a escravidão americana. Supõe-se que Abraham Lincoln tenha comentado, ao conhecer Harriet Beecher Stowe, autora de *A cabana do pai Tomás*, que gostaria de apertar a mão da pequena mulher que havia iniciado a grande guerra. Mulher modesta, Stowe poderia muito bem ter retrucado que, na verdade, a guerra havia sido iniciada por valentes abolicionistas e, se um livro devia ser saudado, só poderia ser uma autobiografia publicada sete anos antes de seu livro, em 1845: *Narrative of the Life of Frederick Douglass, an American Slave*.* Depois de ganhar sua liberdade, Douglass dedicou sua vida, e seu considerável talento literário, à causa da abolição da escravatura. Os parágrafos iniciais ainda têm o poder de chocar, apresentados, como são, numa linguagem deliberadamente desapaixonada:

> Meu pai foi um homem branco. Era reconhecido como tal por todos que jamais ouvi falarem de minha paternidade. Também corriam rumores de que meu amo era meu pai; quanto à correção desse rumor, porém, nada sei; os meios de apuração me foram sonegados. Minha mãe e eu fomos separados quando eu mal passava de um bebê – antes de eu tê-la conhecido como minha mãe. É costume usual, na região de Maryland da qual fugi, apartar crianças de suas mães a uma idade muito precoce.

A preocupação da literatura britânica com questões raciais vincula-se ao império que o país de origem conquistou, manteve por séculos e perdeu (Capítulo 26). Desde os anos 1950, quando o Império Britânico foi varrido do mapa pelos "ventos da mudança", o contexto da discussão racial tem sido "pós-colonial" e radicalmente diferente. O projeto colonial como um todo vem sendo examinado pelos escritores britânicos com ceticismo e, por vezes, com culpa, no que é agora o mundo literário mais multicultural de qualquer parte do planeta. Esse multiculturalismo abriu algo que é, segundo diriam alguns, o veio mais rico da literatura

---

* *Narrativa da vida de Frederick Douglass, um escravo americano.* (N.T.)

britânica recente, com escritores como Salman Rushdie, Monica Ali e Zadie Smith, e um novo interesse por escritores como o romancista nigeriano Ben Okri (vencedor do Booker Prize) e, originários das Índias Ocidentais, o romancista Wilson Harris e o poeta Derek Walcott (vencedor do Prêmio Nobel).

Outro autor britânico das Índias Ocidentais, V.S. Naipaul, expressou em seu discurso de vencedor do Prêmio Nobel as complexidades de um escritor pós-colonial como ele. A geração de seu avô fora trazida da Índia (então domínio britânico) para Trinidad no sistema de "servidão por dívida", principalmente como empregados de escritório. Naipaul cresceu "sobre os ossos dos 'aborígines' exterminados da ilha" e ao lado dos descendentes de escravos negros da África. Dotado de uma inteligência extraordinária, ganhou uma bolsa da Universidade de Oxford e fixou seu "lar" na Inglaterra como um homem que ele chamava de "mímico": inglês sem ser inglês; indiano sem ser indiano; trinitário sem ser trinitário.

Os britânicos vivem numa era pós-colonial, mas será que as "propriedades" coloniais foram abolidas de todo? Nem todos concordariam que sim. O maior romancista nigeriano, muitos defenderiam, é Chinua Achebe (1930-2013). Ele foi batizado como Albert Achebe em homenagem ao consorte da rainha Vitória. Seu primeiro romance publicado – que continua sendo a obra pela qual é famoso no mundo inteiro – foi *O mundo se despedaça* (o título é uma citação do poeta irlandês W.B. Yeats). Foi publicado pela primeira vez em 1958, na Grã-Bretanha. Todas as suas obras posteriores foram publicadas primeiro na Grã-Bretanha ou nos Estados Unidos. A principal ocupação de Achebe, na vida madura, foi trabalhar em universidades americanas. Derek Walcott, o mais ilustre dos poetas pós-coloniais, também foi empregado de uma prestigiosa universidade americana durante a maior parte de sua carreira. Podem uma ficção – ou poesia – assim enraizada, ou autores assim assalariados, ser verdadeiramente independentes? Ou ainda existem grilhões coloniais retinindo ao fundo?

É nos Estados Unidos que acontece a mais interessante literatura centrada em temas raciais. O texto clássico é *Homem invisível* (1952), de Ralph Waldo Ellison. Ao contrário de seus colegas afro-americanos James Baldwin e Richard Wright, Ellison não escrevia realismo, mas alegoria; sua ficção é lúdica no método, mas extremamente séria no conteúdo. De início, ele planejou um romance curto, e em 1947 publicou o que permaneceu como um elemento central de *Homem invisível*, "Uma batalha campal", no qual, para o entretenimento de zombadores homens brancos, homens negros despidos e de olhos vendados são obrigados a lutar uns contra os outros num ringue de boxe por prêmios fajutos. Tal como acabou sendo publicado, o romance é conduzido por outro conceito: "Sou um *homem invisível* [...] Sou invisível, compreendam, simplesmente porque as pessoas se recusam a me ver".* Os Estados Unidos, diz o romance, "solucionaram" seu problema social por meio da cegueira deliberada.

Homem invisível é um romance jazzístico. Ellison adorava a liberdade de improvisação da grande forma artística afro--americana – uma das poucas liberdades que seu povo podia reivindicar. "(What Did I Do to Be So) Black and Blue?"**, de Louis Armstrong, assombra o romance como uma canção-tema. Como a letra lamenta:

> *I'm white ... inside ... but, that don't help my case*
> *'cause I ... can't hide ... what is on my face.****

Toni Morrison, a maior romancista afro-americana viva (muitos diriam pura e simplesmente "romancista americana"), é inspirada do mesmo modo por aquela que é tida como a única arte original a sair dos Estados Unidos. Discutindo seu romance *Jazz*, de 1992, ela explicou:

---

* Tradução de Márcia Serra. *Homem invisível*. São Paulo: Marco Zero, 1990. (N.T.)
** "(Que foi que fiz para ser tão) negro e triste?" (N.T.)
*** Sou branco ... por dentro ... mas isso não me serve de ajuda / pois eu ... não posso esconder ... o que está no meu rosto. (N.T.)

a estrutura jazzística não foi uma coisa secundária para mim – foi a *raison d'être** do livro ... eu me via como uma jazzista.

O jazz que Ellison adorava era o jazz "tradicional" de Nova Orleans (daí Louis Armstrong). Ele não gostava do swing e do jazz "moderno", considerava-os "brancos demais". O jazz que mais influencia Ellison é o jazz pós-modernista, de ultraimprovisação e forma livre, do qual Ornette Coleman foi pioneiro nos anos 1960.

Em termos gerais, poderíamos argumentar que houve na Grã-Bretanha (ao menos em sua literatura) uma espécie de "mesclagem" – uma dissolução das diferenças raciais. Toni Morrison insistiu em manter uma diferença raivosa. Essa raiva arde em intensidade máxima num de seus primeiros romances, *Pérola negra* (1981), no qual um dos personagens conclui: "Brancos e negros não deveriam se sentar para fazer uma refeição juntos ou qualquer uma dessas coisas pessoais na vida". Em uma conferência na época, a própria Morrison declarou sem rodeios: "Nunca na minha vida me senti americana. Nunca". Com o passar do tempo, em especial depois de ganhar o Prêmio Nobel de Literatura em 1993, seus comentários sobre raça se suavizaram, mas nunca a ponto de ela ter passado a se ver como "americana" em vez de "afro-americana". Um senso raivoso de separação racial incendeia sua obra como um todo.

O empenho da maioria dos políticos – e, na verdade, da maioria dos cidadãos – americanos é estabelecer uma condição de daltonismo esclarecido. Isto é, pairar acima da divisão racial que tanta dor causou ao país e que historicamente lhe custou tanto sangue. A literatura americana e sua escritora de proa, Morrison, negaram-se a entrar nessa. Usaram a divisão, e ainda a usam, para explorar de modo criativo a identidade negra. Isto é, para mergulhar nela em vez de flutuar acima e esquecê-la.

Encontramos uma nítida presença afro-americana, nos dias atuais, em enclaves literários como a ficção policial do detetive particular. A carreira do herói negro de Walter Mosley,

---

* Do francês: "razão de ser". (N.T.)

Easy Rawlins, é narrada numa série de romances – começando por *O diabo vestia azul* (1990) – que, no pano de fundo, narram a história das relações raciais em Los Angeles. Chester Himes fez o mesmo por Nova York com seus romances do *Ciclo do Harlem* nas décadas de 1950 e 1960 (que ele começou a escrever na prisão e concluiu no exílio, em Paris). Samuel R. Delany, autor afro--americano de ficção científica, trouxe uma contribuição inovadora para o gênero. Há quem defenda (incluindo eu) a existência de um forte traço de verso livre whitmanesco (Capítulo 21) no blues e, mais recentemente, no rap, ambos os quais são conservas afro-americanas. Em suma, não houve assimilação completa, e a literatura americana fica mais forte com suas várias cores.

Qual é, para resumir, o papel da literatura nas complexas relações entre raça, sociedade e história? Não existe resposta simples. Mas podemos pegar emprestada a exclamação sentida da peça de Arthur Miller *Morte de um caixeiro-viajante*: "É preciso prestar atenção". No que diz respeito à raça, a literatura está prestando atenção, e podemos ficar gratos. Mas isso nem sempre rende uma leitura confortável.

Capítulo 36

Realismos mágicos
Borges, Grass, Rushdie e Márquez

O termo "realismo mágico" se tornou corrente nos anos 1980. De uma hora para outra, todos pareciam mencioná-lo com conhecimento de causa nas conversas sobre a última novidade na literatura. Mas o que significa esse termo esquisito? À primeira vista, "realismo mágico" parece ser um oximoro, combinando à força dois elementos tradicionalmente irreconciliáveis. Um romance é "ficcional" (nunca aconteceu), mas também "verdadeiro" – isto é, "realista". O grosso da ficção britânica, desde Defoe, passando pela chamada "Grande Tradição" (Jane Austen, George Eliot, Joseph Conrad, D.H. Lawrence), seguindo por Graham Greene e Evelyn Waugh até chegar a Ian McEwan e A.S. Byatt, sempre pendeu na direção do realismo literário. O mesmo se deu nos Estados Unidos, onde a tendência dominante seguiu a determinação de Ernest Hemingway de apresentar a vida "como ela é". Houve, claro, escritores de fantasia como J.R.R. Tolkien e Mervyn Peake, mas eles residiam num compartimento totalmente separado. Gormenghast Castle é uma estrutura de um tipo bem diverso, digamos, das residências de campo Brideshead ou Howards End. O realismo mágico era um novo híbrido literário.

Na verdade, variedades do realismo mágico já circulavam por quase meio século antes da década de 1980. Podemos identificar um bom número de obras brincando com a ideia de um modo experimental, na fronteira entre a literatura e a arte. Mas foi só na reta final do século XX que o realismo mágico decolou como um gênero literário poderoso.

Três motivos podem ser sugeridos. Um é o reconhecimento na Europa e na América de que coisas novas e empolgantes estavam acontecendo na literatura hispânica sul-americana, com Jorge Luis Borges, Gabriel García Márquez, Carlos Fuentes e Mario Vargas Llosa – escritores cuja fama internacional, com a tradução causando impacto no mundo todo, criou o chamado "boom latino-americano" nos anos 1960 e 1970. Escritores como Günter Grass e Salman Rushdie também recrutaram multidões de leitores na Europa. Um evidente precursor do boom foi o romance de Grass *O tambor* (1959); com a publicação de *Os filhos da meia-noite* (1981), de Rushdie, o realismo mágico entrou em voga, virando um estilo sem fronteiras. O terceiro elemento que ajudou a fazer do realismo mágico um estilo do momento foi o fato de permitir a escritores, a despeito da irrealidade extravagante de suas narrativas (o ingrediente "mágico"), que fizessem coisas que eram, na verdade, intervenções políticas importantes. Isto é, que fossem atuantes não só na literatura, mas na vida pública e nos assuntos geopolíticos. Eles entraram na arena política, digamos assim, por uma porta lateral que ninguém estava vigiando.

Não foi por acidente que dois dos mencionados acima, Fuentes e Vargas Llosa, vieram a ser políticos ativos e altamente controversos (o último chegou perto de se tornar presidente do Peru); tampouco que Salman Rushdie tenha escrito um romance que levou ao rompimento das relações diplomáticas entre duas nações; tampouco que Grass tenha se tornado, quando não escrevia ficção, um porta-voz da Alemanha pós-guerra que regularmente, em suas palavras, "cuspia na sopa".

O escritor, proclamou Jean-Paul Sartre em seu influente manifesto *Que é a literatura?* (1947), devia "engajar-se". Sartre via o melhor resultado dessa missão naquilo que, na União Soviética, era chamado de "realismo socialista". De forma paradoxal, os contos de fadas contemporâneos dos realistas mágicos chegaram a resultados melhores.

O argentino Jorge Luis Borges (1899-1986) foi o primeiro realista mágico a conquistar renome mundial nos anos 1960. Contribui para isso a circunstância de ele ter sido um anglófilo ardoroso, com muitos amigos na Grã-Bretanha e na América. Seus contos breves, de uma escrita seca, foram reunidos em 1962 no volume *Labirintos* – e o título é revelador: nós nos "perdemos" na ficção, procurando, como Teseu no labirinto de Creta, algum fio que nos indique a saída. As histórias se prestavam bem à tradução, o que também ajudou.

O método de Borges era fundir uma imaginação surreal com situações humanas banais e personagens corriqueiros. Pegue uma de suas obras mais famosas, "Funes, o Memorioso" (1942). Ele conta a história de um jovem rancheiro, Irineo Funes, que após cair de um cavalo constata conseguir se lembrar de tudo que lhe acontece e jamais aconteceu, e não conseguir se esquecer de nada. Ele tem sozinho, afirma, "mais lembranças que terão tido todos os homens desde que o mundo é mundo".* Funes se retira num quarto escuro, para ficar sozinho com sua memória, e morre pouco tempo depois.

A história é baseada numa ideia fantástica, mas, em outro nível, é real. De fato existem pessoas dotadas de supermemórias. O termo técnico é "hipertimesia", ou "memória autobiográfica superdesenvolvida" (HSAM).** A síndrome foi descrita clinicamente e nomeada por psicólogos pela primeira vez em 2006. O próprio Borges tinha uma memória fabulosa, e ficou cego no fim da vida. E, para quem tem um mínimo de sensibilidade quanto à linguagem, o termo *memorioso* sempre vai levar a melhor sobre "HSAM".

Ninguém soube direito como chamar as estranhas misturas borgianas de fantasia e fato quando elas começaram a circular

---

* Tradução de Davi Arrigucci Jr. *Ficções*. São Paulo: Companhia das Letras, 2007. (N.T.)
** *Highly superior autobiographical memory*. (N.T.)

amplamente nos anos 1960. Mas foram reconhecidas como algo diferente e excitante. O mesmo se deu com a pioneira do realismo mágico Angela Carter, com obras como *The Magic Toyshop** (1967), que mescla uma desolada Grã-Bretanha do pós-guerra com *Alice no País das Maravilhas*. Os leitores não sabiam bem o que dizer desses livros, mas eram receptivos a seu poder.

Borges não foi um escritor político, mas criou um conjunto de ferramentas para os realistas mágicos que vieram depois. Salman Rushdie se valeu com entusiasmo de artifícios borgianos no romance que fez sua fama, *Os filhos da meia-noite*. O livro ganhou o Booker Prize em 1981 e acabou virando um best-seller mundial. O romance tem seu (literal) ponto de partida em 15 de agosto de 1947, quando a Índia se tornou um país independente, em domínio repartido com o Paquistão – um fato anunciado à nação pelo primeiro-ministro Nehru, por transmissão de rádio, com a meia-noite se aproximando. Foi um acontecimento histórico de marcar época. As crianças nascidas naquela hora seriam indianos diferentes. O romance de Rushdie fantasia uma ligação telepática que conecta as crianças nascidas nos minutos cruciais em uma "supermente" – um coletivo mental. O expediente, como Rushdie reconheceu com franqueza, é emprestado da ficção científica – vem à mente *The Midwich Cuckoos*** (1957), de John Wyndham. (A ficção científica é uma estimada fonte de pilhagem para Rushdie.) Mas *Os filhos da meia-noite* não se passa em Midwich – um vilarejo tão "irreal" quanto Brigadoon. Passa-se num lugar muito real: a colônia que, em pouco mais de meio século, viraria uma superpotência. Rushdie, é de se notar, nasceu na Índia em 1947, ainda que não, infelizmente, na hora mágica. *Os filhos da meia-noite* tem no âmago de suas fantasias uma poderosa carga política, como acontece com todas as melhores obras do realismo mágico. O autor foi processado por difamação pela então primeira-ministra da Índia, Indira Gandhi, e o texto foi alterado em conformidade.

---

* *A mágica loja de brinquedos*. (N.T.)
** *Os cucos de Midwich*. (N.T.)

Um dos pontos de partida de Rushdie, curiosamente, é a mais básica das literaturas, a história infantil. Ele escreveu um pequeno livro iluminador sobre a versão cinematográfica de *O Mágico de Oz*, de L. Frank Baum – um filme adorado por ele desde a infância. *O Mágico de Oz* começa, todos recordarão, num preto e branco granulado, em uma fazenda devastada pela pobreza no Kansas dos anos 1930, a era da Depressão: o "mundo real" nu e cru. Dorothy é deixada inconsciente por um tornado; ela e seu cãozinho Totó se veem, quando acordam, num país das maravilhas em Technicolor, habitado por bruxas, espantalhos falantes, homens de lata e leões covardes. Na frase imortal de Dorothy, "Totó, eu tenho a sensação de que não estamos mais no Kansas". É um mundo mágico. A magia e o realismo andam de mãos dadas no filme, como andam na história em que ele se baseia.

O mais controverso e provocativo dos romances de Rushdie, *Os versos satânicos* (1988), começa com um avião de passageiros sequestrado que, tendo partido da Índia, explode em pleno ar sobre a Inglaterra. Dois dos passageiros, Gibreel Farishta e Saladin Samsa (um com associações indianas, e o outro, muçulmanas) caem na terra de uma altura de nove quilômetros. A primeira frase do romance é "Para nascer de novo ... primeiro você precisa morrer". Eles não morrem. Aterrissam na praia em Hastings, como fizera outro estrangeiro, Guilherme, o Conquistador, em 1066. São prontamente rotulados como "imigrantes ilegais" (a sra. Thatcher – "Mrs. Torture"* no romance – decretara uma linha dura em relação a intrusos como eles). Com o desenrolar do romance, os dois assumem as personalidades do arcanjo Gibreel (Gabriel na Bíblia) e de Satã. O realismo da barbaridade terrorista se mistura, como numa poção, com mito, história e religião. Essa, numa palavra, é sua "mágica". Diferente do que havia feito a sra. Gandhi, o aiatolá Khomeini, líder supremo do Irã, não quis saber de processos por difamação. Tampouco era um admirador do realismo mágico. Em 1989, promulgou uma *fatwa* contra Rushdie – a exigência de que qualquer muçulmano verdadeiramente fiel deveria assassinar o romancista blasfemo.

---

* Ou "sra. Tortura". (N.T.)

Günter Grass parte de um lugar diferente para chegar a um destino similar. Ele nasceu em 1927 e cresceu na era nazista. Quando iniciou sua carreira como autor, dava por certo que a ficção alemã precisava começar, depois de 1945, de uma nova estaca zero. "O passado deve ser superado", disse Grass. Sem o passado, porém, o que pode fazer um escritor? Depois de Auschwitz, declarara o filósofo alemão Theodor Adorno, a poesia era impossível. O mesmo podia ser dito em relação ao romance – pelo menos para um escritor alemão. O ficcionista alemão do pós-guerra não podia invocar a orquestra inteira fornecida pela tradição literária. Como é que ele poderia recorrer a Goethe, Schiller e Thomas Mann pulando o que acontecera entre 1933 e 1945? Em vez da orquestra, tudo que o autor tinha, Grass proclamou, era um mero tambor. Contudo, como retrata *O tambor*, trata-se de um instrumento que ainda tem seus poderes mágicos. A despeito da lúgubre profecia de Adorno, Grass deu um jeito de criar grande ficção – grande realismo mágico. Quando recebeu seu Prêmio Nobel em 1999, Grass se apresentou não como grande autor, mas como um rato literário. Os ratos sobrevivem a tudo. Até mesmo a guerras mundiais.

Grass escreveu suas obras mágicas e realistas no rescaldo de um período de opressão. O estilo também provou ser útil a escritores produzindo sua obra sob opressão ou censura. O realismo – dizendo as coisas como elas são – pode ser bastante perigoso em tais circunstâncias. Um caso a ser apontado é o de José Saramago, que ganhou seu Nobel em 1998.

Saramago (1922-2010) foi um marxista que viveu a maior parte da vida na ditadura fascista mais duradoura da Europa, a de Portugal, que durou até 1974. Mesmo após a derrubada da ditadura ele foi perseguido, e terminou a vida no exílio. A alegoria – não dizendo exatamente o que queria dizer – era seu modo literário preferido. Se não é realismo mágico, é algo tão aproximado que não faz diferença. Uma das melhores obras de Saramago, *A caverna* (2000), fantasia um estado sem nome dominado por um vasto edifício central. É uma imagem futurista do capitalismo maduro. No subsolo desse edifício encontra-se a caverna descrita por Platão, emblemática da condição humana, na qual o destino de espectadores acorrentados é não ver nada além das sombras do mundo real projetadas na parede. Essas imagens bruxuleantes e não confiáveis são tudo que temos. E é nessa caverna, para Saramago, que o romancista precisa trabalhar.

Como vimos antes, as energias mais potentes no âmbito do realismo mágico foram geradas por países das Américas Central e do Sul. Junto a Borges, na liderança desse grupo, estão Gabriel García Márquez e um romance que, ao lado de *Os filhos da meia- -noite*, é encarado como a obra-prima inquestionável do gênero: *Cem anos de solidão* (1967). O livro tem uma desnorteadora narrativa cambiante que se move de maneira descontínua pelo tempo-espaço histórico.

O romance é ambientado numa imaginária cidadezinha colombiana chamada Macondo e fala tanto sobre o país natal de Márquez quanto *Os filhos da meia-noite* fala sobre a Índia, *O tambor* é sobre a Alemanha, e *A caverna* é sobre Portugal. Macondo contém em si a Colômbia por inteiro: é uma "cidade de espelhos". Numa cintilante série de cenas, vemos lampejos dos momentos-chave da história do país: guerras civis, conflito político, a chegada das ferrovias e da industrialização, a relação opressiva com os Estados Unidos. Tudo é cristalizado num único objeto literário resplandecente. O romance é tão politicamente engajado quanto a literatura pode ser, mas continua sendo um artifício supremo.

O realismo mágico chamejou, com grande brilho, por algumas décadas na virada do século. Agora pode até parecer que seu dia já passou, mas a história vai registrá-lo como um dos grandes dias da literatura.

Capítulo 37

República das letras
Literatura sem fronteiras

No século XXI, é seguro dizer, a literatura se tornou verdadeiramente global. Mas o que significa essa "literatura mundial", se analisarmos o termo? Uma série de coisas, como veremos.

Consideremos, por exemplo, um romance originado numa das mais minúsculas e isoladas comunidades literárias do planeta – a Islândia. Os primeiros habitantes vikings chegaram à ilha estéril, rochosa e glacial no século IX. Os dois séculos seguintes são chamados pelos historiadores literários de "era das sagas" (a palavra "saga", que quer dizer "história contada", vem do escandinavo antigo que os islandeses falavam e ainda falam). É um conjunto espantosamente rico de poemas do século XIII sobre os clãs que construíram o país quando não estavam, como faziam com frequência, brigando heroicamente uns com os outros.

Um século antes de Chaucer, a literatura escandinava foi uma das glórias da literatura mundial. Mas apenas alguns milhares de pessoas a conheciam, guardada como ficou na memória coletiva da pequena nação e recitada com carinho de geração para geração. Em 1955, o romancista Halldór Laxness foi agraciado com o Prêmio Nobel (nenhum escritor de um país menor jamais o recebera, disse o comitê). O prêmio foi concedido, em grande medida, em função da obra-prima de 1934 de Laxness, um romance chamado *Gente independente* (uma descrição desafiadora da Islândia, o leitor descobre). É a história de Bjartur, cuja família trabalhou na agricultura de subsistência por "trinta gerações" – desde a era das sagas. Bjartur tem a alma impregnada pelos poemas nacionais, e os recita consigo enquanto caminha pelas colinas solitárias com suas ovelhas. Seu estilo de vida está sendo transformado para sempre pelo século XX e por um mundo exterior que de súbito ficou interessado por aquele lugar frio, remoto e minúsculo.

A história de Bjartur é tão desolada, heroica e trágica quanto qualquer uma de suas amadas sagas. Em seu discurso de aceitação do Nobel, Laxness se deu ao trabalho de ressaltar aos ouvintes o encadeamento de sua ficção, como que por um cordão umbilical, com as histórias narradas pelos *skalds* (poetas) do escandinavo antigo em cabanas de barro. Agora ela estava sendo lida em tradução no planeta todo por milhões, e, graças ao prêmio, havia virado "literatura mundial". A conclusão que tiramos? A literatura, se for excelente ou popular o bastante, e mesmo que seja profundamente tão arraigada em seu próprio solo quanto a de Laxness, já não é mais confinada pelas fronteiras nacionais. Ela pode pulá-las.

O próximo exemplo é da maior comunidade literária do mundo, a da República Popular da China. Apesar de seu vasto tamanho, sua população de 1,35 bilhão e sua civilização milenar, até os ocidentais mais lidos teriam dificuldade, na maioria, para citar nomes de mais do que meia dúzia de grandes escritores chineses.

Em 2012, o Prêmio Nobel de Literatura foi vencido pelo escritor chinês Mo Yan. Uma de suas obras mais significativas é o romance *Tiantang suantai zhi ge**, publicado pela primeira vez alguns meses antes dos protestos na Praça da Paz Celestial de junho de 1989 e prontamente retirado de circulação. O autor se viu muitas vezes em maus lençóis com as autoridades

---

* *As baladas do alho.* (N.T.)

do país. "Mo Yan" é um nome artístico que ele escolheu para si. Significa "não fale".

Tiantang suantai zhi ge é dedicado à região remota na qual Mo Yan, nascido numa família camponesa em 1955, cresceu. É a história de uma comunidade – que cultiva, como fez por milhares de anos, um vale fértil – obrigada por burocratas do partido a não plantar nada além de alho. É um disparate agrícola. Uma ordem que, literalmente, não cheira nem um pouco bem. Eles se rebelam e são reprimidos com brutalidade. É alho e pronto, decreta o partido.

O livro, como outros de Mo Yan, tornou-se um best-seller internacional. Contrariando seu nome artístico, ele fala, sim – e para o mundo, não só para seus conterrâneos e conterrâneas. E que conclusões tiraríamos desse exemplo? É um caso mais complicado do que o de Laxness. Agora, de uma hora para outra, o mundo passou a se interessar pela literatura chinesa porque a China virou, num espaço de tempo espantosamente curto, uma superpotência do século XXI. Napoleão supostamente comentou em relação à China: "Deixem-na dormir, pois, quando o dragão acordar, vai abalar o mundo". O dragão acordou: a China não dorme mais e já não pode ser ignorada, assim como sua literatura. O globalismo não é apenas um fato geopolítico, é uma mentalidade, e a literatura é agora parte dessa mentalidade.

O terceiro exemplo é o de Haruki Murakami. Esse romancista japonês de ponta publicou uma série de obras de ficção, bem-sucedidas tanto em vendas quanto em estima no mundo inteiro, e em dezenas de línguas. Elas "viajam" extraordinariamente bem, e Murakami tem mais leitores fora do que dentro de seu país. Seu principal livro, até aqui, foi a trilogia *1Q84*, concluída em 2010. O volume final foi esperado ansiosamente. Em Tóquio, multidões de leitores fizeram fila por horas para arrebanhar os primeiros exemplares.

O enredo de *1Q84*, devemos dizer, é totalmente desnorteante. É realista mágico no estilo (Capítulo 36) e inclui ninjas, assassinatos, gângsteres da Yakuza, mundos alternativos e desconcertantes deslocamentos de tempo. O impressionante, contudo, é que Murakami sabe estar escrevendo para um público mundial ávido por lê-lo e por ser desconcertado por ele. O autor escolheu o título, ficamos sabendo, porque é assim que "mil novecentos e oitenta e quatro" soa em japonês. É uma alusão – até poderíamos chamá-la de homenagem – a George Orwell. A epígrafe do romance, "É só uma lua de papel", é o título de uma canção americana dos anos 1930 de Harold Arlen. Murakami também já afirmou ter se inspirado no romancista russo Dostoiévski para escrever seu romance. A conclusão a ser tirada aqui é que Murakami é um autor que sabe estar sendo lido pelo mundo e estar escrevendo para o mundo. Ele suga influências de todos os cantos para criar sua própria influência.

Quando escritores têm a sorte de atingir um público global, eles podem ganhar quantias que rivalizam com os rendimentos de uma empresa multinacional. J.K. Rowling, por exemplo, apareceu numa lista de 2013 como a trigésima pessoa mais rica do Reino Unido (e na circunstância única, em meio ao seleto grupo, de ter ganhado, e não herdado, cada tostão de sua fortuna). Ela não é tão rica quanto a Coca-Cola, mas Harry Potter é lido em tantos lugares quanto aqueles nos quais se bebe a gostosa bebida.

Existem exceções à regra, mas o globalismo, "sem fronteiras", é a energia dinâmica que impele hoje a literatura. Como isso aconteceu? Por meio do crescimento ao longo de séculos dos sistemas de comunicação, do comércio internacional, e pela dominação de certas "línguas mundiais". É uma história longa, mas útil, porque nos ajuda a situar obras de literatura em seus mundos históricos e a mapear os limites desses mundos.

Durante a maior parte da história literária, ir de um lugar a outro era limitado às viagens a pé, a cavalo ou por água. A literatura reflete isso. Um dos problemas que enfrentamos, como leitores de uma literatura que muitas vezes é séculos mais velha do que nós, é o ajuste com o fato de que seus horizontes eram bem mais próximos. Shakespeare, por exemplo, jamais anteviu suas peças sendo encenadas fora de Londres ou – em seu máximo alcance – fora das províncias inglesas. Hoje, bilhões de amantes da literatura apreciam e estudam seu drama no mundo todo.

O alargamento dos horizontes começou, dramaticamente, no século XIX, quando a comunicação em massa facilitou o contato das pessoas com seus países e, ao fim do século, conectou-as em escala internacional. Na Inglaterra do início do século XIX, estradas alcatroadas permitiram que W.H. Smith (o "Primeiro com as Notícias") distribuísse jornais pelo país inteiro usando diligências noturnas especialmente comissionadas. A literatura, em forma de revista, viajava com os jornais matutinos. Em meados do século, Smith constituiu para si um monopólio na entrega rápida de jornais e revistas. A empresa não vendia só notícias nesse período: a partir de 1860, administrou uma biblioteca de circulação. Você podia alugar um dos romances de Dickens no estande da Smith na Euston Station, lê-lo na viagem de dez horas até Edimburgo e, na chegada, devolvê-lo no estande da Smith na Waverley Station.

A partir de 1840, o Penny Post de alcance nacional (um de seus arquitetos foi o romancista Anthony Trollope, em seu emprego nos Correios) tornou possível que o país todo trocasse mensagens diárias entre as grandes cidades com intervalos de poucas horas. Era quase tão rápido quanto um e-mail. Os autores, integrando normalmente o grupo mais letrado da sociedade, tiraram o máximo proveito do novo e empolgante nível de intercomunicação. Trollope também contribuiu na introdução da comunicação telegráfica. A invenção da energia a vapor trouxe reduções drásticas ao tempo das viagens. É expressivo que Trollope tenha escrito em parte um de seus melhores romances, *As torres de Barchester* (1857), enquanto viajava de trem pela Grã--Bretanha (aparentemente, a serviço dos Correios), e outro, *The Way We Live Now** (1875) – um título significativo –, num navio a vapor para os Estados Unidos, a Austrália e a Nova Zelândia.

O efeito de todo esse progresso foi internacionalizar os mercados, além de tornar mais eficientes os mercados internos dos países. Quando o último pino "dourado" foi fixado nos trilhos da ferrovia que completou a conexão entre Nova York e São Francisco, passou a ser possível que novos livros (muitos dos

---

* *O modo como vivemos agora*. (N.T.)

quais trazidos da Europa por navio a vapor) fossem transportados pelas distâncias continentais dos Estados Unidos em dias.

Em 1912, quando a empresa radiofônica de Guglielmo Marconi estabeleceu as bases para uma rede mundial, ele a lançou, no ar, com uma citação de Bute em *Sonho de uma noite de verão*: "Em quarenta minutos ponho uma cinta em volta da terra".* O próprio Shakespeare era, agora, genuinamente global. O novo internacionalismo foi selado com acordos internacionais de direitos autorais (Capítulo 11).

Nem todos os autores se dirigiram aos novos públicos que se abriam para eles, mas muitos o fizeram. A condição das comunicações, ao fim do século XX e início do século XXI, é de contínua evolução. A internet (Capítulo 40) vai remontando, sucessivas vezes, ano após ano, o aparato por meio do qual nos comunicamos virtualmente, como um Legoland em constante mutação. Os autores atuais podem se propor, caso queiram, a escrever para uma aldeia global.

Tudo isso soa meio "admirável mundo novo" demais. Mas resta um problema traiçoeiro: a língua. A música popular pode cruzar fronteiras linguísticas e ser apreciada por públicos que não sabem, ou nem querem saber, o que significam as palavras. A literatura não pode. Se lhe tirarmos as palavras, não sobra nada. Tradicionalmente, a literatura costuma ser parada na fronteira, quando a língua muda. Só uma quantidade minúscula de literatura estrangeira consegue atravessar a barreira da tradução.

A tradução (a palavra significa literalmente "conduzir além") é uma tarefa complicada e, muitas vezes, ineficaz. Pergunte quem são os escritores mais importantes do século XX: na certa o nome de Kafka será mencionado. Mas a primeira tradução inglesa de um romance de Kafka (um texto incompleto) só se fez disponível dez anos depois de sua morte. As principais obras de Kafka precisaram esperar ainda mais, e algumas línguas importantes do mundo ainda esperam por traduções. Não é mero atraso. Por mais hábil que seja o tradutor, e apesar do fato de que as

---

* *I'll put a girdle round about the earth in forty minutes.* Tradução de Beatriz Viégas-Faria. *Sonho de uma noite de verão.* Porto Alegre: L&PM, 2001. (N.T.)

traduções podem incrementar em grande medida os rendimentos e o renome de um autor, a tradução é intrinsecamente imperfeita. Anthony Burgess – tanto escritor como linguista – escreveu que "Traduzir não é só uma questão de palavras: é uma questão de tornar inteligível toda uma cultura". Um comentário sagaz é atribuído com frequência ao poeta americano Robert Frost: "A poesia é aquilo que se perde na tradução".

Ela importa menos, claro, na literatura popular, em que os aspectos mais refinados da tradução são menos importantes para o leitor, que só quer virar as páginas e se divertir. O chamado "noir nórdico" – romances que seguiram o rastro do best-seller internacional de Stieg Larsson *Os homens que não amavam as mulheres*, de 2005 – consegue sobreviver a uma tradução grosseira, assim como os imensamente populares thrillers de TV escandinavos conseguem sobreviver a suas legendas atrapalhadas. No que diz respeito a simples livros de trama envolvente, a prosa refinada é irrelevante. A prosa funcional serve muito bem.

Num aspecto, para nossa tristeza, a tradução é um problema cada vez menor para a literatura mundial. Os linguistas nos informam que uma língua "morre" a cada duas semanas; suas pequenas literaturas do passado, e de modo mais pungente as do futuro, morrem com elas. Na era moderna, o inglês seguiu o poder mundial e é, agora, a "língua mundial" – tão dominante como foi o latim dois mil anos atrás. O fato de que o século XIX foi o "século da Grã-Bretanha" e o XX foi o "século da América" equivaleu à dominação de duas potências mundiais separadas, como definiu George Bernard Shaw, "por uma língua em comum". O século XXI poderá muito bem mudar isso.

A literatura de qualquer momento é tão diversa que nenhuma generalização isolada jamais poderá abrangê-la por inteiro. Há um bom número de escritores importantes que optaram por viver e trabalhar num mundo pequeno. Philip Larkin, por exemplo (Capítulo 34), nunca viajou para o exterior. Ele brincava que na certa não gostaria da "poeira", e sua poesia reflete essa insularidade. Isaac Bashevis Singer, ganhador do Prêmio Nobel de 1978, escreveu sua ficção em iídiche, para uma pequena comunidade contada em poucos milhares, em sua Nova York local. "Ouvintes aptos ... ainda que poucos", como disse Milton.

Os pequenos mundos prosperam como sempre na literatura. Mas o mundo global está se expandindo, como o próprio universo, num ritmo vertiginoso. Isso é algo novo, empolgante e, para o bem ou para o mal, irrefreável.

Capítulo 38

Prazeres culpados
Best-sellers e livros caça-níqueis

Há mais "grande" literatura prontamente disponível a nós agora do que uma pessoa qualquer conseguirá absorver numa vida inteira, por mais ambiciosa e aplicada que seja – e a pilha continua aumentando a cada ano que passa. A literatura é uma montanha cujo topo jamais será alcançado por nenhum de nós; teremos sorte se conseguirmos atravessar o sopé mais baixo, seguindo nossa trilha escolhida com o máximo cuidado possível, à medida que o pico acima vai se mostrando cada vez mais alto. Para ficar apenas com os autores mencionados neste livro, até os mais lidos entre nós passarão pela vida sem ter lido todas as 39 peças de Shakespeare (me declaro culpado de vacilar um pouco com *Péricles*), ou toda a ficção de Jane Austen, ou todas as palavras que Tennyson ou Dostoiévski publicaram. Tanto não podemos ler tudo (ou sequer uma grande amostra) da literatura como não podemos colocar todos os produtos de um supermercado no nosso carrinho.

Mas há uma magnitude ainda maior a enfrentar: a literatura não tão grande assim. De acordo com o (distinto) autor americano de ficção científica Theodore Sturgeon, "Noventa por cento [da ficção científica] é lixo. Por outro lado, noventa por cento de tudo é lixo". Existem perto de dois milhões de volumes classificados como "Literatura" nas galerias da Biblioteca Britânica e da Biblioteca do Congresso americano. Em média, uma pessoa letrada lê seiscentas obras de literatura ao longo da vida adulta. Se formos honestos, uma grande porção desses seiscentos livros será formada, para a maioria de nós, por aquilo que Sturgeon descarta como "lixo". Se você der uma olhada em volta no salão de embarque de qualquer aeroporto, com as pessoas matando as horas da espera (com, um medo primitivo lhes diz, o que pode ser o último livro que leem na vida), é bem provável que você acabe vendo mais Dan Brown e Jilly Cooper do que Gustave Flaubert ou Virginia Woolf.

A vencedora de 2012 dos prêmios de ficção Booker e Costa (mais a respeito no Capítulo 39) foi Hilary Mantel, por seu romance histórico *O livro de Henrique*, que vendeu, num espaço de seis meses, perto de um milhão de cópias – nenhum vencedor anterior, em cinquenta anos, gozara de tamanho sucesso nas vendas. Mas façamos uma comparação com as dezenas de milhões de cópias que E.L. James vendeu no mesmo período de seu bonkbuster* (o apelido irreverente do gênero) *Cinquenta tons de cinza*. Nem é preciso dizer que este último não venceu qualquer prêmio literário importante e só ganhou a zombaria universal. A sra. James, sem dúvida, chorou no caminho todo até o banco (ela confidenciou, de modo um tanto encantador, que usaria seus milhões para reformar a cozinha).

Podemos interpretar esses números de duas maneiras. Críticos de espírito puritano veem neles uma evidência da depravação cultural incorrigível daqueles que o dr. Johnson chamou de "leitores comuns" (o dr. Johnson, aliás, não os desprezava). Quem vê com olhos mais pragmáticos o insaciável apetite público por "lixo" considera-o saudável, em especial quando é levado em conta o quadro maior. E.L. James, por exemplo, agora é publicada por um selo da Random House, o mesmo conglomerado unido ao

---

* Mistura de *bonk* ("transar", "trepar") com *blockbuster* ("arrasa-quarteirão"). (N.T.)

extremamente "respeitável" selo Penguin Books. A Penguin é um dos principais canais pelos quais a "alta" literatura chegou a uma leitura de massa, desde que Allen Lane fundou a linha de brochuras de qualidade em 1935. Lane devotou-se a levar ao mercado a melhor ficção contemporânea sob os mesmos preços que eram cobrados pelos materiais de leitura baratos na rede Woolworths (Five and Ten Cent Store nos Estados Unidos, Threepenny and Sixpenny Store na Grã-Bretanha). Ele queria oferecer a mais alta literatura ao mais baixo preço.

As editoras fazem com que as vendas da literatura "inferior" paguem pela "superior". Isto é, os "livros caça-níqueis" colocam o pão (ou deveríamos dizer "as moedinhas"?) na mesa. Isso pode funcionar de maneiras misteriosas. Desde a participação essencial de T.S. Eliot na fundação da empresa Faber & Faber, em 1929, ela passou a ser editora de poesia mais respeitada do mundo anglófono. Ter seu selo num livro é, para um poeta, a marca da mais alta conquista. Em décadas recentes, as finanças da Faber permaneceram robustamente saudáveis com auxílio... do quê? Das vendas de *A terra devastada*, ou das obras de Ted Hughes e Philip Larkin? Não. Do modo mais ridículo, como se diz, pela renda dos direitos subsidiários de *Cats*, o longevo musical que Andrew Lloyd Webber adaptou para o palco a partir de uma grande brincadeira em verso de Eliot, *Os gatos*. Ninguém jamais chamaria de "inferior" qualquer coisa publicada por T.S. Eliot (ou, nem pensar, de "lixo"). Mas *Os gatos* não é o que fez dele, por consenso geral, o poeta mais importante de seu século.

Se mantivermos a mente aberta, fará mais sentido chamar o que não é "superior" (ou "clássico", ou "canônico", ou "de qualidade") de literatura "popular" em vez de "lixo". "Popular" indica "do povo" – isto é, algo que não vem de instituições como a Igreja, as universidades ou o governo. As peças de mistério do século XV (Capítulo 6) eram populares; a Bíblia, em latim naquela época, era institucional. Ainda temos a literatura prescrita pelas instituições, estudada à força nas escolas, faculdades e universidades.

O romance é o gênero popular por excelência. Quando acerta no alvo, nunca deixa de estimular o consumo "acrítico". Podemos verificar isso nos primórdios do gênero. Quando Samuel Richardson publicou *Pamela* (1740), sua narrativa sobre uma bela criada perseguida pelo empregador lascivo, o livro deflagrou uma "febre" – sobretudo entre as leitoras da época. Segundo relatos, quando Sir Walter Scott publicava um de seus romances, compradores cercavam as livrarias e arrancavam o papel pardo do volume para começar a ler a história na rua. Já vimos inúmeras "manadas de leitores" parecidas em todos os lançamentos dos sete volumes da série Harry Potter – sendo que cada uma destas ocasiões tornava-se uma espécie de feriado nacional, com compradores vestidos de bruxos formando filas pela noite toda na entrada das livrarias. Eles não faziam isso porque o livro havia ganhado uma resenha boa no *Times Literary Supplement* daquela semana ou estivesse no topo da lista do plano de estudo.

O termo "best-seller" é de cunhagem relativamente recente (o primeiro uso registrado é de 1912), assim como a lista de mais vendidos. A primeira parada de sucessos do tipo apareceu na América em 1895. Uma das persistentes ansiedades britânicas em relação ao "bestsellerismo" é que ele representa uma "americanização" indesejada – o best-seller é um "típico livro americano", bom para os Estados Unidos, mas não para o resto do mundo. Com obstinação, o mercado de livros britânico resistiu à introdução de qualquer lista oficial de mais vendidos até 1975. Os livros, sentia-se, não "competiam" uns contra os outros como cavalos no Grand National. Pior do que isso, o bestsellerismo empobrecia a qualidade e a diversidade dos livros. Prejudicava as "discriminações" necessárias (isso e não aquilo, ou, talvez, isso e depois aquilo) que o leitor inteligente precisava fazer. O debate prossegue.

A questão se complica mais com o fato de que os best-sellers, com frequência, "surgem do nada". *Cinquenta tons de cinza*, por exemplo, teve sua primeira versão escrita lançada on-line como *fanfic*, ficção de fã, para um grupo de leitura australiano, tendo como autora alguém cujo nome era absolutamente "irreconhecível" no mundo dos livros. As editoras estabelecidas responderam ao desafio desenvolvendo três estratégias (mais uma vez, principalmente nos Estados Unidos) para minimizar o fator surgido-do-nada: "gênero", "franquia" e o contágio do "eu também".

Como sugeriu o Capítulo 17, tendo entrado numa livraria, você pode ficar à vontade para "navegar" – mas a loja vai conduzi--lo para o tipo de ficção que funciona melhor para você, exibindo livros de apelo similar em estantes de "gênero": Ficção Científica e Horror, ou Romance, ou Policial. A "franquia" funciona de um jeito bem diferente. Os leitores desenvolvem o que os varejistas chamam de "fidelidade à marca". Sempre compram o "Stephen King mais recente" (nas capas, o nome dele é invariavelmente maior do que o título de sua obra mais recente) porque gostaram das obras anteriores do autor. O contágio do "eu também" equivale a "siga o mestre". *Cinquenta tons de cinza*, por exemplo, inspirou um verdadeiro tsunami de capas e títulos parecidos, obras temáticas e paródias. (Minha preferida foi *Fifty Shames of Earl Grey*.)*

A lista de mais vendidos, se pensarmos bem, não serve apenas para classificar as vendas, mas também para estimulá-las, colocando em movimento uma espécie de "efeito manada". Você lê um best-seller porque todas as outras pessoas o estão lendo. Com a manada tendo começado a galopar, os mecanismos habituais de escolha e "discriminação" (certa reflexão cuidadosa sobre o que ler) são atropelados. *O código Da Vinci*, quando publicado em 2005, recebeu resenhas negativas quase universais. No entanto, por dois anos, vendeu mais do que qualquer outro romance. A manada ribombante, como sempre, votou com seus cascos. E com suas carteiras.

Na maioria, os best-sellers aparecem e desaparecem depressa. Costumam ser "livros do momento", e a lista de mais vendidos deste ano conterá um conjunto diverso em relação à do ano passado. Alguns poucos, entretanto, desfrutam de uma vida longa, e podemos aprender bastante sobre as engrenagens da literatura popular examinando suas carreiras ao longo dos

---

* Publicado no Brasil como *Cinquenta vergonhas de cinza*. (N.T.)

anos – às vezes, ao longo dos séculos. *Os miseráveis* é um bom exemplo. Victor Hugo publicou sua história da luta épica do prisioneiro 24601 contra o inspetor Javert, com o pano de fundo das intermináveis convulsões políticas francesas, em 1862. De início, a obra foi publicada simultaneamente em francês e dez outras línguas. Como empreendimento global, *Os miseráveis* foi um sucesso imenso e imediato. Segundo se diz, o romance de Hugo foi o livro mais lido por ambos os exércitos na Guerra Civil Americana de 1861-1865. Pelas décadas seguintes, versões dramáticas viraram atrações básicas nos palcos do mundo inteiro. *Os miseráveis* foi filmado nada menos do que doze vezes. Em 1985, um musical adaptado estreou sem grandes ambições no palco do Barbican, em Londres. Apesar das críticas negativas, o espetáculo decolou e veio a ser o que o site oficial "Les Mis" descreve como "o musical há mais tempo em cartaz no mundo" – "Visto por mais de 65 milhões de pessoas em 42 países e em 22 línguas diferentes". Na cerimônia do Oscar de 2013, em Los Angeles, a versão cinematográfica mais recente (do musical de 1985) arrebatou três honrosos prêmios.

Ninguém definiria *Os miseráveis*, de Victor Hugo, como qualquer coisa menos do que popular. Tampouco, se formos honestos, poderíamos chamá-lo de "grande literatura". Entra na categoria dos livros que George Orwell chamava de "bons-ruins". Todas as adaptações do romance original, de diferentes maneiras e com diferentes graus de fidelidade, conservam o elemento central: a longa rixa entre o prisioneiro e seu carcereiro e a mensagem social do romance original, a "asfixia social" que, segundo Hugo, é a causa dos crimes (no caso de Jean Valjean, o roubo de um pão para sua faminta família).

A longa passagem de *Os miseráveis* por todas as suas diferentes versões e adaptações deveria ser vista como uma série de explorações empobrecedoras do texto original? Acho que não. É mais da natureza de uma grande obra de ficção popular a capacidade de evoluir e se adaptar, como um líquido que flui, ao sempre mutante ambiente literário-cultural da época. Algumas obras de literatura popular conseguem fazê-lo, mas a maioria não consegue. É bem provável que não tenhamos uma adaptação musical de *O código Da Vinci* ou de *Cinquenta tons de cinza* ganhando algum Oscar em 2120.

E o que dizer da poesia? De modo irrefletido, poderíamos imaginar que ela é sempre do interesse de uma minoria, confinada a "revistas pequenas", volumes finos e uma elite de leitores altamente qualificados. "Poesia best-seller", poderíamos argumentar, é uma contradição nos termos – como "camarão gigante". Se pensarmos por outro caminho, contudo, a poesia nunca foi tão popular como é hoje. E ouvimos muito mais horas dela no decorrer de uma semana. Vivemos "em poesia" de um modo que nenhuma geração anterior conheceu. Como assim?

A obra isolada mais influente da história do gênero é provavelmente o volume das *Baladas líricas* de Coleridge e Wordsworth. É útil desenraizar os significados dessas palavras. "Líricas" remete a um instrumento musical antigo, a lira – precursora do violão (Homero, segundo a suposição tradicional, recitava suas epopeias com acompanhamento de lira). As "baladas" remontam a "dança" (como remonta também o "balé"). O que são as letras de Bob Dylan, então, cantadas junto a seu violão? O que são os vídeos de dança e música de Michael Jackson, ou de Beyoncé? O que são as gravações de cada nova geração das baladas de Cole Porter? Não é um exagero tão afrontoso assim, para quem tem uma mente crítica aberta, ver tanta "literatura" na música popular quanto havia naquele fino volume de 1802 das baladas de Coleridge e Wordsworth. Dito de outra forma, procure bem e você acaba encontrando pérolas no lixo.

Capítulo 39

Quem é o melhor?

PRÊMIOS, FESTIVAIS E GRUPOS DE LEITURA

Sempre existiram prêmios para a melhor façanha literária, da coroa de louros do mundo antigo aos adiantamentos "em quantia jamais vista" que os (felizardos) autores modernos recebem. As "laureações" de poetas não deixam de ser prêmios. O mandato de Tennyson por 42 anos no posto de poeta laureado britânico (Capítulo 22) confirmou sua supremacia no mundo da poesia, como fizeram o pariato e o funeral de Estado (só faltou ser oficial) com o qual rainha e nação, gratas, premiaram-no por ocasião de sua morte, em 1892.

Mas os prêmios literários sistematicamente organizados – apresentando um veredicto de jurados de que este ou aquele é o melhor romance, coletânea de poesia ou peça, ou reconhecendo a grandeza do conjunto de uma obra – são um fenômeno típico do século XX e da nossa época. O primeiro de tais prêmios a ser criado na França, o Goncourt, foi concedido em 1903, e o Reino Unido e os Estados Unidos seguiram o exemplo, respectivamente, em 1919 e 1921. Desde então, as premiações literárias tiveram um crescimento explosivo. Elas viraram o proverbial presente natalino, dizem os cínicos: todo mundo precisa ganhar uma.

Existem, hoje, várias centenas de prêmios literários pelos quais os autores podem competir diretamente – ou ser inscritos, em geral por suas editoras – num grande número de países. E novos são lançados todos os anos.

Há, entre eles, uma gama desconcertante de "prêmios por categoria": distinções pelo *segundo* melhor romance do ano (chamado, astutamente, de Encore*); pelo melhor romance policial do ano (o Edgar, batizado em homenagem ao fundador do gênero, Edgar Allan Poe); pelo melhor romance histórico (o Walter Scott, idem); pelo melhor romance escrito por mulher (o Baileys Prize, desde 2013, anteriormente Orange Prize e Women's Prize for Fiction); para o melhor livro literário de qualquer tipo (o Costa Book of the Year); e para a melhor coletânea de poesia (o T.S. Eliot). Alguns prêmios dão enormes somas de dinheiro, outros, apenas "honra" – e outros dão desonra (notavelmente, o prêmio da *Literary Review* para a pior cena de sexo em ficção). A maior recompensa em dinheiro é esbanjada pelas McArthur Foundation's Genius Grants nos Estados Unidos, concedendo a felizardos autores meio milhão de dólares para que gastem a fortuna como bem quiserem, só porque são gênios. Uma coisa que todos esses prêmios têm em comum é que não especificam com grande precisão a qualidade que recompensam, ou por meio de quais critérios realizam seus julgamentos. Os jurados e os comitês dispõem de carta branca para escolher aquele que considerarem o trabalho mais meritório.

Antes de examinar alguns dos principais prêmios, façamos algumas perguntas importantes. Por que isso aconteceu, por que agora, e por que precisamos dessas premiações? Apresentam-se respostas em bom número. A mais convincente é a de que vivemos numa era de competição, na qual "vencer" é importantíssimo. Como se diz, não há quem não adore uma corrida de cavalos. O sistema de prêmios introduz na literatura o ingrediente excitante de vencedores e perdedores. Faz da literatura uma espécie de estádio esportivo ou arena de gladiadores.

---

* "Bis". (N.T.)

Nos últimos vinte anos, bookmakers começaram a oferecer chances e receber apostas para quem vai ganhar o Booker, na Grã-Bretanha, ou o Pulitzer, nos Estados Unidos. Os grandes prêmios são anunciados em cerimônias que a cada ano ficam mais parecidas com o Oscar. Só falta o tapete vermelho, que talvez não demore a surgir.

Outra razão para essa obsessão atual com prêmios é a impaciência. Como George Orwell observou, o único juiz com legitimidade para dizer se uma obra de literatura é boa em qualquer medida ou não é o tempo. No momento em que a literatura nos aparece, somos péssimos avaliadores de quão boa ou ruim ela é. Isso inclui os resenhistas, que com grande frequência precisam fazer julgamentos "autoritários" em questão de dias – falando sem pensar, por assim dizer. Por vezes, falam grandes bobagens: um resenhista de primeira hora reclamou que *O vento nos salgueiros* era zoologicamente impreciso quanto aos hábitos de hibernação das toupeiras, o que quase certamente era verdade. Muitos teriam defendido Ben Johnson em detrimento de Shakespeare na época do bardo. Dickens, leitores judiciosos acreditavam, era "inferior"; você deveria ler Thackeray – algo bem melhor. *O morro dos ventos uivantes*? Nem perca tempo. Poderíamos prosseguir. Depois de algumas décadas, os vencedores e os perdedores emergem da névoa. Passam a integrar nosso "cânone" e são estudados na sala de aula. O tempo fez sua parte. Mas o leitor quer saber *agora* quem são os grandes escritores contemporâneos. Ele não vai estar por aí daqui a um século para saber qual é o veredicto da história. Os prêmios satisfazem essa necessidade de saber.

A terceira razão para a profusão de prêmios é a "sinalização" – proporcionar aos leitores algum rumo, de modo que possamos nos guiar melhor pela profusão de literatura cada vez mais assustadora disponível hoje em dia. Precisamos desesperadamente de orientação. Onde poderemos encontrá-la? Na lista dos mais vendidos? O livro sobre o qual todos os críticos estão se rasgando em elogios no jornal da semana? O livro que tem os anúncios mais vistosos na estação do metrô? O livro "imperdível" que um amigo mencionou, cujo título não conseguimos recordar direito? Os prêmios, selecionados judiciosamente por painéis de especialistas que analisaram com frieza o terreno todo, oferecem a mais confiável das sinalizações.

Por sua vez, o mercado editorial adora os prêmios literários. A razão é mais do que óbvia: eles ajudam a remover a incerteza crônica que é um veneno para o negócio. Na regra básica, a proporção citada com frequência indica que, para cada quatro livros que dão prejuízo a uma editora, um dá lucro – e, com sorte, paga os outros quatro. Com uma medalha de premiada no pescoço, a obra (ou a próxima que o autor escrever) vê pela frente um caminho com menos obstáculos. E nem sempre é necessário que o livro seja um vencedor: estar entre os finalistas, ou até mesmo entre os pré-finalistas, já é suficiente para dar "visibilidade" ao título.

Quais são, então, os melhores prêmios literários? Em primeiro lugar na lista, tendo chegado primeiro historicamente, vem o **Prêmio Nobel de Literatura**, criado em 1901. O prêmio integra um conjunto de cinco, cada um distinguindo uma realização excepcional em diferentes campos. Alfred Nobel foi o sueco inventor da dinamite, o primeiro explosivo potente estável, que provou ser valiosa nas indústrias de construção e mineração, mas também uma terrível arma de guerra. Em seu testamento, Nobel deixou a maior parte de sua vasta fortuna para os prêmios anuais em seu nome. Alguns consideram esse legado como uma reparação moral. A seleção literária anual é feita pela academia sueca, com aconselhamento (anônimo) de especialistas.

A Escandinávia tem seus grandes escritores (Ibsen, Strindberg e Hamsun, por exemplo). Mas a rede do Nobel, desde o início, foi lançada sobre o mundo inteiro, abrangendo tudo que pudesse ser legitimamente chamado de literatura. A Escandinávia, no limite da Europa, tinha uma localização ideal para ser objetiva e desinteressada em seus julgamentos. Uma das conquistas inegáveis do prêmio foi a de "desprovincializar" nossa noção da literatura: vê-la como pertencente ao mundo, não a qualquer país em particular. O Prêmio Nobel é concedido pelo conjunto da carreira, e o único critério para o prêmio é que vá para escritores que produziram "a obra mais extraordinária numa direção ideal".

O comitê do Prêmio Nobel sempre se viu como tendo influência na política internacional. Optando por conceder prêmios a Boris Pasternak e Alexander Soljenítsin, tinha plena noção de que a URSS nunca lhes permitiria que fossem receber a honraria. As discussões sobre quem deveria ter ganhado o Nobel proliferam com regularidade previsível, ano após ano. São acompanhadas por um miasma de folclore (provavelmente apócrifo) em torno do Nobel. Será que Joseph Conrad não o ganhou por causa dos vilões dinamitadores de *O agente secreto*? Será que Graham Greene não o ganhou por causa da representação ofensiva do sueco Ivar Kreuger, o "rei do palito de fósforo", em *Bela e querida Inglaterra*? W.H. Auden (tido amplamente como candidato favorito em 1971), nascido britânico, teria vencido se não fosse um cidadão americano no momento errado de sua vida – a saber, durante a sangrenta Guerra do Vietnã? Para os escritores, essas fofocas imaginativas apimentam cada anúncio anual. E elas são, sem querer, um tributo à importância intrínseca daquele que é, inegavelmente, o maior prêmio literário do mundo.

O **Prêmio Goncourt** francês, instituído em 1903, é o "mais puro" dos prêmios pelo ponto de vista da crítica literária. Foi criado com uma doação do eminente literato francês Edmond de Goncourt, cujos altos ideais literários ele honra. Um júri de dez membros, todos eles ilustres no mundo literário e com longos serviços prestados, reúne-se uma vez por mês num restaurante (este é, tenha em mente, um prêmio parisiense) para eleger um livro do ano especialmente meritório. A qualidade literária é tudo. A recompensa em dinheiro é de irrisórios dez euros, para enfatizar a ideia de que o dinheiro não está em questão. Ou melhor, nada disso. Os almoços provavelmente custam uma fortuna.

O **National Book Award** americano, apelidado de "Oscar da Literatura", começou durante a Grande Depressão, em 1936, como uma iniciativa das editoras e da Associação de Livreiros Americanos para estimular vendas e interesse numa época de baixa em suas indústrias. Ao longo dos anos, desenvolveu uma vasta gama de prêmios – quase tão variados quanto as estantes divididas por categoria de uma grande livraria. Em 2012, inventou inclusive um prêmio de nicho para *Cinquenta tons de cinza*, de E.L. James. Pode-se argumentar que o impacto do NBA é amortecido por suas categorias intermináveis. Como no Oscar, bocejamos enquanto mais um envelope é aberto.

Ninguém boceja na "noite do **Booker**", realizada todos os anos em outubro. Reconhecido agora como o prêmio de ficção mais importante do mundo, ele foi criado em 1969 para ser o "Goncourt inglês". Ao contrário de seu antecessor do outro lado do Canal, porém, aceitou com alegria o abraço do comércio, concedendo belos prêmios em dinheiro (e, com a publicidade, a garantia infalível de grandes vendas). A Booker McConnell, empresa patrocinadora original, tinha operações em cultivo de açúcar nas Índias Ocidentais. Um vencedor do Booker, John Berger, usou seu discurso para atacar os benfeitores "coloniais" e repassou metade do valor de seu prêmio para o movimento Panteras Negras. Em tempos mais recentes, o prêmio passou a ser patrocinado por um fundo de investimento, sendo renomeado, portanto, como Man Booker Prize. Com pragmatismo anglo-saxão, os organizadores do prêmio não veem o menor problema no acordo que fazem com o capitalismo.

Os dez jurados do Goncourt, com seus longos serviços prestados, são todos do mundo literário. Os cinco jurados do Booker, prestando serviço apenas por um ano, são do "mundo real" – às vezes, gerando polêmica, do showbiz. A indústria dos livros não gosta só dos prêmios literários, ela gosta da controvérsia que os acompanha – tanto antes como depois da cerimônia de premiação. Ardilosamente programados pelos organizadores, os anúncios de quem integra o júri do Booker, das listas de pré-finalistas e finalistas, tudo culmina numa noite de banquete, cobertura televisiva, suspense e, quase sempre, debate acirrado. Nesse processo, romances são comprados e consumidos aos montes. A cultura do prêmio na literatura contemporânea é uma coisa boa? A maioria diria que sim: no mínimo, faz com que a literatura seja lida. Mas deveríamos ver o fenômeno como parte de uma cena literária transformada, e de rápida transformação.

Outra novidade do século XX é o número cada vez maior dos festivais livreiros e literários que começaram no período após a Segunda Guerra Mundial. Pequenos e grandes, esses eventos reúnem congregações de amantes do livro e, a seu modo refinado, se transformaram nos shows de música pop da literatura. Em massa, os fãs expõem suas preferências aos autores, que encontram seus leitores frente a frente, e às editoras, que prestam grande atenção ao que está vendendo no já tradicional "estande de livros". Vale por um encontro de mentes.

Ainda mais recente é o crescimento explosivo dos grupos de leitura locais, nos quais amantes do livro de gostos semelhantes se reúnem para discutir uma série de livros que escolheram para si. Não há nada de manifestamente educacional ou autoaperfeiçoador nesses grupos. Não há taxas, não há regras – só um compartilhamento de opiniões críticas a respeito de uma literatura considerada digna de ser lida, e um pouco de debate animado. Mais uma vez, mentes se encontram – sempre uma coisa boa no universo da literatura.

Os grupos de leitura mudaram o modo como falamos de literatura e abriram novas linhas de comunicação entre produtores e consumidores. Hoje em dia, muitas editoras formatam sua ficção e sua poesia para grupos de leitura, com entrevistas explanatórias dos autores e questionários. Eles são democráticos no espírito. Não há ordem de cima para baixo: é mais da base para cima, e as seleções tendem mais a incluir títulos das "escolhas da Oprah" do que o livro que ganhou resenhas elogiosas no *New York Review of Books*, *London Review of Books* ou *Le Monde*. Os grupos de leitura ajudam a manter a leitura viva e prazerosa. E, sem isso, a própria literatura morreria.

Capítulo 40

A literatura enquanto você viver...
e além

O "livro" impresso – uma coisa física feita de papel, tipologia, tinta e papelão – já está por aí há mais de quinhentos anos. Prestou um serviço maravilhoso à literatura: empacotou-a em formatos baratos (às vezes lindos) que ajudaram a sustentar a alfabetização em massa. Poucas invenções duraram mais tempo, ou fizeram mais bem.

A era do livro, no entanto, pode estar com os dias contados. O ponto da virada chegou bem recentemente, na segunda década do século XXI, quando os e-books – coisas digitais feitas de algoritmos e pixels – começaram a vender mais do que o livro tradicional na Amazon. O e-book, tal como é atualmente comercializado para tablets portáteis, tem uma sinistra semelhança com o livro "real", da mesma forma como os primeiros livros impressos, como os de Gutenberg, eram muito parecidos com livros manuscritos. Mas, claro, ele não se comporta como um livro gutenberguiano "real". O e-book tem a mesma relação com seu predecessor que a carruagem sem cavalos (isto é, o automóvel) tinha com a carruagem puxada por cavalos.

Com um e-book, você pode alterar o tamanho da fonte, virar as páginas com os dedões (em vez do indicador) na velocidade da luz, fazer buscas no texto e extrair trechos para download. Em resumo, você pode fazer bem mais coisas com um e-book, muito embora, como é rotineiro salientar, você não possa deixá-lo cair no banho. E, claro, o e-book ainda está evoluindo – os leitores não terão de esperar quinhentos anos para saber o que vem a seguir. Os aplicativos de livro já estão criando novos formatos e novas maneiras de ler. Que formas a literatura vai assumir nos anos vindouros? Que novos sistemas de distribuição ela utilizará? Nas bibliotecas do futuro, veremos tão poucos livros impressos em papel como vemos carruagens puxadas por cavalos numa via expressa?

Para tentar responder a essas perguntas, comecemos com os três fatos básicos que vão condicionar o mundo futuro da literatura, independentemente de como ela chegará até nós. Em primeiro lugar, haverá uma quantidade bem maior de literatura disponível. Em segundo, a literatura vai chegar até nós de modos diferentes, pouco tradicionais (em formas auditivas, visuais e "virtuais"). Em terceiro lugar, vai chegar em novas embalagens.

O primeiro fato, a "demasia" de literatura, já está conosco, e vem se expandindo sem parar. Qualquer tipo de tela com conexão à internet proporciona para seu dono, através de novas (e muitas vezes gratuitas) bibliotecas digitais, como a do Projeto Gutenberg, um acesso a 250 mil obras de literatura. Na palma da sua mão, você tem o equivalente a um número suficiente de livros antiquados para encher um hangar de aviões. O volume oferecido cresce sem parar. A entrega é instantânea, e o material pode ser customizado de acordo com suas preferências pessoais de leitura.

Essa abundância atordoante cria toda uma nova variedade de problemas. Ainda estão vivos aqueles (e eu sou um deles) que foram criados num ambiente cultural cujas características eram a escassez, a falta e a inacessibilidade. Quando queria um novo romance, você precisava ou economizar dinheiro para comprá-lo ou então deixar seu nome numa lista de espera na biblioteca pública local. Era uma preocupação constante. Em certo sentido, porém, as coisas ficavam mais simples. Você tinha menos opções.

Agora, por somas relativamente pequenas, poucos toques na tela podem lhe fornecer qualquer coisa recém-publicada e quantidades praticamente ilimitadas de livros de segunda mão. Na web, um mecanismo de busca (um deles chamado apropriadamente de "Jeeves", como o mordomo) lhe servirá qualquer poema novo ou antigo que você queira. Tudo que você precisa fazer é digitar algumas palavras-chave (vagava + solitário + nuvem).

Na duração de uma única vida – a minha, por exemplo –, a escassez foi substituída por um embaraço de opções. Então, nessa caverna de Aladim digital, por onde podemos começar? Mais importante: onde deveríamos investir o limitado tempo (de vida) a nossa disposição? Calcula-se que alguém na escola, hoje, enfrentará cerca de cinquenta obras de literatura na carreira escolar, e os estudantes universitários de literatura, outras trezentas, mais ou menos. A maioria das pessoas provavelmente consumirá não mais do que mil obras de literatura no decorrer da vida adulta. Quando muito.

No que diz respeito a certa literatura (livros indicados para exame, por exemplo), não temos escolha. Quase sempre, contudo, escolher o que lemos cabe totalmente a nós. Somos, enquanto leitores no momento atual, remadores em um dilúvio. No tempo de Shakespeare havia, já se estimou, uns dois mil títulos disponíveis para um leitor dedicado como ele. Você podia ser, como se dizia, "bem lido". Essa é uma descrição com a qual ninguém poderá se qualificar no futuro.

Uma estratégia de leitura, seguida por muitos, é recorrer aos velhos favoritos, os "suspeitos de sempre". Em outras palavras, o cânone, os clássicos, as obras que encabeçam as listas de mais vendidos no momento, com o caldo todo sendo apimentado pelo boca a boca de amigos e conselheiros confiáveis. Poderíamos chamar isso de nadar com a corrente.

Uma alternativa é o que poderíamos chamar de estratégia do "carrinho de compras" – você fazer escolhas na fartura de títulos disponíveis definindo suas próprias necessidades específicas, seus interesses e gostos, e adaptar sua dieta literária àquilo que lhe cai melhor. Em se tratando de literatura, diz William Gibson (pioneiro do gênero de ficção científica "cyberpunk"), somos "vermes no queijo". Nenhum verme vai consumir o queijo inteiro, e o túnel que o verme vai abrir sempre será diferente do túnel de qualquer outro verme.

O problema de "gerenciar o excedente" é complicado ainda mais pelo fato de termos em mãos bem mais do que um sistema funcional de entrega de texto. O que temos pode ir além das palavras na página e também fornecer música, filme, ópera, TV e – do modo mais insidioso – jogos. Como é que a palavra estampada em pixels pode competir? Como vamos arranjar tempo para escutar nossas músicas favoritas *e* ler o romance mais recente (disponível, e a um preço relativamente indolor, no mesmo aparelho portátil)?

Além de qualquer outra coisa, nos dias de hoje nós precisamos ser educados para o uso e investimento inteligente do tempo. Isso, e não dinheiro, é o que vai nos faltar no futuro. De quanto tempo um trabalhador comum dispõe para a cultura, em sentido amplo, numa semana normal? Por volta de dez horas, estima-se. Quanto demoramos para ler um novo romance de Hilary Mantel (já que a mencionamos), ou de Jonathan Franzen? Você adivinhou. Por volta de dez horas.

Atualmente, estamos num momento de transição, "de ponte", no nosso mundo literário. O formato eletrônico de "livro falso" ao qual nos agarramos é um exemplo daquilo que o crítico Marshall McLuhan definiu em sua teoria do espelho retrovisor. O que ele queria dizer é que nós sempre olhamos para o novo pensando no velho. Não largamos o passado pois ficamos nervosos em relação ao futuro, ou porque somos inseguros ao lidar com ele. Vêm à mente as crianças e seus cobertores inseparáveis.

Fragmentos do velho podem ser encontrados com frequência no novo, se olharmos com bastante cuidado. Você já se perguntou, alguma vez, por que razão os filmes têm trilhas musicais, mas as peças de teatro não as têm? Quando Kenneth Branagh interpretou Henrique V na tela, havia música ribombante (composta por Patrick Doyle e regida por Simon Rattle). No palco, quando ele interpreta o mesmo papel, não há música alguma. O motivo é que os filmes mudos – que foram a única opção disponível por trinta anos – tinham fosso de orquestra ou, no mínimo, acompanhamento em piano. A música permaneceu, mesmo após a chegada dos "falados". Por que razão as páginas dos livros têm margens tão amplas – por que é que a impressão não avança mais para perto das quatro bordas? Porque os primeiros livros manuscritos deixavam espaço para comentários e anotações marginais. Ainda temos as margens, embora poucos façam uso delas para escrever notas, e as bibliotecas ficam furiosas quando isso acontece. É um exemplo perfeito da teoria do espelho retrovisor.

As anotações e os comentários, no entanto, têm campo fértil nas novas margens eletrônicas. Qual é o aspecto exato das paisagens relvadas do Yorkshire de *O morro dos ventos uivantes*? Seria informativa, para os leitores, a possibilidade de conferi-las. Ainda mais para os leitores – agora que a literatura é um fenômeno global – que nunca estiveram nas áreas mais selvagens do norte da Inglaterra e provavelmente jamais irão visitá-las.

As novas tecnologias vão estimular, com absoluta certeza, a produção e o consumo de ficção "gráfica" e de "poesia" (por mais amplo que seja o sentido). Até aqui, a literatura foi sempre, acima de tudo, textual – em essência, palavras na página. Essa é uma das coisas que, de modo lamentável, podem torná-la pouco atrativa para leitores (os leitores mais jovens, em particular) cuja cultura (por meio de telas e consoles de videogame) é ricamente audiovisual e cada vez mais "virtual". Consumir as nossas histórias pelos sinais pretos numa superfície branca não é tão empolgante. As *graphic novels* são empolgantes, assim como a poesia inserida em música popular. Todas aquelas máscaras de Guy Fawkes usadas pelos jovens agitadores do movimento Occupy foram inspiradas por uma *graphic novel*, *V de vingança*, de Alan Moore, e popularizadas por sua adaptação cinematográfica de 2006 – as máscaras são cópias diretas do desenho do ilustrador David Lloyd. A ficção gráfica, como a história em quadrinhos com a qual tem parentesco, presta-se prontamente ao cinema, criando um público leitor vasto e garantido. A ascensão econômica do Japão e da China, cujos sistemas de escrita são tradicionalmente pictográficos, vai fortalecer essa mutação.

A literatura interativa, que exige do leitor mais cooperação do que consumo passivo, já é uma presença. Para o futuro, podemos esperar aquilo que Aldous Huxley, em *Admirável mundo novo* (Capítulo 30), chamou de "feelies" – isto é, narrativas, poemas e peças que são multissensoriais: sentidas, cheiradas, ouvidas, vistas. Os "leitores", tais como eram outrora, serão "participantes". A "literatura biônica" vai chegar, podemos ter certeza, bem mais cedo do que Huxley profetizou. Nós vamos virar leitores "de corpo inteiro".

A "nova embalagem" é a terceira das grandes mudanças climáticas que vão remodelar a literatura. Um dos movimentos mais interessantes nessa direção fica evidente na ascensão explosiva de "fanfics" na web. A fanfic (ficção de fã) é criada, como sugere o nome, por fãs que ou querem mais *de* suas ficções favoritas ou então querem mais *derivações* delas. Parte da premissa de que as obras de literatura não são coisas "fixadas" como esculturas em pedra. A velha divisão entre autor e leitor se dissolve.

A fanfic prospera na web, onde, no momento atual, há pouca regulação, seja de conteúdo ou de direitos autorais. Uma enorme quantidade é produzida – bem mais do que a ficção impressa. Há vigorosas áreas de crescimento em torno da ficção clássica: enquanto escrevo, o site "The Republic of Pemberley", dedicado aos adoradores "obsessivos" de Jane Austen, tem um anexo chamado "Fragmentos de Marfim", no qual fãs elaboram continuações para os seis romances. A fanfic não se limita a obras que caíram em domínio público. Já foram geradas versões alternativas completas de obras como *O Senhor dos Anéis*. Grande parte da fanfic é de qualidade sofrível, mas parte é tão boa quanto qualquer coisa que você acha em um livro impresso.

Não é inédito, agora, que romances alçados à categoria de best-sellers, ou de algum outro modo exitosos, tenham sido, originalmente, produções de fanfic. Como gênero, a fanfic é material gerado por grupos pequenos e planejado para circular entre esses grupos pequenos. Não é algo encomendado, tampouco é pago, tampouco é "resenhado", tampouco é comprado. Não é, na aplicação usual do termo, "publicado". É ficção escrita sobretudo para leitores que também, muitos deles, escrevem-na – uma festa da qual todos participam. A fanfic não é uma mercadoria. Não é nem comercial nem profissional. Jamais é negociada em qualquer espécie de mercado. Em vários sentidos, é algo mais próximo de uma conversa literária – "trocar ideias sobre livros" – do que da palavra impressa. Ela também pode ser vista como um retorno da literatura a suas origens pré-impressão. Será que os primeiros ouvintes da *Odisseia*, ou de *Beowulf*, ou de *Gilgamesh*, "pagavam"? Provavelmente não. Será que participavam da diversão literária – até mesmo sugerindo aprimoramentos? É bem possível que sim.

Uma das coisas mais interessantes em relação à literatura oral, que já exploramos num momento anterior, é sua fluidez. Como a conversa, ela é flexível e mutável; assume a personalidade de quem quer que esteja no comando na ocasião. Flui, como a água, por sobre qualquer ambiente no qual se encontrar.

O que isso quer dizer, na prática, pode ser demonstrado por uma das formas narrativas orais que chegaram até nós ao longo dos milênios: a piada coloquial. Se eu lhe contar uma piada, e você a considerar boa, você poderá muito bem passá-la adiante. Mas ela não vai ser idêntica àquela que eu lhe contei originalmente. Você irá torná-la, com uma quantidade maior ou menor de pequenas variações, sua – elaborando alguns pontos, ou removendo certos detalhes. Ela poderá ser aprimorada, ou poderá não ser. Se você contar a piada, porém, ela terá em si algo de você, assim como a minha narração terá em si algo de mim. Quando tiver sido passada para uma terceira pessoa, terá em si algo de nós dois. Podemos ver uma característica muito semelhante na fanfic. A fluidez (por assim dizer) original da literatura está sendo recuperada. Acho isso empolgante.

A mudança é inevitável. Para bancar o profeta (sempre uma jogada arriscada), a melhor coisa que poderia acontecer ao mundo futuro da literatura, a seus praticantes e participantes, é o fato de que ela vai recuperar essa qualidade de "união". Este livro explorou como, tomada em sua totalidade, a literatura é algo comunitário: um diálogo com mentes maiores do que a nossa própria mente; ideias, trajadas de entretenimento, sobre como deveríamos viver nossas vidas; um debate sobre o nosso mundo, para onde ele está indo e para onde deveria ir. Esse tipo de encontro de mentes, possibilitado pela literatura, é hoje um elemento central da nossa existência. Se as coisas andarem bem, esse encontro de mentes vai ficar mais intenso, mais íntimo, mais ativo.

Qual é a pior coisa que poderia acontecer no futuro? Se os leitores acabassem ficando inundados – soterrados por uma massa de informação que não conseguissem processar em conhecimento –, isso seria muito ruim. Mas eu me mantenho esperançoso, e com bons motivos. Quaisquer que sejam suas novas formas e adaptações, a literatura, esse produto maravilhosamente criativo da mente humana, fará parte de nossas vidas para sempre, enriquecendo-as. Eu digo as nossas, mas deveria dizer a sua – e a de seus filhos.

Índice remissivo

Aaron's Rod 211
abadia de Northanger, A 125, 133
Achebe, Chinua 262
Adam Bede 130
Admirável mundo novo 225, 226, 278
Adorno, Theodor 271
Aeropagítica 186
agente secreto, O 292
Agnes Grey 144, 148
Akhmátova, Anna 189
Albee, Edward 249
Alberto (príncipe consorte) 167
Aldo Manuzio 86
Alice no País das Maravilhas 151, 269
Ali, Monica 262
Amada 260
amante de lady Chatterley, O 188, 192
Amis, Martin 232, 233
Anouilh, Jean 34
Antônio e Cleópatra 57
Ao farol 221
apanhador no campo de centeio, O 177
arco-íris da gravidade, O 234
arco-íris, O 191, 234
"Are You Digging on My Grave?" 180

Aristóteles 33-36, 45, 79
Arlen, Harold. 276
Armstrong, Louis 263, 264
Arnold, Matthew 157
Assassinatos na rua Morgue 174
"Astro fulgente" 112-113
A terra devastada 209-214, 253, 283
Atwood, Margaret 130, 226
Auden, W.H. 208, 292
augustanos 71
Augusto (imperador) 106
"A um camundongo" 115
Austen, Cassandra 121
Austen, Henry 121
Austen, Jane 9, 95, 105, 113, 120-121, 123-125, 129, 133, 143, 175, 217, 222, 236, 239, 241, 266, 281, 300
Auster, Paul 234
aventuras do sr. Pickwick, As 135, 173, 179

balada do cárcere de Reading, A 158
balada do último menestrel, A 165
Baladas líricas 116, 117, 287
Ballard, J.G. 232
Balzac, Honoré de 239
Barnes, Julian 233
Barthelme, Donald 234
Baudelaire, Charles 155
Baum, L. Frank 270

Beauvoir, Simone de 187
Beckett, Samuel 191, 244, 247
Beethoven, Ludwig van 252
Behn, Aphra 91, 95, 97, 102, 171
Bela e querida Inglaterra 292
Bellow, Saul 27, 28
Beowulf 23-25, 27-28, 39, 149, 153, 301
Berger, John 293
Berkeley, Bishop 108
Berryman, John 170, 257
Beyoncé 287
Bíblia do rei Jaime 60, 62
Bill & Ted – Uma aventura fantástica (filme) 236
Blake, William 79, 118
Boccaccio, Giovanni 91, 92
Boécio 40, 43
bonde chamado desejo, Um 249
Booker Prize 262, 269, 293
Borges, Jorge Luis 266-269, 272
Boswell, James 106
Bowie, David 131
Bradbury, Ray 224
Bradstreet, Anne 170-171, 176
Branagh, Kenneth 298
Brawne, Fanny 112
Brecht, Bertolt 189
Bridges, Robert 169, 214
Brilho de uma paixão (filme) 112
brochuras 283
Brod, Max 243
Brontë, Anne 54, 130, 142, 144, 146, 148, 170-172, 174, 176, 257
Brontë, Branwell 143-146
Brontë, Charlotte 120, 124, 151, 232
Brontë, Emily 142-144, 146-148, 217
Brontë, Patrick 142
Brooke, Rupert 204, 217
Brown, Dan 282
Bunyan, John 91, 94, 185
Burgess, Anthony 279
Burns, Robert 115, 252

Byatt, A.S. 130, 266
Byron, Lord 113-115, 118, 145, 155, 165

cabana do pai Tomás, A 173, 229, 261
Calvino, Italo 233-234
Cameron, James 19
Camus, Albert 187, 246
canção do velho marinheiro, A 116
Canções da inocência e da experiência 119
Canções e sonetos (Donne) 69
Cândido 186
cânone 60, 110, 290, 297
Caretaker, The 247, 248
Carlos II (rei) 78, 96, 165
Carlos I (rei) 80, 96
Carlos V (sacro imperador romano) 63-64
Carroll, Lewis 12, 151
Carter, Angela 269
casa soturna, A 136, 139-140
castelo, O 244-245
Cats (musical) 283
caverna, A 271-272
Caxton, William 86
Cem anos de solidão 272
censura 89, 154, 189, 190-192, 246, 271
Cervantes, Miguel de 91, 93-94, 185
Chandler, Raymond 177
Chanson de Roland, La 27
"Charge of the Light Brigade, The" 167, 202
Chatterton, Thomas 252
Chaucer, Geoffrey 37-43, 76, 78, 86-87, 89, 92, 178, 273
Christie, Agatha 4, 132
Churchill, Winston 123, 206, 228
Cidade de vidro 234
Cinquenta tons de cinza 282, 284-285, 287, 293
Cinquenta vergonhas de cinza 285

ÍNDICE REMISSIVO | 305

Clare, John 163
Clarissa 129
Clinton, Hillary 227
código Da Vinci, O 285, 287
Coleman, Ornette 264
Coleridge, Samuel Taylor 46, 113, 116-118, 252, 287
Collins, Wilkie 136
Conan, o bárbaro 222
Confissões de um comedor de ópio 117
Conrad, Joseph 95, 127, 195-196, 266, 292
consolação da filosofia, A 40
conto da aia, O 226-227
conto de Natal, Um 140
Contos da Cantuária 38-39, 41, 44, 86, 87
"Convergence of the Twain, The" 21, 183
Cooper, James Fenimore 174, 238
Cooper, Jilly 282
coração das trevas, O 195-197
Coriolano 57, 114
Cornwell, Patricia 132
Crash 232
Crepúsculo (série) 238
Cromwell, Oliver 71, 96

Dahl, Roald 153
Dante 212
Darwin 182
David Copperfield 136
"Death be not proud" 68
Decameron 41, 91-93
Defoe, Daniel 97, 98, 102, 185
Delany, Samuel R. 265
De profundis 159, 162
De Quincey, Thomas 117
Desert Island Discs 9
diabo vestia azul, O 265
Diários de um vampiro 238
Dicionário da Língua Inglesa, Um 109

Dickens, Charles 13-14, 89, 127, 134-141, 150-151, 154, 166, 173, 176, 178-179, 181, 191, 237-238, 259, 277, 290
Disney, Walt 235
Disraeli, Benjamin 229
divina comédia, A 212
"Dockery e filho" 255
Dombey & Filho 138
Dom Quixote 91, 93-94, 185
Don Giovanni 114
Don Juan 114
Donne, John 67-70
Dostoiévski, Fiódor 188, 276, 281
Douglas, Alfred 158
Douglass, Frederick 261
Doyle, Patrick 299
Drácula 238
Dream of John Ball, A 223
Dryden, John 41, 114, 165
Dylan, Bob 131, 287

Eastwood, Clint 28
e-books 83, 132, 133, 295
Édipo Rei 31
El Cantar de Mio Cid 27
"Elegia escrita num cemitério campestre" 217
Eliot, George 95, 127, 130, 178, 266
Eliot, T.S. 71, 81, 175, 209-210, 212, 253, 259, 283, 289
Elizabeth I (rainha) 53, 75
Ellis, Bret Easton 232
Ellison, Ralph Waldo 263
Em busca do tempo perdido 161, 162
Emerson, Ralph Waldo 172
Émile 149
Emma 13, 95, 123
Emma (filme) 241
Eneida 27, 78
Entre os atos 221
Entre quatro paredes 188
E o vento levou 241
E o vento levou (filme) 240, 241

Esopo 14
Esperando Godot 191, 247
Ésquilo 30
estrangeiro, O 188, 246
Euclides 14
Eurípides 30
exterminador do futuro, O (filme) 225

Faber & Faber 283
Faerie Queene, The 75-78
Fahrenheit 451 224
fanfic 300, 301
Fantasmas 190
"fardo do Homem Branco, O" 194, 195
Faulkner, William 174
feira das vaidades, A 10
Fielding, Henry 98, 129
filhos da meia-noite, Os 199, 267, 269, 272
Filhos e amantes 151
Filoctetes 163
Fitzgerald, F. Scott 253
Flaubert, Gustave 187, 282
flores do mal, As 187, 212
Forster, E.M. 191, 197, 205, 217
Forster, John 137
Fowles, John 233
Francisco Ferdinando (imperador) 204
Frankenstein 113
Franzen, Jonathan 298
Freud, Sigmund 225, 253
Frost, Robert 279
Fry, Roger 217
Fuentes, Carlos 267
"Funes, o Memorioso" 268
"Futilidade" 203-204

Gable, Clark 241
Gandhi, Indira 269
Gargântua e Pantagruel 91-93
gatos, Os 283

"general, O" 202
Genet, Jean 187
Gente independente 274
Gibson, William 298
Gilgamesh 23, 27, 301
Goethe, Johann Wolfgang von 271
Gógol, Nikolai 188
Golding, William 151, 199
Goncourt 288, 292-293
Grana: o bilhete de um suicida 233
Grandes esperanças 136
graphic novels 132, 299
Grass, Günter 190, 267, 271
Gray, Thomas 217
Greene, Graham 266, 292
Griffith, D.W. 28
Guerra e paz 120
Guilherme, o Conquistador 270
Gunn, Thom 257
Gutenberg, Johannes 86

Hallam, Arthur Henry 166
Hamlet 53, 55, 58, 107, 110, 111, 149, 248
Hamsun, Knut 291
Hardy, Thomas 21, 151, 179, 181, 191, 208
Harris, Wilson 262
Harry Potter e a pedra filosofal 154
Harry Potter e as relíquias da morte 154
Hawthorne, Nathaniel 172
Héger, Constantin 147
Hemingway, Ernest 176-177, 187, 266
Henrique V 53
Henrique V (filme) 298
Henrique VI 53
Henrique VIII 53
Henrique VIII (rei) 63-64
Herbert, George 73
Himes, Chester 265
história de Tom Jones, A 95

História do futuro 223
"história do mundo em 10 ½ capítulos, Uma" 233
Hitler, Adolf 201, 244
Homem de Ferro (filme) 17
Homem invisível 262-263
homens que não amavam as mulheres, Os 279
Homero 18, 26-27, 41, 78, 222, 236, 287
Hopkins, Gerard Manley 168-169
Howard, Robert E. 223
Huckleberry Finn 151-152, 176-177
Hughes, Ted 167, 255-256, 283
Hugo, Victor 286
Hunt, Leigh 118
Huxley, Aldous 225, 300
"Hymn to God, My God, in my Sickness" 72
Hyperion 20

Ibsen, Henrik 190, 208, 249
Idílios do rei 167
Ilíada 18, 26-27, 41, 163, 200, 236
império do sol, O 232
importância de ser prudente, A 156, 158
Index on Censorship 192
Inferno 212
In Memoriam A.H.H. 166
inquilina de Wildfell Hall, A 144, 148
inspetor geral, O 188
internet 83, 133, 239, 278, 296
irmãos Karamázov, Os 188
Irving, Henry 237

Jackson, Michael 287
Jaime I (rei) 56, 64
James, E.L. 282, 293
James, Henry 97, 127, 165, 175, 191
Jane Eyre 121, 124, 145, 147-148, 151, 232
jardim das cerejeiras, O 188

Jazz 263
Johnson, Ben 54, 290
Johnson, B.S. 235
Johnson, Samuel 59, 71, 105, 106-107, 109-110
John Wyndham 269
Jorge III (rei) 165
Jorge II (rei) 116
Jorge V (rei) 201
Joyce, James 187, 209, 211
Judas, o obscuro 151, 191
Júlio César 53, 57, 200
Julius, Anthony 259

Kafka, Franz 243-246, 250, 278
Keats, John 20, 112
Kermode, Frank 16
Keynes, John Maynard 217
Khomeini (aiatolá) 270
Kim 195
King, Stephen 285
Kipling, Rudyard 194-195
Kreuger, Ivar 292
"Kubla Khan" 117

Labirintos 268
"Lady Lazarus" 255
Lane, Allen 283
Larkin, Philip 164, 255, 257, 279, 283
Larsson, Stieg 279
Later Poems 209
Lawrence, D.H. 95, 127, 151, 187, 191-192, 211, 266
Laxness, Halldór 273
leão, a feiticeira e o guarda-roupa, O 12-13
Leavis, F.R. 127
Leigh, Vivien 241
Leopoldo II (rei) 196
Lewis, C.S. 12
Lincoln, Abraham (presidente) 173, 261
línguas 275-276, 278, 286

Little Dorrit 136-137
Livro dos Mártires de Foxe 63
Lloyd, David 299
Longa viagem noite adentro 249
Lost in Austen 239
Lowell, Robert 175, 254
Lucas, George 28
Lucia di Lammermoor (Ópera) 237
Lugosi, Bela 238
Lunar Park 232
Lusíadas, Os 27
Lutero, Martinho 62

Macbeth 54, 56, 58
Madame Bovary 187, 191
Magic Toyshop, The 269
Mágico de Oz, O 270
Mahabharata 27
Malamud, Bernard 174
Man Booker Prize 293
Mann, Thomas 271
Mansfield Park 123-124, 239
Mantel, Hilary 282, 298
máquina do tempo, A 236
marca humana, A 260
Marconi, Guglielmo 278
Maria I (rainha) 53, 64
"Mariana" 166
"Marido e Esposa" 254
Marlowe, Christopher 26, 55
Márquez, Gabriel García 267, 272
Martin Chuzzlewit 139, 173
Maurice 191
McEwan, Ian 266
McKellen, Ian 46
McLuhan, Marshall 298
Medida por medida 57
"Meditação XVII" (Donne) 68
megera domada, A 57
Melville, Herman 28, 172
mercador de Veneza, O 57, 258, 259
"metamorfose, A" 243, 244
Mervyn Peake 266
Meyer, Stephenie 132, 238

Middlemarch 179
Midwich Cuckoos, The 269
1984 227-228
Miller, Arthur 249, 265
Mill, John Stuart 164, 218
Milton, John 27, 78, 186
miseráveis, Os 286
Mitchell, Margaret 240
"mito de Sísifo, O" 246
Moby Dick 28, 172
modernismo 159, 161, 169, 174-175, 208-210, 214-215, 230
Moore, Alan 299
Moore, G.E. 218
More, Sir Thomas 222
Morrison, Toni 130, 260, 263-264
Morris, William 223
morro dos ventos uivantes, O 143-144, 146-147, 290, 299
morro dos ventos uivantes, O (filme) 240
Morte de um caixeiro-viajante 249, 265
Mosley, Walter 265
Mo Yan 274-275
Mozart, Wolfgang 114
Mrs. Dalloway 209-210, 220
Muito barulho por nada 57
mulher do tenente francês, A 233
Mulheres apaixonadas 211
mundo se despedaça, O 262
Murakami, Haruki 275
Murdoch, Iris 130

Nada de novo no front 201
Naipaul, V.S. 199, 262
Napoleão 186, 275
Narrative of the Life of Frederick Douglass 261
nascimento de uma nação, O 28
National Book Award 292
náusea, A 246
Nehru, Jawaharlal 269
Nibelungenlied 27

Nigel 219
Nobel, Alfred 291
noiva de Lammermoor, A 237
Nosferatu (filme) 238
"Numa estação do metrô" 214

Oates, Joyce Carol 130
"Ode à alegria" 252
"Ode ao vento oeste" 118
"Ode: Vislumbres da imortalidade" 150
Odisseia 18, 26-27, 78, 213, 301
Oh, What a Lovely War! 204
Okri, Ben 262
Old Curiosity Shop, The 135-136
Olhe para trás com raiva 248-249
Oliver Twist 136-137, 140, 150-151, 237, 259
Olivier, Laurence 55, 240
O'Neill, Eugene 249
Ópera dos três vinténs 189
Orgulho e preconceito 113, 122, 149, 222, 236, 239
origem das espécies, A 182
Orlando 219
Oroonoko 91, 97
Orwell, George 104, 164, 191, 227, 276, 286, 290
Osborne, John 248
"O soldado" 204
Otello (ópera) 237
Otelo 58, 237
Our Mutual Friend 137, 179, 259
Owen, Wilfred 203, 205, 209

Pamela 129, 284
Paraíso perdido 27, 78-82, 131
"Páscoa, 1916" 214
Passagem para a Índia 197-199
Pasternak, Boris 189, 292
Patch, Harry 203
Pater, Walter 156
patricinhas de Beverly Hills, As (filme) 240
Pavilhão de cancerosos 189

peças de mistério 45, 47-48, 51, 79, 237, 283
Penguin 38, 192, 283
peregrino, O 43, 91, 94-95, 185
Péricles 112, 281
Pérola negra 264
Petrarca, Francesco 40
Pinter, Harold 243, 247-248
pintor da vida moderna, O 159
Pirandello, Luigi 248
Platão 13-14, 185, 223, 272
Plath, Sylvia 175, 255
Poe, Edgar Allan 174, 289
Poética 33, 45, 79
Porter, Cole 287
Porter, Katherine Anne 174
pós-modernismo 174, 230
Pound, Ezra 163, 174-175, 213
Pratchett, Terry 152
Precisamos falar sobre o Kevin 151
prelúdio, O 118, 149
Prêmio Goncourt 292
Prêmio Nobel de Literatura 27, 189, 209, 230, 247, 262, 264, 271, 273-274, 279, 291-292
Prêmio Pulitzer 241
processo, O 244
profissão da sra. Warren, A 190
Proust, Marcel 27, 155, 161, 162
psicopata americano, O 232
"pulga, A" 70-71
Pullman, Philip 152
Pye, Henry 165
Pynchon, Thomas 234

Que é a literatura? 267
Quem tem medo de Virginia Woolf? 249

Rabelais, François 91, 93
"Raiar do dia nas trincheiras" 206
Raj Quartet, The 199
Raleigh, Sir Walter 76
Rasselas 108

Razão e sentimento 122-124
"realismo" 100, 222
Rei Lear 33, 35, 58-59, 178
Remarque, Erich Maria 201
República, A 57, 185, 189, 223, 227, 273-274
"resolução e independência" 256
retrato de Dorian Gray, O 155-156
Retrato do artista quando jovem 211
revolução dos bichos, A 164, 191
Ricardo II 53, 57
Ricardo III 46, 53, 56
Richards, I.A. 254
Richardson, Samuel 98, 284
Robinson Crusoé 9, 10, 97-103
romance, ascensão do 98
Romantismo 113-114, 119, 166
Rosenberg, Isaac 206
Rosencrantz e Guildenstern estão mortos 248
Roth, Philip 174, 260
Rousseau, Jean-Jacques 149
Rowling, J.K. 154, 238, 276
"Ruas de Manhattan pelas quais passeei, ponderando" 161
Rushdie, Salman 185, 199, 262, 267, 269

Sackville-West, Vita 219
Salinger, J.D. 177
Saramago, José 271
Sartre, Jean-Paul 187, 246, 267
Sassoon, Siegfried 201
Schiller, Johann Friedrich von 252, 271
Scott, Paul 199
Scott, Sir Walter 115, 165-166, 173, 237, 284
Segunda peça dos pastores 48-51
Seis personagens à procura de um autor 248
selva, A 229
Selznick, David O. 241
Senhor das Moscas 151, 199
Senhor dos Anéis, O 151-153, 300

Se um viajante numa noite de inverno 233
Seuss, Dr. 153
Sexton, Anne 257
Shakespeare, William 9, 33, 46-48, 50, 52-62, 66, 76, 96, 105, 111, 114, 178, 190, 199-200, 212, 225-226, 237, 258, 259, 276, 278, 281, 290, 297
Shaw, George Bernard 170, 190, 208, 279
Shelley, Percy 113, 118, 256
Showalter, Elaine 129
Shriver, Lionel 151
Sidney, Sir Philip 114
Silas Marner 95
Sinclair, Upton 229
Singer, Isaac Bashevis 279
Sir Gawain e o Cavaleiro Verde 17, 37-38
Smith, Zadie 262
Sófocles 30-32, 34, 79, 222
Soljenítsin, Alexander 185, 189, 292
Sonho de uma noite de verão 278
Southey, Robert 118, 152, 165-166
Spender, Stephen 257
Spenser, Edmund 38, 75-76
Spielberg, Steven 232
Stálin, Josef 189, 225, 228
Star Wars (filme) 28
Steinbeck, John 176
Stein, Gertrude 187, 210
Sterne, Laurence 98, 230
Stoker, Bram 237
Stoppard, Tom 248
Stowe, Harriet Beecher 173, 261
Strachey, Lytton 217
Strindberg 291
Stuart, Charles Edward 116
Sturgeon, Theodore 281
Swift, Jonathan 98, 102-104, 114

tambor, O 267, 271-272
Tchékhov, Anton 188
tempestade, A 199, 225

Tempos difíceis 138
Tennyson 157, 163, 166-169, 202, 255, 281, 288
terra devastada, A 209-214, 253, 283
Tess of the d'Urbervilles 180, 183
Testament of Beauty, The 214
teto todo seu, Um 129, 216
Thackeray 10, 148, 290
Thomas, Dylan 256
Tiantang suantai zhi ge 274-275
"tigre, O" 119
Titanic (filme) 19-21, 183
Tolkien, J.R.R. 151, 266
Tolstói, Lev 27, 120
torres de Barchester, As 277
"tradição e o talento individual, A" 211
tradução 25, 38, 45, 55, 58-59, 68-70, 80-81, 101, 112, 139, 145, 154, 158-159, 162, 177, 198-200, 203, 205, 207, 212, 220, 231, 234, 242-243, 245, 258, 263, 268, 278
Troia (filme) 18, 26, 41, 163, 164, 213, 236
Troilo e Créssida 40, 41
Trollope, Anthony 229, 238, 277
Twain, Mark 151-152, 176
Tynan, Kenneth 249
Tyndale, William 62-66

último dos moicanos, O 174, 238
Ulysses 187, 209-211, 213
1Q84 275
Under the Greenwood Tree 183
unfortunates, The 235
Utopia 222

Vargas Llosa, Mario 267
V de vingança 299
vento nos salgueiros, O 290
"Verses upon the Burning of Our House July 10th, 1666" 171
viagem, A 219

viagens de Gulliver, As 103-104
vida e as opiniões do cavalheiro Tristram Shandy, A 230-231
Vidas dos mais eminentes poetas ingleses 109-110
Villette 147
vinhas da ira, As 176
Virgílio 78-79
"Virtude" 73
visão do julgamento, A 165
visão do julgamento, Uma 165
Vitória (rainha) 118, 157, 167, 262
Vitória 217
Voltaire 186

"Waking in the Blue" 254-255
Walcott, Derek 262
Walton, Izaak 67
Waugh, Evelyn 266
Waverley 116
Way We Live Now, The 277
Wayne, John 28
Webber, Andrew Lloyd 283
Wells, H.G. 223, 236-237
Whitman 155, 161, 173, 198-199, 208
W.H. Smith 277
"(What Did I Do to Be So) Black and Blue?" 263
Wilde, Oscar 131, 135, 155-159, 161-162, 208
Williams, Tennessee 249
Williams, William Carlos 177
Wilson, Edmund 163
Woolf, Virginia 97, 102, 129, 205, 209, 215-216, 249, 282
Wordsworth, William 117, 149, 251

Yeats, W.B. 209, 214, 253, 262
Yevtushenko, Yevgeny 189

Zola, Émile 176, 187

lepmeditores
www.lpm.com.br
o site que conta tudo

IMPRESSÃO:

PALLOTTI
GRÁFICA

Santa Maria - RS | Fone: (55) 3220.4500
www.graficapallotti.com.br